UWE ITTENSOHN

Klostertod

TATORT KLOSTER Als in einem Speyerer Kloster ein mysteriöser Todesfall gemeldet wird, besteht für die Polizei kein Zweifel: Die Tat muss von einer Nonne begangen worden sein. In Folge der Ermittlungen stoßen Kriminalhauptkommissar Frank Achill und sein Team jedoch auf eine Mauer des Schweigens. Während sich die Beamten in einem scheinbar undurchdringlichen Dickicht aus fremden Regeln und Gebräuchen verstricken, untersuchen der Privatermittler André Sartorius und die Austauschstudentin Irina den Fall auf eigene Faust. Bald steht fest, dass nur »Ermittlungen von innen« Aussicht auf Erfolg versprechen. Mithilfe des Bistums wird Irina ins Kloster eingeschleust, um den Vorgängen als frischgebackene Novizin auf den Grund zu gehen. Doch wird die pfiffige junge Frau mit ihrem losen Mundwerk das Vertrauen der Schwestern gewinnen können? Nach etlichen Rückschlägen stößt sie auf ein komplexes Geflecht aus Machtstreben und finanziellen Verstrickungen. Und plötzlich gerät Irina selbst in tödliche Gefahr.

© PicturePeople

Uwe Ittensohn, 1965 in Landau geboren, ist bekennender Pfälzer und lebt seit der Kindheit in Speyer. Nach seinem Studium war er lange in der Finanzbranche tätig. Nunmehr widmet er sich ganz dem Schreiben und verschiedenen Dozententätigkeiten. Unter anderem als Lehrbeauftragter an der Dualen Hochschule in Mannheim. In der Freizeit beschäftigt sich Ittensohn intensiv mit der Speyerer Stadtgeschichte. Er sanierte ein denkmalgeschütztes Stiftsgebäude und kümmert sich um den historischen Klostergarten, in dessen schattigen Winkeln er auch die Muße zum Schreiben findet. Mit seinem schriftstellerischen Wirken will er die Kultur und Lebensart seiner Region über deren Grenzen hinaus bekannt machen.

UWE ITTENSOHN

Klostertod

KRIMINALROMAN

GMEINER

Personen und Handlung sind frei erfunden.
Ähnlichkeiten mit lebenden oder toten Personen
sind rein zufällig und nicht beabsichtigt.

Immer informiert

Spannung pur – mit unserem Newsletter informieren wir Sie
regelmäßig über Wissenswertes aus unserer Bücherwelt.

Gefällt mir!

Facebook: @Gmeiner.Verlag
Instagram: @gmeinerverlag
Twitter: @GmeinerVerlag

MIX
Papier aus verantwortungsvollen Quellen
FSC® C014496

Besuchen Sie uns im Internet:
www.gmeiner-verlag.de

Im Ehnried 5, 88605 Meßkirch
Telefon 07575/2095-0
info@gmeiner-verlag.de

1. Auflage 2022

Lektorat: Claudia Senghaas, Kirchardt
Herstellung: Mirjam Hecht
Umschlaggestaltung: U.O.R.G. Lutz Eberle, Stuttgart
unter Verwendung eines Fotos von: © Frank Seidel seidelsfrank
Druck: GGP Media GmbH, Pößneck
Printed in Germany
ISBN 978-3-8392-0148-0

Die Welt führt genauso wenig zur Hölle wie das Kloster zum Paradies.

Tschechisches Sprichwort

FIGURENÜBERSICHT

Die Ermittler und ihr Anhang:

André Sartorius	privater Schnüffler und Stadtführer in Speyer
Irina Worobjowa	BWL-Studentin und Sartorius' Mieterin
Frank Achill	Kriminalhauptkommissar bei der Mordkommission Ludwigshafen, Andrés Freund
Verena Bertling	Kriminaloberkommissarin und rechte Hand Achills
Jonas	Mitglied in Achills Team

*

Die Vertreter des Bistums Speyer:

Doktor Ernst Hofreiter	Generalvikar des Bistums Speyer
Schwester Klara	Schneiderin im Haushalt des Speyerer Bischofs

*

Kloster Sankt Guido:

Schwester Alma	greise Priorin des Klosters Sankt Guido in Speyer

Schwester Gertrude	Subpriorin (Stellvertreterin von Alma) und Novizenmeisterin von Sankt Guido
Schwester Walburga	die verstorbene Schwester. Bürgerlicher Name: Anneliese Schropp
Schwester Hildegard	Infirmarin (für die Krankenstation zuständig), daneben betreut sie den Klostergarten von Sankt Guido
Schwester Ehrentrud	für die Küche und die Hauswirtschaft des Klosters verantwortlich
Schwester Isolde	nach Walburgas Tod für die Pforte zuständig
Schwester Apollonia	Sakristanin und Bibliothekarin des Klosters
Schwester Innocentia	Cellerarin, für die Klosterfinanzen verantwortlich
Schwester Belén	Novizin, stammt ursprünglich aus Kolumbien
Schwester Eva	Deckname von Irina Worobjowa s.o.
Pfarrer Anton Kowarek	Klosterpfarrer
Pater Gruber	Vertretung des Klosterpfarrers

*

Sonstige:

Walter Schropp	Landwirt und Walburgas Bruder
Andreas Rudolph	Winzer in Rohrbach bei Landau, Schwester Ehrentruds Bruder

Kurt Kerbel	Speyerer Original, das André auch schon von vorhergehenden Fällen kennt
Herr und Frau Doktor Römling	Andrés Hausarzt und dessen Tochter

PROLOG

Vorblende, Montag, 23. März 2020, 13 Uhr

Irina fühlte sich, als würde sich ein Gespinst aus Zuckerwatte um sie legen. Jede ihrer Bewegungen verfing sich in den klebrigen Fäden, jeder Laut wurde geschluckt. Ihr Blick vernebelte.

Warum nur war sie so ungeschickt gestürzt? Warum waren die Beine unter ihr weggeknickt wie welker Lauch? Die Wände des Kirchturms, die vor ihr aufragten, verschwammen mehr und mehr. Sie war unendlich müde. Selbst die Schmerzen an ihrem Steißbein vom harten Aufprall auf dem Steinboden schienen unwirklich und zogen vorbei wie ein paar aufgeschreckte Tauben.

Man versuchte, sie aufzurichten. Sie wollte mithelfen, sich der Müdigkeit erwehren. Doch ihre Glieder widersetzten sich – die Beine wie mit Sandsäcken beschwert, die Arme wie trockene Äste, die unter ihrem Gewicht zu brechen drohten.

Als sie endlich angelehnt am Geländer in ihrem Rücken stand – ein Stoß gegen ihre Front. Ihre Brüste schmerzten, zwischen ihre Rückenwirbel zwängte sich unbarmherzig harter Stahl. Sie meinte, ein Knirschen zu hören. Der Schmerz nahm ihr den Atem. Ein Gefühl, als würde ihr Oberkörper einfach nach hinten abknicken. Das ächzende Gurgeln, das ihre Kehle hervorbrachte, um die Pein aus sich herauszuschreien, verhallte im Lärm eines weit unter ihr vorbeibrausenden Motorrades.

Wie Engelsschwingen nahm sie das Weiß der Kleidung der Person vor ihr wahr. Wer war das? Sollte sie den Menschen, der sie so peinigte, kennen? Erneut schoben sich kräftige Hände unter ihre Achseln und pressten sie wieder gegen die Balustrade hinter ihr. Ein sehniger Körper warf sich ihr entgegen und nahm ihr aufs Neue die Luft. Die schmiedeeisernen Stäbe in ihrem Rücken verursachten qualvolle Schmerzen an ihrem geschundenen Rückgrat. Längst hatten sich die hakenförmigen Teile des Zierrats durch ihre Kleidung gebohrt, und Blutströpfchen tränkten den weißen Stoff ihres Kleids. Sie gab sich verloren, kämpfte nicht mehr. Ihr Kopf fiel kraftlos hintenüber. Würde es knacken, wenn ihr Genick brach?

Wieder ein Ruck. Ein hässliches Scharren an den Seiten des Geländers. Es gab nach. Die Kloben schickten sich an, dem Sandstein, der sie Jahrzehnte gehalten hatte, zu entgleiten. Noch ein zusätzlicher Stoß und sie würde mitsamt der Balustrade in die Tiefe stürzen.

Krähen flatterten über ihr aus den morschen Holzlamellen des Glockenstuhls.

Schwarze Engel? Die Vorboten des Todes?

War das das Gefühl, wenn sich die Seele anschickte, ihre sterbliche Hülle zu verlassen?

REMINISCERE

15 Tage vorher, Sonntag, 8. März 2020, 8.30 Uhr

Es war jener Sonntag in der Fastenzeit, an dem landauf, landab in den katholischen Kirchen das »Reminiscere« gelesen wurde. So auch in der barocken Kapelle von Sankt Guido, einem traditionsreichen Klosterkomplex in der Speyerer Altstadt.

André Sartorius hatte sich wie immer, wenn er hier war, in der letzten Bank niedergelassen. Er sog die Atmosphäre der unaufgeregten Gelassenheit in dem heimeligen Gotteshaus wie ein beruhigendes Tonikum in sich auf. Hier, abseits der Touristenströme, wirkte alles authentisch und unspektakulär bescheiden. Man buhlte nicht um Gläubige, die die Kirchenbänke füllen sollten, heischte nicht durch künstlerisch hochklassige Orgeleinlagen nach der Aufmerksamkeit der Massen, wie man es von den monumentalen Messen im Dom kannte. Hier war neben den wenigen verbliebenen Nonnen von Sankt Guido nur eine überschaubare Anzahl von externen Besuchern anzutreffen. Die Stundengebete und Gottesdienste verliefen beschaulich. Selbst der Gesang der Ordensfrauen war leise und unaufdringlich, so als wolle man um keinen Preis auffallen.

Besorgt schaute die heute noch gebrechlicher als sonst wirkende Priorin Schwester Alma auf den freien Platz links neben ihr in der ersten Bank. Wo war ihre Mitschwester Walburga? Nervös räusperte sich Pfarrer Anton Kowarek, der wie angewurzelt mit dem Messbuch in der Hand hinter dem Volksaltar, nur wenige Meter vor ihr, stand. Er pflegte nie das Wort zu ergreifen und die Messe zu beginnen, ohne dass ihn die Priorin mit einem fast unmerklichen Nicken dazu ermutigte. Er wusste, wie wichtig es ihr war, bereit zu sein, um jeden Tag aufs Neue mit allen Sinnen in die liturgischen Abläufe einzutauchen.

Sie wandte sich um und richtete stumm den Blick auf die einzige Novizin des Klosters, Belén, in der Bank direkt hinter ihr. Sie war eine junge Kolumbianerin, die zur Unterstützung der Speyerer Klostergemeinschaft aus der Niederlassung des Ordens bei Medellin hierhergekommen war. Belén hatte den Kopf gesenkt und die Augen geschlossen. Ins Gebet vertieft, ließ sie die Holzkügelchen ihres Rosenkranzes durch die schlanken walnussbraunen Finger gleiten. Trotz ihres, im Vergleich zu ihren Mitschwestern, jugendlichen Alters von 25 Jahren hob sie sich in ihrer tiefen Frömmigkeit von ihnen ab. Es wirkte fast, als sei ihre Beziehung zu Gott inniger und inbrünstiger als bei vielen anderen.

Erst ein derber Ellbogenstoß von Schwester Gertrude, der Novizenmeisterin und Subpriorin neben ihr, riss sie aus der stillen Andacht. Mit strenger Miene gebot ihr Gertrude, der Priorin ihre Aufmerksamkeit zu schenken.

»Lauf und schau nach Schwester Walburga. Ihr schien es gestern Abend schon nicht gut zu gehen«, flüsterte ihr die greise Alma kaum hörbar zu.

Beléns Wangen verfärbten sich rosig, wie immer, wenn sie direkt angesprochen wurde. Hektisch ließ sie den Rosenkranz aus ihren Händen gleiten, raffte ihren weißen Habit und folgte dem Wunsch der Priorin.

HIOBSBOTSCHAFT

Sonntag, 8. März 2020, 8.40 Uhr

André spürte, dass etwas anders war als sonst. Auch wenn er nicht alles verstanden hatte, verrieten ihm die besorgten Gesichter der Schwestern, dass sie der Situation mehr Bedeutung beimaßen, als handle es sich nur um die Unpünktlichkeit einer Mitschwester. Nach gut zehn Minuten wurde die Tür zum Kloster aufgerissen. Krachend donnerte sie gegen die Kirchenwand dahinter. Die Altarkerzen flackerten. Belén stürzte herein. Ihr weißer Schleier war verrutscht, eine schwarze Haarsträhne hing ihr wirr in die Stirn.

Obwohl es verpönt war, in diesen Mauern zu rennen, hastete sie schwer atmend, mit zu einer Grimasse verzerrten Zügen, auf die Priorin zu. Sie warf sich vor ihr auf die Knie und schlug hastig ein Kreuz. »Es la … es la hermana Walburga. Es ist Swester Walburga.« Mit jedem Wort wurde ihre Stimme lauter und durchdringender. »Está muerta. Sie ist tot!«, schrie sie voller Entsetzen in einem Mix aus Deutsch mit spanischem Akzent und ihrer Muttersprache.

Ihr Schrei hallte von den hohen Wänden der Kapelle wider. André lief ein eiskalter Schauer über den Rücken.

Während Belén in Tränen ausbrach und mit ihren Fäusten fassungslos auf den Steinboden hämmerte, bekreuzigten sich die Nonnen. Der Pfarrer, der bis eben ungeduldig von einem Fuß auf den anderen getreten war, legte das Messbuch aus der Hand und sank aschfahl auf einen Stuhl seitlich des Altars.

André, dessen rationale Abgeklärtheit sich in solchen Situationen wie eine Rüstung um seine Seele legte, blieb ruhig und behielt den Überblick. Er realisierte die Überforderung der Ordensfrauen, fühlte, dass er gefordert war, ihnen zu Seite zu stehen. Er erhob sich, signalisierte der Priorin durch ein Kopfnicken, dass er sich um die weltlichen Erfordernisse kümmern würde, und ging vor die Tür. Dort alarmierte er mit seinem Smartphone einen Notarztwagen.

Als er wieder in die Kirche trat, hatten sich die Nonnen noch immer nicht gefasst. Die Subpriorin, die resolute, groß gewachsene Schwester Gertrude, stützte Alma, die wie vom Schlag getroffen auf der Bank saß und vornüberzukippen drohte.

Manch eine der Schwestern starrte apathisch ins Leere, andere suchten Trost im Gebet.

»Kümmern Sie sich um sie«, durchschnitt Gertrudes herrische Stimme die aufgeregte Stille, an ihre Banknachbarin gewandt, und wies auf die im Schock erstarrte Priorin. »Ich werde mit Schwester Hildegard nach ihr sehen. Vielleicht können wir noch etwas für sie tun!«

Ohne zu zögern, sprang Hildegard, die für die kleine Krankenstation des Klosters zuständig war, auf und folgte Gertrude durch die Seitentür ins Klostergebäude.

AUFMARSCH

Sonntag, 8. März 2020, 9 Uhr

Es dauerte keine 20 Minuten, bis sich nahezu zeitgleich ein Notarztwagen und ein Zivilfahrzeug der Ludwigshafener Polizei mit wild zuckendem Blaulicht aus der engen Gasse vor dem Kloster ankündigten.

Beide fuhren auf den weiten Vorplatz der Kapelle und stoppten abrupt.

Nachdem er den Krankenwagen verständigt hatte, war André auf Schwester Alma zugegangen und hatte sie informiert. Sie nahm seine Hilfe bereitwillig an, war sie doch in diesen weltlichen Dingen reichlich unerfahren. Sie kannte ihn oberflächlich als sporadischen Gottesdienstbesucher und in seiner Funktion als Speyerer Stadtführer, was ihm offensichtlich einen Vertrauensbonus eingebracht hatte.

Kriminalhauptkommissar Frank Achill und Kriminaloberkommissarin Verena Bertling sprangen aus dem Wagen und steuerten direkt auf die Priorin zu.

André wusste zwar, dass bei plötzlichen Todesfällen häufig mit dem Notarztwagen automatisch auch die Polizei hinzugerufen wurde. Warum aber statt eines normalen Streifenwagens gleich die Mordkommission angerückt war, verwunderte ihn. Dass ausgerechnet sein langjähriger Freund Frank Achill und dessen engste Mitarbeiterin ausgestiegen waren, überraschte ihn zusätzlich.

Während die beiden die Schwester mit Handschlag begrüßten, schenkten sie André nur ein flüchtiges Nicken. Er wusste damit umzugehen. Sobald sein Freund im Einsatz war, hatte er wenig Sinn für Beziehungspflege. Wie immer galt all seine

Aufmerksamkeit der möglichst effektiven und regelgerechten Erledigung der Polizeiarbeit.

»Guten Morgen, Schwester, Sie sind die Verantwortliche hier?«, fragte Achill.

Die nur etwa anderthalb Meter große, gebeugte 88-jährige Priorin stand noch immer unter Schock. Sie wankte und schaute sich verunsichert um, als spräche Achill mit einer hinter ihr stehenden Person.

»Grüß Gott!«, sagte sie schließlich mit brüchiger Stimme. »Ich bin in der Tat die Priorin unserer Gemeinschaft, Schwester Alma.« Dabei reichte sie ihm die kleine knochige Hand. Ihr Körper war durch das hohe Alter so stark gekrümmt, dass sich Achill vornüberbeugen musste, um sie zu schütteln.

»Und das ist Herr Sartorius, ein regelmäßiger Besucher unserer Stundengebete«, stellte sie André mit gütigem Lächeln vor.

Nach kurzem Zögern begrüßte Achill nun auch André mit Handschlag, vermied es aber, ihre freundschaftliche Beziehung zu erwähnen.

Bertling lächelte irritiert und nannte Namen und Dienstgrad.

»Können Sie mich nun bitte an den Auffindeort bringen«, bat Achill.

»Auffindeort?«, fragte Schwester Alma verwirrt.

»Na, das Zimmer, in dem Sie die Tote gefunden haben.«

»Zimmer?«, wiederholte Schwester Alma fragend. »Wir nennen das hier Zelle, Herr Kommissar.«

Achill räusperte sich. »Entschuldigung, ich bin mit den klösterlichen Fachbegriffen nicht sehr vertraut. Dann eben in ihre Zelle.«

»Die Zelle unserer Mitschwester befindet sich in der Klausur.«

»Kein Problem«, erwiderte Achill geschäftig und wandte sich in Richtung des Eingangs zum Klosterinneren.

André schmunzelte vielsagend. Zu gerne hätte er seinem Freund eine kleine Erläuterung klösterlicher Gepflogenheiten gegeben, aber Achill hatte ja selbst entschieden, ihre Freundschaft gegenüber der Schwester zu verschweigen.

»Klausur bedeutet, dass es ein von der Außenwelt abgeschiedener Bereich ist, zu dem Außenstehende, ganz besonders Männer, keinen Zutritt haben«, erläuterte die Priorin ruhig, aber mit Nachdruck.

Achill verbiss sich im letzten Moment eine der sonst üblichen abgenutzten Bullenrepliken, die er und seine Kollegen gebrauchten, wenn jemand versuchte, ihnen irgendwo den Zugang zu verwehren.

Stattdessen setzte er auf seine Überzeugungskraft und startete einen neuen Versuch. »Aber jemand muss doch nach der Schwester sehen. Vielleicht …«

»Schwester Walburga wurde zu unserem Herrn gerufen«, unterbrach ihn Alma und bekreuzigte sich, »unsere Infirmarin, Schwester Hildegard, die unser volles Vertrauen genießt, hat sich bereits davon überzeugt.«

Achill wirkte überfordert. »Infirmarin?«, stammelte er.

»Schwester Hildegard ist die Leiterin unserer Klosterinfirmarie, der Krankenstation.«

»Aha.«

André und Bertling konnten nur mühsam ein Schmunzeln unterdrücken.

»Äh, trotzdem wäre es sicherlich sinnvoll, wenn ein zweites Augenpaar uns Gewissheit verschaffen würde, dass wir hier überflüssig sind«, sagte Achill und wies auf die Notärztin, die sich mittlerweile zu ihnen gesellt hatte.

»Haben Sie etwa Zweifel an den Fähigkeiten unserer Schwester Hildegard?«, echauffierte sich Alma. Dabei legte sich ihre Stirn in Falten, was anzeigte, dass man gerade ihre Geduld über alle Maßen strapazierte. »Kommen Sie, in Gottes Namen. Aber *der* bleibt draußen«, sagte sie, an die Notärztin gewandt, und wies auf den bulligen Sanitäter in riesigen Sportschuhen, der sich mit einem nachttischgroßen Sanitätstornister neben der Ärztin aufgebaut hatte.

»Ich schaffe das alleine«, sagte die Medizinerin lächelnd zu ihm und folgte Schwester Alma mit einer kleinen Arzttasche in Richtung der Klosterpforte.

Als sie außer Hörweite waren, atmete Achill geräuschvoll aus. »Boah, kaum größer als eine Parkuhr, aber schlimmer als jeder russische Türsteher.«

André und Bertling lachten.

»Was macht eigentlich ausgerechnet ihr hier?«, fragte André.

Achill grinste. »Na ja, als im Polizeifunk die Durchsage kam, dass es hier in Speyer einen Todesfall gegeben hat, waren wir zufällig schon auf der B9 Richtung Süden unterwegs. Als ich dann noch vom Kollegen von der Leitstelle hörte, wer den Notruf abgesetzt hat, hab ich mich kurzerhand für zuständig erklärt. Ich wollte verhindern, dass du dich mal wieder in etwas versteigst, du unverbesserlicher Hobbyermittler.«

»Witzbold«, erwiderte André, verärgert über die Spitze seines Freundes. War er es nicht gewesen, der ihn in den letzten Jahren bei der Aufklärung von gleich drei Fällen unterstützt hatte?

»Ich hoffe nur, die Ärztin kann eine unnatürliche Todesursache sicher ausschließen, und wir können uns hier bald vom Acker machen«, warf Bertling ein, um jegliche Missstimmung zwischen den Freunden im Keim zu ersticken.

*

Nach einer halben Stunde trat die Ärztin aus dem Klostergebäude und marschierte zielstrebig auf Achill zu.

»Können wir kurz reden?«, fragte sie und schaute in die Runde, in der sich neben Bertling noch immer André aufhielt.

»Ja«, brummte Achill, offensichtlich scheute er sich, André wegzuschicken.

»Die Schwester ist zweifelsfrei tot«, verkündete die Notärztin.

»Können Sie uns schon was zur Todesursache sagen?«

»Verstehen Sie mich nicht falsch, aber wie Sie sicherlich wissen, ist das die Aufgabe der Kolleginnen und Kollegen der Rechtsmedizin.«

»Ich weiß, ich weiß«, wiegelte Achill ab und wedelte mit der Hand, als wolle er den Widerstand der Ärztin wegwischen. »Aber speziell in diesem Umfeld ist es wichtig zu wissen, ob wir einen unnatürlichen Todesfall ausschließen können. Wir wollen hier nicht unnötig stören, indem wir die Nonnen polizeilichen Befragungen unterziehen.«

Die junge Ärztin blies hörbar Luft durch die Lippen. »Bei der Todesursache bin ich mir nicht sicher. Sie hat sich vor ihrem Tod wohl mehrfach stark übergeben.«

Achill nickte. Er spürte, dass die Ärztin noch mit etwas hinterm Berg hielt. Er verkniff sich eine Antwort und sah sie erwartungsvoll an.

»Und …«, begann die Medizinerin, stockte dann aber.

»Und was?«

»Verstehen Sie mich nicht falsch. Ich will den Kollegen von der Rechtsmedizin nicht vorgreifen, aber …«

»Keine Sorge. Was ist Ihnen noch aufgefallen?«

»Na ja, sie hat auffallend rote Lippen«, platzte es aus ihr heraus.

»Rote Lippen?«

»Ja, und ich denke nicht, dass es Lippenstift ist.«

Achill lachte. »In der Tat, davon würde ich hier auch nicht ausgehen. Und was schließen Sie daraus?«

»Nichts Spezielles. Bei den sonst häufigen Todesfällen durch Herzinfarkt oder Kreislaufversagen ist es eher umgekehrt, die Lippen wirken farblos oder leicht bläulich.«

»Hm«, brummelte Achill unschlüssig.

»Um auf Ihre Frage zurückzukommen: Ich würde eher auf einen Vergiftungstod als auf eine natürliche Todesursache tippen. Insbesondere vor dem Hintergrund, dass niemand etwas von einer akuten Erkrankung der Schwester weiß.«

»Vergiftung …«, brummelte Achill vor sich hin.

André blieb stumm, legte die Stirn in Falten und rieb sich versonnen das Kinn, wie immer, wenn er über etwas nachgrübelte.

»Auf ihrem Nachtisch steht übrigens so ein Glaskrug mit einem komischen Tee oder Kräutersud darin. Das sah nicht aus und roch auch nicht wie der übliche Pfefferminz- oder Fencheltee.«

In Achills Gesicht kam Leben. »Wir müssen sofort da rein und die Beweise sichern, egal ob es dieser Priorin passt oder nicht. Verena, ordere bitte die Rechtsmedizin und die Kollegen von der Kriminaltechnik, sie sollen sich beeilen!«

Das Detail mit dem Glaskrug hatte ihn wohl überzeugt, mit großem Besteck an die Sache heranzugehen.

Während Bertling ihr Handy zückte, preschte Achill mit André dicht hinter sich in Richtung Pforte.

»Du bleibst draußen, mein Freund«, sagte Achill resolut. »Das ist ein Polizeieinsatz. Danke, dass du den Notarzt verständigt hast, aber jetzt fährst du am besten nach Hause!«

André wusste, jeder Widerstand war zwecklos. Sein Freund war voll und ganz im Polizeimodus.

Widerwillig verabschiedete er sich und trat den Rückzug an.

TATORT

Sonntag, 8. März 2020, 9.40 Uhr

Achill war im Begriff, die Klosterpforte zu passieren. Zu seiner Überraschung stellte sich ihm die Priorin breitbeinig, mit vor dem Körper verschränkten Armen, in den Weg. Er musste sich ein Grinsen verkneifen, wirkte dieser Auftritt der zierlichen Frau doch eher grotesk als abschreckend.

»Sie werden unsere Klausur nicht betreten!«, herrschte sie ihn erstaunlich resolut an.

»Ich muss es leider tun. Wir gehen, gestützt auf den vorläufigen Befund der Notärztin, von einem Vergiftungstod aus. Daher müssen wir von Amts wegen in dieser Sache ermitteln. Ich bitte Sie dafür um Verständnis.«

Alma sah ihn durchdringend an. Offensichtlich trug sie einen inneren Kampf mit sich aus.

»Es ist doch auch in Ihrem Interesse, dass wir den Tod Ihrer Mitschwester lückenlos aufklären.«

»Ich wüsste nicht, was es für Sie aufzuklären gibt. Wenn unser Schöpfer eine der Unsrigen zu sich ruft, dann hat es Gründe, die nur er versteht. Aber Menschen wie Sie leben wohl nur für den Zweck, das Unergründliche erklären zu wollen und ihm ins Handwerk zu pfuschen.«

Sie ging zögerlich einen Schritt zur Seite. Doch ihr Gesicht verriet ihre Missbilligung. »Aber ich bestehe darauf, dass Schwester Gertrude Sie begleitet. Die Klausur eines Klosters ist kein Ort, an dem man sich bewegen kann wie auf dem Jahrmarkt.«

Ehe Achill etwas entgegnen konnte, wandte sie sich zu Gertrude, die drei Schritte abseits dem Gespräch gefolgt war.

»Sie bringen den Herrn Kommissar zu Walburgas Zelle, und zwar auf direktem Wege!«

*

Achill musste sich beeilen, um der hochgewachsenen Schwester, die im Stechschritt voranging, folgen zu können. Jeder ihrer Tritte in den groben, schwarzen gummibesohlten Schuhen verursachte ein enervierendes Quietschen auf dem auf Hochglanz gebohnerten Linoleumboden.

Eine der Zellentüren am Ende des kahlen Korridors im zweiten Obergeschoss war weit geöffnet. Von innen drang geschäftiges Poltern und Werkeln nach draußen.

»Ist das das Zimmer der Verstorbenen?«, fragte Achill teils überrascht, teils empört.

»Ja, das ist die Zelle unserer Mitschwester Walburga.«

Achills Wangen liefen zornesrot an. Unwillkürlich beschleunigte er den Schritt.

»Was tun Sie da?«, fuhr er die zwei Nonnen an, die gerade dabei waren, im Zimmer der Toten mit Lappen und Feudel sauberzumachen.

»Wir bereiten unserer Mitschwester, Gott hab sie selig, ein würdiges Umfeld. Der Guten schien es vor ihrem Tod sehr schlecht gegangen zu sein«, sagte die größere der beiden mitleidig.

Achill musterte ihren merkwürdigen Aufzug. Über den gepflegten feinen Stoff des Habits hatte sie eine grobe grüne Schürze gebunden.

»Ich bin Schwester Hildegard. Normalerweise ist mein Platz in der Krankenstation oder in unserem Kräutergarten«, verkündete die etwa 50-jährige stämmige Frau, die seinen fragenden Blick auf die grüne Arbeitsschürze richtig gedeutet hatte.

Achill stieg nun auch der unangenehme Geruch von Erbrochenem in die Nase. Er wurde selbst durch den scharfen Salmiakgestank aus dem Putzeimer, in den die andere Nonne gerade ihren Feudel tunkte, nicht überdeckt.

»Un was machenen Sie do in de Klausur?«, fragte ihn nun die Feudelschwingerin mit unverkennbar südpfälzischem Dialekt.

Achill zog den Dienstausweis hervor und hielt ihn ihr unter die Nase. »Mein Name ist Kriminalhauptkommissar Frank Achill, und ich ermittle in diesem Todesfall!«

»Aber doch nidd bei uns?«

»Ganz besonders hier, denn das hier ist vermutlich ein Tatort, und Sie hören sofort auf, hier alles zu verunreinigen.«

»Zu verunreinische? Ich butz doch nur mol schnell durch.« Die Nonne schien die Welt nicht mehr zu verstehen. »Verunreinische«, wiederholte sie immer wieder und schaute dabei fragend und ungläubig auf ihren Schrubber.

»Vielleicht hätte ich besser sagen sollen, Sie beseitigen Spuren.«

»Spure vunn was? Sie wern endschuldische, sie hodd halt äfach gebroche. Des kummt halt ämol vor, wonn's ähm schlecht isch – a bei uns.«

»Ja schon, aber es geht um die Spuren der möglichen Täterin.«

Das Wort »Täterin« schien sich wie ein eisiger Bannstrahl in die Gemütslage der Ordensfrauen zu bohren und ließ ihre Züge gefrieren.

Die eben noch putzende Schwester ließ sich matt auf einen Stuhl fallen.

Gertrude, die noch immer in seinem Rücken stand, erlangte als Erste wieder die Fassung.

»Sie meinen doch nicht etwa im Ernst, dass ...«, setzte

sie an, bekreuzigte sich und ließ das, was sie sagen wollte, unausgesprochen.

»Ich meine gar nichts. Ich tue das, was in solchen Situationen routinemäßig getan werden muss. Beweise sichern und die Überführung des Leichnams in die Rechtsmedizin sicherstellen.«

»Aber Schwester Walburga würde nicht wollen ...«, begann die grünbeschürzte Nonne matt.

»Es tut mir leid, im Falle eines unnatürlichen Todes muss die Verstorbene einer Obduktion unterzogen werden.« Kaum hatte er das ausgesprochen, dämmerte Achill, dass er sich gerade um Kopf und Kragen redete.

Die Grünbeschürzte schluckte. »Obduktion?«

»Natürlich, die Notärztin vermutet eine Vergiftung mit einem Kräutersud.«

Er registrierte einen rosigen Schimmer auf den Wangen der Schwester. Dabei fiel ihm auf, dass nirgends ein Glaskrug oder ein ähnliches Gefäß zu sehen war. »Und wo ist der Kräutersud, von dem die Ärztin gesprochen hat?«

Die Nonnen schwiegen und wechselten betretene Blicke.

Achill fragte sich, ob sie wirklich so weltfremd waren. Oder führte man ihn hier gerade hinters Licht?

»Noch mal: Wo ist der Krug?«

»Wir ... also ich ... also wir waren uns einig, dass wir ihn wegschütten sollten. Es sah alles so unordentlich aus«, stammelte die Grünbeschürzte nun sichtlich zerknirscht.

»Wohin haben Sie ihn geschüttet?«

»Halt ins Klo«, antwortete die andere.

»Und der Krug, ist der schon gespült?«, bohrte Achill weiter.

»Ich weiß nicht«, erwiderte Schwester Hildegard kleinlaut. »Ich habe ihn in der Küche neben dem Spülbecken abgestellt.«

Achill schüttelte den Kopf.

»Kann ich helfen?«, hörte er nun Bertlings Stimme in seinem Rücken.

Er drehte sich zu ihr um. Sie schmunzelte. »Die Rechtsmedizinerin ist schon unterwegs, und die Kollegen von der Kriminaltechnik müssten in gut 20 Minuten hier sein.«

»Danke«, erwiderte Achill.

»Soll ich mich nach dem Krug umsehen?« Offensichtlich hatte sie die letzte Gesprächssequenz mitgehört.

»Gerne. Schwester Hildegard, bitte zeigen Sie meiner Kollegin, wo Sie den Krug hingestellt haben.«

»Und Sie, Schwester …« Dabei wies er mit dem Kopf in Richtung der Feudelschwingerin.

»Schweschder Ehrentrud«, ergänzte sie und rollte die beiden R in ihrem Namen.

»Sie verlassen bitte den Raum. Es darf hier nichts mehr verändert oder angefasst werden.«

Gertrude, die noch immer hinter ihm stand, setzte an, etwas zu erwidern.

»Bitte, Schwester Gertrude!« Er hatte versucht, allen Nachdruck und all seine Autorität in das Wort »Bitte« zu legen. »Bitte besorgen Sie mir eine Liste aller im Kloster anwesenden Nonnen. Sie sollen sich, sagen wir, so in einer Stunde zusammenfinden. Am besten in einem Raum, in dem wir alle Platz haben.«

»Das Refektorium im Erdgeschoss«, schlug Gertrude vor.

»In Ordnung, dann nehmen wir dieses Refektorium. Bereiten Sie dort schon mal alles vor.« Achill war zu dem Schluss gekommen, dass er sie beschäftigen musste, um sie hier loszuwerden.

»Aber wir sollten vor dem Mittagsgebet um 11.40 Uhr fertig sein. Danach brauchen wir den Raum, um dort das Mittagessen einzunehmen.«

»Na, dann in Gottes Namen nach dem Mittagessen«, brummte Achill genervt. »Dann zieht sich das alles eben bis in den Nachmittag hin. Wir sind erst fertig, wenn alle Fragen geklärt sind.«

Ohne weiteren Kommentar und mit zu einer dünnen Linie zusammengekniffenen Lippen zog Gertrude mit wehendem Habit und quietschenden Gummisohlen davon.

Nun, nachdem alle verschwunden waren, konnte Achill sich endlich auf das Zimmer und den Leichnam konzentrieren. Für einen Moment reute ihn die Pietätlosigkeit, mit der er, nur wenige Meter von der Toten entfernt, seinen kleinen Kampf mit den widerspenstigen Nonnen ausgefochten hatte. Aber so war Polizeiarbeit eben. Selbst der Tod verkam nach einigen Berufsjahren zur schlichten Kulisse.

Ihm war es stets wichtig, das Umfeld der Opfer, das in diesem Fall wahrscheinlich auch der Tatort war, sorgfältig zu inspizieren.

Hier war das einfach. Der Raum maß gerade mal etwa drei auf vier Meter. An der Schmalseite gab es gegenüber der Tür ein Fenster zum Garten. Die Möblierung war spartanisch. Ein Bett mit Nachttisch und ein Kleiderschrank an der rechten Längsseite. Links ein kleines Waschbecken, Stuhl und Tisch mit einem Bücherbord darüber. Daneben, an der Wand, ein schlichtes Holzkreuz.

Zuerst wandte er sich der Leiche zu.

Vorsichtig schlug er das Leintuch zurück, das man über sie gebreitet hatte. Mit Sicherheit war der tote Körper von der Notärztin schon bewegt worden. Und wahrscheinlich hatten auch die beiden Nonnen in irgendeiner Weise Hand angelegt, um der Entschlafenen ein würdiges Aussehen zu verleihen. Trotzdem war unverkennbar, dass Walburga unter großen Schmerzen und Krämpfen verstorben war. Ihre Züge wirkten verkrampft, worüber auch die wahrscheinlich durch ihre Mitschwestern post mortem geschlossenen Augenlider nicht hinwegtäuschen konnten.

Ihr dünnes, kurzes graues Haar war zerzaust.

Auffällig waren die schon von der Notärztin angesprochenen unnatürlich roten Lippen. Sie bildeten einen bizarren Kontrast zu der bleichen, wächsernen Haut des Gesichts.

Achill beugte sich über den Leichnam, um sich die Mundpartie genauer anzusehen. In der Tat, es war auszuschließen, dass die Farbe durch Lippenstift oder auf andere Weise aufgetragen worden war. Als er ihr näherkam, roch er den üblen Dunst von Erbrochenem. Die Schwester musste vor ihrem Tod schwer gelitten haben.

Dann streifte er sich ein paar Latexhandschuhe über und schlug die Bettdecke zurück.

Die Tote trug ein Nachthemd. Ein Zeichen dafür, dass sie nicht mehr die Kraft aufgebracht hatte, sich anzukleiden oder gar in den Morgenstunden bereits nicht mehr gelebt hatte.

Warum hatte sie nicht um Hilfe gerufen? Und warum waren ihre Zimmernachbarinnen nicht auf ihr Leiden aufmerksam geworden? Er war gespannt auf die Befragungen und beschloss, sich einen Gebäudeplan, auf dem die Zimmerbelegung vermerkt war, geben zu lassen.

Dann wandte er sich der Umgebung der Verstorbenen zu.

Er öffnete den schmalen Kleiderschrank, dessen Tür knarzte. Die Leere darin überraschte ihn. Außer einem schlichten dunklen Woll- und einem dünnen Regenmantel gab es lediglich noch eine Strickweste und zwei Habite mit Schleier und so etwas wie Hauben, die wahrscheinlich darunter getragen wurden. In einem Fach daneben lag ein kleiner Stapel einfache, vom langen Tragen und vielem Waschen vergraute Unterwäsche. Dazu einige Paare dunkle Kniestrümpfe und unten im Schrank je ein paar klobige schwarze

Sommer- und Winterschuhe. An einem Haken an der Seitenwand hing ein grober brauner Ledergürtel.

In einem Fach fand er schließlich einige private Habseligkeiten. Ein Portemonnaie mit wenigen Münzen und einem Zehneuroschein, Familienfotos, Heiligenbildchen, eine Dose mit Handcreme und eine angebrochene Tafel Schokolade.

Dieses unerwartete Maß an Bescheidenheit, in dem diese Frau Jahrzehnte gelebt haben musste, bewegte ihn.

Er wandte sich dem Bücherregal zu. Neben einer abgegriffenen Bibel und einem Gesangbuch standen zwei weitere Bücher: eines über das Leben von Thomas von Aquin und interessanterweise ein weiteres mit dem Titel Bank- und Börsenwissen – kompakt.

Was für eine eigenartige Zusammenstellung, dachte Achill und schüttelte den Kopf.

Sowohl die Oberfläche des Tischs als auch die des Nachttischs waren von nahezu aseptischer Leere. Auf dem Nachtschrank lag eine Brille, auf der abgewetzten Resopaltischplatte eine Schreibunterlage und ein einfacher Kugelschreiber mit dem Werbeaufdruck einer Apotheke. Daneben lag die letzte Ausgabe des *Pilgers,* einer in Speyer gedruckten Kirchenzeitschrift.

An der Wand hing eine Fotografie von Edith Stein. Sie war eine Heilige, die einige Jahre in Speyer als Lehrerin gearbeitet hatte und schließlich wegen ihrer jüdischen Abstammung von den Nationalsozialisten in den Gaskammern von Auschwitz ermordet worden war.

Achill rieb sich über die Augen. Die armseligen Hinterlassenschaften der betagten Schwester rührten ihn.

UNTERSUCHUNGEN

Sonntag, 8. März 2020, 10.05 Uhr

Es sah linkisch und steif aus, als sich André aus Angst, ein weiteres Aufschieben des Tores könne die Schwestern auf ihn aufmerksam machen, durch das einen Spaltbreit geöffnete Rolltor in den Klostergarten zwängte.

Die Sache mit den roten Lippen, die die Notärztin vorhin von der Leiche berichtet hatte, beschäftigte ihn. Er war sich sicher, schon einmal über dieses Phänomen in einem seiner Gartenbücher gelesen zu haben.

Niemand nahm Notiz von ihm. Die Ankunft zweier grauer Transporter, aus denen eine Horde Kriminaltechniker mit ihren Alukoffern, Kameras und Stativen quoll, zog alle Aufmerksamkeit auf sich.

Der durch eine hohe Mauer umfriedete quadratische Garten des Klosters war weitläufig. Das Zentrum bildete ein Zierrasen. Um ihn erstreckten sich Rabatten mit Rosenbüschen, Tulpen und Osterglocken. An der Sandsteinmauer, immer wieder unterbrochen durch Beerensträucher und Obstspaliere, zog sich ein Heil- und Küchenkräutergarten entlang.

André baute auf seinem Altstadtanwesen selbst zahlreiche seltene Kräuter an. So waren ihm Heilpflanzen durchaus vertraut. Über die Jahre hatte er sich ein profundes Wissen über deren Eigenschaften angeeignet und einen regelrechten Hang zur Botanik entwickelt. Obwohl er nach einer ganz bestimmten Pflanze suchte, ließ er es sich nicht nehmen, aufmerksam von Beet zu Beet zu schlendern und die Vielfalt und fachkundige Auswahl der tüchtigen Nonnen zu studieren.

Da war Galgant, eine Ingwerart, der schon Hildegard von Bingen große Heilkräfte zugesprochen hatte und die man in heimischen Gärten so gut wie nie fand. Daneben Beinwell, Bertram, Quendel und Alant. André war fasziniert, am liebsten hätte er sich mit einer der kräuterkundigen Schwestern unterhalten und sich herumführen lassen.

Doch er war hier, um nach einem ganz besonderen Baum Ausschau zu halten. In einer Ecke des großflächigen Gartenkarrees entdeckte er schließlich den dunklen mehrtriebigen Nadelbaum, den er zu finden gehofft hatte. Eine Eibe oder botanisch Taxus baccata.

Er war sich sicher, irgendwo gelesen zu haben, dass Taxin, das hochwirksame Gift der Eibe, nach Einnahme zu einer auffallenden Rotfärbung der Lippen führte. Genauso, wie es die Notärztin bei Walburga festgestellt hatte.

Das Gift war außer im Fleisch der roten kleinen Früchte in allen Teilen des Baumes, vor allem aber in den Nadeln enthalten. Da kaum anzunehmen war, dass sich jemand mit der Verarbeitung von Samen, Stamm, Rinde oder Wurzel abgemüht hatte, konnte man davon ausgehen, dass sich der Verursacher der Vergiftung mit frischen Zweigen eingedeckt hatte.

André musste nicht einmal um den Baum herumlaufen, um zu erkennen, dass an den unteren, gut erreichbaren Ästen vor Kurzem Triebe entfernt worden waren. Aus den Schnittstellen trat noch der harzige Pflanzensaft aus. Nach seiner Erfahrung konnten die Schnitte nicht älter als drei Tage sein. Ein Lächeln breitete sich auf seinem Gesicht aus.

War er etwa dem Täter oder der Täterin schon dicht auf den Fersen? Aber was, wenn sich der Mörder noch hier ganz in der Nähe aufhielt?

Ein Schauer lief ihm über den Rücken. Mit einem Mal kam er sich beobachtet vor. Hektisch wandte er sich in Richtung des Klostergebäudes um. Er konnte gerade noch sehen, wie an einem der Zellenfenster eine Nonne hinter dem Vorhang verschwand. Verdammt, war er etwa aufgeflogen, und gleich würde ihn ein Haufen zeternder Nonnen aus dem Garten vertreiben?

*

»Diese Herrschaften haben nach Ihnen gefragt«, durchschnitt eine bissige Stimme die konzentrierte Stille in Walburgas Zelle.

Achill, der gerade dabei war, die Bücher nach Zetteln oder Buchzeichen zu durchsuchen, zuckte zusammen.

Als er sich umdrehte, erkannte er neben Schwester Gertrude seine in weißen Overalls steckenden Kolleginnen und Kollegen von der Kriminaltechnik und die Rechtsmedizinerin.

»Schön, dass es so schnell geklappt hat«, begrüßte er sie, ohne ihnen die bereits behandschuhten Hände zu schütteln.

»Bitte nehmt das Zimmer eingehend unter die Lupe. Aus meiner Sicht ist in diesem Fall der Auffindeort auch der Tatort. Die Notärztin geht von einer Vergiftung aus. Leider konnte ich nicht verhindern, dass hier bereits gewischt wurde. Verena konnte den Glaskrug, in dem sich nach Aussage der Notärztin der möglicherweise tödliche Kräutersud befand, nur noch leer, aber ungespült sicherstellen. Untersucht bitte die anhaftenden Reste des Inhalts im Labor nach Giftrückständen.« Dabei deutete Achill auf den in einem Plastikbeutel verpackten Krug, den Bertling auf dem Tisch abgestellt hatte.

»Eng hier«, klagte Franz Steiger, der Leiter des KTU-Trupps, und sah Achill auffordernd an.

»Lieber Franz, ich mag deine subtile Art, mich rauszuwerfen. Falls du mal einen anderen Job suchst, kann ich dich bestimmt an irgendeinen Klub als Rausschmeißer vermitteln.«

»Und ich mag deine schnelle Auffassungsgabe«, stellte der Kriminaltechniker grinsend fest und versetzte ihm freundschaftlich einen Stoß mit der Schulter.

»Wann kann ich mit eurem Bericht rechnen? Klappt es heute noch für einen Ersteindruck?«

»Bei uns schon«, antwortete Steiger.

»Bei mir wird es morgen«, ergänzte die Rechtsmedizinerin. »Momentan liegen meine Kunden Schlange. Der Frühling ist immer eine gute Zeit zum Sterben.«

Schwester Gertrude räusperte sich konsterniert. »Unser Schöpfer kommt offensichtlich besser als Sie mit Warteschlangen zurecht.«

Achill spürte, dass es Zeit war, Gertrude aus der Runde zu entfernen, bevor es noch zu einem offenen Konflikt kam.

»So, lassen Sie uns gehen, die Kollegen brauchen Platz«, sagte er an sie gewandt.

»Ich hoffe, dass Sie das, was auch immer Sie unserer verblichenen Mitschwester antun, bis um 11.40 Uhr beenden werden. Wir haben dann unser Mittagsgebet. Bis dahin sollte unsere Klausur wiederhergestellt sein«, erwiderte sie spitz und machte auf quietschenden Gummisohlen kehrt.

*

Als Achill unter den argwöhnischen Blicken von Schwester Gertrude das Erdgeschoss erreichte, stand Alma, die Priorin, im Gespräch mit der Novizin Belén auf dem Flur und hatte mütterlich ihre Hand auf deren Schulter gelegt.

Achill nickte der jungen Frau zur Begrüßung zu. Sie schlug die Augen nieder, als sei es ihr peinlich, einem Mann gegenüberzustehen.

»Schwester Alma, auf ein Wort.«

Die Novizin verabschiedete sich hastig und ließ Achill und Alma alleine.

»Schwester Alma, wie Sie sicherlich bereits wissen, kümmert sich die Rechtsmedizinerin gerade um Ihre verstorbene Mitschwester. Die Kolleginnen und Kollegen von der Kriminaltechnik widmen sich deren Zimmer. Ich hoffe, dass sie bis zu Ihrem Mittagsgebet das Gebäude verlassen können.«

»Danke«, sagte Alma und nickte.

Achill hatte mittlerweile eingesehen, dass es sinnlos war, gegen die wie in Beton gegossenen Gepflogenheiten des Klosters aufzubegehren.

»Meine Kollegin, Frau Bertling, und ich würden uns dann gerne nach dem Mittagessen noch mit Ihnen und den Schwestern unterhalten.«

Alma nickte mit einer Miene, als hätte sie gerade eine bittere Medizin geschluckt.

»Lieber Herr Achill, die Frauen, die sich hierher zurückgezogen haben, um ein spirituelles Leben für sich zu erwählen, taten dies aus guten Gründen. Einer war für viele, der Gewalt und Rohheit der Daseinsweise da draußen zu entfliehen. Sie haben – wie zum Beispiel unsere Novizin, die Sie eben kurz kennengelernt haben – schlimme Erfahrungen gemacht, waren oder sind traumatisiert und suchen hier Ruhe und Schutz. Ich bitte Sie eindringlich, dies bei Ihrer Befragung zu berücksichtigen.« Sie sah dabei mit fast flehendem Gesichtsausdruck zu ihm auf.

»Ich verspreche es Ihnen«, erwiderte er und nickte ihr zu.

»Danke, wir werden Ihnen um 13.30 Uhr im Refektorium, unserem Speisesaal, zur Verfügung stehen. Wir sind neun – Verzeihung – nach Walburgas Tod nur noch acht.« Dabei lief Alma eine Träne über die faltige Wange.

MITTAGSGEBET

Sonntag, 8. März 2020, 11.40 Uhr

Achill war mittlerweile klar geworden, dass er und Bertling, während sich die Schwestern dem Mittagsgebet widmeten und aßen, das Kloster zu verlassen hatten. Er brauchte für die anstehenden Befragungen deren Wohlwollen und wollte die Stimmung nicht weiter belasten.

Trotz ihres lautstarken Murrens hatte er seine Kollegen von der KTU schließlich überzeugt, um 11.30 Uhr abzurücken. Walburgas Leichnam war kurz vorher von einem Bestatter abgeholt worden und wurde in die Rechtsmedizin der Universitätsklinik Mainz überführt. Pünktlich vor dem Mittagsgebet waren auch Bertling und er aufgebrochen, um sich die Beine zu vertreten. Sie wollten sich ohnehin über ihre Wahrnehmungen austauschen und eine Kleinigkeit essen.

Nun saßen sie im nahegelegenen *Berzelhof*, einem geschmackvoll gestalteten kleinen Café in der Speyerer Altstadt. Beide hatten sie je einen doppelten Cappuccino und ein Stück Rahmkuchen vor sich.

»Wenigstens scheint die Notärztin nicht ganz falschgelegen zu sein. So interessiert, wie sich die Rechtsmedizinerin die roten Lippen angeschaut hat, wittert sie was«, sagte Bertling.

»Im Gegensatz dazu wirkten die KTU-Leute ziemlich abgetörnt.«

»Kunststück. Ein Raum, der unmittelbar vor deren Ankunft ordentlich durchgewienert wurde, ist tatsächlich die volle Panne.«

»Ja, es war meine Schuld. Ich hätte direkt den Tatort absperren sollen«, bekannte Achill zerknirscht.

»Na ja, einfach sind diese Nonnen nicht gerade. Das wird nachher ein hartes Stück Arbeit.«

»Ich werde es das nächste Mal zu würdigen wissen, wenn ich nur ein paar serbokroatische Dealer vor mir sitzen habe. Mit denen ist es einfacher«, meinte Achill lachend.

Bertling grinste schief. »Interessanter Standpunkt. Den solltest du allerdings nicht mit den Schwestern teilen. Das könnte uncharmant rüberkommen.«

»Ungünstiger, als es schon ist, kann es kaum noch werden. Oder hast du etwa Erwartungen in ihre Aussagen?«

»Nein, hab ich nicht. Die eine Hälfte versteht gar nicht, um was es geht, und die andere ist eingeschnappt, weil wir in ihrer Klausur rumermitteln.«

»Ich frage mich zunehmend, ob die wirklich so naiv sind, wie sie tun, oder ob sie schon über uns lachen. Dass jemand feudelschwingend einen Tatort reinigt, noch bevor die Polizei vor Ort ist, und dabei keinerlei Unrechtsempfinden hat, ist ein starkes Stück.«

»Hast du dort irgendwo ein Fernsehgerät gesehen?«

»Nein, wieso?«

»Denen fehlt eben die Erfahrung aus 50 Jahren *Tatort*, die fast jeden Bundesbürger zum Hilfspolizisten gemacht hat.«

»Damit könntest du recht haben, die führen ein völlig abgeschottetes Leben und kriegen von Mord, Totschlag und Gewalt um sich herum nichts mit.«

»Irgendwie tun sie mir auch leid. Sie sind durch die Sache heillos überfordert. Du solltest mit ihnen weniger hart ins Gericht gehen. Bitte nimm mir diesen Hinweis nicht übel.«

»Keine Sorge, ich verfüge nicht über das nötige Maß an Narzissmus, um zu glauben, ich würde immer alles richtig machen.«

»Ich weiß, deshalb macht es ja auch Spaß, mit dir zu arbeiten.«

Achill huschte ein roter Schimmer über die Wangen. Es war ihm stets peinlich, wenn er von anderen gelobt wurde. »Und was schlägst du vor? Wie sollen wir vorgehen?«, überging er das Lob.

»Na ja, erst lassen wir sie in Ruhe ihr Mittagessen einnehmen. Ich denke, eine weitere Störung ihres Tagesablaufs würden sie uns verübeln. Und dann teilen wir sie uns auf und befragen sie einzeln. Du solltest ihnen vorher zusichern, dass wir bis um 17 Uhr die Fliege machen. Um 17.30 Uhr haben sie ihr Rosenkranzgebet, und du hast ja die Ansage der herben Gertrude vernommen, die uns lieber früher als später abrücken sehen will.«

»Harte Bandagen«, entgegnete Achill und lachte. »Okay, dann machen wir's so. Ich möchte mich der Priorin und dieser Hildegard mit der grünen Schürze annehmen. Sie hat mir etwas zu voreilig den Krug ausgeschüttet. Im Übrigen ist sie als Sanitäterin, oder wie das hier heißt, wohl auch die, die sich von allen hier am besten mit Heilkräutern und Giften auskennt.«

»Okay, ich bastle uns einen kleinen Zeitplan und lege ihn nachher als vertrauensbildende Maßnahme der Priorin vor. Ich glaube, es hilft ihnen, wenn wir eine Struktur vorgeben.«

BEFRAGUNG

Sonntag, 8. März 2020, 13.30 Uhr

Sie hatten sich entschieden, einfühlsam und transparent vorzugehen. Die Nonnen zu gewinnen, statt einzuschüchtern, war die neue Devise. Deshalb wollten sie vorab ihr weiteres Vorgehen erklären und alle informieren.

Die räumlichen Voraussetzungen im Refektorium, dem Speisesaal, waren dazu perfekt geeignet.

Der Raum war wohl einst für weit mehr Personen ausgelegt gewesen, als ihn zurzeit nutzten. Er war, wie alles hier, spartanisch ausgestattet. Einige, durch die Jahrzehnte währende Nutzung reichlich angeschrammte Tische waren zu einer Tafel zusammengestellt. Wie Gertrude Bertling souffliert hatte, war der Platz am Kopfende der Priorin vorbehalten. Je vier Schwestern saßen üblicherweise an den Seiten.

Bertling war schon etwas früher im Raum und stellte an dem der Priorin abgewandten Tischende zwei Hocker nebeneinander. Auf einem davon ließ sie sich nieder. Gleich neben ihr nahm Achill Platz.

Er trommelte mit den Fingerkuppen ungeduldig auf der Resopaloberfläche des Tisches und beobachtete, wie die Schwestern umständlich ihre Plätze einnahmen.

Zur Rechten der Priorin hatte sich Gertrude niedergelassen. Der Stuhl zu ihrer Linken, offensichtlich Walburgas angestammter Sitzplatz, blieb leer.

Achill konnte sich nur mit Mühe ein Schmunzeln verkneifen. Es war alles wie bei ihm in der Polizeibehörde. Rechts neben dem Chef saß der Stellvertreter. Er fand es bemerkenswert, dass Walburga wohl immer links der Priorin, also an der Stelle, wo nach seiner Erfahrung der stille Favorit weilte, gesessen war.

Rechts neben Gertrude schlossen sich drei der Nonnen an. Links zwei Schwestern und am Ende, am nächsten zur Tür, die Novizin. Er wettete, dass auch das einen Grund hatte. Es war nicht nur symbolisch der Platz der Rangniedrigsten, die Nähe zur Tür ließ ihr mit Sicherheit auch die Aufgabe zufallen, mal eben schnell in die Küche zu huschen, wenn etwas fehlte.

Aus mehr als diesen acht Schwestern bestand die Klostergemeinschaft nicht.

Aufgrund der Überlänge der Tafel war ein Abstand zwischen den Nonnen und ihnen geblieben.

»Meine Damen«, begann Achill mit belegter Stimme.

»*Damen*«, äffte ihn die dickliche pausbäckige Nonne nach, die vorhin so dreist den Feudel geschwungen hatte, und lachte unverhohlen. Sie fing sich damit Almas strafenden Blick ein.

»Mittlerweile wissen Sie alle, dass Ihre Mitschwester Walburga heute Nacht verstorben ist – mein Beileid.« Achill legte bewusst eine kleine Pause ein, ehe er fortfuhr.

Die Schwestern bekreuzigten sich.

»Alle Anzeichen und Spuren deuten darauf hin, dass sie keines natürlichen Todes gestorben ist.« Wieder pausierte er, um das Gesagte wirken zu lassen.

In den meisten Gesichtern zeichnete sich ungläubiges Entsetzen ab.

»Dies zwingt uns, einige Maßnahmen einzuleiten, die Sie möglicherweise als unnötig oder gar störend empfinden werden. Ich bitte Sie dennoch um Ihre Unterstützung und Ihr Verständnis. Wir sind von Amts wegen gezwungen, diese Schritte einzuhalten, und haben nicht die Kompetenz, Ausnahmen zu machen. Wir müssen erstens das Zimmer, äh, die Zelle von Schwester Walburga für einige Tage, bis die Beweissicherung abgeschlossen ist, versiegeln.«

Die Schwestern rissen empört die Augen auf. Es war für sie wohl ein Novum, dass sich ein Externer anmaßte, das Hausrecht ihrer Priorin einzuschränken.

»Zweitens wurde der Leichnam von Schwester Walburga in die Rechtsmedizin nach Mainz überführt. Es ist zwingend notwendig, ihre Leiche zu obduzieren.«

Mit dieser Aussage erntete er eine Welle des Protests. Die sonst wohl sehr leidensfähigen Schwestern machten ihrem Unmut Luft.

»Nidd ämol verabschiede hän ma uns känne!«, quäkte die Pausbäckige.

»Wie würdelos«, stellte eine andere Nonne mit maskuliner Stimme spitz fest. Ihre rechte Wange zuckte dabei auffällig.

Die Priorin klatschte in die Hände.

»Gebt dem Kaiser, was des Kaisers ist, und Gott, was Gottes ist. Wichtig ist, dass ihre Seele den Weg zu Gott findet und dafür lasset uns beten, während die Behörden sich um ihre leibliche Hülle kümmern.«

Augenblicklich verstummte das Stimmengewirr.

»Drittens«, fuhr Achill unbeirrt fort, »möchten meine Kollegin und ich mit Ihnen allen anschließend ein kurzes Gespräch führen. Es dient dazu, Ihre jeweiligen Beobachtungen zu Protokoll zu nehmen. Das ist ein normaler Vorgang und entspricht der üblichen Polizeiroutine.«

Wieder setzte ein Wirrwarr an Kommentaren ein. »Ah jo, mir stehen jetzt all unner Verdacht«, blies sich die Pausbäckige auf.

»Ich hab sowieso nichts gesehen«, murmelte eine andere.

»Das ist eine bodenlose Unverschämtheit«, hörte er wieder die männlich klingende Stimme von vorhin.

Die Priorin klopfte mit der Fläche ihrer kleinen knochigen Hand auf den Tisch. »Ich erwarte, dass Sie den Kommissar und seine Assistentin nach Kräften unterstützen«, schrie sie mit brüchiger, kippender Stimme. Es war ihr deutlich anzumerken, dass ihr in ihrem hohen Alter für so etwas die Physis fehlte.

Sie machte eine Pause und blickte reihum jeder der Schwestern fest in die Augen. »Ich möchte, dass, wenn wir nachher zum Abendgebet zusammenkommen, diese Stimmung der Aufwallung vorüber ist und wir uns auf das konzentrieren, was unsere heilige Pflicht ist, nämlich für die Seele unserer verstorbenen Mitschwester zu beten. Dann wird auch die Klausur wiederhergestellt sein, und wir können uns unseren täglichen Aufgaben widmen. Herr Kommissar, nun dürfen Sie mit Ihrer Befragung beginnen. Ich hoffe, dass dieser Spuk bis zum Rosenkranzgebet vorbei ist!«, schloss sie mit strengem auf Achill gerichtetem Blick.

Nun ergriff Bertling das Wort. »Mein Kollege und ich werden je vier Gespräche führen, die etwa 20 Minuten dauern werden. Er wird mit der Priorin beginnen und ich mit Schwester Gertrude.«

Achill entging nicht, wie Gertrude die Lippen zusammenkniff und das Wort »Polizistengöre« vor sich hin zischte. Alma fasste sie energisch am Handgelenk.

Achill und seine Kollegin, die solcherlei Spitzen von ihren Kunden gewohnt waren, gingen kommentarlos darüber hinweg.

Bertling fuhr fort. »Ich würde die anderen Schwestern bitten, auf dem Flur zu warten. An der Tür außen habe ich einen Zettel angebracht, dem sie die Reihenfolge der Gespräche entnehmen können.«

Die Schwestern, die erst später an der Reihe waren, erhoben sich nach einer Geste ihrer Priorin und verließen erstaunlich diszipliniert den Raum.

Wie Bertling spekuliert hatte, war es wichtig, diesen Frauen, deren Leben tagaus, tagein nach den gleichen festen Regeln ablief, Klarheit und Struktur zu geben.

Achill setzte sich über Eck links neben die Priorin, während Bertling Schwester Gertrude an einen abseits stehenden Tisch in einer Nische am hinteren Ende des Raumes winkte.

*

Achill schaute Alma ruhig in die Augen. Selten hatte er bei einer Befragung solche Skrupel verspürt. So zerbrechlich und mit der Situation überfordert sie auch wirkte, so kämpferisch mahlten ihre knochigen Kiefer.

»Wie lange kennen Sie Schwester Walburga schon?«, brach er schließlich das Schweigen.

»Ich war schon da, als Walburga ihr Noviziat bei uns absolvierte. Das war 1970. Im Juli diesen Jahres hätte sich ihr erster Tag bei uns zum 50. Mal gejährt.«

»Was für ein Mensch war sie?«

»Sie war eine ganz besondere Frau. Sie war uns allen ein Vorbild in ihrer Gottergebenheit. Sie brannte jeden Tag aufs Neue für ihn. Keine lebte die klösterlichen Regeln so streng und selbstaufopfernd wie sie. In ihrer Integrität und ihrem Gerechtigkeitssinn war sie für uns alle eine Institution, an der man sich aufrichten konnte. Dabei war sie stets sanft und hilfsbereit. Sie forderte nicht, dass man ihr folgte, sie lud ein. Sie unterstützte mich mit Freude beim Tragen der schweren Bürde, die mir Gott mit der Leitung unserer Gemeinschaft auferlegt hat.«

Achill nickte. Die Inbrunst und die Bewunderung, die in Almas Sätzen lag, gab ihm das Gefühl, dass alles, was sie sagte, von Herzen kam. Es wirkte, als spräche eine Mutter voller Stolz über ihre Tochter.

»Hatte sie Feinde unter ihren Mitschwestern?«

»Nein, so etwas gibt es bei uns nicht«, wehrte Alma mit erhobenen Händen ab.

»Aber Reibereien oder Neid …«, begann Achill von Neuem.

Alma lächelte nachsichtig. »Unter Geschwistern gibt es immer kleine Eifersüchteleien oder das Gefühl der Benachteiligung. Aber so wie sie lernen, in Liebe und Rücksicht miteinander zu leben, so lernen wir es auch. Und Gottes Wort und Güte bestärken uns täglich in diesem Vorhaben. Und wenn diese schlechten Gefühle doch einmal die Oberhand gewinnen, fällt es mir zu, einer gütigen und liebenden Mutter gleich die Wogen zu glätten. Da wir alle keine weltlichen Ziele verfolgen und uns nichts gehört, wofür man uns beneiden könnte, sind diese Zwistigkeiten weit weniger ausgeprägt als da draußen.« Dabei deutete sie in Richtung der Klosterpforte.

»Verstehe.« Achill rieb sich übers Gesicht. Er war sich mit einem Mal sicher, dass es schwer werden würde, hier, in dieser eingeschworenen Gemeinschaft, Ansatzpunkte zu finden.

»Gibt es vielleicht etwas da draußen, das, sagen wir mal, hier hereingeschwappt sein könnte?«, wagte er einen letzten Versuch.

Alma schüttelte den Kopf. »Sehen Sie, die Klostermauern hier und die Klausur, in der wir leben, schützen uns vor der Flut von schlechten Gedanken und Taten überall um uns herum. Und speziell Walburga genoss diese Sicherheit ganz besonders. Sie hatte weder Verwandte noch Freunde außerhalb. Sie hatte selten das Bedürfnis, raus auf die Straße zu gehen. Einige wenige Male im Jahr besuchte sie ein Hochamt im Dom, um die Worte unseres Bischofs zu hören. Hin und wieder trug ich ihr auf, etwas im Ordinariat für mich zu erledigen. Die Gänge nach außen waren zu selten, um sich Feinde zu machen oder Kontakte zu unterhalten. Ihre ganze Welt war unser Kloster und ihre Familie unsere kleine Gemeinschaft. So ist es eben bei uns.«

»Hm«, brummte Achill und schwieg eine kurze Zeit, ehe er fortfuhr. »Gab es eine Schwester, die ihr besonders nahestand?«

»In einer Gemeinschaft wie der unsrigen wäre es unpassend, Freundschaften zu pflegen. Die Nähe zu einer bestimmten Person schlösse im Umkehrschluss die anderen aus. Aber dennoch schien es mir, dass sie und Schwester Hildegard viele gemeinsame Interessen teilten und sich in unserer wenigen freien Zeit gerne unterhielten.«

Achill nickte. »Ist Ihnen am Abend oder in der Nacht irgendetwas in Bezug auf Schwester Walburga aufgefallen?«

»Ja, sie fehlte beim Frühstück und bei der Laudes.«

Achill setzte zu einer Nachfrage an, doch Alma kam ihm zuvor. »Normalerweise lasse ich das nicht durchgehen. Aber Walburgas Verhalten war über jeden Zweifel erhaben. So ging ich davon aus, dass sie unpässlich sei. Wissen Sie, sie hatte oft mit schwerer Migräne zu kämpfen und vielleicht ein halbes Dutzend Mal im Jahr kam es vor, dass sie deshalb in ihrer Zelle blieb. Ich mache mir Vorwürfe, Herr Kommissar. Ich hätte nach ihr sehen sollen. Möglicherweise könnte sie …« Sie brach ab und senkte den Blick.

»Das sollten Sie nicht. Es war nicht davon auszugehen, dass ihr etwas zustößt.«

Alma schien es zu bedauern, Achill so nahe an ihr Inneres herangelassen zu haben. Ihre Züge verhärteten sich. »So, ich denke, Sie haben nun alles gehört, was ich zu sagen habe.« Sie breitete die Hände aus und bedeutete ihm damit, dass für sie das Gespräch zu Ende war.

*

Vor Bertling hatte Schwester Gertrude Platz genommen. Selbst im Sitzen überragte sie die zierliche Polizistin mit ihrem weizenblonden üppigen Haarschopf, der sie mädchenhaft erscheinen ließ, um einen halben Kopf.

Bertling begrüßte sie mit einem freundlichen Lächeln. Gertrude, die Lippen zu einer schmalen Linie zusammengepresst, nickte nur.

»Sie sind die Stellvertreterin von Schwester Alma?«

»So ist es.« Gertrude rollte gelangweilt die Augen.

»Wann haben Sie Ihre Mitschwester Walburga zum letzten Mal gesehen?«

»Das war gestern Abend um 19 Uhr in der Komplet. Danach zog sie sich gleich in ihre Zelle zurück. Zum Frühstück und zur Laudes ist sie nicht erschienen.«

»Ist es normal, dass Einzelne einfach fernbleiben?«

»Gott behüte. Natürlich nicht, wo kämen wir da hin? Wir leben hier nach strengen Regeln, die wir auch stets einhalten.«

»Und warum …«, begann Bertling, doch Gertrude unterbrach sie.

»Warum? Weil Schwester Walburga, sagen wir mal, bei unserer Priorin gewisse Freiheiten genoss.«

»Haben Sie oder jemand anderes nach ihr geschaut?«

Gertrude lachte bitter auf. »Ich bin zwar die Novizenmeisterin hier, aber die Disziplinierung unserer Mitschwestern ist einzig die Aufgabe der Priorin.«

»Nun, Sie hätten, sagen wir aus Sorge …«, begann Bertling.

»Für unsere gesundheitlichen Unpässlichkeiten ist unsere Infirmarin, Schwester Hildegard, zuständig.«

»Woher wissen Sie, dass sie unpässlich war«, bohrte Bertling weiter.

»Das wusste ich nicht. Aber bei Schwester Walburga kam das häufig vor. Sie litt an Migräne. Das weiß jede hier.«

»Hatte Schwester Walburga Feinde unter ihren Mitschwestern oder außerhalb des Klosters?«

Gertrude zuckte in ihrem Stuhl hoch und war im Begriff, das Gespräch abzubrechen. Ein Blick auf Alma, die zeitgleich scheinbar geduldig Achills Fragen beantwortete, ließ sie allerdings wieder auf ihren Platz sinken.

»So etwas wie Feindschaften gibt es hier nicht, wir sind eine Gemeinschaft, die die Liebe zu unseren Nächsten verinnerlicht hat und danach lebt. Für alles andere gibt es hier keinen Raum!«

Bertling setzte an, eine weitere Frage zu stellen, doch ihre Gesprächspartnerin kam ihr zuvor.

»So, Sie wissen nun, dass ich nichts Auffälliges gesehen habe und dass es auch sonst nichts gibt, was Sie interessieren könnte. Ich schlage vor, dass Sie sich noch den Mitschwestern kurz zuwenden und dann …«

»… und dann so schnell wie möglich verduften«, beendete Bertling den Satz.

»So ist es. Wir sind hier, weil wir ein abgeschottetes Leben im Glauben, nahe bei Gott führen wollen und nicht, weil wir den Jahrmarkt, der heute hier in unseren Mauern stattfindet, suchen.«

*

Bertling geleitete Gertrude zur Tür, an der die anderen Schwestern geduldig warteten. Sie fragte sich, ob nicht auch etwas Neugierde in ihren Blicken lag.

Als sie gerade im Begriff war, Innocentia, die die Nächste auf ihrer Liste war, anzusprechen, nahm Schwester Hildegard sie zur Seite.

»Entschuldigen Sie, wenn ich mich in Ihre Arbeit einmische, aber …«

»Kein Problem, um was geht es?«

»Unsere Novizin, Schwester Belén, sie wäre Ihnen sehr dankbar, wenn vielleicht Sie und nicht Ihr Kollege ... Ich hoffe, Sie verstehen das nicht falsch.«

Bertling lächelte. »Nein, bestimmt nicht, wenn es Schwester Innocentia recht ist?« Dann zückte sie, ohne eine Bestätigung Innocentias abzuwarten, ihren Kugelschreiber und malte einen Pfeil mit zwei Spitzen zwischen die Namen von ihr und Belén.

Im Augenwinkel sah sie, wie Belén rot anlief und zu Boden starrte.

»Schwester Belén, dann dürfen Sie mir folgen. Es ist halb so wild und wird nicht lange dauern.«

Belén schob sich noch immer mit gesenktem Blick in kleinen zögerlichen Schritten mit ihr durch die Tür ins Innere des Refektoriums.

Sie blieb zunächst stehen. Erst als Bertling schon saß und auf den Stuhl ihr gegenüber wies, nahm sie linkisch Platz.

»Seit wann sind Sie hier im Kloster?«, fragte Bertling und versuchte dabei, so sanft wie möglich zu klingen.

»Seit die Januar 2019«, begann Belén unsicher, mit deutlichem Akzent, und hielt weiter den Blick starr nach unten auf die Resopalplatte des Tisches geheftet.

»Wie war Ihre Beziehung zu Schwester Walburga?«

Belén schwieg, es wirkte, als müsse sie sich erst sammeln. Bertling gab ihr die Zeit.

»Ich ... habe ich Swester Walburga sehr gemögt. Sie war in alles, was sie hat gemacht, eine Vorbild fur mich.« Die Röte auf ihren Wangen verstärkte sich.

»Sahen das alle Ihre Mitschwestern so oder gab es auch welche, die ihr weniger positiv gegenüberstanden?«

Belén knetete hektisch ihre Finger. Sobald sie sie losließ, vibrierten sie in einer Art, wie es Bertling vorher noch nie an einem Menschen beobachtet hatte. Sie wollte sie beruhigen und griff nach ihrer Hand. Belén zuckte zusammen und zog ihre Hand erschreckt zurück.

»Entschuldigung«, entfuhr es Bertling.

»Verseihung!«, murmelte Belén ihrerseits.

»Kein Problem.«

»Alle hier haben Swester Walburga sehr gemögt, sie war immer so freundlich und hilfsbereit. Sie hatte immer eine offene Ohr fur jede von uns.«

»Und draußen? Ich meine außerhalb des Klosters.«

»Swester Walburga hat wie ich keine Familie mehr. Sie ist eigentlich nie rausgegangen. Wir fuhlen uns hier wohl. Swester Alma ist so gut su uns alle, sie ist wie eine Mutter fur uns.«

Bertling wunderte sich, wie Belén sich nun öffnete. Es war, als würde sie ihre Unsicherheit mit diesem Redefluss überspielen wollen.

»Ist Ihnen gestern Abend oder letzte Nacht etwas in Bezug auf Walburga aufgefallen?«

»Nein, nach die Komplet sie ist sofort in ihre Selle gegangen. Heute Morgen hat sie gefehlt bei die Fruhstuck und die Laudes. Heute Nacht ich habe tief geschlafen und nichts gehört oder gesehen.«

»Warum haben Sie nicht nach ihr geschaut, als sie zum Morgengebet nicht erschienen ist?«

»Als Novisin ich darf nicht einfach morgens an die Tur von eine Mitswester klopfen. Ich hätte Swester Gertrude bitten sollen …« Belén beendete den Satz nicht. Dicke Tränen rollten stattdessen über die gebräunte Haut ihrer Wangen.

*

Indes saß Schwester Hildegard zu Achills Linker an Almas Platz.

»… Wir standen uns sehr nahe, sie war so etwas wie eine Freundin für mich«, bekannte Hildegard.

»Und waren ihr alle so zugewandt wie Sie?«, fragte Achill.

»Ja, Schwester Walburga war sehr beliebt. Sie kümmerte sich um die seelischen Probleme und Nöte von uns anderen. Viele wünschten sie sich als Almas Nachfolgerin.«

Achill horchte auf. »Aber ist nicht Schwester Gertrude die Subpriorin und damit Almas Stellvertreterin?«

Hildegard lief rot an. Offensichtlich war es ihr peinlich, dieses Thema angeschnitten zu haben.

»Ja, so ist es, und Schwester Gertrude wird ihr bestimmt eine würdige Nachfolgerin sein.«

»Steht denn eine kurzfristige Nachfolge an?«

»Nein, nicht direkt, aber mit Almas Gesundheit steht es nicht zum Besten, und …« Hildegard stockte abrupt.

»Was ist, bitte fahren Sie fort«, ermunterte Achill sie.

»Ich dürfte Ihnen das als Infirmarin wahrscheinlich gar nicht erzählen, aber sie hatte im Herbst ihren zweiten Herzinfarkt und sie macht daraus kein Geheimnis, dass sie daran denkt, ihr Amt zur Verfügung zu stellen.«

»War denn Schwester Walburga gesund?«

»Wieso?«, fragte Hildegard überrascht.

»Na ja, Schwester Alma erzählte mir von ihrer Migräne, und dann war da dieser Kräuteraufguss auf ihrem Nachttisch.«

»Ja, der Herr hat ihr mit dieser Krankheit eine harte Prüfung auferlegt. Noch gestern war sie bei mir in der Krankenstation und hat mich um ein paar Migränetabletten gebeten. Ich hab ihr eine neue Packung mitgegeben.«

»Sie meinen eine Schachtel mit Tabletten?«, vergewisserte sich Achill, dem unbegreiflich war, warum er sie nicht in Walburgas Zimmer gefunden hatte.

»Ja eine Packung mit 20 Dragées.«

»Hat sie noch weitere Medikamente eingenommen?«

»Ja, von Zeit zu Zeit hat sie Schlaftabletten verlangt. Sie hatte manchmal Probleme mit dem Einschlafen. Auch damit habe ich sie zuletzt vergangene Woche versorgt.«

»Aha. Und die sind schon aufgebraucht?«, forschte Achill weiter.

»Nein, bestimmt nicht. Es waren auch 20 Tabletten darin. Das reicht bei ihr normalerweise für ein Vierteljahr.«

»Und wegen welcher Beschwerden haben Sie ihr den Kräuteraufguss verabreicht?«

Hildegard zuckte förmlich zusammen. »Nein, wie kommen Sie darauf, dass ich …?«

»Es liegt doch nahe, dass Sie als Infirmarin ihr neben den Medikamenten noch einen Kräutertee zubereitet haben könnten.«

»Nein, sie hat das wohl selbst getan. Schwester Walburga hat sich sehr für Kräuterheilkunde interessiert.«

»Und Sie haben ihr die Kräuter dazu gegeben?«, ließ Achill nicht locker.

»Nein, das war ich nicht!«, entgegnete sie energisch. »Im Übrigen ist gegen diese Migräne kein rechtes Kraut gewachsen.«

»Verstehe.«

Achill spürte, dass er an dieser Stelle nicht weiterkam, und wechselte das Thema.

»Haben Sie Walburga nach der Komplet noch einmal besucht oder gesehen?«

»Nein, sie ist gleich zu Bett gegangen. Für mich war klar, dass sie wieder mit den Kopfschmerzen und dem Schwindel durch die Migräne zu kämpfen hatte. Es hält sie oft die Nacht über wach und sie schläft erst frühmorgens ein. Deshalb wollte ich sie heute Morgen, als sie nicht zum Frühstück kam, auch nicht wecken. Ich hatte mir vorgenommen, sie nach der Messe zu besuchen.«

*

Bertling hatte gerade Schwester Isolde von der Tür abgeholt. Walburgas Tod schien ihr nahezugehen. Ihre Augen waren gerötet, und sie hielt ein durchweichtes Papiertaschentuch in der Hand.

Bertling bot ihr Platz an und schenkte ihr etwas Wasser aus der Glaskaraffe ein, mit der sie Belén freundlicherweise versorgt hatte.

»Schwester Isolde, wie lange sind Sie schon in diesem Kloster hier?«, versuchte sie einen unaufgeregten Gesprächseinstieg.

»52«, antwortete die Schwester.

»52? Seit 1952?«, fragte Bertling verwirrt.

Isolde rollte mit den Augen. »Sehe ich aus wie 100? Ich bin 52.«

»Aha. Und seit wann sind Sie hier im Kloster?«, wiederholte Bertling ihre Eingangsfrage, die Isolde wohl falsch aufgefasst hatte.

»Seit 1989.«

»Was können Sie uns über Ihre Mitschwester Walburga sagen?«

Isolde blickte sie eine Weile an, als müsse sie erst nach der passenden Antwort suchen.

»Sie war freundlich.«

»Und sonst?«

»Eine gute Christin.«

»Hatte sie Feinde hier unter den Schwestern oder außerhalb des Klosters?«

»Nein.«

Bertling fürchtete, so nicht weiterzukommen. Noch fünf Stichworte, und das Gespräch wäre zu Ende. Sie musste Isolde zum Reden bringen.

»Erzählen Sie mir doch mal, für was Sie hier im Kloster zuständig sind?«

»Einkaufen, Botengänge und Wäsche.«

»Das ist bestimmt viel Arbeit«, mühte sich Bertling weiter.

Isolde nickte.

»Wann haben Sie Schwester Walburga zum letzten Mal gesehen?«

»Heute Morgen.«

»Heute Morgen?« Bertling horchte auf.

»Ja. Schwester Hildegard hat mich zu ihr ans Bett gelassen. Zum Abschiednehmen.«

»Ach so. Sie war aber schon tot?«, fragte Bertling irritiert.

»Natürlich.«

»Und gestern Abend?«, unternahm sie einen neuen Anlauf.

»Zur Komplet.«

Bertling rieb sich matt über die Augen. Das Gespräch ermüdete sie. Aus dieser Frau musste man jedes einzelne Wort förmlich herauspressen.

»Danke, Sie können gehen«, sagte sie mit einem Gefühl der Resignation.

Isolde rieb sich noch einmal mit dem Taschentuch über die roten Augen und erhob sich.

Bertling ließ sie einige Schritte in Richtung Tür gehen, bevor sie einen letzten Versuch startete, ihr etwas zu entlocken. Das, was sie nun tat, hatte sie sich vom Filmermittler *Columbo*, alias Peter Falk, abgeschaut. Er punktete oft, indem er völlig überraschend im Plauderton im Gehen noch eine scheinbar belanglose Bemerkung nachschob. »Wie ich gehört habe, hatte sie doch eine Besonderheit, die sie von all ihren Mitschwestern unterschied.«

Isolde hielt inne, drehte sich wieder um und starrte verdutzt auf die junge Polizistin. Unsicher verlagerte sie mehrfach ihr Gewicht vom linken auf den rechten Fuß und wieder zurück, was ihren Körper in eine eigenartig wippende Bewegung versetzte.

»Ja, sie wusste am meisten über uns.«

Bevor es Bertling schaffte, diese merkwürdige Erwiderung zu hinterfragen, hatte sich Isolde schon in Richtung Tür davongemacht.

*

Achill hatte gerade ein ähnlich unergiebiges Gespräch mit Schwester Apollonia, der Sakristanin des Klosters, geführt. Sie war aufgelöst, schluchzte und schnäuzte mehr, als sie zu sprechen vermochte. Auch sie hatte das gute Verhältnis, das alle zu Walburga unterhalten hatten, hervorgehoben. Ihre Wahrnehmungen am Abend und in der Nacht unterschieden sich nicht von denen der anderen.

*

Nach Isoldes seltsamem Abgang war Schwester Ehrentrud unaufgefordert hereingeplatzt und steuerte zielstrebig auf den freien Stuhl vor Bertling zu. Sie war die pausbäckige Nonne, die vorhin so eifrig den Feudel in Walburgas Zimmer geschwungen hatte.

»Basst's schunn?«, pfälzerte die Schwester, während sie, ohne eine Antwort abzuwarten, mit unverminderter Geschwindigkeit und ausladendem Gang auf sie zu walzte.

»Ja klar, nehmen Sie bitte Platz.«

»Isch hab schunn g'hert, was Sie die onnere g'frocht hänn. Fräulein, isch konn Ihne glei sache, ich hab nix g'sähne«, verkündete sie so laut, dass Achill grinsend herüberschaute.

»Sie meinen gestern Abend und heute Nacht.«

»A jo.«

»Waren Sie die Erste in ihrem Zimmer heute Morgen? Soviel ich weiß, haben Sie ja feucht aufgewischt.«

»Nä, woher donn. Die klä Belén, unser Novizin, hodd se g'funne. Donn isch die Gertrude mit de Hildegard nuff, unn die hänn mich donn gerufe. A 's war jo alles versaut. Miserabel muss're gonge soi, unsere arme Walburga.« Ehrentrud bekreuzigte sich. Für einen Augenblick huschte ein ernster Gesichtsausdruck in das sonst so freundliche Gesicht, in das sich die Lachfalten scheinbar unauslöschlich eingegraben hatten.

»Und was ist Ihre Aufgabe im Kloster?«

»Ah, isch bin fa die Kisch und die Hauswirtschaft zustänisch.«

»Also die Köchin?«, setzte Bertling nach.

»A jo.«

»Haben Sie Ihrer Mitschwester den Kräuteraufguss serviert?«

Ehrentrud lachte. »Serviert? Mir sinn doch kä Hodell, Fräulein. Ich koch nur, awwer de Rescht macht jedi Schweschter selwer.«

»Das heißt, Sie gehen davon aus, dass Walburga sich den Aufguss selbst zubereitet hat?«

»A jo.«

»Und wer hat den Kräutersud weggeschüttet?«

»A des war die Hildegard. Des hot se doch schunn Ihrm Kolleesch g'sacht. Der hodd nimmie schä ausgsähne und gebraucht hodd se'n jo ah nimmie.«

»Se'n?«, fragte Bertling, die Schwierigkeiten hatte, dem breiten Pfälzer Dialekt zu folgen, irritiert.

»Sie ihn«, übersetzte Ehrentrud laut, offensichtlich überrascht, dass jemand ihren Dialekt nicht verstand. »Na, die Kräuderbrie.«

Bertling konnte sich angesichts des Pragmatismus der Schwester ein Grinsen nicht verkneifen.

»Und wie war Ihr Verhältnis zur Verstorbenen?«

»Isch hab se gern g'hadd, wie die onnere ach. Sie war immer freundlich unn sehr korreggt. Monchmol ä bissl zu korreggt. Wissen Se, mir in den Siedpalz sinn do halt ä bissl großzieschischer wie die hier in de Vorderpalz.«

»Können Sie mir ein Beispiel dafür geben?«, bohrte Bertling nach.

Ehrentruds Lächeln verschwand für einen Augenblick aus ihrem Gesicht. Anscheinend war ihr die unbedachte Äußerung peinlich.

»Wissen Se, monche denken hier, sie wärn was Besseres, weil se studiert hänn. Die Walburga war nidd so, obwohl se zwä abg'schlossene Studiums g'hadd hot.«

Bertling musste über die eigenartige Pluralkonstruktion schmunzeln.

»Und wie sahen das Ihre Mitschwestern? War sie bei allen beliebt?«

»A jo, klar, nur die Gertrude war immer ä bissel eifersüchdisch. Die hodd jo a was zu verliere g'hadd.«

»Und was?«

»A die Nochfolsch fa die Schwester Alma. Die Walburga war halt beliebter wie sie unn a nidd dimmer.«

»Verstehe«, antwortete Bertling in Gedanken. »Gab es denn Streit zwischen den beiden?«

»Ah woher. Die Walburga war viel zu arg uff Harmonie aus.«

*

Achill hätte gerne seine Notizen noch vervollständigt, da drängte schon die nächste und letzte Kandidatin ins Refektorium. Sie marschierte entschlossen auf ihn zu und schien sich auch nicht daran zu stören, dass er noch etwas in sein Notizheft eintrug.

Sie baute sich vor ihm auf und räusperte sich laut. »Grüß Gott, Herr Kommissar!«, begrüßte sie ihn militärisch harsch mit einer überraschend tiefen Stimme.

Achill schaute auf, um sich zu vergewissern, ob nicht etwa ein Mann vor ihm stand.

Sie musterten sich beide einen Augenblick stumm. Die Schwester war etwas jünger als die anderen. Achill schätzte ihr Alter auf etwa 50 Jahre. Ihr Gesicht war streng, ihre Züge hart, Nase und Kinn prägnant. Es schien ihm, als würde sie darüber nachdenken, ob sie sich überhaupt einer Befragung durch ihn stellen sollte.

»Grüß Gott«, erwiderte er weich, besann sich und setzte ein »Und Sie sind?« hinzu.

»Ich bin Schwester Innocentia, die Cellerarin unserer Gemeinschaft«, antwortete sie in einer überraschten Selbstverständlichkeit, als müsse das jedem bekannt sein.

»Cellerarin?«, fragte er erstaunt.

»Ich bin für die Klosterfinanzen zuständig.«

»Danke!« Achill ärgerte sich darüber, dass ihn seine Unwissenheit in klösterlichen Belangen schon wieder in die Defensive drängte. Bei Charakteren wie dieser Innocentia war das nicht gut. Man verlor dadurch schnell die Gesprächsführung.

»Wir können das hier abkürzen.« Aus ihrem Munde, mit der tiefen Männerstimme, klang das eher wie eine Feststellung als eine Frage.

»Ich fürchte, nein, Sie müssen mir wohl noch ein paar Minuten Ihrer wertvollen Zeit schenken.«

»Ich habe Schwester Walburga sehr geschätzt. Wir alle waren ihr sehr gewogen. Ich kann mir nicht vorstellen, dass ihr das jemand aus unserer Mitte angetan hat. Ich habe sie zuletzt bei der Komplet getroffen, und in der Nacht habe ich weder etwas gehört noch gesehen. Ich habe einen tiefen Schlaf. Reicht das?«, leierte sie lustlos herunter. Dabei zuckte ihre rechte Gesichtshälfte in unregelmäßigen Abständen.

Achill ärgerte sich über ihr trotziges Verhalten. Er hatte keine Lust, sie schon zu entlassen, und schob eine weitere Frage nach, die ihm gerade in den Sinn kam.

»Für was war Schwester Walburga eigentlich zuständig?«

»Sie war die Portaria.«

»Und das bedeutet?«

Innocentia schnaubte. »Sie war für die Pforte zuständig.«

»Und das lastet jemanden aus? Ich dachte, Sie lassen in die Klausur ohnehin niemanden rein.«

Innocentia rollte mit den Augen. »Die Pforte ist auch für Telefonate und die Post verantwortlich.«

»Das heißt, sie muss morgens zur Post laufen?«

»Wir leben hier nicht hinterm Mond. Wir haben einen Briefträger, wie Sie wahrscheinlich auch zu Hause.«

»Danke, das war's für heute, wenn ich noch etwas wissen muss, werde ich Sie auf unsere Dienststelle einbestellen.« Achill konnte sich diesen letzten Satz nicht verkneifen, er ärgerte sich über das aufsässige Verhalten der Nonne. Ordensschwestern hatte er sich, wenigstens bis jetzt, anders vorgestellt.

MISSKLANG

Sonntag, 8. März 2020, 16.15 Uhr

»Boah«, stöhnte Achill, als sie endlich allein waren. »Was war das denn für ein unkooperativer Haufen?«

Bertling lachte. »Irgendwie verstehe ich sie. Für sie sind wir Eindringlinge, die sie mit etwas konfrontieren, das es in ihrer Welt nicht gibt und auch gar nicht geben kann und darf. Sie empfinden das, was wir hier tun, als reine Schikane.«

»Du magst recht haben. Ich werde jedenfalls künftig die Befragungen der harten Jungs, die üblicherweise unsere Kunden sind, richtig mögen. Die Schwestern hier sind härter zu knacken als mancher knallharte Drogendealer. Und dann muss man sie noch mit Glacéhandschuhen anfassen und diplomatisch sein.«

»Was ja nicht gerade deine Kernkompetenz ist«, ergänzte Bertling grinsend.

»Dessen bin ich mir bewusst. Ich bin eben viel zu zielorientiert und pragmatisch.«

»Zu deiner Beruhigung, bei mir lief es auch nicht besser. Ich kann natürlich nur für meine Kandidatinnen sprechen, aber gebracht hat uns das nichts. Keine richtig zwingenden Motive, außer kleinen Eifersüchteleien scheint hier Friede, Freude, Eierkuchen zu herrschen. Die Nacht über waren alle in ihren Zellen, und keine will etwas bemerkt haben. Dass alle von ihren Migräneattacken wussten und deshalb niemand nach ihr sah, ist auch nicht besonders überraschend.«

Achill nickte. »Bei mir war es ähnlich. Einzig eine Sache gibt mir zu denken. Angeblich hat ihr Hildegard gestern ein Päckchen Migräne- und letzte Woche eine Packung Schlaftabletten gegeben. Von beiden fehlte in ihrem Zimmer jede Spur. Ich bin gespannt, ob die Kriminaltechnik in ihrem Bericht etwas dazu schreibt. Vielleicht hat sie sich ja selbst durch eine Überdosis oder ungünstige Kombination von Medikamenten ins Jenseits befördert. Mal sehen, ob die Rechtsmedizin was davon in ihrem Blut findet.«

»Das wäre eine einfache Erklärung, und der Fall wäre gelöst.«

Achill wollte gerade zu einer Erwiderung ansetzen, als ihn ein dumpfes Brummen unterbrach – die Vibration seines Smartphones vor ihm auf dem Tisch, die sich in die Resopaltischplatte übertrug.

»Eine *WhatsApp*-Nachricht ... von André«, sagte er und schaute Bertling matt an. »Der fehlt mir jetzt gerade noch. Bestimmt hat er schon wieder seine Privatermittlungen aufgenommen.«

Bertling lachte. »Tu ihm nicht unrecht. Schließlich hat er uns schon dreimal den Hintern damit gerettet.«

»... nachdem er uns vorher nach Strich und Faden reingeritten und sich selbst ganz schön in Gefahr gebracht hat«, ergänzte Achill, »... und Irina noch dazu.«

»Was steht drin?«

Achill rief die Textnachrichten-App auf und las laut vor:

»Du solltest unbedingt nachher noch bei mir vorbeikommen. Ich hab etwas herausgefunden und einen konkreten Verdacht, wer die Täterin sein könnte.«

»Ich wusste es. André ermittelt wieder«, stöhnte Achill, während Bertling grinste.

»Und was schreibt er noch?« Sie hatte bemerkt, dass Achill noch nicht den gesamten Text vorgelesen hatte.

»... Lust auf eine kleine Vesper? Ich habe gestern eine Menge Käsepastete eingekauft und mache uns eine Flasche Roten auf. Bring doch einfach Verena mit, Irina ist auch hier.«

Achill legte das Smartphone zur Seite und schüttelte den Kopf. »Es war mir von Anfang an klar, dass er es nicht lassen kann und auch nicht davor zurückschreckt, Irina wieder mit reinzuziehen. Ich geh da auf keinen Fall hin.«

»Dann muss ich eben mit den beiden den Käse alleine essen«, sagte Bertling und zwinkerte ihm zu. »Ich hab Irina eh seit unserem letzten Mädelsabend vor zwei Wochen nicht mehr gesehen.«

»Mädelsabend?«, wiederholte Achill teils fragend, teils überrascht.

»Ja, seit dem Fall mit der Brauerei und seit es ihr wegen der Sache mit Quirin so schlecht gegangen ist, unternehmen wir hin und wieder was miteinander.«

»Und warum weiß ich davon nichts? Ich bitte dich, Privates und Berufliches strikt zu trennen.«

»Natürlich. Ich werde mich wie immer streng an deinem Vorbild orientieren. Deine Rotweinabende mit André sind ja auch rein beruflicher Natur.«

»Das ist etwas ganz anderes«, brummte Achill missmutig.

Bertling grinste und rollte mit den Augen.

»Was ist nur aus der braven, schüchternen Verena Bertling geworden, die ich einst selbstlos unter meine Fittiche genommen habe?«

»Tja, Frau steht eben ihren Mann!«, stellte sie fest und gab ihm einen kameradschaftlichen Klaps auf die Schulter. »Komm schon, lass uns hinfahren. Hier sind wir sowieso nicht mehr erwünscht. Gleich wird Alma oder ihr Cerberus, diese Gertrude, reinmarschieren und uns rauswerfen.«

»Mmh, dann lieber einen von Andrés genialen Roten als das«, erwiderte Achill und zwinkerte ihr zu.

*

Als sie 15 Minuten später an Andrés Tür klingelten, öffnete ihnen Irina. Die 24-jährige russische Betriebswirtschafts-Studentin aus Speyers Partnerstadt Kursk hatte sich bei André in einem Zimmer, das über ein eigenes Bad verfügte, eingemietet. In den gut fünf Jahren, seit sie schon hier wohnte, hatte sich zwischen den beiden ein Vater-Tochter-Verhältnis entwickelt. Insofern war es nicht überraschend, dass sich das Mietverhältnis eher in Richtung einer Wohngemeinschaft gewandelt hatte.

Sie begrüßten sich, wie in der Pfalz üblich, mit einer Umarmung und zwei Wangenküsschen. Aufgrund der Nähe zum Elsass war es nicht unüblich, französische Lebensgewohnheiten einfach zu übernehmen.

»Unser Sherlock für Arme ist wieder mal im Ermittlermodus. Ich fürchte, er ist viel zu beschäftigt, um euch zu begrüßen«, lästerte Irina, als sie mit den beiden im Schlepptau in die Wohnküche kam.

André saß mit einigen Büchern und einem Eibenzweig vor sich am Küchentisch. Er schreckte auf, als sie eintraten.

»Sherlock-was?«, fragte er irritiert.

»Was hab ich euch gesagt? Multitaskingfähig wie eine Eieruhr.«

André erhob sich und schüttelte den Kopf. »Die muss mit ihrer Zunge mal wieder zum Friseur, so viel Haare, wie da drauf wachsen.«

Wie immer begrüßte er die beiden förmlich mit Handschlag, was ihm wieder ein Kopfschütteln von Irina einbrachte.

Sie zog zwei Stühle unter dem Tisch hervor und bot ihnen Platz an. »Setzt euch lieber, bevor er euch noch seine Visitenkarte überreicht.«

»Bevor du mir noch vorwirfst, dass ich ein schlechter Gastgeber bin: Darf ich euch mit einem Schatz meines Weinkellers beglücken?«

»Was hast du denn im Anstich?«, fragte Achill und leckte sich über die Lippen.

»Ich dachte, zum Käse passt am besten ein schöner roter Pfälzer. Wie wär's mit einem Spätburgunder *Alte Reben*, einem Biowein vom Weingut *Neuspergerhof*?«

»Wow, du sparst heute wieder nicht. Aber gerne doch«, antwortete Achill und schaute auf seine Kollegin Verena Bertling, die zustimmend nickte.

»Aha, ich sehe schon, die Verantwortung für den Dienstwagen ging gerade in diesem Moment auf mich über.«

»Ich war schon immer ein Bewunderer deiner guten Auffassungsgabe«, frotzelte Achill.

Während sich André um den Wein kümmerte und den nach Waldbeeren und dunklen Früchten duftenden, rötlichschwarz schimmernden Rotwein in die ausladenden Gläser füllte, trug Irina eine aus Olivenholz gefertigte, reichlich belegte Käseplatte herein.

»Wow, das reicht ja für eine ganze Kompanie«, stellte Bertling fest.

»Na ja, der alte Mann war mal wieder bei seinem Lieblingskäsehändler in der Gilgenstraße. Wenn er dort in die Käsetheke schaut, scheint sein Gaumen die Gehirnfunktion zu übernehmen.«

»Wenn du nur etwas zu motzen hast. Ständig muss ich mir anhören, dass ich zu viel einkaufe. Und wehe mir, es wird dann nicht aufgegessen.«

»Wie ihr hört, geschah eure Einladung aus Furcht und nicht aus Gastfreundschaft.«

»Ich merke immer wieder, dass unsere junge Russin hier den Pfälzer Sinn für Geselligkeit noch nicht verstanden hat. Wir Pfälzer kaufen stets zu viel ein, um später einen Grund zu haben, Gäste einzuladen.«

»Hört sich nach einem guten Plan an«, sagte Bertling,

während André noch Teller, Besteck und zwei knusprige Baguettes auf den Tisch stellte und im Gegenzug die Bücher und den Eibenzweig wegräumte.

Nachdem sie den ersten Hunger gestillt hatten und André dabei war, die zweite Flasche Wein zu entkorken, ergriff Achill das Wort. »Und welche Ermittlungserfolge wolltest du uns nun mitteilen?«

»Ich hatte schon befürchtet, du würdest nie fragen«, erwiderte André gespielt enttäuscht.

»Ich muss zugeben, unsere Beweisaufnahme und die Befragungen waren nicht unbedingt von üppigen Erfolgen gekrönt. Die Nonnen mauern, was das Zeug hält. Die haben keine Lust, sich von außen in die Suppe spucken zu lassen. Am besten, ich schlüpfe in eine Kutte, mische mich unter sie und schau mir das von innen an, sonst wird das eh nichts«, machte Achill seiner Frustration Luft.

»Wenn wir Glück haben, und mittlerweile gehe ich sogar davon aus, war es nur eine Überdosis von dem Schlafmittel, und wir können den Fall in ein paar Tagen zu den Akten legen«, ergänzte Verena.

André lachte. »Nur gut, dass ihr mich habt. Ich denke, es war ein Giftmord, ausgeführt von einer der anderen Nonnen.«

»Ach so, ja klar. Und die Mörderin steht auch schon fest?«, erwiderte Achill angriffslustig. »Die dummen Bullen tappen mal wieder im Dunkeln, und ein Außenstehender ist nach einem halben Tag der Polizei schon meilenweit voraus.«

André ließ sich nicht beirren. Er kannte die Empfindlichkeiten seines Freundes, aber wie so häufig siegten seine inhaltlichen Überlegungen über sein Taktgefühl. »Der konkrete Beweis fehlt natürlich noch, aber ich denke, es war Mord durch eine Vergiftung mit Eibennadeln.«

»Und woher willst du das wissen?«, bohrte Achill nach.

»Die Notärztin hat doch festgestellt, dass die Lippen der verstorbenen Nonne unnatürlich rot waren.«

»Ja und?«, brummte Achill.

»Dieses Phänomen ist sehr bemerkenswert. Es ist äußerst selten und tritt nur bei Vergiftungen durch Taxin, dem Gift der Eibe, auf. Deshalb ist es mir auch in Erinnerung geblieben. Ich habe das mal in irgendeinem meiner Heilkräuterbücher gelesen.«

»Das mag ja sein, aber wie kommst du darauf, dass der Mörder oder die Mörderin aus dem Kloster stammt?«

»Ich hab nachgesehen.«

»Nachgesehen?«

»Ja, ich bin, als alle durch den Trubel mit dem Notarztwagen abgelenkt waren, durchs Gartentor geschlüpft und hab nach einer Eibe gesucht.«

Achill rieb sich mit der Hand über sein Gesicht. »Dir ist hoffentlich klar, dass man das Hausfriedensbruch nennt?«

»Na ja, der Zweck heiligt die Mittel. Es bestand doch Verdunklungsgefahr«, wehrte sich André.

»Du bist unverbesserlich. Du drängst dich schon wieder in unsere Ermittlungen.«

»Aber der Erfolg gibt mir recht. Die Zweige wurden tatsächlich frisch an einer Eibe im Klostergarten weggeschnitten. Da der Garten stets verschlossen und nur vom Kloster zugänglich ist, muss es eine Nonne gewesen sein, die die Zweige abgeschnitten hat. Dafür spricht auch, dass ein Fremder keinen Zutritt zur Klausur gehabt hätte, um das Gift zu verabreichen. Da die richtige Dosierung und Zubereitung des Giftes nicht ganz einfach ist, war wohl eine kräuterkundige Nonne am Werk. Haben die im Kloster nicht so eine Heilkundige?«

Bertling und Achill warfen sich vielsagende Blicke zu, blieben aber stumm.

»Und was habt ihr …«, begann André, durch die Blicke der beiden verunsichert.

Achill stöhnte hörbar. »Du brauchst dich nicht weiter zu bemühen. Es wird alles den normalen Gang nehmen. Die Rechtsmedizin wird, wie immer in solchen Fällen, die Leiche der Schwester obduzieren, und wenn sie mit Eibengift oder was auch immer vergiftet wurde, wird man es nachweisen können. Die Kriminaltechnik wird den Krug, in dem der Kräutersud war, untersuchen und möglicherweise eine Übereinstimmung feststellen. Wir werden uns um den Rest kümmern und die oder den Schuldigen überführen. So ist das. Man nennt das übrigens Polizeiarbeit, weil es die Arbeit der Polizei ist – und *nur* der Polizei. Ich hoffe, du hast das verstanden!«

Bertling hob beschwichtigend die Hände. »Es ist ja nichts passiert. Niemand hat ihn im Klostergarten gesehen, und es hat sich auch keine der Nonnen deswegen bei uns beschwert. Danke für den Anhaltspunkt, dem wir natürlich nachgehen …«

»… sowieso nachgehen würden. Und du, André, akzeptierst bitte, dass wir das Weitere alleine erledigen«, vollendete Achill den Satz seiner Kollegin barsch.

André vermied es zu erwähnen, dass ihn eine Nonne aus einem Fenster des Klostergebäudes beobachtet hatte. Er hatte keine Lust, wieder einen emotionalen Ausbruch seines Freundes zu provozieren.

»Bevor wir das Thema beenden, hätte ich nur noch eine Frage. Wenn man über Eiben etwas in Heilkräuterbüchern nachlesen kann, frage ich mich, ob dieses Taxin wohl gegen Migräne angewendet werden kann?«, erkundigte sich Bertling bei André.

Achill strafte seine Kollegin mit einem genervten Blick, blieb aber still.

»Nein, es gibt zwar verschiedene medizinische Indikationen, bei denen man früher Eibenpräparate eingesetzt hat. Aber wie bei vielen anderen pflanzlichen Heilmitteln macht man das, wegen der pflanzenindividuell stark schwankenden Wirkstoffkonzentrationen, schon lange nicht mehr. Darüber hinaus hat sich Taxin wegen seiner starken Toxizität nie richtig durchgesetzt.«

»So, nun lasst es gut sein, der Inhalt von Andrés zweiter Flasche droht zu verdunsten«, versuchte Irina, die explosive Diskussion abzuwürgen.

NACHSPÜREN

Montag, 9. März 2020, Laudes, 6 Uhr

Schwester Alma saß noch gebeugter als sonst in der ersten Kirchenbank. Ihre Haut war wächsern, sie hatte das Gefühl, als hätte eine unsichtbare Kraft jegliche Vitalität aus ihrem Körper herausgesaugt. Zukunftsangst und innere Unruhe hatten ihr den Schlaf geraubt. Immer wieder hatte sie sich im Bett aufgesetzt und gebetet.

Auch jetzt hatte sie die Hände gefaltet, den Blick auf das Altarkreuz gerichtet und betete stumm:

»O Gott, Dein Segen und Deine Nähe seien mit uns.
Wache Du, unser Gott, mit denen,
die wachen oder weinen in dieser Nacht.
Hüte Deine Kranken und lass Deine Müden ruhen.
Segne unsere Schwester Walburga,
tröste Deine Leidenden,
erbarme Dich Deiner Betrübten und unterstütze Deine Dienerinnen in ihrem Tun.
So segne Du jede Einzelne, wie sie es braucht.«

Sie fühlte sich kraftlos, überfordert mit ihrem Amt und dem, was in den nächsten Tagen anstehen und auf ihren Schultern lasten würde.

»O Herr, gib mir Kraft!«, schob sie, den flehenden Blick aufs Kreuz gerichtet, ihrem stummen Gebet nach.

Jetzt, wo Walburga tot war, war es einzig noch Gertrude, die sie in ihren Aufgaben unterstützte. Aber war sie die Richtige? Walburga fehlte ihr schon jetzt. Sicher, Gertrude war arbeitsam. Sie hatte jenen Antrieb, der über die Jahre mehr und mehr aus ihrem eigenen kränklichen Körper gewichen war. Sie verstand es, ihre Mitschwestern auf Trab zu halten und mit Strenge jede noch so kleine Nachlässigkeit zu ahnden. Aber war es das, was ihre Gemeinschaft jetzt in dieser schweren Zeit brauchte? Nicht umsonst hatte sie Walburga mehr und mehr in alles eingeführt. Sie konnte wie keine andere in den Seelen ihrer Mitschwestern lesen, gab Trost und Kraft, wo Gertrude tadelte und antrieb. Schenkte Freude und Tatendrang, wo Gertrude mit Angst und Strenge regierte. Walburga fehlte. Schmerz durchfuhr ihre Seele, während eine Träne über ihre welke Wange rollte.

*

Gegen 8.15 Uhr öffnete Bertling nach kurzem Klopfen die Tür zu Achills Büro im Polizeipräsidium Ludwigshafen. Er versenkte gerade eine Brausetablette in einem Wasserglas, das vor ihm auf der schwarzen Schreibtischauflage stand. Abwesend starrte er, tief in seine düsteren Gedanken versunken, auf die kleinen Bläschen, die die Tablette wie eine moussierende Haut umgaben.

Bertling beobachtete ihn eine Weile stumm, ehe sie die Stimme erhob. »Du scheinst dein neues Haustier wieder loswerden zu wollen. Probier's doch mal mit dem Tierheim.«

Er schaute langsam auf. Er tat dies so vorsichtig und zögerlich, als würde ihm jede zu schnelle Bewegung die Schädeldecke absprengen.

»Tierheim?«, grunzte er.

»Na ja, für den Kater, den du dir heute Nacht zugelegt hast. Ich hatte schon Angst, du würdest Andrés Weinvorräte komplett vernichten.«

»Ja und?«, erwiderte er schleppend mit belegter Stimme.

Bertling lachte und zeigte ihre makellosen Zähne.

»Das Beste wäre, ich würde gleich weitertrinken.«

»Ist was passiert?«, fragte sie besorgt.

»Ja und nein. Ich hatte vorhin einen Anruf von Sabine. Wegen des komischen Virus' ist sie in Nanjing mit Hannah nun in Quarantäne. Sie darf ihr Apartment nicht mehr verlassen. Und ich sitze hier und kann nichts für die beiden tun.«

Bertling nickte. Es fiel ihr schwer, etwas zu erwidern.

»Das Ganze war eine Schnapsidee. Sabine für fünf Jahre von ihrem Betrieb nach China abgeordnet, Hannah bei ihr in der deutschen Schule, und ich sitze alleine hier in unserem Haus. Scheidung auf Raten. Und alles nur, weil ich zu starrsinnig war, mit ihr zu gehen und meinen Dienst bei der Polizei zu quittieren. Man hatte mir ihr zuliebe eine leitende Stelle dort beim Werksschutz angeboten. Aber nein, ich wollte ja unbedingt hierbleiben. Und nun sitzt sie nur 500 Kilometer von Wuhan, wo dieses Virus sich munter austobt.«

Bertling hatte ihren Vorgesetzten selten so niedergeschlagen erlebt. Noch nie hatte er sich ihr gegenüber in dieser Weise geöffnet. Bisher hatte er seine Fernehe immer als gut organisierten, zeitlich befristeten Zustand beschrieben. Seiner Ehefrau sollten daraus gewaltige Karrierechancen erwachsen. Auch der 15-jährigen Tochter gaben die Chinesischkenntnisse, die sie dort erwarb, eine hervorragende Basis für die weitere Ausbildung und spätere Berufstätigkeit.

»Und dann noch gestern das mit André. Ich habe das Gefühl, wenn ich so weitermache, wird sich demnächst noch nicht einmal mehr jemand mit mir in Ruhe betrinken.«

»Jetzt beruhige dich mal. Sieh nicht alles so schwarz. Sicherlich kriegen die Chinesen und wir hier dieses Virus in den Griff, und das mit André …«

»Sag mir ehrlich, war ich gestern zu …?«

»Zu gierig auf Andrés Rotwein?«

»Nein, schweif nicht ab. War ich zu hart zu ihm?«

»Erträgst du in deinem Zustand die Antwort schon?«

»Okay, ich war es.«

»Ja, das warst du. Auch wenn es nicht zu deinem Verständnis von Polizeibestimmungen und Datenschutz passt, du hast ihm wohl einige deiner größten Aufklärungserfolge zu verdanken. Und ich tippe darauf, er tut es nicht für sich, sondern für dich.«

Achill gab einen Grunzlaut von sich, während er mit beiden Händen über sein Gesicht rieb. »Ich möchte ihn aber doch nicht wieder wo reinziehen, wo er sich der Gefahr aussetzt, irgendwann bleibenden Schaden davonzutragen.«

»Ich weiß, das verstehe ich. Trotzdem gibt es einen Weg, beides unter einen Hut zu bringen.«

»Und wie soll das gehen?«

»Was spricht dagegen, wenn er in seinen Heilkräuterbüchern für dich recherchiert. Er hilft dir zu verstehen, wie so ein Kloster tickt, oder wirft für dich zur Not auch mal einen Blick in den Klostergarten, in den du im Zweifel legal gar nicht reinkommst.«

»Hmm«, brummte Achill und rieb sich erneut mit einer Hand übers Gesicht.

»Würdest du ihn kontrolliert teilhaben lassen, hättest du ihn besser im Griff, als wenn du ihn unabhängig nebenher ermitteln lässt. Wichtig ist doch nur zu vermeiden, dass er draußen dabei ist, wenn es brenzlig wird. Im Übrigen geht es hier nur um ein Nonnenkloster und nicht um das Hauptquartier der Russenmafia.«

»Du hast gut reden. Ich würde damit wohl gegen unzählige Polizeigesetze, Dienstanweisungen et cetera verstoßen.«

»Das sehe ich anders. Du kannst ihn ja an der kurzen Leine führen und nur nach Bedarf mit Informationen versorgen. Der Rückgriff auf Informanten oder polizeifremde Spezialisten ist nicht unbedingt verboten und, wenn man ehrlich ist, ein Graubereich, der nicht selten beschritten wird. Und im Vergleich zu den Kleinkriminellen oder Dealern, die sich zum Teil deine Kollegen als V-Leute oder Zuträger halten, weißt du von André, dass er seriös ist. Er würde nie Polizeiinterna nach außen preisgeben und nichts tun, was der Wahrheitsfindung im Wege steht.«

»Ich werde darüber nachdenken, wenn ich wieder einen klaren Kopf habe«, würgte Achill seine Kollegin ab.

Bertling schwieg. Sie kannte ihn gut genug, um zu wissen, dass er für Entscheidungen, die ihm gegen den Strich gingen, Zeit brauchte.

Beide schauten sich wortlos an. Keiner von ihnen wusste wohl gerade, wie sie aus der kommunikativen Sackgasse herauskommen sollten.

Bertling ergriff die Initiative. »Und wie sollen wir in diesem skurrilen Fall weiter vorgehen? Einerseits kann ich mir nicht vorstellen, dass tatsächlich eine der Schwestern diese Walburga heimtückisch getötet hat, andererseits hab ich nicht gerade das Gefühl, dass man mit offenen Karten gespielt hat. Vor uns wurde einiges unter der Decke gehalten.«

»Da sind wir wohl einer Meinung. Und das, was André erzählt hat, trägt auch nicht zu dem Gefühl bei, dass dort alles in Ordnung ist.«

»Und was nun?« Bertling schaute ihren Chef erwartungsvoll an.

»Wir sollten noch bis morgen abwarten. Erst dann werden die ersten Ergebnisse der Rechtsmedizin und der Kriminaltechnik vorliegen. Dann wird sich bestätigen, ob André mit seiner Eibentheorie recht hat.«

Sie nickte.

»In der Zwischenzeit möchte ich mal dem Pfarrer auf den Zahn fühlen. Er war gestern plötzlich verschwunden. Möglicherweise hat er ja Zugang zur Klausur und wäre damit ebenfalls dem Kreis der potenziellen Täter hinzuzurechnen. Daneben will ich klären, ob es noch weitere Personen gibt, die sich im Kloster frei bewegen können. Ich denke da an Putzfrauen, Hausmeister, Handwerker und Co. Wir sollten nicht vergessen, bei den Kollegen der KTU nachzufragen, ob sie die Medikamentenpackungen gefunden haben. Irgendwie lässt mir das keine Ruhe.«

»Klingt vernünftig, und was soll ich tun?«, fragte Bertling.

»Ich wäre dir dankbar, wenn du uns mal eine Liste mit den Personalien aller Schwestern mit ihren bürgerlichen Namen und den Angaben zu den Familien beschaffen könntest. Dabei solltest du überprüfen, ob Walburga wirklich keine Angehörigen hat.«

»Du meinst, ich soll noch mal in die Höhle der Löwinnen?«

»Nein, besser nicht. Frag doch mal beim Bischöflichen Ordinariat in Speyer nach, ob man dort so etwas wie Personalakten der Schwestern hat.«

*

Schwester Apollonia, die Sakristanin des Klosters, hielt das glockenförmige Ende des silbernen Kerzenlöschers über die Flamme einer der Altarkerzen. Nach exakt fünf Sekunden hob sie es an und verweilte einen Augenblick, um sich zu vergewissern, dass eine kleine Rauchfahne das Erlöschen der Kerze anzeigte. Dann ging sie zur nächsten weiter. Sie mochte diese Aufgabe, sie gab ihr die Zeit, alleine und ungestört den Worten von Pfarrer Kowareks Predigt aus der gerade beendeten Eucharistiefeier nachzuspüren. Nicht selten meinte sie, darin kleine Botschaften für sich selbst zu erkennen, die er ihr, basierend auf ihren Beichtgesprächen, auf diese Weise zuspielte.

Sie mochte ihn wegen seines Feinsinns. Er war vor 15 Jahren aus Polen hierhergekommen und tat sich mit der deutschen Sprache nach wie vor schwer. Doch das, was ihm aufgrund der sprachlichen Unzulänglichkeiten fehlte, machte er durch die hilfreichen, häufig auf die Situation der Schwestern zugeschnittenen Inhalte seiner Predigten mehr als wett.

Als sie mit den Kerzen fertig war, ging sie in die Kammer hinter dem Altar, die als Sakristei diente. Pfarrer Kowarek saß vornübergebeugt am Tisch und notierte etwas in sein schwarzes Notizbuch, das er wie seinen Augapfel hütete. Für Apollonia war dieser Anblick nicht ungewohnt. Der Pfarrer pflegte sich stets zu allem, was er tat und hörte, Notizen zu machen. Nur so gelang es ihm, die einfühlsamen und feinen Bezüge zu den Nöten und Sorgen der Schwestern herzustellen, die ihnen oft einen für andere unsichtbaren Spiegel vorhielten. Es war genau diese Gabe, die ihn so beliebt bei ihnen machte und seinen großen Einfluss im Kloster begründete.

Als sie näher kam, klappte er das Büchlein zu und blickte zu ihr auf. Er schlug die Augen nieder und deutete ein Nicken an; seine Art, sie aufzufordern, ihm gegenüber Platz zu nehmen.

Sie raffte vorsichtig den Habit, um ihn vor unnötigen Sitzfalten zu bewahren. Es entsprach ihrem Wesen, alles, was sie tat, bewusst und mit großer Sorgfalt zu erledigen.

»Meinen Sie, das Böse ist in unsere Mauern gefahren?«, fragte sie nach kurzem Zögern.

»Auch wenn unser Herr uns Seine besondere Aufmerksamkeit widmet, so sind wir doch nur ein Abbild unserer Gesellschaft. Neid, falsch verstandenes Pflichtbewusstsein oder das Eifern nach Anerkennung sind auch in diesen Mauern anzutreffen.« Er sprach wie immer quälend langsam und betonte die Worte in einer solch unüblichen Weise, dass man genau hinhören musste, um ihn zu verstehen.

»Sie meinen …«, begann Schwester Apollonia.

»Ich meine nicht. Ich höre und sehe nur«, unterbrach er sie.

Apollonia schien in Aufwallung. »Aber …«, begann sie unsicher.

Der Pfarrer legte seine Hand auf ihre und strich ihr sanft mit dem Daumen über den Handrücken.

Apollonia spürte seine Wärme, genoss die Berührung, die sie förmlich aus der sie umgebenden Kälte und Einsamkeit riss. Ein rosiger Schimmer zog sich über die blasse Haut ihrer Wangen. Sie verspürte den Impuls, ihm ihre Hand zu entziehen, aber die Sehnsucht nach menschlicher Wärme und Geborgenheit war stärker. Für einen Augenblick fühlte sie sich ihm ausgeliefert, war unfähig, sich von seiner Anziehungskraft zu befreien.

Doch dann hörte sie das wischende Geräusch eines Besens.

Es war Belén, die wie jeden Montag die Aufgabe hatte, das Kirchenschiff zu fegen.

Apollonia erhob sich eilig. Schuldbewusstsein, Enttäuschung und Ärger über das Eindringen von Belén in ihr kleines Paradies haderten miteinander.

GERÜCHTEKÜCHE

Montag, 9. März 2020, 8.10 Uhr

Wie jeden Tag stand es an, das Frühstücksgeschirr zu spülen und abzutrocknen. Eigentlich war das Schwester Ehrentruds Aufgabe. Doch sie erhielt dabei meist Unterstützung.

So, wie man begehrlich die Finger nach der einzigen Ausgabe der *Rheinpost*, die das Kloster abonniert hatte, ausstreckte, wenn man wissen wollte, was in Speyer passierte, so bereitwillig half man in der Küche, um zu erfahren, was es im Kloster Neues gab.

Hier, wo sich Alma und Gertrude eher selten blicken ließen, war *der* Umschlagplatz für allen Klatsch und Tratsch im Kloster.

Heute schwangen Hildegard und Isolde mit ihr das Geschirrhandtuch.

»Unsere Priorin hat es trotz ihres Alters noch faustdick

hinter den Ohren. Habt ihr gehört, wie sie diesen Kommissar und sein kleines Flintenweib hochnimmt: Infirmarin, Celerarin, Portaria – völlig überfordert war er«, sagte Hildegard und lachte los.

»Des hett selbscht isch nidd alles gewisst«, entgegnete Ehrentrud, bevor sie ebenfalls losprustete.

»Der war buchstäblich mit seinem Latein am Ende«, tönte Hildegard, die heute wieder ihre grüne Schürze trug.

Isolde sagte nichts. Sie war meistens still, beobachtete und hörte zu.

Mehrfach hatte sie schon versucht, sich am Gespräch zu beteiligen, doch ihre zwei lauteren Mitschwestern gaben ihr zwischen ihren Zoten keinen Raum. Wieder stieg sie unschlüssig von einem Bein aufs andere, was sie immer tat, wenn sie mit sich rang, ein heikles Thema anzusprechen. »Gestern war jemand im Klostergarten«, merkte sie fast beiläufig in einer Gesprächspause an.

»Ich weiß, Belén hat nach ihren Bienen gesehen.«

»Nein, ein Mann.«

»Du mänscht denn Kommissar oder so enner vunn denne Kriminaltechniker, die ausg'sehe hänn wie Messdiener in krumblische Kutte.«

Hildegard grölte.

Doch Isolde blieb ruhig. »Nein, ein Fremder.«

»Du meinst jemand von der Straße?«

»Ja.«

»Unn was hoddern getriwwe?«

»Er hat sich an unserer Eibe zu schaffen gemacht.«

*

Kurz von 12 Uhr trat Bertling in Achills Büro.

»Die Kopfschmerztablette scheint gewirkt zu haben?«,

stellte sie fest und war erleichtert, dass er nun deutlich erholter aussah als noch heute Morgen.

Achill lachte. »Eine? Ich hab sie eingeworfen wie Kleingeld in einen Spielautomaten, irgendeine muss dann wohl geholfen haben.«

Bertling schüttelte den Kopf »Typisch du. Immer alles erzwingen, ohne Rücksicht auf Verluste.«

»Der Zweck heiligt nun mal die Mittel. Aber mein Magen fühlt sich schon etwas flau an. Wie wär's mit einem gesunden Mittagessen? Ich lade dich als Entschädigung dafür, dass du heute Morgen meinen Kater ertragen musstest, zu einem gemütlichen Essen ins *Franz & Lissy* ein.«

Bertling warf einen Blick auf ihre Armbanduhr.

»Nett von dir, aber ich hab um 13 Uhr ein Rendezvous mit einem Herrn Schropp in Lingenfeld.«

»Schropp? Muss ich den kennen?«

»Genaugenommen darfst du ihn nicht mal kennen. Jedenfalls wenn man dein Befragungsprotokoll von Schwester Alma ernst nimmt. Laut ihr gibt es ihn gar nicht.«

»Moment, stopp. Ich kann dir gerade nicht folgen.«

Bertling schmunzelte. »Er ist der Bruder von Anneliese Schropp.«

»Aha. Und wer ist Anneliese Schropp?«

»Du solltest richtigerweise fragen: Wer war Anneliese Schropp?«

»Erzähl schon, dir muss man ja wieder alles einzeln aus der Nase ziehen«, brummte Achill misslaunig.

»Anneliese Schropp hieß unsere tote Schwester Walburga, bevor sie ins Kloster eingetreten ist. Und Walter Schropp ist ihr kleiner Bruder.«

»Holla. Dann hat mir diese Alma einen Bären aufgebunden.«

»So ist es. Und er wohnt nur wenige Kilometer von seiner Schwester entfernt auf einem kleinen Bauernhof.«

»Na, da bin ich aber gespannt, was der zu sagen hat.«

»Ich auch.«

»Solche interessanten Neuigkeiten kann ich leider nicht vermelden«, sagte Achill. »Die Rechtsmedizin kann außer dem ungefähren Todeszeitpunkt, der wohl so zwischen 1 und 3 Uhr lag, noch nichts sagen. Die Laborwerte kommen erst morgen. Dann werden wir erfahren, ob André mit seiner Eibentheorie recht hat, oder ob es doch nur ein Medikamentenmissbrauch war.«

»Apropos Medikamente. Haben die Kollegen von der Spusi die mysteriösen Pillenschachteln gefunden?«, hakte Bertling nach.

»Nein. Das ist wirklich seltsam. Entweder Hildegard hat uns ebenfalls nicht die Wahrheit gesagt, oder jemand hat die Schachteln weggenommen.«

»Ich weiß nicht, ob man das alles nur der Naivität der Schwestern zuschreiben kann«, erwiderte Bertling nachdenklich.

»Ich kann es auf jeden Fall kaum erwarten, mich nachher mit dem Klosterpfarrer, diesem Anton Kowarek, zu unterhalten. Ein externer Blick auf die Nonnen könnte sehr ergiebig sein.«

LANDLUFT

Montag, 9. März 2020, 12.55 Uhr

Die Reifen des zivilen Audi der Ludwigshafener Polizei mahlten auf dem grobkörnigen Belag aus recyceltem Bauschutt auf dem Vorplatz des kleinen Gehöfts am Ortsrand von Lingenfeld.

Vor der Fassade, deren Verputz schon an einigen Stellen abgefallen war, rostete eine alte Egge im hohen Gras vor sich hin. Daneben ruhte ein ausgeblichener Stapel Altreifen.

Als Bertling ausstieg, stach ihr der Gestank abgestandener Gülle in die Nase. Er stammte von einem Misthaufen, aus dessen Grund bräunliche Rinnsale in den Schotterbelag des Hofes sickerten. Sie traute ihren Augen nicht. Die Spitze des Haufens krönte der Kadaver eines undefinierbaren Felltieres. Eine Krähe machte sich gerade darüber her.

Bertling schluckte, um der aufkommenden Übelkeit Herr zu werden.

Hinter sich nahm sie Kettengeklirr und ein lang gezogenes Mark und Bein durchdringendes »Muuuuuh« wahr. Der Laut, der ihr einen kalten Schauer über den Rücken trieb, hatte rein gar nichts mit dem gemein, was man von idyllischen Alpenwiesen kannte.

Sie verspürte den Drang, einfach kehrtzumachen und wieder loszufahren. Es war ihr nicht danach, Zeugin irgendwelcher Tierquälereien zu werden. Aber wie sagte Achill doch immer: »Polizeiarbeit ist kein Wunschkonzert!«

Sie holte tief Luft und marschierte in Richtung der zweigeteilten Stalltür, die windschief in ihren Angeln hing.

Sie war fest entschlossen, der geschundenen Kreatur, die diese Schmerzenslaute aussandte, zu helfen.

Sie trat in das Halbdunkel der niedrigen Stallung, die nur von einer einzigen an losen Kabeln herunterhängenden Glühbirne beleuchtet wurde. Der Gestank zu selten gewechselter Einstreu stach ihr in die Nase.

Ihre Augen hatten sich noch nicht an die Dunkelheit gewöhnt, als ihr ein erneuter Schmerzensschrei das Blut in den Adern gefrieren ließ. Was ging hier vor? Instinktiv suchte Bertling Sichtschutz hinter einer Kuh. Schon wieder dieses gequälte Stöhnen. Plötzlich löste sich aus der Silhouette der Kuh unmittelbar vor ihr ein weiterer Schatten. Ein blutgetränktes Fellbündel fiel in einem Schwall von blutig schleimiger Flüssigkeit in das von Tierexkrementen durchtränkte Stroh direkt vor ihren Schuhspitzen.

Blutspritzer auf ihrer hellen Hose, dann dieser Gestank, der ihr die Luft nahm. Das alles war so unerwartet.

»Bassen Se doch uff!«, herrschte sie eine derbe Stimme an. »Was suchen Se überhaupt do?«

Bertling war wie benommen. Nur mit Mühe konnte sie ein Würgen unterdrücken.

Erst jetzt nahm sie den Mann wahr, der bisher vom mächtigen Leib der Kuh verdeckt gewesen war und sich etwas abseits die blutbeschmierten Unterarme mit Stroh abrieb.

»Zwilling – beide hie«, kommentierte er das, was Bertling gerade verarbeitete.

Sie schluckte. Musste sich erst fassen, bevor sie etwas entgegnen konnte. »Und warum werfen Sie die auf den Mist? Dafür gibt's doch die Tierkörperbeseitigung«, erwiderte sie mit erstaunlich fester Stimme.

»Die Krabbe holen's bald.«

»Sie wollen die Tiere doch nicht den Krähen überlassen?«

»Für was onneres hab ich kä Geld.«

Ohne sie eines weiteren Blickes zu würdigen, nahm er das tote Kalb an den Läufen und trug es hinaus.

Noch immer vom Schreck gelähmt, folgte sie ihm unsicher einige Schritte und beobachtete missbilligend, wie er das Kalb in einem weiten Schwung zu dem anderen auf den Misthaufen warf.

Als er mit der Mistbestattung fertig war, blieb er wortlos ein paar Meter vor ihr stehen.

Sie musterte ihn. Er trug nichts als ein Feinrippunterhemd und lange Unterhosen. Seine Arme waren bis an die Achseln mit Blut, Schleim und Kuhexkrementen beschmiert. Er war unrasiert, und durch sein Gesicht gruben sich tiefe Sorgenfalten. Alles in allem gab er ein elendes Bild ab.

Er spürte wohl, dass sie seinen merkwürdigen Aufzug musterte, und blickte an sich herab. »Die warden mit'em Kalbe nidd, bis ma angezoche isch.«

»Verstehe«, sagte sie, noch immer von der Situation überfordert.

»Was suchen Se überhaupt do?«, wiederholte er die Frage von vorhin.

»Ich bin Oberkommissarin Verena Bertling von der Mordkommission Ludwigshafen.«

»Sinn ihr jetzt ach für Totgeburte bei Küh zuständisch?«

»Nein, äh, entschuldigen Sie, dass ich so ungelegen komme.«

»Die Bolizei kummt immer donn, wonn ma se nidd gebrauche konn«, erwiderte er und grinste schief.

»Ich habe Ihnen eine traurige Mitteilung zu machen. Ihre Schwester …« Bertling stockte. Die Situation, in der sie dem von Kummer gezeichneten Mann die schlechte Nachricht zu überbringen hatte, erschien ihr grotesk ungeeignet.

»Bevor Se sich ähner abbrechen. Ich hab kä Schweschter«, brummte er missmutig und ging an ihr vorbei Richtung Haus.

»Sind Sie nicht Herr Walter Schropp?«

»Was sollen des werre? Frau sucht Bauer oder was?«

Wieder ging er ein paar Schritte aufs Haus zu. Bertling hastete ihm unbeholfen hinterher.

Allmählich wurde ihr die Sache zu bunt. »Ich habe die Aufgabe, Ihnen mitzuteilen, dass Ihre Schwester Anneliese Schropp in der Nacht von Samstag auf Sonntag im Kloster Sankt Guido verstorben ist.«

Der Bauer lachte bitter. »Ja unn. Die iss fer mich schon vor 50 Johr gschdorwe. Irgendwonn war se ähfach fort unn hot mich mit 17 Johr mit dem hier …«, dabei wies er mit der Hand auf das heruntergekommene Hofgelände um sich herum, »… unn meiner kranke Mudder alläh gelosse.«

Bertling nickte nur. Sie war unfähig, etwas zu erwidern.

»Donn hot die so fromme Schwester Walburga studiert, und isch war nur noch ähn dumme Bauer uff ähm baufällische Hof. Der isch viel zu klä, um devu läwe zu kenne, vor allem wann ma noch sei schwerkranki Mudder zu pflesche hot. Bevor se g'schdorwe is, hot die so fromme Walburga se noch üwerredt, ihr bissel Geld dem Kloster zu vermache.«

Bertling schluckte.

»Und was kümmert's die Mordkommission, wenn ä Nonn ins Gras beißt?«

»Na ja, wir untersuchen, ob sie wirklich eines natürlichen Todes gestorben ist.«

Schropp lachte bitter auf. »Wonn Se wissen, wer's war, gewen Se mir die Adress'. Ich wer mich bei ihm bedonke, dass er des fertischgebrocht hot, wo ich zu gutmüdisch war.«

JOUR-FIXE

Dienstag, 10. März 2020, 8 Uhr

Dienstags nach dem Frühstück stand das wöchentliche Treffen zwischen der Priorin und ihrer Subpriorin an, das Gertrude gerne geschäftsmäßig »Großer Jour-fixe« nannte.

Schwester Alma saß auf dem überdimensionierten Bürosessel, den wohl irgendeine Vorgängerin mit etwas stattlicherer Statur angeschafft haben musste, und schien darin zu versinken. Hinter dem massigen alten Schreibtisch aus dunkler Mooreiche hätte man sie glatt übersehen können. Obwohl Gertrude auf einem schlichten Besucherstuhl vor dem Tisch saß, überragte sie die Priorin um einen Kopf.

Alma waren diese Termine zuwider. Sie fühlte sich gegenüber der besitzergreifenden und dominanten Subpriorin zunehmend klein und kraftlos. Nicht zuletzt deshalb hatte sie vor einem halben Jahr entschieden, Walburga ebenfalls diesen Besprechungen beiwohnen zu lassen. Doch das war ja nun vorbei.

Walburga hatte es verstanden, den Druck und die Schärfe, die Gertrude in alles legte, herauszunehmen. Sie hatte hinterfragt und abgeschwächt. Hatte immer da, wo Gertrude den Mitschwestern Themen aufoktroyieren wollte, deren Einbeziehung gefordert. Alma sah in ihr eine Seelenverwandte, die in den meisten Fragen ähnlich dachte wie sie.

»Hat sich die Polizei schon bei Ihnen gemeldet?«, ergriff Gertrude, noch bevor die Priorin etwas sagte, das Wort.

»Wieso? Was erwarten Sie?«, fragte Alma zurück, die es sich in Situationen wie dieser zur Angewohnheit gemacht hatte, durch Gegenfragen Gertrudes brüskes Wesen zu disziplinieren.

»Ich erwarte gar nichts. Was soll auch festgestellt werden?«

»Warum interessiert es Sie dann?«

»Na ja, es ist noch so viel in die Wege zu leiten«, wich Gertrude der Frage aus.

»Ja, in der Tat. Ich wünsche mir, dass Sie sich um die Beisetzung kümmern, sobald die Leiche freigegeben ist. Und für die Trauerfeierlichkeiten erwarte ich, dass Sie Apollonia hinzuziehen. Sie hat ein Händchen für liturgische Feinheiten.«

»Und für unseren Pfarrer«, entgegnete Gertrude spitzzüngig.

»Ich halte solche Anspielungen in der aktuellen Situation für unpassend. Dass eine Sakristanin ein gutes Einvernehmen mit dem Priester pflegt, sollte sich von selbst verstehen.«

Gertrude nickte nur.

»Gibt es diese Woche sonst noch was zu tun?«, fragte Alma ungeduldig. Sie hatte heute nicht die Nerven für diese Nickeligkeiten.

»Der Gartenbaubetrieb hat mal wieder einiges im Garten zu erledigen.«

»Aha«, fragte Alma interessiert. »Wächst unser schöner Klostergarten Hildegard und Belén über den Kopf?«

»Es wird Frühjahr. Der Baum- und Rosenschnitt ist abzufahren. Zudem muss der Gärtner, wie in jedem Jahr, noch Hand an einige verwilderte Büsche und Bäume legen, die den beiden über den Kopf gewachsen zu sein scheinen«, griff Gertrude Almas Metapher auf.

»Ich wünsche, dass Schwester Hildegard die Arbeiten beaufsichtigt, und Innocentia soll sicherstellen, dass die Rechnungen nicht zu hoch werden.«

»Selbstverständlich, so wie es die Pflicht der beiden ist«, erwiderte Gertrude gelangweilt.

»Wie Sie wissen, möchte ich, dass nur in dringenden Ausnahmefällen Fremde hier herumhantieren.«

»Ja, ich weiß«, antwortete Gertrude kleinlaut.

»Ist noch was?«, fragte Alma in einer Art und Weise, die nur eine Antwort zuließ.

»Nein, ich werde Sie nicht weiter belasten.«

»Danke, Sie können gehen.« Ohne eine Entgegnung abzuwarten, wandte sich Alma wieder den Papieren vor ihr auf dem Schreibtisch zu.

KÄSE

Dienstag, 10. März 2020, 19.25 Uhr

»Was ist denn in dich gefahren? Seit wann stehst du auf Rotwein?«, fragte André und drehte die von Irina geöffnete Rotweinflasche in seiner Hand, um das Etikett besser lesen zu können.

»Mir gefiel der Name«, erwiderte sie einsilbig.

»Wow, dafür scheinst du aber tief in die Tasche gegriffen zu haben. *Hänsel und Gretel*, eine Co-Produktion der Pfälzer Topwinzer Schneider und Hensel. Den gibt's aber nicht im Discounter.«

»Pf. Eine Frau von Welt weiß eben, was gut ist. Und nach einem anstrengenden Vordiplom darf man sich auch mal was gönnen.«

»Da kann ich dir nicht widersprechen. Du hast es dir verdient und ich auch.«

»Du?«, fragte sie empört.

»Na ja, ich hab immerhin deine schlechte Laune ertragen.«

»Noch so eine Bemerkung, und es bleibt beim Roten, und die Pasta kann sich in der Küche zu Brei zerkochen.«

»Wow, die Dame droht mit Selbstgekochtem. Dass ich das noch erleben darf.«

»Ekel!«

Zehn Minuten später stellte Irina vor jeden einen Teller dampfender Pasta ab.

»Spaghetti alla Puttanesca!«, verkündete sie stolz. »Ich habe extra für dich Veggie die Sardellen durch getrocknete Tomaten ersetzt.«

André wedelte mit der Hand über dem Teller und fächelte sich den aufsteigenden Dampf zu, um das Aroma zu erschnüffeln.

Irina lachte. »Typisch du. Du isst wie unser Chemielehrer. Bestimmte Marotten wirst du wohl nie ablegen.«

André schmunzelte. »Auch genießen ist eine Kunst, die es zu erlernen gilt.«

»Angeber«, sagte Irina. »Mag der alte Mann noch etwas geriebenen Parmesan? Ich habe Grana Padano im Anschnitt, ganz wie es der Herr schätzt.«

»Gerne. Ich nehme mit Befriedigung zur Kenntnis, dass die junge Dame lernwillig ist. Vielleicht wird ja doch irgendwann noch eine Feinschmeckerin aus dir Burgerschlingerin.«

»Das nennt man situatives Essen. Für den eiligen Hunger einen Burger und zum Genießen feinste Pasta, von einer begnadeten Köchin zubereitet.« Dabei reckte sie gönnerhaft den Kopf.

»By the way, welche Botschaft will mir die begnadete Köchin mit dem Namen der Speise denn übermitteln?«

Irina stutzte. »›Spaghetti‹ gleich ›lange Nudeln‹, ›alla‹ gleich ›nach‹, ›Puttanesca‹ keine Ahnung.«

André lachte. »Wörtlich übersetzt heißt ›Spaghetti alla Puttanesca‹ Spaghetti nach Hurenart. Ich rate von dieser Speise ab, solltest du je deinen Angebeteten zum ersten Mal bewirten. Er könnte es falsch auffassen.«

Irina schüttelte gespielt verärgert den Kopf. »Erst wedelt er sich mit der Hand den Duft in die Nase wie ein Chemiker und dann isst er mit dem Wörterbuch unter der Serviette. Kein Wunder, dass er nie eine Frau abgekriegt hat. Seine heutige Charmeoffensive ist mal wieder bahnbrechend.«

»So bin ich eben. Eine Bereicherung für Tisch und Tafel.«

»Dann schenk lieber mal was ein, du Charmebolzen.«

André nahm die Flasche, drehte sie etwas und ließ langsam einen Schluck davon in Irinas bauchiges Burgunderglas laufen.

»Möchte die Dame probieren?«

»In der Tat«, flötete Irina, hob das Glas gegen das Licht, schwenkte vorsichtig den Inhalt, schnüffelte daran und nahm einen kleinen Schluck. »Ich stelle fest, die Dame hat gut gewählt«, konstatierte sie gespielt hochnäsig.

André schenkte ihr nach und füllte nun auch sein Glas. Dann stießen sie auf Irinas Vordiplom an.

Sie aßen, tranken, plauderten, und André wurde nicht müde, ihre Kochkünste zu preisen. Selbst ein Dessert, Panna cotta, hatte sie vorbereitet.

Nach gut zwei Stunden hatten sie alles vertilgt, auch die Weinflasche gab nur noch für jedes Glas ein paar Tropfen her. André eilte in die Küche, um noch zwei Espressi an seiner italienischen Siebträgermaschine, einer echten *Bezzera*, wie er gerne betonte, zuzubereiten.

Als er mit den dampfenden dickwandigen Espressotassen zurückkam, fand er Irina grübelnd vor.

»Was ist? Ist dir der Knoblauch auf den Magen geschlagen?«

»Nein, es ist … ich weiß nicht, wie ich es dir sagen soll?«

Auch aus Andrés Gesicht wich das Lächeln. »Was ist, bist du krank?«

Irina grinste schief. »Nein, das hättest du bestimmt schon mitgekriegt.«

»Was dann? Willst du etwa ausziehen?«

Irinas Gesicht verfinsterte sich weiter. »Ja, so könnte man es nennen.«

André schwieg. Er hatte sich schon immer vor diesem Augenblick gefürchtet. Er, der über viele Jahre ein Eremitendasein geführt und den Irina ungeplant aus seiner Einsamkeit gerissen hatte, würde nun wieder in den Zustand zurückfallen, in dem er jahrzehntelang vor sich hin gebrütet hatte.

Die Nachricht war wie ein Dampfhammer für ihn. Sein Gesicht glühte, über seinen Rücken kroch ein eisiger Schauer.

Irina lachte.

»Du lachst?«, fragte er empört.

»So ist es eben, wenn man Frauen nicht ausreden lässt. Ich sage nur *LBS*.«

»*LBS*? Landesbausparkasse?«, brummelte André fragend vor sich hin.

Irina stöhnte. »Wieder mal voll retro, der alte Mann. *LBS* steht für ›Learning by suffering‹ – ›Lernen durch leiden‹.«

»Trotzdem, was soll das? Mit sowas spaßt man nicht«, ereiferte er sich.

»Ich plane auszuziehen, ja.«

Wieder erstarrte er.

»Aber nur so für circa 14 Tage. Es ist wie eine Art Urlaub – eine Auszeit.«

»Aber wir können doch auch gemeinsam …«

Irina lachte. »… gemeinsam ins Nonnenkloster ziehen?«

»Wie … was … Nonnenkloster … du?«

Irina grinste. »Ich möchte für zwei Wochen ins Kloster Sankt Guido, sagen wir mal, um nach meinen Prüfungen zu entspannen, mich mir selbst zu widmen und …«

»… und?«, setzte er nach.

»… und die Augen offen zu halten. Wie sagte doch Frank am Sonntag: ›Am besten, ich schlüpfe in eine Kutte, mische mich unter die Nonnen und schau mir das von innen an.‹ Und da er es wohl nicht selbst tun kann, werde ich es eben für ihn tun.«

»Bist du verrückt?«, entfuhr es ihm.

»Nur so verrückt wie du. Wer von uns beiden besucht denn sonst regelmäßig die Gottesdienste im Kloster?«

»Ja, aber da wird doch nicht gemordet«, antwortete er hastig.

Irina lachte. »Na sowas. Das ist ja beruhigend, dass die übliche Liturgie das nicht vorsieht.«

André schüttelte den Kopf. »Nein, kommt gar nicht infrage!«

»Ich werde nur das tun, was du sonst tust. Ich bin dort als Gast und genieße die klösterliche Ruhe und spirituelle Einkehr. Schon vergessen, ich komme aus einer streng katholischen Familie. Als ich 14 war, wollte ich sogar eine Zeit lang Nonne werden.«

André schüttelte energisch den Kopf.

»Hast du etwa Angst, die ermorden künftig ihre Gäste und ihre Kirchenbesucher? Bitte bleib vernünftig. Es hilft mir, den Prüfungsstress abzubauen. Im Übrigen hat Verena gemeint, dass es eh nur ein Unfall war.« Irina verlieh ihrem Gesichtsausdruck nun etwas Flehentliches.

»Das meine ich aber nicht. In meinen Augen war es Mord«, setzte er störrisch nach.

»… der von Achill und Verena von außen nie aufgeklärt werden kann.«

»Das ist doch Käse!«, zischte André aufgebracht.

DIAGNOSEN

Mittwoch, 11. März 2020, 8.10 Uhr

Bertling und Achill waren mit dem Dienstwagen von Ludwigshafen in Richtung Speyer unterwegs. Sie hatten dort in einem anderen Fall noch etwas zu klären. Wie so häufig, wenn er das Fahrzeug lenkte, hatte sie ihr Tablet auf dem Schoß, und sie nutzten die Zeit, um sich gegenseitig upzudaten. Gerade hatte sie ihm ihr skurriles Erlebnis mit Walburgas Bruder geschildert.

»Hm, er hätte zwar ein schwaches Motiv. Aber so, wie du das schilderst, hatte er nicht die kriminelle Energie und die Gelegenheit, das durchzuziehen.«

»So ist es, ich denke, wir können ihn von der Liste streichen.«

»Was kam eigentlich bei deiner Befragung des Klosterpfarrers raus?«, fragte Bertling.

»Zunächst hatte ich ihn zur Strenge der Klausur befragt. Das Ergebnis ist, dass die das mit der Abgeschiedenheit total ernst nehmen. Da kommt wirklich niemand rein. Selbst beim Pfarrer macht man nur Ausnahmen, wenn es einen besonderen Grund gibt, zum Beispiel eine Krankenkommunion oder Ähnliches. Angeblich war das aber schon seit ein paar Wochen nicht mehr der Fall.«

»Wieder ein Aspekt, der meine These unterstützt, dass Walburgas Bruder aus der Sache raus ist. Er wäre gar nicht an seine Schwester rangekommen.«

»So ist es. Den Rest der Befragung hätte ich mir auch sparen können. Auch der Pfarrer sprach von einer harmonischen Gemeinschaft, Walburga sei von allen, einschließlich ihm selbst, sehr geschätzt worden. Von Feindschaften sei ihm nichts bekannt. Gleichwohl hätten die Schwestern jede für sich ihr persönliches Päckchen zu tragen. Sie würden ihm vieles im Rahmen der regelmäßigen Beichtgespräche anvertrauen, über deren Inhalt er natürlich Stillschweigen bewahren müsse. Aber er könne mir versichern, dass ihm nichts rund um ein mögliches Tötungsmotiv zu Ohren gekommen wäre.«

»Na klasse. Sollte es wirklich ein gewaltsamer Tod gewesen sein, dann bleiben nur die Nonnen als Täterinnen übrig, und die hatten alle kein tragfähiges Motiv«, fasste Bertling zusammen.

»Na ja, wenigstens der Modus Operandi, also die Verwendung von Gift, spricht für eine Frau als Mörderin. Gerade letzte Woche habe ich gelesen, dass angeblich das Vergiften bei Morden durch die holde Weiblichkeit zu 90 Prozent das Mittel der Wahl ist. Auf Platz zwei liegen die Geheimdienste. Ich denke, die können wir in diesem Fall aber ausschließen«, sagte Achill schmunzelnd.

Bertling ließ seine letzte Bemerkung unkommentiert und starrte auf ihr Dienst-Tablet, das noch immer auf ihren Knien lag.

Gerade war wieder eine Benachrichtigung zu einer ankommenden Mail über das schwarze Display gehuscht.

»Wow, die Rechtsmedizinerin hat das vorläufige Gutachten schon fertig«, sagte sie, nachdem sie ihren E-Mail-Eingang aufgerufen hatte.

»Und?«, fragte er trocken.

Sie öffnete die PDF-Datei im Anhang und überflog sie, während sie die jeweils relevanten Passagen vorlas: »Keine sichtbaren äußeren Verletzungen … unnatürlich erweiterte Pupillen … auffällige Rotfärbung der Lippen … Tod in Folge von Herz-Kreislauf-Versagen …«

Achill unterbrach sie verärgert. »Da hat man es sich mal wieder einfach gemacht.«

Bertling lachte. »Sei nicht so ungeduldig. Lass mich doch mal den restlichen Text in Ruhe lesen. Oft geben die Details mehr her.« Sie las weiter vor: »… erweiterte Herzkammern, Lungen-, Leber- und Nierenstauung, Hirnödem …«

Achill schnaubte. »Und weiter?«

»Geduld, Kollege. Das, was du hören willst, kommt bestimmt noch.«

»… bei einer Untersuchung des Urins mittels Flüssigkeitschromatografie wurde aufgrund des polizeiseitig geäußerten Verdachts auf eine Vergiftung durch Eibengift nach den spezifischen Alkaloiden der Eibe (Paclitaxel, Cephalomannin, Baccatin III) gesucht. Dabei konnte das Vorhandensein von Eibentaxinen in klinisch wirksamem Umfang eindeutig nachgewiesen werden … daneben wurden Spuren von Triptan, dem Bestandteil verschiedener handelsüblicher Medikamente gegen Migräne, nachgewiesen, die allerdings aufgrund der geringen Dosierung nicht todesursächlich sein können.«

»Na also, geht doch!«, brummte Achill gespielt missmutig, konnte aber ein triumphierendes Lächeln nicht unterdrücken.

»… die Taxin-Konzentration war so hoch, dass mit Sicherheit davon auszugehen ist, dass die Intoxikation durch Taxine, also Eibengift, ursächlich für den Tod der untersuchten Person gewesen ist.«

»Wer sagt's denn«, kommentierte Achill.

»Eigentlich hat es André gesagt«, korrigierte ihn Bertling und grinste.

»Bohre nicht wieder in offenen Wunden. Mein schlechtes Gewissen nagt so schon schwer genug an mir.«

Bertling antwortete nicht. Sie war zu sehr in den Obduktionsbericht vertieft.

»Moment, da kommt noch was Spannendes.«

»Und was?«

»Es geht um den Todeszeitpunkt.«

»Dann lies schon!«

»Bei der Erstuntersuchung der auf dem Rücken im Bett liegend aufgefundenen Leiche vor Ort um 10.30 Uhr waren flächige Livores am Rücken festzustellen, was für einen Todeszeitpunkt mindestens sechs Stunden vor der Untersuchung spricht.«

»Aha, das heißt, die Totenflecken sprechen dafür, dass der Tod spätestens um 4.30 Uhr eingetreten ist«, kombinierte Achill.

»Auch die fortgeschrittene Ausbildung der Totenstarre unterstützt diese These … in Kombination mit weiteren Befunden gehen wir vom Eintritt des Todes zwischen 0.30 Uhr und 4.30 Uhr aus.«

»Das übliche Scheunentor«, knurrte Achill.

»Pass auf! Jetzt kommt's«, bremste Bertling ihn und las weiter. »Neben den zur Lage des Leichnams passenden Totenflecken auf dem Rücken waren in geringem Umfang auch Livores auf der Seite des Opfers zu erkennen. Darin lässt sich eine hellere, scharf abgegrenzte Linie lokalisieren, wie sie erfahrungsgemäß beim Liegen auf einer Teppichkante entstanden sein könnte.«

»Das heißt, sie ist nicht im Bett gestorben, wo wir sie gefunden haben?«

MISSION

Mittwoch, 11. März 2020, 11 Uhr

»Haben Sie einen Termin?«, fragte der junge Geistliche, der im Vorzimmer des Generalvikars saß, etwas von oben herab.

»Ja, mein Name ist Sartorius, André Sartorius, ich hatte heute Morgen gegen 8 Uhr angerufen.«

Das Gesicht des jungen Mannes, eben noch missmutig, hellte sich auf.

»Ah, Sie sind das. Der Herr Generalvikar Hofreiter wartet bereits auf Sie. Er hat auch schon mit dem Bischof telefoniert.«

André war überrascht. Verwechselte man ihn gerade? Er hatte seinen Wunsch doch nur sehr allgemein vorgetragen. Wieso hatte der Generalvikar seinetwegen schon mit dem

Bischof telefoniert? Und wieso sollte man die Angelegenheit so hoch aufhängen?

»Einen Moment noch. Herr Doktor Hofreiter hat ein Telefongespräch reingekriegt. Setzen Sie sich doch.« Der junge Geistliche wies auf einen Besucherstuhl.

André setzte sich. Ihm war mulmig zumute. Wie konnte er sich zu so etwas breitschlagen lassen?

Freilich, er hatte gestern Abend nach einer hitzigen Debatte mit Irina irgendwann kapituliert. Aber da hatte er den Alkohol einer halben Flasche schweren Rotweins im Blut gehabt.

Aber nun, in der kühlen Nüchternheit des regnerischen Tages, war alles anders. Bei Licht betrachtet war das eine fixe Idee, in die Irina sich hineingesteigert hatte, ohne die Konsequenzen zu überblicken. Und er war dabei, dieses abwegige Unterfangen auch noch zu unterstützen. André schüttelte stumm den Kopf über sich selbst und wurde dafür vom Sekretär mit fragenden Blicken bedacht.

Am liebsten wäre er aufgestanden und einfach auf und davon gegangen. Es war eine Schnapsidee, diesen Mann, den er kaum kannte, um eine Gefälligkeit zu bitten, die unangebracht, nein, geradezu irrational wirken würde. Wie so oft hatte ihn Irina in ihrem jugendlichen Enthusiasmus in einer leidenschaftlichen Diskussion zu etwas gedrängt, hinter dem er ganz und gar nicht stand.

Doktor Ernst Hofreiter, bekleidet mit schwarzem Anzug und Hemd, aus dem nur der Römerkragen weiß hervorstach, erhob sich hinter dem wuchtigen antiken Schreibtisch aus rötlichem Kirschbaumholz, breitete theatralisch die Arme aus und ging auf André zu. »Grüß Gott, mein lieber Sartorius, schön, Sie zu sehen. Ich hoffe, es geht uns gut.«

»Grüß Gott, Herr Generalvikar, danke der Nachfrage, mir geht es gut«, antwortete André, den die fast euphorische Begrüßung Hofreiters irritierte. Wieso tat der Mann so, als kenne er ihn bestens?

»Sie schickt der Himmel. Was kann ich für Sie tun, Sartorius?«

Was war das schon wieder? Was für eine Erwartung hatte der Generalvikar, warum er hier war?

»Ich fürchte, Sie könnten mich für unbescheiden halten, wenn ich Ihnen mit meinem sehr persönlichen Anliegen Ihre wertvolle Zeit raube«, tastete sich André vorsichtig ins Gespräch.

»Ja geh, aber nicht doch. Ich denke, das ganze Domkapitel, einschließlich dem Bischof und mir, weiß, was wir Ihnen zu verdanken haben. Ihre Diskretion und Ihr Einsatz für die Wahrung der Interessen unserer Mutter Kirche bei dieser Sache zu Ostern 2018 im Dom ist uns allen noch lebhaft in Erinnerung«, führte Hofreiter langsam und bedächtig in den für ihn typischen bayerischen Dialektanklängen aus.

»Aber woher wissen Sie, dass ich …«

Hofreiter lachte gönnerhaft. »Unser lieber Pater Gruber, mit dem Sie während der Ereignisse in jenen Tagen in regem Austausch standen, hat mich natürlich unterrichtet. Er hat ja wahre Heldengeschichten über Sie erzählt. Das komplette Domkapitel redete tagelang über nichts anderes. Ihr theologisch-kriminalistischer Scharfsinn und Ihre diskrete Herangehensweise haben Ihnen unser aller Respekt eingebracht.«

André spürte, wie seine Wangen glühten. Er mochte es nicht, wenn man ihn dermaßen in den Himmel hob. Er hatte damals nicht mehr getan, als Achill unterstützt, eine Mordserie aufzuklären. Aber wenigstens wusste er jetzt Hofreiters wohlwollendes Verhalten zu deuten. Denn nach allem, was er bisher über ihn gehört hatte, hatte er ihn eher für einen kühlen, technokratischen Sachwalter des Bischofs gehalten. »Ich habe ein sehr persönliches Anliegen«, begann André vorsichtig, noch immer in der Erwartung, mit der Sache kläglich zu scheitern.

»Nur Mut, mein lieber Sartorius. Ich bin sicher, Sie rennen offene Türen bei mir ein. Aber wollen wir uns nicht setzen?« Er wies auf den freien Sessel einer altmodischen Sitzgruppe und nahm selbst Platz. »Darf ich Ihnen einen Cappuccino und etwas Gebäck bringen lassen?«

»Gerne, aber machen Sie sich bitte keine Umstände«, wehrte André ab.

Nachdem Hofreiter durch die Gegensprechanlage zwei Cappuccinos und etwas Konferenzgebäck geordert hatte, lehnte er sich entspannt zurück und verschränkte die Arme. »So, nun sprechen Sie frank und frei über Ihr Anliegen, und ich bin sicher, wir werden eine Lösung finden. Der Herr Bischof und ich sind schon sehr auf Ihren Vorschlag gespannt.«

André schluckte. Hier ging gerade etwas schrecklich schief. Ein kapitales Missverständnis, anders konnte er sich die Worte Hofreiters nicht erklären. »Also, wie Sie vielleicht wissen, engagiere ich mich für die deutsch-russische Städtepartnerschaft mit Kursk«, tastete er sich voran.

Mit einem Mal schien es, als glitte, wie ein fallender Vorhang, das Lächeln in Hofreiters Gesicht langsam nach unten. Er wedelte kreisförmig mit der rechten Hand, als wolle er Andrés Vortrag beschleunigen.

André fuhr fort. »Ich habe in diesem Zuge ein möbliertes Zimmer an eine russische Studentin vermietet – übrigens eine sehr engagierte Katholikin.«

Hofreiter nickte gelangweilt und rührte abwesend in der Tasse, die der Sekretär mittlerweile vor ihnen abgestellt hatte. Die eben noch an den Tag gelegte Euphorie des Kirchenmannes war einem griesgrämigen Gesichtsausdruck gewichen.

»Und diese seriöse junge Frau, die gerade die anstrengenden Prüfungen zu ihrem Vordiplom hinter sich gebracht hat, sucht nun nach innerer Ruhe und Sammlung.«

Hofreiter starrte unbeteiligt in den Cappuccino, als sei er in eine plötzliche Trance gefallen.

Mit einem Mal wurde sich André bewusst, dass seine Mission hier kläglich scheiterte, und er wohl in wenigen Augenblicken harsch des Raumes verwiesen werden würde. »Und sie wünscht sich, einige Zeit für ihre Exerzitien in ein Kloster zu ziehen.«

Hofreiter schaute interessiert auf. »So, aha – lassen Sie mich raten. Sie dachten dabei an Sankt Guido?«

André nickte verblüfft. War sein Begehren etwa dermaßen vorhersehbar?

Hofreiter, dem dies nicht entgangen war, lächelte selbstgefällig. »Sie überraschen mich, aber wenn ich mir das recht überlege – Kompliment! Wie eingangs erwähnt, rennen Sie bei mir offene Türen ein. Freilich ist es im Interesse des Bistums, die Städtepartnerschaften der Stadt auch auf klerikaler Ebene zu flankieren. Und wenn eine kluge russische Studentin mit offenen Augen durchs Kloster Sankt Guido geht, kann das gerade jetzt gewissermaßen nicht nur für sie interessante Erkenntnisse hervorbringen. Ich sehe, wir verstehen uns.«

Bei den letzten Worten blinzelte er André verschwörerisch zu.

André versuchte, sein Erstaunen zu überspielen. Hatte man tatsächlich damit gerechnet, dass er gekommen war, um dem Bistum seine Dienste als Privatermittler anzubieten?

Sei's drum, nun galt es, das Eisen zu schmieden, solang es heiß war. »Ich werde natürlich immer ein Auge auf sie haben und verspreche Ihnen, dass sie alles zum Wohle der Kirche sowie der klösterlichen Gemeinschaft …«

Hofreiter unterbrach ihn. »Und sie ist, äh, wie soll ich sagen, eine verlässliche, respektive schweigsame Person?«

»Ja, davon dürfen Sie ausgehen. Sie wird nur mich in ihre Erfahrungen einweihen.«

Der Generalvikar nickte gönnerhaft. »Ja, selbstredend muss auch ich als Stellvertreter des Bischofs sehr eng miteinbezogen werden. Das Bistum hat, wie Sie sicherlich nachvollziehen können, ein vitales Interesse, Transparenz über die Vorgänge im Kloster Sankt Guido zu erlangen. So sehr wir die Priorin, die gute Schwester Alma, in ihren spirituellen und mütterlichen Qualitäten schätzen, so wenig wollen wir sie mit den aktuellen Problemen alleine lassen.«

»Verstehe«, warf André ein.

»Wir wollen und können die Suppe dort nicht vor sich hin köcheln lassen und riskieren, dass sie uns irgendwann über den Topfrand vor die Füße spritzt. Wir brauchen Einblicke, die uns die Möglichkeit geben, bei Bedarf die Priorin beim Auslöffeln der Suppe zu unterstützen. Aber eine direkte Einmischung in die internen Angelegenheiten eines Ordens verbietet sich aus kirchenrechtlichen Gründen für uns natürlich.«

»Das heißt, Frau Worobjowa soll Ihnen diese Transparenz herstellen?«, vergewisserte sich André.

»Nun, sagen wir, es wäre ein sehr willkommener Nebeneffekt ihrer Exerzitien. Und Sie, lieber Sartorius, haben ja durchaus Stärke darin bewiesen, Verbrechen aufzuklären. Sich in der Causa Sankt Guido einer Assistentin zu bedienen, ist das eine vernünftige Entscheidung, die ich sehr gut nachvollziehen kann. Und wenn es uns obendrein hilft, einen Skandal zu vermeiden, soll es Ihr Schaden nicht sein.«

»Selbstverständlich«, bestätigte André hastig, noch immer überrascht von der positiven Wendung, die das Gespräch genommen hatte.

»Wie Sie bestimmt verstehen, wären wir Ihnen und der jungen Dame sehr verbunden, wenn Sie Ihre Erkenntnisse, primo nobiscum, also zunächst mit uns teilen würden. Freilich weiß ich gerade in dieser prekären Situation Ihre guten Verbindungen zu den Polizeibehörden zu schätzen. Aber wie soll ich es ausdrücken? Die braven Beamten tun sich in der klösterlichen Welt, quasi am offenen Herzen der katholischen Kirche, schwer. Und wir wollen doch beide nicht, dass die treuherzigen Gemüter unserer Schwestern allzu starke Rupturen hinnehmen müssen.«

André nickte.

»Ich hoffe, Sie verstehen mich nicht falsch. Und natürlich werden wir wie immer am Ende höchste Transparenz walten lassen und dem Staate geben, was des Staates ist. So wie wir es bei so delikaten Themen immer tun.«

»Sie können sich auf mich verlassen«, erwiderte André und schlug demütig die Augenlider nieder.

»Was für ein Segen, dass wir, wenn es um das Ansehen unserer Mutter Kirche geht, beide so übereinstimmend denken. Es ist wichtig, Gläubige in unseren Reihen zu haben, die die Bedürfnisse unserer Institution in solch heiklen Fragen erkennen und diskret und verantwortungsvoll handeln«, betonte Hofreiter salbungsvoll.

»Sie befürchten also auch ...?«, fragte André und brach dann mit ernstem Blick ab.

»So ist es. Nach dem gestrigen Besuch der Priorin bei unserem Bischof und dem Anruf dieses Kriminalhauptkommissars, der uns heute Morgen damit alarmierte, dass die gute Schwester Walburga durch eine Vergiftung mit Eibennadeln zu Tode gekommen sein soll. Er meinte, dass die Täterin im Kreise ihrer Mitschwestern gesucht werden müsse. Oder was fast genauso schlimm wäre, dass sie den Freitod gewählt haben könnte. Nach all dem sind wir, also der Bischof und ich, in höchster Sorge, dass der aufziehende Sturm ein weiteres Stück Putz aus der Fassade unserer Kirche schlagen könnte. Wenn Sie verstehen, was ich meine?«

»Ihre Sorge kann ich sehr gut nachvollziehen«, sagte André mit ernstem Gesichtsausdruck.

»Und Sie glauben, all dem ist die junge Frau gewachsen?«

André nickte. »Ich bin überzeugt, wir können uns auf Frau Worobjowa vollumfänglich verlassen. Sie verfügt über einen sehr wachen Geist und den nötigen Takt.« Er musste bei seinen letzten Worten ein Schmunzeln unterdrücken. Sich Irina unter den Nonnen vorzustellen, war ein Gedanke, an den er sich erst noch gewöhnen musste.

»Ihr Wort in Gottes Ohr, mein lieber Sartorius. Ich werde alles Nötige vorbereiten, dass die junge Novizin schon in den nächsten Tagen die Lücke, die durch den bedauerlichen Tod unserer Schwester Walburga entstanden ist, wenigstens zahlenmäßig ausfüllen kann.«

»Novizin?«, unterbrach André erstaunt seinen Redefluss.

»Vertrauen Sie mir. Wenn unser kleiner Coup gelingen soll, braucht's eine gute Tarnung für die junge Frau. Schließlich wollen wir ihr jeden nur erdenklichen Rückhalt geben.«

André nickte noch etwas überrascht über den Eifer des Generalvikars.

»Ich werde eine Schwester aus dem Haushalt des Bischofs bitten, sie entsprechend einzuweisen und einzukleiden. Sie hören kurzfristig von mir.« Mit diesen Worten schob er André eine Visitenkarte über den Tisch, auf der das blaue Wappen mit dem weißen Kreuz des Bistums Speyer prangte.

André griff seinerseits in die Innentasche des Sakkos und reichte dem Generalvikar seine weitaus schlichtere Karte.

»Und sollten Sie erste Erkenntnisse haben, bin ich gewissermaßen semper affabilis, also zu jeder Zeit, empfangsbereit.«

TAKTIK

Mittwoch, 11. März 2020, 12.35 Uhr

»Ich hab mir gedacht, man sollte noch mal zum Essen rausgehen, bevor es nicht mehr geht«, erklärte Achill Bertling gegenüber die Dienstbesprechung beim Mittagessen im *Franz & Lissy*, dem mittlerweile zu ihrer Stammkneipe gewordenen gemütlichen Café im Ludwigshafener Stadtteil Süd.

»Wieso, was glaubst du, wie es mit dieser Corona-Sache weitergeht?«

»Nun, ich hatte heute Vormittag zufällig ein Telefonat mit Frau Raps, der Speyerer Bürgermeisterin, die unter anderem für das Kulturdezernat zuständig ist. Sie sagte mir, dass die gestrige Premierenlesung mit diesem Speyerer Regionalkrimifuzzi wohl bis auf Weiteres die letzte größere Kulturveranstaltung war, die es in der Stadt gegeben hat. Meines Erachtens ist es nur noch eine Frage von Tagen, bis auch die Kneipen schließen müssen.«

»Ich gebe zu, ich habe das alles völlig unterschätzt. Ich dachte, Corona zieht an uns vorüber wie damals die Vogel- und die Schweinegrippe auch.«

»Aber nun lass uns was Ordentliches essen«, sagte Achill und reichte Bertling eine der Speisekarten, die gerade eine Kellnerin beim Vorbeigehen abgelegt hatte.

»Soll das eine Hommage an André sein, dass du mich schon wieder in diese Vegetarierkneipe einlädst?«

»Und du bohrst schon wieder in meinen offenen Wunden und schaust bestimmt genüsslich dabei zu, wie sich mein schlechtes Gewissen von Tag zu Tag steigert.«

Bertling schwieg und lächelte verschwörerisch.

»Aber du hast ja recht. Ich finde, er hat es verdient zu erfahren, dass er mit dem Taxin richtiglag.«

»Das meine ich auch. Wenn du ehrlich bist, hätte die Rechtsmedizin ohne deinen diesbezüglichen Auftrag den Leichnam nie auf Eibengift untersucht. Das Wenige, das wir haben, haben wir ihm zu verdanken.«

»Stimmt! Aber du solltest es ihm so nicht sagen.«

»Wieso ich?«

»Weil, na ja, weil ich dich darum bitte, bei ihm anzurufen. Ich denke, es kommt nicht gut, wenn ich es tue.«

Sie lachte. »Typisch Männer, alles emotionale Feiglinge. Du weißt, dass ich dir immer gerne unter die Arme greife. Aber in diesem Fall muss ich zu deinem Schutz leider ablehnen. Es würde eure Freundschaft nur weiter belasten, wenn du kneifst«, sagte Bertling, die gerade ihre Lektüre der Speisekarte beendet hatte.

»Hm«, grummelte Achill sichtlich unzufrieden, ohne die Sache weiter zu kommentieren. Stattdessen fragte er unvermittelt: »Wollen wir bestellen?«, und hielt nach der Bedienung Ausschau.

Nachdem sie sich je einen veganen Blackbean-Burger bestellt hatten, ergriff er wieder das Wort.

»Ich wollte mit dir abstimmen, wie wir im Klosterfall weiter vorgehen.«

Bertling nickte.

»Ich denke, zuerst sollten wir prüfen, ob nicht doch nur ein Selbstmord vorgelegen hat. Vielleicht hat man ja, um das positive Andenken an die Schwester zu wahren, den Abschiedsbrief verschwinden lassen.«

»Das würde mich nicht wundern.«

»Dann müssen wir uns diese Eibe anschauen. Wenn Andrés Beobachtungen stimmen, wäre das ein weiterer sicherer Beleg, dass nur eine von Walburgas Mitschwestern die Tat begangen haben kann. Ich habe heute Morgen vorsorglich mal meinen Chef nach einer richterlichen Verfügung gefragt. Denn letztlich können die uns den Zugang zum Garten auch einfach verweigern. Er hat mich ausgelacht und gesagt, er würde sich beim Untersuchungsrichter wegen sowas nicht lächerlich machen. Im Übrigen hat er mir Zurückhaltung auferlegt. Er sagte, er hätte keine Lust, das Bistum gegen sich aufzubringen.«

»Nicht besonders verwunderlich. Ich glaube, der hat schon die Hosen voll, wenn er morgens aufsteht«, erwiderte sie und schüttelte den Kopf.

»Das heißt, wir sind voll und ganz auf die Kooperationsbereitschaft von Priorin Alma angewiesen. Druckmittel haben wir keine. Wir können wohl kaum eine 88 Jahre alte Ordensschwester ins Präsidium einbestellen und weichkochen.«

»Hmm, das heißt, wir haben nur einen Schuss frei, um die Selbstmordabsichten, die abgeschnittenen Eibenzweige, den umgelagerten Leichnam und die Sache mit den fehlenden Tabletten abzuchecken.«

Achill nickte anerkennend. »Du hast dir wirklich alles gemerkt, was noch offen ist.«

»Trotzdem habe ich wenig Hoffnung, dass wir damit weiterkommen. Sollte man uns nicht gerade einen handgeschriebenen Abschiedsbrief vorlegen, werden wir wohl wieder ergebnislos abziehen. Genau wie beim letzten Mal.«

ÄRGER

Donnerstag, 12. März 2020, 8.35 Uhr

»Was wird das denn?«, fragte Irina, als sie noch etwas schlaftrunken die Wohnküche in Andrés Haus betrat.

»Ich wollte nur was überprüfen«, wiegelte André ab.

»Aha, und dazu musst du unseren Messbecher mit Tannennadeln füllen?«

»Eibennadeln«, verbesserte er.

»Wow, noch besser. Der alte Mann übt gerade vergiften.«

»Na ja, ich will das mal eben rekonstruieren, was sich im Kloster abgespielt hat.«

»Was du meinst, was sich abgespielt haben könnte«, äffte Irina.

»Was die Polizei nun bestätigt hat.«

»Echt? Hat dich Frank oder Verena angerufen?«

»Weder noch. Wie du ja bei unserem Käsemahl gehört hast, hält mich Frank für einen neugierigen Schnüffler, der sich nur wichtigtuerisch in seine Fälle hineindrängt.«

»Da hat aber einer gerade eine scheiß Laune.«

»Nein, hab ich nicht. Nur halte ich sein Verhalten für undankbar. Schließlich habe ich ihm drei Mal erfolgreich bei der Aufklärung von Verbrechen geholfen. Insbesondere bei der Sache mit der Kohl-Beerdigung war ich es, der eine Katastrophe verhindert hat. All das habe ich getan, ohne mich je in den Vordergrund zu drängen oder ihm den Ruhm streitig zu machen.«

»Wenn du das ›ich‹ noch durch ein ›wir‹ ersetzen würdest, würde ich dir vollumfänglich zustimmen. Schließlich arbeiten wir beide im Team.«

André lachte. »Sorry, du hast natürlich ganz recht. So wie James Bond und Miss Moneypenny.«

»Ich würde sagen, eher wie Miss Marple und Mister Stringer«, erwiderte Irina und grinste frech.

»Mmh, wenig schmeichelhaft. Wenn ich an den Alten denke«, brummelte er mürrisch und stellte den halb mit Eibennadeln gefüllten Messbecher auf die Küchenwaage.

»Und von wem weißt du nun, dass die Polizei auch an eine Vergiftung durch Eibengift glaubt?«

»Von Generalvikar Ernst Hofreiter höchstpersönlich.«

»Du warst wirklich dort, um …?«, fragte Irina überrascht.

»Na ja, du hattest mich ja damit beauftragt.«

»Du machst doch sonst nicht, was ich dir sage. Und speziell in diesem Fall warst du kategorisch dagegen.«

»Bin ich immer noch.«

»Wow, der alte Mann kommt gerade ziemlich lost rüber.«

»Wie bitte, was? Lost?«

Sie schlug sich theatralisch mit der Hand vor die Stirn. »Ich fürchte, Irina, the brain, muss für Seniorenheimige und Epochenschlepper wie dich mal wieder die Welt erklären. Hier die Übersetzung: ›lost‹ ist gleich ›unsicher‹, ›unentschlossen‹ oder ›verwirrt‹.«

»Danke, dass du mich an deinem immensen Wissensschatz der Gegenwartslinguistik wieder einmal teilhaben lässt.«

»Gern geschehen. Aber erzähl mir endlich, was bei deinem Gespräch mit diesem Kirchenfürsten rauskam.«

»Na ja, die Polizei ist sich wohl sicher, dass die Täterin im Kloster zu suchen ist.«

»Wie viele Nonnen sind derzeit dort?«, fragte Irina nach.

»Soweit ich weiß, dürften es jetzt nur noch acht sein.«

»Aha, eine von den acht war es also.«

»Nein, neun. Noch ist nicht ausgeschlossen, dass es nicht Selbstmord war.«

»Stimmt, das hatte ich gar nicht auf dem Schirm, dachte immer, sowas machen Nonnen nicht.«

André lachte. »Ach so, aber morden tun sie schon?«

Irina überging seine kleine Stichelei. »Irgendwie spannend, das Ganze. Das erinnert mich an den Krimi von Agatha Christie mit diesen zehn Leuten in dem Haus auf der Insel. Cool, und ich mittendrin, um es aufzuklären, ganz ohne die strengen Blicke von Frank.«

»Mach mal langsam. Wie ich schon sagte, finde ich das alles andere als cool. Es ist brandgefährlich. Wer sagt dir, dass es die Täterin nicht wieder versucht und du die Nächste bist, die sie mit einem Eibenaufguss aus dem Weg räumt?«

»Erstens war es wahrscheinlich doch nur ein langweiliger Selbstmord, zweitens bin ich vorgewarnt, drittens bin ich für die ein unbeschriebenes Blatt, und im Übrigen ist es zurzeit in der Uni auch nicht sicher.«

»Wie meinst du das, ›nicht sicher‹?«

»Schon mal was von Corona gehört? Gestern sagte unser Prof, dass uns das noch ganz schön beschäftigen wird und dass Isolation und Quarantäne derzeit die einzigen Mittel sind, um sich zu schützen.«

»Ach was. Das ist doch nur bei den Chinesen. Bei uns wird das schon nicht so heiß gegessen werden«, erwiderte André.

»Und im Übrigen freue ich mich auf die Zeit im Kloster.«

»Du? Dort hat's doch nur seniorenheimige Epochenschlepper, die voll retro sind.«

Irina lachte. »Wow, der alte Mann lernt schnell. Der Fachterminus in unseren Kreisen dafür ist übrigens ›verklostert‹.«

»Schön, dass du mir diese Wissenslücke nun auch gefüllt hast.«

»Spaß beiseite, ich find's wirklich toll. Die letzten Monate an der Uni waren alles andere als locker. Mal einfach 14 Tage Ruhe vor dieser Welt haben, zu sich kommen, mal wieder in einen Gottesdienst gehen und mit den Schwestern einfache Arbeiten erledigen ohne Finanzmathematik, OTC-Geschäfte und wie der ganze Mist heißt. Ja, darauf freue ich mich.«

»Aber …«

»Nichts aber. Klöster fand ich schon immer voll geil.«

André lachte. »Ich denke, es könnte erforderlich werden, noch etwas an deiner Sprache zu feilen, bevor du dort hingehst: Hashtag ›voll geil‹.«

»Heißt das, er hat zugestimmt?«

André grinste schief. »Na ja, ich hatte gehofft, er lehnt ab, und ich brauch mich nicht um dich zu sorgen. Aber dummerweise hat er uns durchschaut und Gefallen daran gefunden, über uns, an der Polizei vorbei, eigene Ermittlungen anzustellen. Ich kann ihn sogar verstehen. Er will wohl nicht, dass die Polizei gewaltigen Flurschaden anrichtet, wenn sie die Schwestern nacheinander weichkocht.«

»Du meinst, Frank wird nicht wissen, dass ich dort sein werde.«

»Ich will es ihm nach seinem Auftritt am Sonntag jedenfalls nicht sagen. Mal sehen, wer dieses Mal den Ermittlungserfolg einstreicht.«

»Ich verstehe ja, dass du sauer auf ihn bist. Er war nicht fair zu dir. Aber halte ihm zugute, dass er schon zwei Viertel Roten intus hatte. Wahrscheinlich bereut er es inzwischen.«

»Mag sein. Ich will auch nicht, dass unsere Freundschaft daran zerbricht. Aber zurzeit sehe ich keinerlei Nutzen darin, ihn einzuweihen. Es würde nur Zeit kosten und einen Konflikt mit dem Generalvikar heraufbeschwören, für dessen Position Frank mit Sicherheit kein Verständnis hätte.«

»Okay, wenn ich mal drin bin, werde ich von all dem eh nichts mehr mitkriegen. Aber wie wird es nun weitergehen, wann ist es soweit?«

»Hofreiter wird eine Schwester, die im Haushalt des Bischofs arbeitet, bitten, mit dir Kontakt aufzunehmen. Sie soll dich präparieren und einkleiden.«

»Einkleiden?«

»Ja, einkleiden. Fast hätte ich es vergessen zu erwähnen, Hofreiter ist der Meinung, es sei eine bessere Tarnung, wenn du nicht nur als Gast, sondern als Novizin dort einsteigst.«

»Wow, ich kann's noch gar nicht fassen«, sagte Irina und strahlte übers ganze Gesicht.

Andrés Skrupel lösten sich etwas. So wie es schien, würde es Irina eher locker angehen und das Ganze doch wie eine Auszeit betrachten. Und die hatte sie sich nach all den Prüfungen der letzten Wochen redlich verdient. »So, komm, nun lass uns frühstücken«, beendete er das Thema.

»By the way, was ist das noch mal in deinem Messbecher?«

»Wie gesagt, Eibennadeln.«

»Und was treibst du damit?«

»Na ja, ich habe recherchiert, dass es wohl 50 Gramm davon braucht, um einen Menschen zu töten. Ich wollte einfach wissen, um was für ein Volumen es geht. Und dann wollte ich sie aufbrühen, um zu erfahren, wie der Sud riecht und schmeckt. Angeblich soll das Ganze einen moosigen oder modrigen Geruch und Geschmack haben.«

»Du willst das etwa selbst probieren?«

»Wieso, wolltest du das übernehmen?«, fragte er naiv.

»Sehe ich so aus, als wollte ich mich vergiften?«, ereiferte sie sich.

»Keine Sorge. Wie heißt es so schön: ›Die Dosis macht das Gift.‹«

Irina schüttelte den Kopf. »Um auf deine Frage zum Frühstück zurückzukommen. Ich würde unter den gegebenen Umständen ein Frühstück außer Haus bevorzugen. Überleben hat Charme.«

KORRESPONDENZ

Donnerstag, 12. März 2020, 9.45 Uhr

Die Morgensonne lag golden auf dem Rebenmeer, das den Hof der Familie Rudolph im südpfälzischen Rohrbach umgab. Ein schöner Vorfrühlingstag kündigte sich an. Die gestiegenen Temperaturen würden den Saft in die im Dezember zurückgeschnittenen Ruten treiben und sie aus den Schnittstellen bluten lassen. Ein untrügliches Zeichen, dass die Pflanzen zum Leben erwacht waren.

Andreas Rudolph stand am Fenster und schaute auf die Weinberge, die seinen Hof, der außerhalb des Dorfes lag, umgaben. Er war froh, schon frühzeitig mit den Schneide- und Bindearbeiten, die im Dezember und Januar des Jahres die Weinsaison einleiteten, fertig zu sein. Stolz erfüllte ihn darüber, wie er seine Reben zu so etwas wie Musterschülern entwickelt hatte. Er schnitt seit Jahren jede Rebpflanze auf nur eine Fruchtrute zurück. Das reduzierte die Menge an Trauben, die eine Pflanze zu tragen vermochte, erheblich, erhöhte aber deren Qualität.

So wie auch der ökologische Anbau. Er verzichtete auf Kunstdünger, bekämpfte Schädlinge mit natürlichen Mitteln und baute seinen Wein ohne all jene Hilfsmittel aus dem Chemielabor aus. Er war einer der ersten Winzer gewesen, der biologischen Wein anbaute, und war damit erfolgreich. Unter der Ägide seiner Frau und ihm war der Hof zu einem der angesagtesten in der Pfalz geworden.

Kein Wunder, dass samstags die dicken Karossen aus Karlsruhe oder Mannheim hier Schlange standen und ihre Fahrer sich an der Probiertheke drängten, um seinen Wein zu verkosten. Dass selbst internationale Fluggesellschaften seinen Wein ausschenkten, der mittlerweile selbst im *Gault et Millau* erwähnt und mit drei Trauben ausgezeichnet wurde, zeigte, wie erfolgreich er und seine Frau wirklich waren.

Doch nun war all dies vorbei.

Eine Träne rollte ihm über die Wange. Er wischte sie eilig ab. Seine Frau sollte sie auf keinen Fall sehen. Sie war ohnehin am Ende. Die Pflege seiner todkranken Mutter hatte auch sie gezeichnet. Die Vitalität in ihrem so hübschen Gesicht mit dem sonst so typischen schelmischen Lächeln war schon seit Wochen verschwunden. Ihr Strahlen war verblasst. Und nun auch noch dies. Er hatte es erst nicht glauben wollen. Sie verstanden sich so gut, alles in der Familie war immer so harmonisch gewesen. Seine geliebte Schwester, die zwar ganz anders war als er, hatte immer zu ihm aufgesehen. Von Anfang an waren sie sich alle einig darüber gewesen, dass er den Hof der Eltern übernehmen würde. Sie hatte nie Ansprüche geltend gemacht. Ganz im Gegenteil. Sie war ein Mensch, der lieber gab, als nahm. Wie hatte sie noch vor einem Jahr gesagt: »Mit ansehen zu dürfen, wie erfolgreich du das Werk unserer Eltern fortsetzt, ist mir Erbe genug.«

Sie hatte schon immer in einer anderen, einer geistigen Welt gelebt, in der Ideale und die Suche nach einer transzendenten Zufriedenheit ihr Leben bestimmten. Darauf hatten alle vertraut, und daran hatte sich bis heute nichts geändert. Im Gegenteil, sie hatte gekämpft, wollte, dass das Unabwendbare nicht eintrat, kämpfte noch immer, aber er hatte es längst aufgegeben zu hoffen.

Mit dem Tod seiner Mutter vor zwei Monaten war es endgültig besiegelt.

Bald würden andere seine Reben schneiden, und er und seine Frau würden irgendwo irgendwas arbeiten, und dabei war eines gewiss: Die Zeit als Winzer war für sie beide zu Ende.

*

»Wow, was ist das denn? Eine Mail von einer Schwester Soundso vom Bistum? Woher hat die denn meine Mailadresse?«

André musste über Irinas Verwunderungsausbruch lachen. »Na, von mir. Ich hatte dem Generalvikar meine Karte gegeben, und er hat sie wohl an die Schwester weitergegeben, die dann deine Kontaktdaten von mir wollte.«

»Aber per Mail … ich meine …«

André unterbrach sie. »Du meinst, warum nicht per Brief, berittenem Boten, Brieftaube oder geflügeltem Götterboten?«

»Ja, so in etwa, und da hängen PDF-Anlagen dran, und es gibt *YouTube*-Links mit Interviews von jungen Schwestern.«

André schüttelte schmunzelnd den Kopf. »Und du dachtest schon, man ritzt noch immer alles in Tontafeln. Du solltest an deinem Bild über Nonnenklöster und deren Bewohnerinnen etwas arbeiten. Klar ist das Durchschnittsalter der Nonnen in vielen Abteien hoch, aber die jungen Ordensfrauen sind auch nicht anders als du und ich.«

»Wolltest du mir damit gerade unterjubeln, dass du noch jung bist, alter Mann?«

»Natürlich, zu Recht!«

»Traumtänzer!«

»Und was stand drin in dieser klösterlichen Digitalisierungsoffensive?«

»Na ja, ich soll die Unterlagen schnellstens durcharbeiten und schon morgen zur Einkleidung im Bischofspalais erscheinen.«

»Nicht schlecht. Man hat es wohl eilig«, erwiderte André anerkennend. »Und um was geht es in den Unterlagen?«

»Ziemlich viel. Von der Augustinusregel über schulbuchartige allgemeine Erläuterungen zu Klöstern bis hin zur Kleiderordnung und den Klosterregeln von Sankt Guido. Man will wohl vermeiden, dass ich mich von Anfang an lächerlich mache.«

André lachte. »Was ja bei deinem losen Mundwerk auch abzusehen ist. Du hättest dir ein Kartäuserkloster aussuchen sollen.«

»Warum, ist man dort liberaler?«

André lachte laut auf. »Ganz im Gegenteil, aber es ist ein Schweigeorden.«

*

Achill hatte das Gefühl, als würde sein linkes Ohr nach einer heftigen Ohrfeige glühen.

»Die Priorin ist für *Sie*« – dabei hatte man das »Sie« auffällig gedehnt gesprochen – »diese Woche nicht mehr zu sprechen«, hatte ihm diese Gertrude ohne jedwede Entschuldigung oder Höflichkeitsfloskel an den Kopf geworfen. Sie fühle sich nach der ganzen Aufregung der letzten Tage nicht gut und müsse sich in kontemplativer Stille erholen, war die schlichte Begründung. Er hätte sich entweder mit ihr – Gertrude – zu begnügen oder bis Montag zu warten.

So einfach war es also, die Polizei kühl abblitzen zu lassen. An sich war das für ihn, als alten Hasen, nichts Neues. Viele versuchten das. Aber hier hatte er keine Handhabe. Eine 88-jährige Nonne lud man, wenn sie angab, angeschlagen zu sein, nicht einfach aufs Präsidium vor. Ohne konkreten Verdacht gegen sie schon zweimal nicht. Sie war allenfalls Zeugin, und selbst das war eher unwahrscheinlich.

Klar, er hätte mit Gertrude vorliebnehmen können, aber sein Instinkt gebot ihm, es nicht zu tun. Vielleicht hielt ihn aber auch nur die Gewissheit, dass sie ihm jeden nur denkbaren Knüppel zwischen die Füße werfen würde, davon ab.

EINKLEIDUNG

Freitag, 13. März 2020, 8.15 Uhr

Man hatte André angeboten, im Innenhof des sich dem Bischofspalais' anschließenden Gebäudekomplex zu parken.

Irina gähnte breit, als sie in den Hof einfuhren. »Sind die mit allem so früh dran?«, murrte sie.

André lachte. »Wetten, dass die schon drei Stunden wach sind.«

»Ich wusste, dass es schwierig werden würde«, seufzte sie müde.

So, als hätte sie gewartet, kam eine Nonne aus dem Gebäude und wies sie auf einen Parkplatz ein. Nachdem Irina ausgestiegen war und die Schwester begrüßt hatte, forderte sie André freundlich, aber bestimmt, auf zu gehen und in zwei Stunden wiederzukommen, um Irina abzuholen.

Irina nahm sie mit ins Gebäude. Kurz bevor sie ins Innere verschwand, warf sie André noch einen wehleidigen Blick über die Schulter zu.

Sie führte Irina in einen großen, schlichten Raum, der wohl als Näh- und Bügelzimmer diente. Irinas Aufmerksamkeit zog ein purpurner Chormantel auf sich, der an einem übergroßen Kleiderbügel hing und fast komplett die vertäfelte Rückwand einnahm.

»Normalerweise bin ich nur für seine Kleider zuständig«, sagte eine kleine Nonne schmallippig. Sie war Irina bis jetzt noch nicht aufgefallen, da die altmodische Nähmaschine, hinter der sie saß, sie fast vollständig verdeckte.

»Grüß Gott, ich heiße Irina Worobjowa«, stellte sie sich hastig vor.

»Ich halte ja von dieser Sache rein gar nichts«, murrte nun Irinas Begleiterin missmutig. »Aber was hat unsereins schon zu sagen, wenn es die hohen Herren so gutheißen.«

»Entschuldigung!«, stammelte Irina mit belegter Stimme. Mehr war ihr dazu nicht eingefallen. Sie fühlte sich in der aktuellen Konstellation unwohl.

»Sie müssen sich nicht entschuldigen, Kindchen.«

»Ja, aber ...«

»Nichts aber, wir werden das schon hinkriegen«, erwiderte die Nonne nun weitaus versöhnlicher.

»Danke«, sagte Irina noch immer beklommen.

»Ich werde Sie nun zunächst mit Schwester Klara alleine lassen. Sie näht für den Bischof und das halbe Domkapitel. Wenn ihr fertig seid, komme ich wieder und werde Ihnen noch etwas Nachhilfe geben, damit das Ganze nicht gleich auffliegt. Die Herren stellen sich immer alles so einfach vor, und wir können es dann ausbügeln. Aber sei's drum. Wie war das noch, Schwester Klara? ›Unser Bischof denkt, unser Herrgott lenkt, und wir räumen die Trümmer weg.‹«

Die Schwester hinter der Nähmaschine lachte, erhob sich und ging auf Irina zu. »So ähnlich steht das wohl in der Bibel. Und nun mal Kopf hoch, nur weil wir zwei alte runzlige Nonnen sind, sind wir noch lange nicht humorlos. Und das letzte Mal, wo wir eine Novizin gefressen haben, ist auch schon Jahre her.« Sie tätschelte mütterlich Irinas Arm. »So und nun mach dich mal frei, Irina. Ich denke, ich habe was Passendes für dich hier. Wie war das noch in Sankt Guido üblich, 28 Zentimeter über dem Boden, weißer Habit, weißes Skapulier und für die Novizinnen auch einen weißen Schleier«, sprach sie vor sich hin und lief zu einem deckenhohen Schrank.

Irina schlüpfte linkisch aus der Jacke und öffnete zögerlich die Hose. Ihr war nicht klar, was die Schwester von ihr erwartete.

Nach ein oder zwei Minuten, in denen die Schwester immer wieder die Worte Skapulier, Habit und Schleier vor sich hinsagte, kam sie mit einem Kleiderbügel und ein paar sorgsam gefalteten Stoffteilen über dem Arm zurück.

»Halt. Wir sind hier nicht beim Striptease. Ich meinte nur die Jacke.«

Irina lief rot an und schloss eilig wieder den schon geöffneten Reißverschluss der Hose.

»Zieh das mal über«, sagte die Nonne und reichte ihr den weißen Habit vom Bügel.

Irina gehorchte. Er verströmte einen Geruch nach Mottenstreifen und altem Kleiderschrank.

»Na, das sieht ja schon gut aus«, brummte die Schwester, legte ihr einen groben schwarzen Ledergürtel um die Taille, strich die Falten glatt und ging vor Irina in die Hocke. Mit einem hölzernen, antik wirkenden Schneidermaß überprüfte sie den Abstand zwischen Saum und Boden. »Hm, 25 Zentimeter, da muss ich noch drei Zentimeter einkürzen«, brummte sie und erhob sich.

Nun reichte sie Irina das Skapulier, einen seitlich offenen Überwurf. Irina machte Anstalten, den Habit auszuziehen, doch Klara hob abwehrend die Hände. »Nein Kindchen, das gehört darüber.«

Wieder errötete Irina und beeilte sich, das Skapulier überzuziehen. Dieses Mal hatte die Schwester nichts zu beanstanden. »Passt«, kommentierte sie knapp.

Jetzt kam der kompliziertere Teil. Sie ging an ihren Nähtisch und kam mit einem Gummiband zurück. Sie umfasste Irinas Haar hinten und legte den Gummiring darum. Dann setzte sie ihr eine weiße Stoffhaube auf den Kopf, befestigte daran mit einer Haarklemme das weiße Stirnbändchen und legte nun den Schleier darüber, den sie in Irinas Genick ebenfalls mit einer weiteren Klemme zusammenheftete.

Sie trat einige Schritte zurück und schaute Irina prüfend an. Dann kam sie wieder auf sie zu, nestelte noch etwas hier und da am Stoff herum und nickte schließlich mit zufriedenem Gesichtsausdruck. »So – schön siehst du aus. Komm, schau dich im Spiegel an.« Kurzerhand zog sie Irina am Ärmel zu einem Wandspiegel.

Irina erkannte sich nicht wieder, glaubte gar im ersten Moment, eine andere zu sehen.

»Ja, Kleider machen Leute«, sagte Klara, stolz über ihr Werk. Dann fiel ihr Blick auf Irinas Turnschuhe und verfinsterte sich.

»Da müssen wir noch was tun, das geht gar nicht«, brummte sie unzufrieden und ging erneut zum Schrank.

Sie kam zurück und hielt ein paar klobige schwarze Lederschuhe in der Hand. »Zieh die mal an!«

Irinas Augen weiteten sich. »Ist das denn, also ich meine …«

Klara lachte. »Augustinus sagt im vierten Kapitel seiner Regeln: ›Seid nicht aufwendig gekleidet. Sucht nicht durch eure Kleidung Gefallen zu erwecken, sondern durch eure Lebensführung.‹«

Irina nickte nur, unfähig, etwas zu erwidern, und bückte sich, um die Schuhe zu wechseln.

Als sie damit fertig war, schaute sie erneut in den Spiegel. Klara, die ihr entsetztes Gesicht sah, lächelte gutmütig. »Du wirst dich dran gewöhnen. Sie sind bequem.«

Irina sparte sich einen Kommentar und harrte angespannt darauf, was man ihr noch antun würde.

»So, etwas fehlt noch«, sagte Klara und verschwand erneut. Als sie zurückkam, hingen eine schlichte Kette mit einem Kreuzanhänger und ein aus hölzernen Perlen bestehender Rosenkranz über ihrem Arm.

»Beides gehört mir. Ich will es dir schenken. Es soll dich an diesen besonderen Tag erinnern«, sagte sie mit einer Wärme, die Irina anrührte.

»Aber … Sie …«, begann sie.

Die Schwester winkte ab. »Wir haben keine Freude am bloßen Besitz. Wenn ich dir damit zeigen kann, dass das, was du vorhast, mehr ist als nur eine Verkleidung und deinen Glauben stärken kann, wiegt das für mich mehr, als es nur zu horten.«

Irina schluckte. Mit einem Mal wurde ihr bewusst, dass das mehr war als nur ein Kurzurlaub. Es bewegte etwas in ihr und schlug eine ganz besondere Saite an, die sie so noch nicht von sich kannte. Sie kam sich nun schmutzig vor und schämte sich für ihre unbedachte Leichtfertigkeit, mit der sie in dieses Abenteuer geschlittert war.

Als Klara ihr Kette und Rosenkranz angelegt hatte, blieb sie wieder vor Irina stehen und fixierte sie.

»Hast du dir schon einen Ordensnamen ausgesucht?«, fragte sie.

Irina errötete aufs Neue. Natürlich war ihr das bisher nicht in den Sinn gekommen.

»Wie wäre es mit Schwester Maria Eva. Die beiden Namen

passen zu dir. Sie stehen für die jeweils wichtigste Frau im Alten und Neuen Testament.«

Irina nickte. Sie war viel zu ergriffen, um überhaupt etwas sagen zu können.

GEWISSEN

Samstag, 14. März 2020, 2.25 Uhr

Schwester Hildegard spielte mit dem Gedanken, ihrer Zelle zu entfliehen und ziellos durch die Korridore des Klosters zu streifen. Aber was, wenn ihr eine Mitschwester begegnete?

Obwohl die Temperatur in ihrer »kleinen Zuflucht«, wie sie ihre Zelle gegenüber Außenstehenden gerne nannte, nur knapp über 15 Grad lag, schwitzte sie. Sie hatte bereits einmal ihr Nachthemd gewechselt. Walburgas Tod lastete schwer auf ihr. Seit Gertrude ihr zugetragen hatte, dass die rechtsmedizinische Untersuchung ergeben hatte, dass Walburga an Eibengift gestorben war, war ihr bewusst geworden, dass sie in den Fokus der Ermittlungen geraten würde.

Der Gedanke an diesen groben Kommissar, der so wenig die klösterlichen Regeln achtete, mit all seinen Kriminaltechnikern, Rechtsmedizinern und Staatsanwälten, trieb ihr abwechselnd kalte Schauer und Hitzewallungen durch den

Körper. Dann war da der vorwurfsvolle Blick von Gertrude. Mit jeder Faser hatte sie sie spüren lassen, dass sie und die Priorin davon ausgingen, dass sie, die Kräuterkundige, ihre Finger im Spiel hatte. Sie fühlte sich umzingelt. Heute in der Küche hatte sie den Eindruck gehabt, dass selbst die naive Ehrentrud sie auf eine seltsame Art angestarrt hatte. Es kam ihr vor, als trüge sie das Stigma der Schuld auf ihrer Stirn vor sich her, so, dass es alle sehen konnten. Zum ersten Mal in ihrem Klosterleben kam sie sich alleine, ausgegrenzt und verlassen vor.

Sie hatte in diesen wachen Stunden der Unrast und Schlaflosigkeit mit vielen – auch sündigen – Gedanken gespielt. Sollte sie das Gespräch mit der Polizei oder gar ihr Heil in der Flucht suchen. Oder vielleicht konnte sie sich nur durch den Freitod von all dem befreien. Sie schämte sich für diesen Gedanken und stellte sich vor, wie sie die gute Walburga dafür tadeln würde. Die schien immer zu wissen, was zu tun war. Sie war so etwas wie eine moralische Instanz für alle hier gewesen. Nun war sie tot. Sie fehlte. Immer wieder suchte Hildegard Erlösung von diesen bösen Gedanken durch das Gebet und die Zwiesprache mit Gott. Gleich morgen würde sie den Pfarrer bitten, ihr die Beichte abzunehmen. Vielleicht konnte er diese Eingebungen vertreiben und ihr den in ihrem Innersten verankerten moralischen Kompass wieder neu ausrichten.

*

Auch Irina wälzte sich im Bett. War alles bisher nur eine spontane Idee der Zerstreuung, ein Spaß oder Spiel nach harten Prüfungswochen gewesen, so war ihr seit der Einkleidung klar geworden, dass sie an den Grundfesten ihres eigenen Glaubens rüttelte. Sie kam sich vor wie eine Betrügerin an Gott und an den Schwestern von Sankt Guido. Sie hatte noch nicht einmal den Segen der Polizei. Sie war einfach nur eine kleine hinterhältige Schnüfflerin, die andere täuschte, um in deren Angelegenheiten herumzuspionieren. Sie schämte sich dafür.

Sie hatte sich nie viele Gedanken über ihren eigenen Glauben gemacht. Nur eines war sie sich stets bewusst: Sie stand zu ihrer Religion und glaubte an Gott. Wie würde Er über das urteilen, was sie gerade vorhatte?

ABSCHIED

Sonntag, 15. März 2020, 8.25 Uhr

André schlurfte schläfrig die Treppe hinunter in Richtung Küche. Er hatte Irina schon seit gut einer Stunde hier unten herumwerkeln hören. Wie untypisch, schlief sie doch sonst sonntags gerne aus.

»Bist du aus dem Bett …« André erschrak und brach mitten im Satz ab. »Wer? Was? …«

Irina lachte. »Keine Sorge, hier ist nicht die Inquisition ausgebrochen. Ich bin's nur.«

André starrte stumm auf die vor ihm sitzende Nonne. Seine Synapsen konnten das, was er sah, nicht mit dem verbinden, was er erwartet hatte zu sehen.

»Grüß Gott, ich bin Schwester Maria Eva!«

»Grüß Gott«, erwiderte André mechanisch. »Aber du …«

Irina lachte und vollendete seinen Satz. »… aber du siehst 50 Jahre älter aus.«

André konnte noch immer seinen Augen nicht trauen. Nicht nur Irinas Äußeres, sondern ihre gesamte Erscheinung, ihr Wesen, alles an ihr schien verändert.

Sie stand auf und präsentierte sich ihm in der Schwesterntracht.

Ein erstauntes »Wow« war das Einzige, was er zuwege brachte. »Es steht dir gut«, setzte er unsicher nach.

»Na ja, vor allem die Schuhe«, erwiderte sie schief grinsend.

Andrés Blick schweifte auf die schwarzen Halbschuhe, die eher an einen Männerfuß gepasst hätten als an Irinas zierliche Füße. »Zugegeben, die machen nicht gerade einen schlanken Fuß.«

»Die sehen aus wie Boote. Wenn du irgendwo noch ein Paddel findest, können wir darin 'ne Runde auf dem Altrhein drehen.«

André lachte. »Altes Schandmaul.«

»Und schau dir erst mal diesen Handwerkergürtel an. Fehlt bloß noch das Holster für den Akkuschrauber.«

»Das solltest du nicht den Schwestern im Kloster erzählen.«

Irinas Blick verfinsterte sich. »Ich weiß überhaupt nicht, was ich denen erzählen soll. Die sind mit Sicherheit völlige Humorlegasteniker.«

André schmunzelte. »Jedenfalls wirst du danach zu schätzen wissen, was du an meinen, wie du es nennst, ›kalten Müllsprüchen‹ hast.«

Irina rollte eine Träne über die Wange. Wortlos ging sie

auf André zu und umarmte ihn. »Ich gebe es ungern zu, aber du wirst mir fehlen, alter Mann.«

André war zwar bewusst, dass Irina in ihm so etwas wie einen Ersatz für ihren rund 2.500 Kilometer entfernt in Russland lebenden Vater sah. Dennoch rührte ihn diese Geste.

Sie wich zurück. Ihre Augen waren rot, und sie schien kurz vor einem größeren Tränenausbruch zu stehen.

»So, ich schalt mich jetzt mal weg«, kündigte sie heiser an.

»Lass doch, ich werde dich fahren«, erwiderte André.

Irina lachte. »Kommt sicher gut, wenn du mich vorm Kloster absetzt und die Schwestern gleich mal sehen, dass wir uns kennen.«

»Entschuldige … Äh, ich war gerade nicht bei der Sache«, stotterte André, sichtlich von der Situation überfordert.

Irina lachte. »Dachte schon, du wärst auf Droge.«

»Und denk dran, wir treffen uns täglich in der Afra-Kapelle. Schreib mir, sobald du weißt, zu welcher Zeit es am besten passt.«

»Ich weiß, und wenn nicht, texten wir«, äffte sie. »Menno, du Papagei, du wiederholst das alles nun schon zum zehnten Mal.«

»Und schau dich um, wer von denen etwas von Heilkräutern versteht. Soviel ich weiß, gibt es dort eine Schwester, die sich um den Garten kümmert.«

Irina lachte. »Du kannst es nicht lassen, mich unter Druck zu setzen.«

»Entschuldige, ich weiß … Wenn es dir zu viel wird, schreib mir oder ruf an, und ich hol dich 'ne Viertelstunde später ab. Oder nimm es einfach wie einen Urlaub und halte dich aus allem raus. Wir müssen das nicht.«

»Wir«, wiederholte Irina. »Ich bin das, die sich das gibt. Und lass du bitte deinen Freund Achill aus dem Spiel.

Schlimm genug, für das Bistum zu spionieren. Ich will nicht auch noch ein Polizeispitzel sein. Das verträgt sich nicht mit meinen Moralvorstellungen.«

André spürte, dass es Irina ernst war. Er wusste von ihren Skrupeln gegenüber den Nonnen. Gestern war sie kurz davor gestanden, das Ganze abzublasen.

Schweigend zog sie sich den schwarzen Mantel über, den ihr die Schwestern vorgestern geliehen hatten. Dann nahm sie das altmodische braune Lederköfferchen auf, das der gleichen Quelle entstammte.

Darin war alles, womit sie die nächsten zwei Wochen auskommen musste. Ein zweiter Habit, eine Schürze, zwei schlichte Nachthemden, etwas Unterwäsche, Rosenkranz, Kreuz und Bibel und ein paar wenige Toilettenartikel. Als einzigen Luxus, wie sie es nannte, hatte sie sich drei Tafeln Schokolade und einen Kriminalroman eingepackt.

Die Schwestern hatten sie mehrfach angemahnt, auf möglichst alles Private zu verzichten.

Sie warf André zum Abschied eine Kusshand zu und ging wortlos mit tränenfeuchten Augen durch die Tür.

AUSPACKEN

Sonntag, 15. März 2020, 8.45 Uhr

»Schwester Hildegard, bitte!«, sagte Pfarrer Kowarek mit allem Nachdruck. »Bitte beruhigen Sie sich.«

Hildegard war gleich nach der sonntäglichen Eucharistiefeier gekommen und hatte ihn um eine Beichtgelegenheit gebeten.

Er wusste um die seelische Situation der Schwestern, seit Walburga von ihnen gegangen war. Hildegard war nicht die Erste gewesen, die ihr Herz bei ihm ausgeschüttet hatte. Doch sie schien stärker an ihrer Last zu tragen als die anderen. Sie hatte sich ihm geöffnet, hatte ihn nicht nur an ihrer persönlichen Schuld, sondern auch an ihrem Seelenleben und ihren Emotionen teilhaben lassen.

Sie wurde laut und flehte inbrünstig um Vergebung und Absolution. So laut, dass Apollonia, die nach der Messe ihren Dienst als Sakristanin versah, an die schalldurchlässige Tür des Beichtstuhls klopfte und sie um Mäßigung ersuchte.

»Sie müssen mit der Polizei reden, müssen Ihr Wissen und das, was Sie getan haben, offenbaren, Schwester! Nur so werden Sie von der Last der schlechten Gedanken erlöst und wieder Ruhe finden. Tun Sie es für Ihr Gewissen und für Ihre selige Mitschwester!«, rief er ihr hinterher, als sie den Beichtstuhl völlig aufgelöst unter Tränen verließ.

*

Für Irina war der Weg ins Kloster ein schwerer Gang. Nicht nur, dass der ausgefranste Griff des Koffers in ihre Hand einschnitt. Oder es ihr die ganze Konzentration abverlangte, nirgends mit dem weißen, ungewohnt ausladenden Habit hängen zu bleiben und ihn zu beschmutzen. Nein, es war die seelische Verwirrung, die jeden ihrer Schritte bleiern werden ließ. Der Abschied von André, der für sie neben ihrer Freundin Johanna die wichtigste Bezugsperson hier in Deutschland war. Und das Gefühl, nicht das Richtige zu tun, indem sie das Vertrauen der Schwestern ausnutzen würde. All das ließ sie schwermütig werden.

Wie weggeblasen war die spielerische Lust, als coole Undercover-Ermittlerin die Täterin zu überführen und sich gegenüber Achill und Bertling zu beweisen. Auch die Idee, das Ganze als Auszeit zu sehen, um zu sich selbst zurückzufinden, erschien ihr verblasst und verdrängt durch die Gewissheit, dass sie das Versteckspiel unendlich viel Energie kosten würde.

Sie war sich spätestens, als sie in den Habit geschlüpft war, darüber im Klaren, dass es kein Zurück mehr gab. Zu groß wäre die Blamage für André, der sich beim Generalvikar für sie stark gemacht hatte, und zu wenig war bei ihr die Fähigkeit ausgeprägt, »nein« zu sagen. Von klein auf war sie von ihren Eltern darauf programmiert worden, einen einmal beschrittenen Weg nicht zu verlassen oder eine Mission, die sie übernommen hatte, einfach abzubrechen. Sie wusste, sie würde sich irgendwie durchbeißen müssen, koste es, was es wolle.

*

Schwester Isolde, die seit Walburgas Tod den Dienst an der Pforte versah, blickte auf, als Irina – oder Schwester Maria Eva, wie sie ab jetzt hieß – den kleinen Raum der Klosterpforte betrat.

Mit heiserer, leiser Stimme murmelte Irina ein zittriges »Grüß Gott!«

Isolde zögerte, so wie sie es immer tat, wenn sie mit etwas Neuem oder einem fremden Menschen konfrontiert wurde. Sie erhob sich, strich die Falten ihres Habits glatt und räusperte sich. »Sie sind sicher Schwester Eva?«

»Ja, Schwester Maria Eva.«

Isolde schmunzelte. »Wir alle tragen als ersten Namen den Namen der Mutter Gottes. Ich denke, Eva reicht völlig.«

Irina errötete. »Ja, ja, natürlich.«

»Ich bringe Sie zu unserer Priorin, Sie werden erwartet.«

Irina nickte und folgte Schwester Isolde, die ihr stocksteif vorausging, durch die kahlen, hallenden Korridore des Klosters, die sie an ihre alte Schule in Russland erinnerten.

Isolde klopfte an die Tür von Schwester Almas Arbeitszimmer, und eine große schlanke Nonne öffnete.

Sie gab Irina die Hand und stellte sich als Schwester Gertrude vor. Sie kam dabei ganz ohne ein Lächeln aus. Im Gegenteil schien sie eher von Irinas Anblick enttäuscht zu wirken.

Alma, die Priorin, saß hinter einem mächtigen alten Schreibtisch und blickte auf. Als sie Irina sah, winkte sie sie herein und erhob sich.

»Grüß Gott, ich bin Schwester Eva«, krächzte Irina mit belegter Stimme.

Alma ging auf sie zu und umarmte sie. »Und ich bin Schwester Alma, herzlich willkommen.« Dabei lächelte sie mütterlich, ergriff Irinas Hand und drückte sie fest.

»Ich freue mich, dass Sie hier sind. Es ist etwas Besonderes geworden, in der heutigen Zeit Nachwuchs für unsere kleine Gemeinschaft zu bekommen.« Wieder drückte sie ihr sanft die Hand. »Ich bin ganz neugierig, wie es Ihnen geht und woher Sie kommen, aber zunächst möchte ich, dass Sie bei uns ankommen. Wir werden nachher noch genug Zeit haben, um uns zu unterhalten. Heute Nachmittag werde ich Sie im Kapitelsaal Ihren Mitschwestern vorstellen. Es wird für alle ein freudiger Tag sein.«

Irinas Unsicherheit und Angst hatten sich mit einem Mal gelegt. Die natürliche, unaufgeregte Freundlichkeit dieser Frau hatte sie von der ersten Sekunde an für sich eingenommen.

»Danke, ich freue mich auch, hier zu sein.«

»Ich möchte Ihnen nun etwas Zeit zum Gebet geben und sich einzurichten. Sie werden müde von der Reise sein. Schwester Gertrude hier ist unsere Novizenmeisterin und wird sich Ihrer annehmen. Aber zunächst wird sie Sie in Ihre Zelle bringen.«

»Danke.« Irina schluckte. Ausgerechnet von dieser verkniffenen Frau betreut zu werden, erschien ihr nicht gerade erstrebenswert. Sie deutete eine Verbeugung an und folgte Gertrude, die sich schon umgewandt hatte, um die Tür zu öffnen.

Wortlos ging ihr die Novizenmeisterin mit großen, weit ausholenden Schritten voraus, ohne sich nach ihr umzudrehen. Jeder Tritt hinterließ auf dem hochglanzgebohnerten Linoleumbelag des Korridors ein lautes Quietschen.

Sie stiegen eine Treppe empor und landeten auf einem langen Flur, an dessen Seiten sich Tür an Tür reihte.

Irgendwann blieb Gertrude stehen, fischte aus ihrem Habit einen einfachen Zimmerschlüssel und sperrte auf.

»Ihre Zelle«, kommentierte sie und winkte Irina durch die Tür.

Der Raum lag im Halbdunkel. Der herabgelassene Rollladen ließ nur einige waagrechte Lichtstreifen hindurch. Aus dem Inneren schlug ihr ein intensiver Geruch nach Putz- und Desinfektionsmitteln entgegen.

Irina verschlug es fast den Atem. Gertrude ging zum Fenster. Kraftvoll zog sie am Gurt und beförderte scheppernd den altertümlichen Holzrollladen nach oben.

»Sie gehörte Schwester Walburga, Gott hab sie selig«, brummte Gertrude. Irina war unsicher, ob sie etwas erwidern sollte. Sie verkniff sich eine Rückfrage.

Ihre Blicke flogen nervös durch den Raum. Viel galt es nicht zu erfassen. Ein frisch bezogenes Bett mit Nachttisch, ein schmaler Schrank, ein Schreibtisch mit Stuhl und ein kleines Waschbecken. Alles schlicht und schmucklos. Gertrude öffnete die ächzende Schranktür, nahm einen mit einer Ordenstracht behängten Kleiderbügel heraus und hielt ihn vor Irina. »Der Habit von Walburga, Sie können ihn ja mal anprobieren, er dürfte Ihnen passen.«

Irina schauderte. Doch sie schwieg weiter. Zu sehr schlug ihr das alles auf den Magen. Sie fürchtete gar, sich übergeben zu müssen.

Gertrude packte derweil den Koffer, legte ihn auf den Tisch und griff zu den beiden Schnappschlössern. Irina konnte gerade noch den Reflex unterdrücken, sie daran zu hindern. Es war völlig ungewohnt, dass ein fremder Mensch sich einfach an ihren wenigen Habseligkeiten zu schaffen machte.

»Ich werde Ihnen beim Auspacken helfen«, kündigte Gertrude mit einem gezwungenen Lächeln an. Offensichtlich hielt sie es für entgegenkommend, in Irinas Sachen zu wühlen.

Sie ließ die beiden Schlösser aufschnappen und öffnete den Koffer. Irina stand wie erstarrt neben ihr, unfähig, etwas zu sagen oder zu tun.

Gertrude nahm derweil Irinas zweite Ordenstracht heraus, betrachtete sie, strich prüfend über den Stoff und hängte sie auf einen freien Bügel im Schrank. »Sie sollten das bügeln!«

Irina nickte.

Dann fuhr sie mit der Unterwäsche fort, musterte kopfschüttelnd einen ihrer geblümten Spitzen-BHs und schichtete die Wäsche in ein Schrankfach. Als sie sich bis auf den Kofferboden durchgearbeitet hatte, förderte sie die Schokolade zutage.

»Ich nehme an, die ist für Ihre Mitschwestern bestimmt«, flötete Gertrude mit gerunzelter Stirn. »Es ist uns untersagt, besondere Lebensmittel der Gemeinschaft vorzuenthalten.« Dann nahm sie die Tafeln mit spitzen Fingern heraus und ließ sie in der Tasche ihres Habits verschwinden.

Als sie die Mischung aus Empörung und Enttäuschung in Irinas Augen sah, stemmte sie die Hände in die Hüften. »Augustinus sagt in seinen Regeln: ›Diejenigen, die zu einem anspruchslosen Lebensstil am ehesten bereit sind, sollen sich für die reichsten Menschen halten. Denn es ist besser, wenig nötig zu haben, als viel zu besitzen.‹ Sie sollten sich mit den Augustinusregeln schnellstmöglich vertraut machen. Sie sind unsere Leitlinien für das Zusammenleben hier.«

Irina nickte mit auf den Boden gesenktem Blick. Nur mühsam konnte sie ihre Tränen unterdrücken.

»Und das brauchen Sie hier auch nicht.« Gertrude hielt den Kriminalroman, den sie gerade gefunden hatte, mit dem gleichen vorwurfsvollen Blick in die Höhe, als wäre ihr ein Drogenfund gelungen. »Die Heilige Schrift und die Augustinusregeln sollten fürs Erste reichen. Den hier werden wir wohl besser in die Bibliothek stellen.«

Irina schloss die Augen. Sie fragte sich, ob das ein Albtraum oder wirklich die Realität war.

Als der Koffer geleert und auf dem Schrank verstaut war, baute sich Gertrude wieder mit den Händen in den Hüften vor ihr auf. »Ich lege stets großen Wert auf absolute Ehrlichkeit. Und ich will auch Ihnen gegenüber aufrichtig sein. Wäre es nach mir gegangen, hätte ich Sie nicht aufgenommen. Wie wir Ihren Unterlagen entnommen haben, haben Sie nur ein abgebrochenes Betriebswirtschaftsstudium vorzuweisen. Ich lehne es ab, unseren Orden mit Leuten zu belasten, die im Leben da draußen offensichtlich versagt haben und das Kloster als Obdachlosenasyl missbrauchen.«

Irina schwieg. Sie selbst war es gewesen, die dies in ihren vom Bistum geforderten fingierten Lebenslauf eingebaut hatte. Sie hatte es als gute Idee empfunden, nahe an der Wahrheit zu bleiben, um nicht durch fachliche Rückfragen aus der Fassung gebracht zu werden. Und damit ihr Alter zu der Vita passte, war es nun mal erforderlich gewesen, ihre Studienzeit auf fünf Semester zu kürzen. Nun schien ihr genau das vor die Füße zu fallen.

»Ich werde Sie für den Garten einteilen. Unkraut jäten können Sie ja wohl. Im Übrigen wird Sie die Arbeit nahe am Boden die nötige Demut lehren.«

KAPITELSAAL

Sonntag, 15. März 2020, 13.55 Uhr

Als Gertrude das Zimmer verlassen hatte, war Irina noch eine Weile am offenen Fenster gestanden und hatte in den Klostergarten gestarrt. Aus den grauen Wolken über der Stadt ergoss sich mittlerweile ein leichter Regen.

Sie bildete sich ein, verborgen unter dem penetranten Reinigungsmittelgeruch, noch immer den Odem des Todes zu wittern. Und war erst zufrieden, als nach einer guten Stunde der kleine Raum von der kühlen klaren Luft des Vorfrühlingstages durchflutet war.

Sie nutzte die Zeit, um zu verarbeiten, was sie gerade gehört und erlebt hatte. Sie hatte befürchtet, dass man ihr – der Fremden – Skepsis und Argwohn entgegenbrächte, dass man sie allerdings dermaßen demütigte, überstieg alles, was sie sich in den schlaflosen Nächten davor ausgemalt hatte. Sie war versucht, ihre wenigen Habseligkeiten in ihr Köfferchen zu werfen und Hals über Kopf von hier zu verschwinden. Wie so häufig in solchen Situationen war ihr ihre Sturheit im Wege – die innere Stimme, die ihr unablässig vorsagte: »Halt durch, gib dir keine Blöße, sei stark!«

Aber das alles bewirkte noch etwas. Mit einem Mal waren ihre Skrupel verflogen, und der Wunsch aufzuklären, was hier passiert war, gewann von Minute zu Minute mehr an Kraft.

Gertrude hatte ihr das Essen gebracht. Angeblich hätte Alma großen Wert darauf gelegt, sie erst offiziell einzuführen, bevor sie das erste Mal mit der Gemeinschaft im Refektorium aß.

Dabei hatte sie angekündigt, dass diese Einführung um 14 Uhr stattfinden sollte. Wortlos hatte sie dabei ein Bügeleisen und ein klappriges uraltes Bügelbrett mitten in ihrem Zimmer abgestellt.

Nun trat sie pünktlich um 13.55 Uhr in Irinas Zelle. Musterte sie, rümpfte die Nase und gebot ihr, ihr in den Kapitelsaal, den Versammlungsraum der Schwestern, zu folgen.

Es war ein großer schmuckloser Raum. Die Wand der Schmalseite gegenüber der Tür zierte ein mannshohes Holzkreuz, in der linken Ecke stand ein altes Klavier aus dunklem Nussbaumholz.

In der Mitte war eine Tischgruppe in Hufeisenform angeordnet. An der Basis des Hufeisens standen zwei Stühle. Auf einem davon saß Alma. Der andere war frei. An den beiden Schenkeln hatten je drei Schwestern Platz genommen. An der linken Seite neben einer jungen Novizin, die Irina an ihrem weißen Schleier erkannte, stand ein freier Stuhl.

Als sie den Raum betraten, waren alle Blicke auf Irina gerichtet. Unsicher, was von ihr erwartet wurde, stammelte sie ein heiseres »Grüß Gott«, das Gertrude mit einem Zusammenziehen ihrer ohnehin schmalen Lippen quittierte.

»Grüß Gott, Schwester Eva, nehmen Sie bitte Platz.« Dabei wies die Priorin, die sich mühsam erhoben hatte, auf den freien Sitzplatz neben der anderen Novizin.

Sie setzte sich, froh, wenigstens etwas aus dem Fokus der anderen gerückt zu sein.

Was nun folgte, war nicht mehr als eine Verlesung von Irinas vom Bistum zurechtgebastelter Biografie.

Man hatte sich immer da, wo dies keine Widersprüche aufwarf, eng an ihre realen Daten gehalten. Ihre Herkunft aus einer deutschstämmigen Familie aus Kursk, die Tatsache, dass sie dadurch katholischen Glaubens war, selbst ihr Alter, 24 Jahre, war zutreffend.

Ihr Studium hatte man notgedrungen auf fünf Semester abkürzen müssen. Nur so passten ein Jahr Noviziat, dem ein gut einjähriges Postulat vorausgegangen war, zu ihrem Lebensalter.

Ferner berichtete Alma, dass Irina gekommen sei, um nach einem längeren Aufenthalt in einem Kloster des gleichen Ordens in Riga nun hier bis zum Jahresende die zeitliche Profess abzulegen.

Gertrude schaute dabei nur verkniffen.

Eine etwas füllige, pausbäckige Nonne blinzelte Irina unablässig zu – offensichtlich schämte sie sich für den kühlen Empfang, den man der Neuen bereitete.

Alma vertiefte die Vorstellung nicht weiter, schließlich hätten alle Schwestern genügend Zeit, aber auch die Pflicht, mit der Novizin Eva in den nächsten Tagen das Gespräch zu suchen.

Dann gab Alma die Gesprächsleitung an Gertrude ab. Diese erläuterte gereizt, dass die Polizei Walburgas Leichnam noch nicht freigegeben hatte. Irina horchte auf, bemühte sich aber sogleich angestrengt, eine gleichmütige Miene aufzusetzen.

Wie Gertrude weiter berichtete, sei eine Vergiftung mit Eibengift bei Walburga festgestellt worden, was am Montag einen weiteren Besuch der Polizei mit sich bringen würde. Das einsetzende Getuschel unter den Schwestern würgte Gertrude mit einem resoluten »Ruhe bitte« ab.

Die Ordensfrauen schwiegen betreten.

»Wir werden auch das klaglos über uns ergehen lassen und hoffen, dass wir den Leib unserer lieben Mitschwester alsbald in würdiger Form beisetzen können.«

Damit war das Thema für sie beendet. Sie fügte noch eine kurze Information zum grassierenden Coronavirus an. Dazu verlas sie ein Informationsblatt des Bistums, in dem zur Wahrung der üblichen Hygieneregeln und gewissen Mindestabständen sowie einer Zurückhaltung bei Außenkontakten aufgerufen wurde. Die Schwestern schien das wenig zu interessieren. Ihr Bewegungsradius war ohnehin sehr beschränkt.

Irina war überrascht, wie hierarchisch das alles zuging. Fragen oder gar Einwände schienen nicht erwünscht zu sein. Sie war gespannt, ob die Nonnen, wenn sie nicht unter der Beobachtung von Priorin oder Subpriorin standen, gesprächiger waren und mit ihrer Meinung weniger hinter dem Berg hielten.

Aber noch eines hatte sie mitgenommen. Sollte ihr verdeckter Einsatz nicht auffallen, musste sie am Montag, wenn die Polizei, wahrscheinlich gar in Person von Achill und Bertling, hier aufschlug, auf der Hut sein, um nicht erkannt zu werden.

BESUCHSZEIT

Sonntag, 15. März 2020, 15.25 Uhr

André plagte das schlechte Gewissen. Er saß hier untätig herum, während er Irina in die Höhle der Löwinnen geschickt hatte. Viel lieber hätte er das selbst auf sich genommen.

Er wollte auch etwas beitragen. Seine Gedanken kreisten seit Stunden wie Fliegen um ein reifes Stück Speyerer Käsepastete.

Wenn Walburga wirklich eines gewaltsamen Todes gestorben war, sprach alles für eine Täterschaft ihrer Mitschwestern. Dennoch könnten die Motive außerhalb des Klosters zu finden sein.

Er wusste eigentlich nichts über diese Walburga. Über ihren Stand im Kloster würde ihm Irina sicherlich bald berichten. Aber was war mit der Welt außerhalb der Klostermauern?

Generalvikar Hofreiter hatte ihm schweren Herzens eine Liste mit den bürgerlichen Namen der Schwestern überlassen. Dazu gab es Angaben zu den Kontaktadressen ihrer Familien.

Walburga hieß ursprünglich Anneliese Schropp. Sie stammte aus Lingenfeld, einer Gemeinde nur wenige Kilometer südlich von Speyer.

André hatte sich spontan entschieden, ihrem Bruder, einem gewissen Walter Schropp, einen Besuch abzustatten.

Bewusst hatte er den Wagen einige 100 Meter vor dem Hof abgestellt und war das letzte Stück zu Fuß gegangen. Er wollte seine Stippvisite wie die zufällige Begegnung eines Spaziergängers erscheinen lassen. Langsam und immer wieder stockend schlurfte er über den unregelmäßig geschotterten Hof des landwirtschaftlichen Anwesens. Hier hatte sich allerhand Unrat und Schrott angesammelt. Ein eindeutiges Zeichen für Einsamkeit und Überforderung, dachte er. Ein ungepflegter Mann in löchrigem blauem Overall machte sich mit einer Gartenschere an einem der verwilderten Rosenstöcke vor dem Haus zu schaffen. Als er Andrés Schritte hörte, drehte er sich kurz nach ihm um, ließ sich aber nicht bei der Arbeit stören.

André näherte sich langsam, blieb wenige Meter entfernt stehen und begrüßte den Mann.

Der Angesprochene schwieg beharrlich, so, als hätte er Andrés »Guten Tag« überhört.

André wollte ihn nicht durch eine nochmalige Ansprache verärgern, blieb einfach stehen und schaute ihm interessiert bei der Schneidearbeit zu. Vielleicht würde sich der Mann ja nach ihm umdrehen, wenn er mit dem Trieb, den er gerade stutzte, fertig war.

Doch der machte keine Anstalten aufzuhören und mit André zu sprechen.

»Ich hab früher immer gerne meine Rosen gestutzt, aber letztes Jahr musste ich ausziehen«, log André mit einem leidenden Timbre in der Stimme.

Der Bauer schwieg.

»Darf ich?«, fragte André und wies auf eine rostige Gartenschere, die auf dem Fenstersims lag.

»Hm«, brummte der Bauer fast unhörbar.

André wertete das als Zustimmung, nahm die Schere, zog einen schmutzigen Kübel herbei und begann, einen Rosenstock etwa zwei Meter neben dem Bauern zu schneiden.

André schnitt tatsächlich gerne Rosen, und es ging ihm gut von der Hand. Als der Mann nach einer Weile mit seinem Rosenstock fertig war, beobachtete er André lauernd.

»Immer viel zu tun im Frühjahr«, sagte André eher zu sich selbst als zu dem Fremden gewandt.

»Ja, vor allem, wonn ma gonz allä ähn Hof bewertschafte muss.«

»Gibt es keine Frau?«, fragte André und ließ es bewusst beiläufig klingen.

»Nä, 's gibt kä Fra uff'm Schropphof. Welchi Fra will heit noch uff ähm Baurehof schaffe?«

»Und Verwandte?«, bohrte André weiter.

»Nur ä nichtsnutzige Schweschter hot's gäwe. Die isch ledschde Sundach abgemurkst worre.«

»Oh, das tut mir leid«, beeilte sich André und versuchte, unbeeindruckt von der angedeuteten Straftat zu wirken. »Weiß man, wer der Mörder war?«

»Nä. Ich war's b'schdimmt nidd«, sagte der Mann und lachte freudlos.

»Klar«, erwiderte André. »Haben Sie einen Verdacht?«

»Nä, ich hab Johre nix vunn're g'hert. Bis vorledscht Woch der Brief kumme isch.«

André schluckte. Bemühte sich aber, den eher belanglosen Plauderstil beizubehalten, während er sich langsam an die letzten Triebe seines Rosenstocks heranarbeitete. »Und was hat sie Ihnen geschrieben?«

Schropp schaute mit einer Mischung aus Verwunderung und Empörung auf und zögerte. »Des wär ich wohl kaum ähm Fremde uff die Nas binne.«

André schluckte erneut. Er konnte den alten Schropp verstehen. Er war wohl mit seiner Fragerei zu forsch gewesen. Er musste es auf eine subtilere Art versuchen.

»Entschuldigen Sie! So ein Abschiedsbrief ist etwas sehr Persönliches. Ich hätte den von meinem Vater auch nicht einfach so einem Fremden gezeigt.«

»Ihr Vadder?«, fragte nun Schropp unbeholfen. Er hatte Andrés Köder geschluckt und war nun unvermittelt selbst in die Rolle des Fragenden geschlüpft.

»Ja, er hat sich …«, begann André mit beklommenem Gesichtsausdruck.

»Umgebrocht?«, ergänzte Schropp fragend.

»Ja, vor vier Jahren. Der Schock steckt mir noch heute in den Knochen. Und meistens bleibt man mit vielen Fragen zurück, zu denen man keine Antwort findet«, log André.

»Wäs ma, warum?«, bohrte Schropp weiter.

André schüttelte theatralisch den Kopf. »Nein, wir wurden nicht schlau aus diesem Brief«, fantasierte er weiter.

»A jo, so isses oft«, erwiderte Schropp wissend. Er rieb sich mit seiner groben schrundigen Rechten über das mit Bartstoppeln übersäte Kinn. Man sah, dass etwas in ihm arbeitete.

»Moment«, sagte er nach einigen Sekunden des Nachdenkens unvermittelt und schlurfte ins Haus.

Hoffentlich war's das jetzt nicht gewesen, dachte André. Er hörte, wie im Haus eine Schublade knarzend aufgezogen und wieder geschlossen wurde.

Schropp kam mit einem zerknitterten Papier heraus und begann, ohne jede Einleitung, in einer eigentümlichen Mischung aus Pfälzisch und Schriftdeutsch schwerfällig vorzulesen: »Lieber Walder, wir hadden nie viel miteinander zu tun. Aber es könnte sein, dass isch wohl bald vor unseren Herrn treden muss.«

»Des häsd, dasse bald stirbt, odder?«

André nickte. »Ja, ganz recht, so verstehe ich es.«

»Ich möschde, dass ich bis dorthin mit dir im Reinen bin, und würde gerne am Sonntag, dem 15. März, um 15 Uhr bei dir auf dem Hof vorbeikommen.«

André schaute kurz auf die Datumsanzeige seiner Uhr. »Das wäre heute gewesen.«

»Ah jo«, brummte Schropp. »De häßt doch, dass se gewisst hot, dass se sterwe muss, odder?« Der Bauer blickte mit bemitleidenswerter Hilflosigkeit auf André.

»Ja, so scheint es. Haben Sie eine Erklärung dafür?«

»A woher donn. Isch hab se jo 50 Johr nidd gsähne unn aach schunscht kän Kondaggt g'habt.«

»Weiß außer Ihnen jemand von dem Brief?«

»Nä, 's war zwar so ä Flinteweib vunn den Bulle do, awwer die hot nidd denoch g'frocht.«

ERWACHEN

Montag, 16. März 2020, 5.10 Uhr

»Aufstehen! Aufstehen, Schwester Eva!«

Irina glaubte zu träumen, als die scharfe herrische Stimme Gertrudes, begleitet von einem infernalischen Klopfen, durch die geschlossene Zellentür an ihre Ohren drang.

Sie suchte ihr Smartphone, das sie unter ihr Kopfkissen geschoben hatte. Wie konnte es sein, dass ihr Handywecker sie nicht rechtzeitig geweckt hatte. Sie hatte ihn doch vorsorglich auf 5.25 Uhr eingestellt. Das war fünf Minuten vor der vorgegebenen Aufstehzeit.

5.10 Uhr. Verdammt. Wieso hatte sie Gertrude so früh aus dem Schlaf gerissen? Gab es dafür einen Grund oder war es reine Schikane?

Trotzig zog Irina die Decke über den Kopf. Sie bereute zutiefst, sich auf dieses Abenteuer eingelassen zu haben.

Nach ein paar Minuten raffte sie sich auf und rollte sich schwerfällig aus dem Bett. Sie wusch sich an dem viel zu kleinen Waschbecken, aus dessen Hahn nur kühles Wasser in einem unruhigen Strahl rann. Zu Hause wäre ihr das schon zum Händewaschen zu kalt gewesen. Sie vermisste die komfortable, wunderbar warme Dusche in Andrés Haus.

Dann diese Tracht, wie umständlich es doch war, sie mit ihren vielen Einzelteilen anzulegen. Bestimmt würde sie wegen einer Falte oder eines schrägsitzenden Schleiers gleich wieder eine Rüge kassieren. Sie kam sich vor wie ein Kindergartenkind und nicht wie eine mündige, erwachsene Frau.

Als sie hinunter in die Kirche kam, war bereits etwa die Hälfte der Schwestern vor Ort. Irina erkannte die andere

Novizin an ihrem weißen Schleier und nahm neben ihr Platz. Die junge Frau begrüßte sie mit einem Nicken und einem verlegenen Lächeln. Ihre Wangen erröteten leicht.

Irina versuchte, es den anderen gleichzutun, senkte den Kopf, faltete die Hände und tat, als ob sie betete. In Wirklichkeit war ihr nicht nach Beten, sondern eher nach Schlafen zumute. Ständig musste sie dagegen ankämpfen, dass ihr die Augen zufielen. Sehnsüchtig dachte sie an einen der von André allmorgendlich zubereiteten Cappuccinos und träumte so inbrünstig von einem frischen Schokocroissant, dass sie es schon zu riechen glaubte.

Nach und nach erschienen noch die anderen Schwestern, und kurz vor 6 Uhr betraten Alma und Gertrude die Kapelle.

Irina war völlig entkräftet, bis sie die Laudes und die direkt anschließende Eucharistiefeier nach gut einer Stunde hinter sich gebracht hatte. Sie fror auf der kalten, harten Kirchenbank, hatte Hunger und war wie gelähmt vor Müdigkeit. Sie beneidete die Novizin neben ihr, die das alles mit einem Gesichtsausdruck von zurückhaltender Verzückung zu ertragen schien.

Endlich konnten sie aufstehen und im Speisesaal das Frühstück einnehmen. Irina wollte sich gerade erheben, als sie die Novizin mit einem Kopfschütteln zurückhielt. »Wir gehen als Letzte«, flüsterte sie.

GÄRTNERGLÜCK

Montag, 16. März 2020, 8 Uhr

Gertrude hatte Irina angewiesen, sich bei ihr nach dem Frühstück pünktlich um 8 Uhr einzufinden. Irina fühlte sich kraftlos, seltsam entladen. Die Kälte wollte gar nicht mehr aus ihren Gliedern weichen, frierend rieb sie sich die Oberarme. Dieser Gang zu Gertrude war, als wäre sie durch einen Zeitsprung in die Schulzeit zurückversetzt. Die gleiche Hilflosigkeit wie damals, wenn sie der alte grauhaarige Raulakow, ihr Mathelehrer, an die Tafel holte und vor der Klasse gnadenlos ihre Lücken offenlegte und sich an ihrer Ahnungslosigkeit weidete.

Auch ihm war sie ausgeliefert gewesen, so wie sie Gertrude nun ausgeliefert sein würde. Wie schnell es doch ging, einen Menschen weichzukochen.

Sie klopfte zaghaft an Gertrudes Tür. Von innen prallte ein raues »Herein!« an die mit weißer Ölfarbe mehrfach überstrichene Tür.

Irina trat ein, den Blick auf ihre Schuhspitzen gesenkt, so wie es ihr die Schwester, bei der sie am Freitag zur Einkleidung gewesen war, empfohlen hatte.

Gertrude musterte sie stumm und stöhnte auf. Irina fragte sich, was sie denn nun schon wieder störte.

»Lass uns runtergehen. Schwester Hildegard ist schon im Garten. Wenn du nicht von selbst draufkommst, muss sie dir eben eine Arbeitsschürze geben.«

Sie fröstelte bei der Vorstellung, nun auch noch in der morgendlichen Kühle arbeiten zu müssen.

Gertrude ging mit großen quietschenden Schritten voraus, und sie dackelte ihr hinterher.

Irina blinzelte gegen die ersten Sonnenstrahlen an und maß mit ihren Blicken das weitläufige Karree des Gartens, der gut und gerne die Dimensionen eines Fußballplatzes hatte. Entlang der hohen Einfriedungsmauer reihte sich Beet an Beet. Im Zentrum gab es einen Rasen mit ein paar Obstbäumen. Seitlich davon schloss sich ein kleiner Rosengarten mit mannshohen alten Strauchrosen an. Zaghaft sprossen schon die ersten rötlichen Blatttriebe aus den winterkahlen Zweigen.

Vor einem der Beete an der Klostermauer, auf dem Irina reihenweise wild verfilzte Lavendelbüsche erkannte, standen eine Schubkarre mit allerlei Gartengeräten darin und einige Kübel. Vor dem Beet hockte eine Nonne, die gerade mit einer Gartenschere den verblühten Zweigen eines Lavendelstrauches zu Leibe rückte.

»Schwester Hildegard, Schwester Eva wird Sie hier im Garten unterstützen«, sagte Gertrude in einer Art, die keinen Widerspruch duldete.

Hildegard fuhr herum und richtete sich auf. Stumm musterte die stämmige Frau, die sich eine grüne Gartenschürze über ihre Tracht gezogen hatte, Irina von Kopf bis Fuß. »Wollen Sie so im Garten arbeiten?«

Irina senkte den Blick. Sie hatte schon gelernt, dass es hier oft besser war, einfach zu schweigen.

»Hm«, brummte die Nonne und stemmte dabei die Arme in die Hüften.

Gertrude lächelte süffisant. »Ich sage nur: abgebrochenes Betriebswirtschaftsstudium.«

»Wäre es nicht besser, wenn sie Schwester Innocentia bei der Buchhaltung unterstützt?«, fragte Hildegard.

»Sie sagte, sie braucht niemanden, der ihr die Belege durcheinanderbringt«, feixte Gertrude.

Irina war kurz davor, in Tränen auszubrechen, selten hatte

sie eine dermaßen unverfroren geäußerte Geringschätzung erfahren.

»Aha, aber ich soll mich mal wieder mit jemandem herumschlagen, der Lavendel nicht von Schnittlauch unterscheiden kann«, seufzte Hildegard.

»So ist es eben. Wie steht es bei Jesaja geschrieben: Er gibt dem Müden Kraft und Stärke genug dem Unvermögenden«, rezitierte Gertrude.

Hildegard seufzte. »Bevor die Stärke kommt, brauchen wir erst einmal eine Schürze und Handschuhe für dich.« Sie kramte in einer Gartentasche, die auf der Schubkarre lag, und reichte Irina eine grüne Gartenschürze und ein paar abgetragene Gartenhandschuhe.

»Ich will keine Klagen hören«, brummte Gertrude und trollte sich.

Irina stöhnte innerlich auf. Sie kam sich vor, als sei sie in einem Zuchthaus gelandet. Waren hier etwa alle so?

Sie nahm die zusammengelegte Baumwollschürze und wollte sie anlegen, es gab aber weder Träger noch Bändel, mit denen man sie im Rücken hätte verknoten können.

»Hm«, brummte Hildegard erneut, »hattet ihr in deinem letzten Kloster keine Schürzen, oder warst du dir zu fein für Arbeit, bei der man sich schmutzig macht?«

Irina schwieg. Was hätte sie auch erwidern sollen.

Wortlos griff Hildegard in die Tasche ihres Habits und zog zwei Sicherheitsnadeln heraus. Mit diesen befestigte sie das rechteckige grüne Tuch in Hüfthöhe an Irinas Habit.

»Hast du schon mal in einem Garten gearbeitet?«, fragte Hildegard. »Die meisten in deinem Alter denken ja, Tomaten werden in Fabriken hergestellt.«

»Ja«, antwortete Irina zaghaft.

»Und kennst du dich mit Kräutern aus?«

»Ja«, erwiderte Irina schon etwas selbstbewusster.

Hildegard lachte. »Das sagen die meisten, und dann sind sie bei Petersilie mit ihrem Latein am Ende.«

Irina reichte es allmählich. Ihre Leidensfähigkeit war erschöpft. Sie hatte keine Lust, hier für die nächsten Wochen wie ein Dummchen behandelt zu werden. Im Übrigen hatte sie von André, der ebenfalls einen großen Garten mit allerlei Heilkräutern bewirtschaftete, in den letzten Jahren einiges über Gartenbau gelernt.

»Dann testen Sie mich doch«, sagte Irina nun angriffslustig.

Hildegard horchte auf. »Ahnungslosigkeit steht einer Novizin besser an als unbegründeter Hochmut.«

Irina blieb stumm, senkte allerdings nicht mehr züchtig den Blick, sondern schaute ihr geradewegs in die Augen.

Hildegard grinste. »Wir werden sehen.« Wieder griff sie in die Gartentasche auf der Schubkarre. Sie zog ein schwarzes Kopftuch heraus. Ohne weitere Erläuterung band sie es Irina über die Augen, sodass sie in völliger Dunkelheit versank.

»Moment«, befahl Hildegard. Irina hörte, wie das Geräusch ihrer Schritte auf dem Kiesweg leiser wurde. Sie blieb stehen, entfernte sich weiter, verharrte erneut und kam nach einer kurzen Pause wieder auf sie zu.

Sie wird mich mit Kräutern testen. Wahrscheinlich hat sie gleich drei verschiedene mitgebracht, kombinierte Irina.

»Riech!«, knurrte Hildegard und berührte mit etwas Sparrigem Irinas Nasenspitze.

Das Erste, was Irina wahrnahm, war ein penetranter Lavendelgeruch, der wohl noch Hildegards Händen anhaftete. Sie schnupperte, überlegte, sog erneut Luft ein. Es war nicht ganz einfach, den neuen Geruch aus dem des Lavendels herauszufiltern.

Irina schwieg eine Weile und legte sich schließlich fest. »Thymian!«, konstatierte sie selbstbewusst.

Hildegard lachte. »Das war ja keine Kunst. Wer beim Essen etwas achtsam ist, kennt den würzigen Geruch von Thymian. Essen tun wir ihn alle, aber weißt du auch, bei welchen Leiden ihn unsere Hildegard von Bingen, die Begründerin der Pflanzenheilkunde, einsetzte.«

»Entzündungen des Rachens und der Mundschleimhaut, und er wirkt entkrampfend auf die Bronchien«, antwortete Irina mit gespieltem Gleichmut. Sie musste sich ein Grinsen verkneifen, hatte sie nicht André mehr als einmal gescholten, wenn er sie mit seinem Heilkräuterwissen zugetextet hatte.

»Hmm, ein blindes Huhn findet auch mal ein Korn.«

Wieder spürte Irina ein Kitzeln an der Nase. Dieses Mal war es weicher und weniger kratzig. Wahrscheinlich eine krautige Pflanze.

Sofort stieg ihr ein Geruch nach Maggi in die Nase. »Liebstöckel«, platzte es aus ihr heraus. »In meinem letzten Kloster brühte ich mir daraus immer einen Tee, wenn ich Kopfschmerzen hatte«, log Irina und musste erneut ein Schmunzeln unterdrücken. Was hatte sie geschimpft, als ihr André damals diesen Maggitee gegen ihre Kopfschmerzen aufdrängen wollte. Sie hätte nie gedacht, dass ihr dieses Wissen einmal helfen würde.

Hildegard blieb stumm. Offensichtlich verkniff sie sich eine Antwort.

Wieder spürte Irina ein kühles Blatt an ihrer Nase. Dieses Mal war es ein kräftiger Knoblauchgeruch, der ihr in die Nase stieg. »Bärlauch«, rief sie triumphierend.

»Und wenn ich dir sage, dass es Knoblauchrauke ist?«, erwiderte Hildegard provozierend.

Irina war verunsichert. Hatte sie sich durch ihre Überheblichkeit etwa zu einer vorschnellen Antwort hinreißen lassen? Sie schnupperte erneut.

»Ich bin mir sicher, es ist Bärlauch. Knoblauchrauke ist einjährig und wird erst im März ausgesät, sodass man sie frühestens im April ernten kann. Im Übrigen ist ihr Geruch etwas milder.«

»Hm, vielleicht wird ja doch was aus dir«, brummelte Hildegard und löste Irinas Augenbinde. Wie zufällig berührte sie ihre Schulter und warf ihr ein fast unsichtbares Blinzeln zu.

»So, und nun lass uns den Lavendel beschneiden. Wir sind damit sowieso viel zu spät dran, aber im Herbst kam ich nicht dazu.«

Irina drehte sich um und grinste. Wie gut, dass sie ganz vernarrt in Andrés Bärlauch- und Knoblauchraukenpesto war.

*

»Ich hab die Nase gestrichen voll von diesem Kloster und diesen Nonnen. Die lachen sich doch über uns kaputt!«, zeterte Achill, während er den Dienstwagen auf den Klosterparkplatz lenkte.

Bertling lachte. »Das ist eben eine andere Welt, zu der du noch keinen Zugang gefunden hast.«

»Erst vertröstet man uns auf heute, und nun müssen wir eine Stunde später kommen, weil die hochwohlgeborene Schwester Gertrude noch eine Novizin einzuweisen hat. Ja, wo sind wir denn, dass uns so ein Kinderkram am Ermitteln hindern darf?«, fuhr er mit seiner Schimpftirade fort.

»Du hast es aber vorhin am Telefon artig über dich ergehen lassen«, flötete Bertling schadenfroh.

»Ha-ha, du weißt genau, dass ich ohne Unterstützung unseres Chefs hier ganz schnell Schiffbruch erleide. Der schwitzt doch schon, wenn er das Wort ›Bischof‹ nur hört.«

»So ist es eben«, bestätigte Bertling. »Seine Exzellenz ist ja wohl bis in die Landesregierung hinauf bestens verdrahtet.«

*

Hildegard hatte sich einem anderen Beet zugewandt und Irina mit den Lavendelbüschen alleine gelassen. Obwohl sie noch immer etwas fror, musste sie sich eingestehen, dass ihr die Arbeit Spaß machte. Es war ein schönes Gefühl, die ersten warmen Sonnenstrahlen auf sich zu spüren. Von Minute zu Minute vertrieben sie mehr die Kälte aus ihren klammen Fingern. Dann war da der feine Geruch des Lavendelöls, das an den Hunderten von Schnittstellen in kleinsten Mengen austrat und ihr ein Gefühl von Frühling gab.

Vielleicht war es aber auch der Triumph über diese anfänglich so mürrische Schwester Hildegard, der sie in eine fast euphorische Laune versetzte.

Was für eine komische Person die doch war. Ablehnend, unwirsch, eine Spur grob. Aber war da nicht auch etwas Mütterliches in ihren Augen? Ausgerechnet sie sollte nach Andrés Auffassung die Hauptverdächtige sein?

Die ganze Zeit schon hatte Irina, immer wenn sie sich unbeobachtet fühlte, ihren Blick über den Garten schweifen lassen und ihn nach einer Eibe abgesucht. Aber sie war noch nicht fündig geworden. Lediglich in der von ihr am weitesten entfernten Ecke nahm sie einen dunklen Nadelbaum wahr, bei dem es sich um eine Eibe handeln konnte.

Sorgsam hatte sie abgewogen, Hildegard nach einer Gartenführung zu fragen, hatte diese Idee aber wieder verworfen. Noch erschien ihr das Verhältnis zu ihr nicht belastbar genug. Sie würde abwarten, bis Hildegard irgendwann zum Austreten oder Ähnlichem verschwinden würde, und dann den Garten auf eigene Faust erkunden. Schließlich würde ihr der Baum schon nicht davonlaufen.

*

Man hatte ihnen Platz auf zwei Hockern vor Almas mächtigem Schreibtisch angeboten. Sie waren dermaßen niedrig, dass sie trotz Almas zierlicher Erscheinung zu ihr aufschauen mussten. Zur Rechten der Priorin hatte sich Gertrude aufgepflanzt. Mit ihrer hoch aufgeschossenen Gestalt überragte sie alle in der Runde.

»Wie ich Ihnen bereits am Freitag am Telefon mitteilte, besteht nun Gewissheit, dass Ihre Mitschwester Frau Anneliese Schropp, alias Schwester Walburga, einer Vergiftung durch Eibengift zum Opfer gefallen ist. Da eine zufällige Verwechslung mit sonstigen Tee- oder Küchenkräutern ausscheidet, muss es sich um eine vorsätzlich herbeigeführte Intoxikation handeln«, führte Achill aus.

Alma verharrte regungslos und wirkte, als hätte sie das Gesagte gar nicht aufgenommen. Gertrude presste die ohnehin schon schmalen Lippen zu einem farblosen, blutleeren Spalt zusammen. »Danke, wir wären durchaus selbst in der Lage gewesen, diese Rückschlüsse zu ziehen«, erwiderte sie spitz.

Achill ärgerte sich über diese Kaltschnäuzigkeit und den schon aggressiv zur Schau gestellten Unwillen, sie bei der Aufklärung zu unterstützen. Er beschloss, härtere Bandagen anzulegen.

»Wie Sie sich vorstellen können, haben wir aus den Befragungen letzte Woche unsere Rückschlüsse gezogen und erste Hinweise auf eine Täterschaft gewonnen.«

Gertrude blähte ihre Nasenflügel, als müsse sie erschnuppern, was Achill mit seinen Worten wohl gemeint hatte. Doch sie blieb stumm.

»Das bedeutet, dass wir in Ihre klösterliche Ordnung noch einmal eingreifen müssen und mehrere Ihrer Schwestern aufs Präsidium nach Ludwigshafen vorladen werden. Falls Sie nicht über ein geeignetes Transportmittel verfügen, können wir Ihnen zwei Streifenwagen schicken.«

Zum ersten Mal in ihrem Gespräch reagierte nun auch die greise Priorin und reckte sich in ihrem Stuhl empor.

»Wer? Ich meine, welche Schwestern werden betroffen sein«, fragte sie mit zitternder Stimme.

»In erster Linie natürlich Schwester Hildegard. Als Kräuterkundige und in medizinischen Fragen Bewanderte steht sie unter dringendem Tatverdacht. Ob wir ihr eine Untersuchungshaft ersparen können, wird das Verhör ergeben.«

Jetzt schluckte auch Gertrude.

»Dann möchten wir mit Schwester Ehrentrud sprechen. Alleine die Tatsache, dass sie den Tatort quasi postmortal verändert hat, macht sie verdächtig. Hier gilt es klarzustellen, ob sie aus freien Stücken oder im Auftrag gehandelt hat.«

Das saß. Achill war sich sicher gewesen, dass dieser Pfeil, den er nur zum Schein auf Hildegard und Ehrentrud abgeschossen hatte, in Wirklichkeit Gertrude traf. Sie stand nun vor der Entscheidung, ihn nach Kräften zu unterstützen oder mit anzusehen, wie er unter den Schwestern die größtmögliche emotionale Verwüstung anrichtete.

Gertrude reagierte prompt. »Ich muss Sie doch sehr bitten, wir sind tiefgläubige Menschen, die allein schon ihre Nähe zu Gott über jeden Zweifel erhaben sind.«

»Natürlich sind wir uns dessen bewusst, aber es entspricht eben der Polizeiroutine und unseren Anweisungen von ganz oben«, log Achill. »Es sei denn …« Er brach ab und machte eine wegwerfende Handbewegung, als sei ihm etwas herausgerutscht, das er schnell wieder wegwischen wollte.

»Es sei denn?«, griff nun Gertrude seine Worte wieder auf.

»Entschuldigen Sie. Äh, ich war einen Augenblick abwesend. Wir hatten ja den Fall der Selbsttötung schon ausgeschlossen«, stammelte Achill gespielt verunsichert.

Alma und Gertrude warfen sich Blicke zu.

Alma reckte den Oberkörper hoch und fixierte Achill.

»Lieber Herr Kommissar, ja, das hatten wir, und zwar ganz zu Recht. Wissen Sie, ich kenne unsere selige Schwester Walburga nun schon seit 50 Jahren. In all den zahllosen Gesprächen in dieser langen Zeit hatte sie stets betont, dass Selbsttötung für sie ein Eingriff in Gottes Werk bedeutet, und dass es nie eine Option für sie sein würde. Sie war ein sehr prinzipientreuer Mensch, der so etwas nicht einfach dahinsagte. Es gibt zudem keinen uns bekannten Grund oder Hinweise oder gar eine Botschaft, warum sie den Freitod hätte wählen sollen. Ich spreche sehr ungern darüber, aber es ist mir wichtig, sie von jedem Zweifel reinzuwaschen. Auch unser Pfarrer hat mir bestätigt, dass es keinerlei seelsorgerische Gespräche in eine Richtung gegeben hätte, die diesen kolossalen Verdacht begründen würden.«

Alma wirkte nun, als hätte sie sich völlig verausgabt. Die Falten in ihrem Gesicht schienen sich noch tiefer in ihre fahle Haut zu graben als sonst. Ihre Augen waren rot und feucht geworden. Schwer atmend lehnte sie sich im Stuhl zurück.

»Bitte glauben Sie mir«, setzte sie eindringlich hinzu.

*

Wie Irina erwartet hatte, kam gegen 10.30 Uhr Schwester Hildegard auf sie zu, begutachtete das mittlerweile fast vollständig zurückgeschnittene Beet und nickte anerkennend. »Ich muss kurz rein«, sagte sie und kramte in der Gartentasche nach dem Schlüssel. Irina hatte bereits gelernt, dass das Kloster, selbst wenn man nur im Garten arbeitete, stets verschlossen sein musste. Man nahm das Wort »Klausur«, das aus dem lateinischen übersetzt so etwas wie »Verschluss« oder »Schloss« bedeutete, hier sehr wörtlich.

Irina sputete sich und schnitt den letzten Lavendelbusch zurück. So konnte sie sich – sollte sie gefragt werden, warum sie im Garten umherlief – darauf zurückziehen, mit der ihr aufgetragenen Arbeit fertig zu sein.

Nur wenige Sekunden später hörte sie, wie die Gartentür ins Schloss fiel.

Sie reckte sich empor, als müsse sie verschnaufen, und starrte zum Kloster. Nichts, keine weitere Schwester im Garten, kein Schatten hinter den geschlossenen Fenstern. Sie schien unbeobachtet zu sein.

Sie legte die Schere auf die Schubkarre und schlenderte auf dem gekiesten Weg in Richtung der Ecke, wo sie die Eibe vermutete.

*

»Ich denke, wir sollten zunächst einen Blick in den Klostergarten werfen«, mischte sich nun Bertling ein. Sie war der Auffassung, dass es Zeit war, die nun völlig in sich zusammengesunkene Schwester Alma aus dem Gespräch zu entlassen. Daneben sah sie den dringenden Bedarf, sich mit Achill, der sich in seinen Drohungen weit von dem entfernt hatte, was sie noch auf der Fahrt besprochen hatten, abzustimmen.

»Garten?«, zischte Gertrude aggressiv.

»Nun, wenn wir es mit einer Vergiftung durch Eibennadeln zu tun haben, ist es wohl naheliegend, dass wir uns nach einer Eibe umsehen. Sie haben doch eine, oder?«, fragte Achill weiter angriffslustig.

»Sie werden entschuldigen, aber meine Aufgaben hier bestehen nicht darin, das botanische Inventar unseres Gartens zu kennen.«

»Dann passt es ja, wenn wir Ihnen diese Aufgabe abnehmen.«

»Wie Sie meinen. Ich werde Sie hinbringen. Dort wird

Ihnen Schwester Hildegard für Ihre botanischen Fragen zur Verfügung stehen.«

*

Mit jedem Schritt, den sich Irina dem tiefgrünen Nadelgehölz näherte, wuchs die Sicherheit, dass es tatsächlich eine Eibe war. André hatte ihr gestern noch einige Exemplare im Adenauer-Park gezeigt, sodass sie sie auch zweifelsfrei erkennen konnte.

In diesem Augenblick hörte sie erneut die Tür zum Kloster schlagen. Sie drehte sich um und traute ihren Augen kaum. Im Schlepptau von Schwester Gertrude traten Frank Achill und Verena Bertling ins Freie. Verdammt, nicht genug, dass sie nun dieser Tyrannin eine Ausrede schuldig war, musste sie auch noch alles daransetzen, nicht von Frank und Verena erkannt zu werden. Würden sie sie enttarnen, wäre ihre Mission schneller gescheitert, als sie begonnen hatte. Wie sie Frank kannte, würde er auf keinen Fall dulden, dass sie hier auf eigene Faust rumermittelte.

Eilig drehte sie sich weg. Tracht und Schleier gaben ihr einen gewissen Schutz. Sie musste nur darauf achten, ihr Gesicht stets abgewandt zu halten, und vermeiden, dass Gertrude sie noch in ihr Stelldichein mit der Polizei hineinzog.

*

Gertrude war stehen geblieben und suchte mit ihren Blicken den Garten ab. »Ausgerechnet, wenn man sie braucht, ist sie nicht da«, brummte sie unzufrieden.

»Aber da ist doch …«, begann Bertling und wies mit dem Finger auf eine Nonne am anderen Ende des Gartens.

»Das ist unsere neue Novizin«, erwiderte Gertrude unzufrieden. »Geht spazieren, anstatt zu arbeiten. Müßiggang ist der Seele Feind.«

»Und wo steht das in der Bibel?«, fragte Achill mit zynischem Unterton.

»Es steht nicht in der Bibel. Es steht in Kapitel 48 der *Regula Benedicti*, der Benediktsregeln für das klösterliche Miteinander, aber davon verstehen Sie ja sowieso nichts.«

Bertling grinste. Das hatte er nun davon.

»Ich werde sie fragen, ob sie weiß, wo sich Hildegard herumtreibt«, zischte Gertrude und ging im Stechschritt schräg über den Rasen auf Irina zu. Bertling und Achill trabten ihr hinterher.

*

Aus dem Augenwinkel sah Irina das Unheil in der unseligen Allianz zwischen Gertrude, Achill und Bertling auf sie zukommen. Ihr verstohlener Blick hatte nicht ausgereicht, um zu beurteilen, ob sie nur zufällig in diesen Teil des Gartens wollten oder ob sie selbst Gertrudes Ziel war. Wenn ihr nichts einfiel, um außer Sicht zu kommen, würde ihre Mission wohl in einer Minute ein klägliches und äußerst blamables Ende finden. Krampfhaft wandte sie sich ab, solang sie noch nicht in Rufweite war. So konnte sie wenigstens vortäuschen, von all dem nichts mitzubekommen.

Wenige Meter vor sich, in einer rechteckigen Ausbuchtung der alten Mauer, sah sie einen Holzverschlag. Vielleicht konnte sie ja hier Deckung finden.

»Schwester Eva!«, hörte sie Gertrude rufen. Irina ging schneller, ohne zu rennen, das würde auffallen. »Schwester Eva!«, dieses Mal lauter. Sie hörte nun auch die Stimmen von Bertling und Achill, die miteinander sprachen, in ihrem Rücken.

Sie war am Holzverschlag angekommen, ihr Vorsprung war auf wenige Sekunden geschrumpft. Sie bog um die Ecke. Ein Einfall durchzuckte sie.

Sie raffte ihren Habit. Zog ihn hoch und ging in die Hocke.

Sie hörte das Rauschen von Gertrudes Tracht. Einen Sekundenbruchteil später spähte sie um die Ecke.

»Was ... was machst du hier?«, herrschte sie Irina mit fassungslosem Gesicht an.

»Ich musste so schrecklich dringend austreten, aber Schwester Hildegard hat den Schlüssel mitgenommen«, erwiderte sie weinerlich.

»Aber, aber, doch nicht so«, echauffierte sich Gertrude und wandte sich hektisch ab.

Eilig zirkelte sie um die Ecke und ging Achill und Bertling, die bis auf wenige Schritte herangekommen waren, entgegen.

»Schwester Hildegard ist wohl kurz ins Gebäude gegangen, wird aber in Bälde zurückkommen. Schwester Eva sieht hier nur nach den Bienen. Wir gehen besser ein paar Schritte weg. Um diese Zeit sind unsere Völker meist etwas unruhig.«

Gertrude hatte noch nicht ausgesprochen, da wurde Irina bewusst, in welche missliche Lage sie sich gebracht hatte. Ihr wirkungsvolles, aber gleichsam kopfloses Ablenkungsmanöver hatte sie direkt vor die Fluglöcher der fünf Holzbeuten geführt, aus denen ihr nun aufgeregt summend die Wächterbienen entgegenflogen.

»Was für eine verdammte Scheiße!«, fluchte sie vor sich hin, erhob sich und zog ihren Habit glatt. Schon umflogen die Bienen ihren Kopf. Eine hatte sich in den Zwischenraum zwischen dem Schleier und ihrem Nacken verfangen. Sie spürte einen schmerzhaften Stich im Genick. Gleich darauf einen in ihrer Hand, mit der sie wild wedelnd versuchte, ihr Gesicht zu schützen. Verdammt, in dieser Ecke war sie diesen fliegenden Biestern schutzlos ausgeliefert. Sie musste raus auf die freie Fläche des Gartens.

Dummerweise waren Verena und Frank noch zu nahe. In Ihrer Verzweiflung schlug sie den Schleier vors Gesicht und drückte sich in die Mauerecke. Hier war sie, solang sie warten musste, den Biestern hilflos ausgeliefert. Sie spürte weitere schmerzhafte Stiche in Hand und Knöchel.

*

Achill warf noch einmal einen Blick zurück zum Bienenstand. Irgendwie kam ihm das Ganze spanisch vor. Aber offensichtlich war hier alles auf eine besondere Art seltsam.

Gertrude blieb stehen und schaute zum Klostergebäude. »Da kommt Schwester Hildegard«, sagte sie erleichtert.

Sie winkte sie näher, und alle warteten stumm, bis sie zu ihnen getreten war.

»Die Herrschaften von der Polizei wollten wissen, ob es in unserem Garten eine Eibe gibt.«

»Grüß Gott!«, begrüßte Hildegard sie. »Ja, dort.« Sie wies dabei mit der Hand in die Ecke unweit von Irinas Versteck.

»Sie dürfen uns nun gerne mit Schwester Hildegard alleine lassen. Wir schaffen das zu dritt«, erwiderte Achill, an Gertrude gewandt.

Über ihre Wangen huschte ein rosiger Schein. »Wenn Sie meinen«, zischte sie und machte sich davon.

»So, nun lassen Sie uns mal die Eibe ansehen.«

Hildegard ging voraus, und in wenigen Sekunden hatten sie den Baum erreicht.

Achill trat vor und nahm ihn in Augenschein. »Aber was ist das?«, fragte er, während er mit der Hand über zwei frische Schnittstellen an unterarmdicken Ästen strich. Nach und nach fand er weitere Sägespuren und eine Vielzahl eingekürzter Zweige. Auf dem Bodengrund darunter lag eine dünne Schicht Sägespäne.

»Das waren die Gärtner«, erwiderte Hildegard lakonisch.

»Die Gärtner? Ich dachte, Sie sind dafür zuständig.«

Hildegard lachte. »Und Sie dachten wohl auch, ich hätte eine Kettensäge, um das abzusägen, und einen Kleinlaster, um den ganzen Baumschnitt wegzutransportieren. Gott behüte. Dafür lassen wir im Frühjahr immer eine Gartenbaufirma kommen.«

»Und wer legt fest, wann diese Firma zu erscheinen und was sie dann zu schneiden hat?«

»Normalerweise ich.«

»Und dieses Mal?«, fragte Achill nun zunehmend ärgerlich.

»In diesem Jahr war es Schwester Gertrude.«

»Und warum?«

»Vielleicht ging es ihr nicht schnell genug. Ich war zugegebenermaßen wegen des Todes von Schwester Walburga etwas nachlässig.«

»Und sie hat den Leuten des Gartenbaubetriebes gesagt, dass sie genau diese Äste abschneiden sollen?«

»Ich war nicht dabei. Aber ich denke nicht. Sie hat es nicht so mit den gärtnerischen Details. Der Gärtner kommt jedes Jahr und hat die Aufgabe, alles in Form zu bringen. Er weiß schon alleine, wo er die Säge ansetzen muss oder wie man Obstbäume fachgerecht stutzt.«

Achill schüttelte ärgerlich den Kopf.

»Sind Ihnen, bevor der Gärtner kam, Schnittstellen an der Eibe aufgefallen?«

Hildegard zuckte mit den Schultern. »Nein, aber ich habe mir diesem Baum auch schon länger nicht mehr angesehen.«

»Sie wissen aber, dass Schwester Walburga an Eibengift gestorben ist?«

»Ja, unsere Priorin hat uns informiert. Aber da waren die Gärtner schon da gewesen.«

Achill schnaubte. »Ich hoffe, Ihnen ist bewusst, dass Sie unter dringendem Tatverdacht stehen. Sie sind die Heil- und Kräuterkundige des Klosters, die Zweige stammen möglicherweise von diesem Baum, und Sie waren es, die den Kräutersud aus Walburgas Zimmer entsorgen ließen.«

Hildegard schluckte.

»Dann waren es auch Sie, die den Leichnam vom Boden ins Bett legten?«

»Ja, klar, zusammen mit Schwester Ehrentrud. Wir konnten die Arme ja nicht auf dem völlig verschmutzten Teppich liegen lassen.«

»Aha, und den Teppich haben Sie auch weggeräumt?«

»Ja, wir haben ihn in die Waschküche getragen und später gereinigt.«

Achill schlug sich die Hände vors Gesicht. »Und das ist für Sie alles völlig normal. Sie verändern den Tatort, Sie vernichten Beweismaterial, Sie bewegen die Leiche, und es kommt Ihnen nicht in den Sinn, uns das wenigstens mitzuteilen?«

»Nein, es ist unsere heilige Pflicht, eine verstorbene Mitschwester in einer würdevollen Art aufzubahren. Wir machen das schon immer so«, erwiderte Hildegard entrüstet.

»Und Sie nehmen es in Kauf, dadurch selbst unter Mordverdacht zu geraten?«

»Mordverdacht.« Hildegard schüttelte empört den Kopf. »Ich bin wohl die, die von allen hier Walburga am nächsten gestanden hat. Warum sollte ich ihr so etwas antun? Und warum sollte ich das mit so archaischen Mitteln tun? Glauben Sie, wir leben hier hinter dem Mond? In meiner Klosterapotheke gibt es andere Substanzen, mit denen man wesentlich einfacher …« Hildegard verstummte und schlug die Augen nieder, offensichtlich wurde ihr erst jetzt bewusst, was sie da im Begriff war auszusprechen.

*

Irina kauerte noch immer in der Ecke hinter dem Bienenstand. Ihre Bewegungslosigkeit hatte bewirkt, dass die Bienen aufgehört hatten, sie zu piesacken. Sie hatte den lauten Wortwechsel mit angehört und darüber die höllisch schmerzenden Stiche vergessen. Sie war überrascht. Sie hätte Frank nie so eine harte und direkte Befragung zugetraut. Im Privaten erschien er ihr doch immer so zurückhaltend.

Sie schmunzelte, dass ihm André, was die angeschnittenen Zweige anging, offensichtlich voraus war.

Sie hörte noch, wie Achill ankündigte, noch Ehrentrud befragen zu wollen, und sich von Hildegard zurück zum Kloster führen ließ.

Irina atmete auf.

WUNDENLECKEN

Montag, 16. März 2020, 11.30 Uhr

Irina versuchte, so gut es ging, ihre Stiche zu verbergen. Das war nicht ganz einfach, zierten doch gleich zwei große knallrote Pusteln ihre rechte Wange.

Hildegard, die sie nach dem Schlüssel hatte fragen müssen, war wohl schon von Gertrude über ihr Malheur informiert worden. Sie hatte geschwiegen, die Augenbrauen hochgezogen und sie eingelassen. »Geh in deine Zelle, ich komme gleich zu dir«, hatte sie zu ihr gesagt und war dann Richtung Krankenstation abgebogen.

Irina schaute in den an den Rändern schon erblindeten Spiegel über dem Waschbecken und begutachtete die Stiche. Sie hoben sich wie rote Leuchtdioden hämisch von ihrer hellen Haut, die noch blasser als sonst war, ab.

Musste denn hier alles schiefgehen? Bestimmt würde man ihr zu allem Überfluss auch gleich noch eine Standpauke halten.

Nach ein paar Minuten klopfte es an ihre Tür. Es war Hildegard. »Du musst nichts sagen, Gertrude hat mir bereits alles erzählt«, meinte sie nachsichtig. »Hier ist ein Schlüssel für die Tür zum Garten, damit dir das nicht wieder passiert. Und jetzt lass mich mal nach den Stichen sehen.« Sie schlug gütig die Augenlider nieder und inspizierte die beiden Einstichstellen in Irinas Gesicht. »Hast du noch irgendwo welche?«

Irina zögerte.

»Keine Sorge, wo auch immer sie sind. Es bleibt unter uns.«

Sie zeigte ihr die zwei Stichstellen an der rechten Hand und am Fußknöchel. Dann versuchte sie umständlich, den Schleier so auf die Seite zu schieben, dass Hildegard den Stich im Nacken sehen konnte.

Hildegard zog ihn ihr kurzerhand mitsamt Stirnbändchen und Häubchen vom Schopf.

Sie schüttelte den Kopf, als sich Irinas zusammengestecktes halblanges Haar entfaltete. »Ihr jungen Dinger bringt es wohl nie übers Herz, eure Haare abzuschneiden, so, wie es sich gehört. Lass das bloß nicht Gertrude sehen, sonst wird sie dich eigenhändig scheren wie ein Schaf.«

Obwohl das für Irina nicht ganz überraschend kam, hatte ihr doch schon die Schwester bei der Einkleidung einen derartigen Hinweis gegeben, erschrak sie. Sie hatte keine Lust, wegen der zwei Wochen hier ein Jahr lang mit einer verpfuschten Frisur herumzulaufen.

Hildegard lächelte nachsichtig. »Keine Sorge. Ich sag ihr schon nichts. Wir haben unser erstes Geheimnis.«

Nachdem sie noch die Stiche im Nacken und am Knöchel inspiziert hatte, griff sie in die Tasche ihres Habits und zog eine Tablettenschachtel hervor. »Das ist ein Antihistaminikum, es verhindert, dass sie allzu stark jucken. So, wie sie aussehen, reagiert dein Körper leicht allergisch. Wenn es schlimmer werden sollte, werde ich dir Cortison geben. Sag mir bitte Bescheid, wenn die Schwellung weiter zunimmt. Du musst keine Scheu haben, dafür bin ich da, und es gibt auch bei mir so etwas wie eine ärztliche Schweigepflicht.«

Irina nickte dankbar.

Hildegard half ihr, den Schleier wieder anzuziehen, dann schaute sie sie prüfend an.

»Ich … ich wollte dich noch etwas fragen«, begann sie stockend. »Es fällt mir nicht leicht.«

Irina nickte ihr aufmunternd zu.

»Hast du hören können, was die Polizeibeamten zu mir sagten?«

»Ja«, entgegnete Irina heiser.

»Hier im Kloster ist es nicht üblich, über Gefühle zu reden, aber manchmal hat man trotzdem das Bedürfnis.«

Hildegard schien völlig aufgewühlt und den Tränen nahe, ihre Lippen bebten.

Irina berührte sie ganz leicht am Ärmel ihres Habits. Erschrocken zuckte sie zurück. Offensichtlich war es für sie nicht normal, von einem anderen Menschen angefasst zu werden.

»Es macht mich unglaublich betroffen, dass sie mich verdächtigen, das mit Walburga …« Sie stockte und begann von Neuem: »Sie verdächtigen mich, Walburga vergiftet zu haben.«

»Bestimmt nur Polizeiroutine«, versuchte Irina abzuschwächen.

»Nein, sie haben ganz recht. Ich bin die Infirmarin und Kräuterkundige und weiß um das tödliche Gift in den Eibennadeln. Ich hätte …«

»Aber Sie haben doch nicht …?«, griff Irina den unvollständigen Satz auf.

»Nein, Gott behüte. Ausgerechnet Walburga, sie war so etwas wie meine beste Freundin unter den Schwestern.« Hildegard errötete. »Aber nicht auf eine widernatürliche Art«, setzte sie schnell hinzu.

Irina schmunzelte. »Selbst das wäre heute ganz normal.«

»Für uns hier nicht, und du solltest das auch nicht so locker sehen«, entgegnete sie streng. »Hier ist selbst eine gewöhnliche Freundschaft unter den Schwestern nicht erwünscht. Gertrude sagt immer, es würde unsere Gemeinschaft unterhöhlen. Noch nicht einmal duzen dürfen wir uns.«

»Aber Sie duzen mich doch?«

»Ja, ich erlaube mir das bei dir und Belén, weil ihr noch Novizinnen seid und vom Alter her meine Töchter sein könntet. Und Gertrude tut es kraft ihrer Autorität als eure Novizenmeisterin.«

»Verstehe«, erwiderte Irina nachdenklich. Sie war unsicher, ob sie weitergehen sollte, fasste sich dann aber ein Herz. »Könnte es Selbstmord gewesen sein?«

»Nein, natürlich nicht. Ich kannte Walburga sehr gut, sie hat das immer verurteilt. Sie war ein zupackender Mensch, der Probleme löste und nicht daran verzweifelte. Ich bin mir sicher, dass sie sich nie für den Freitod entschieden hätte.«

»Aber wer könnte es dann gewesen sein?«

»Es ist nicht meine Art, solche ungeheuerlichen Mutmaßungen auszusprechen.«

»Verstehe.«

Hildegards Wangen röteten sich. »Schluss jetzt! Ich habe schon viel zu viel erzählt. Gott der Herr hat entschieden, sie zu sich zu rufen, und es ist nicht unsere Aufgabe, das zu hinterfragen«, wies sie sich selbst zurecht und erhob sich. »Ich werde Belén bitten, dir morgen etwas über den Umgang mit den Bienen zu erzählen. Sie scheint bei unserem Herrgott einen Stein im Brett zu haben, dass er die Biester von ihr fernhält.«

Irina hob an, um zu widersprechen, doch Hildegard kam ihr zuvor.

»Keine Sorge, sie wird nichts rumerzählen. Sie ist schweigsam wie ein Grab. Aber du wirst ihr damit eine Freude machen. Du solltest sehen, wie sich ihr sonst so trauriges Gesicht aufhellt, wenn sie über ihre Bienen reden darf.«

*

Etwa zur selben Zeit stiegen Achill und Bertling ins Auto, um nach Ludwigshafen zurückzufahren.

»Die geben einfach völlig ohne jedwedes Schuldgefühl zu, dass sie die Leiche bewegt und den Tatort verändert haben«, polterte Achill kopfschüttelnd los.

Bertling lachte über den Temperamentsausbruch ihres Chefs. »Ich hatte vorhin in Almas Zimmer schon befürchtet, du schleppst sie gleich wirklich ins Präsidium.«

»Nein, keine Sorge. Aber irgendwie musste ich ihnen ein bisschen Angst machen.«

»Und was denkst du über den Fall?«

»Na ja, die Aussagen dieser Schwestern Hildegard und Ehrentrud passen exakt zusammen. Ehrentrud hatte ja bestätigt, dass sich Hildegard und Walburga ausgesprochen gut verstanden haben. Hildegard hatte zwar die Mittel, um sie zu vergiften, aber nach allem, was wir bis jetzt wissen, kein Motiv.«

»Mich irritiert eher etwas anderes: Warum gab Gertrude dem Gärtner den Auftrag, die Bäume zurückzuschneiden, obwohl das normalerweise in Hildegards Zuständigkeit liegt? Hildegard machte mir den Eindruck, als würde sie sich das selbst fragen. Gertrude meinte ja nur, dass sie das mit Alma so abgesprochen hätte, was aber auch kein echter Grund ist. Und so, wie mir diese Alma rüberkommt, hat sie andere Sorgen als eine außer Form geratene Eibe.«

»Dann sollten wir uns mal den Gärtner vorknöpfen. Ich bin gespannt wie ein Flitzebogen, ob er wirklich keine Anweisung hatte, die Eibe zu schneiden«, erwiderte Achill.

ANSAGE

Montag, 16. März 2020, 12 Uhr

Irina fühlte sich unwohl. Die Schläfrigkeit nach dem frühen Aufstehen war nach der Aufregung mit den Bienen, die sie für einige Stunden auf Trab gebracht hatte, wieder zurückgekehrt. Ihre Beine waren schwer wie Blei. Die Arbeit in gebückter Haltung an den Lavendelstöcken gab ihr das Gefühl, als sei ihr Rücken krumm wie eine Banane. Ihr Gang war so ungelenk und stockend wie der eines müden Boxers. Wie ein Traumwandler schlurfte sie Richtung Speisesaal.

Sie war sich bewusst, dass Gertrude ihr Verhalten im Garten vor den anderen Schwestern ansprechen würde. »Ansprechen«, schnaubte Irina vor sich hin. Sie würde sie zurechtweisen, bloßstellen und verurteilen.

Der Speisesaal war in kaltes Neonlicht getaucht, was sein karges Interieur noch ungastlicher erscheinen ließ.

Als Irina das Refektorium betrat, war schon etwa die Hälfte der Schwestern anwesend. Diese Buchhaltungsschwester Innocentia und die neue Pförtnerin Isolde saßen ihr schräg gegenüber und tuschelten, als sie ihrer ansichtig wurden.

Ehrentrud, die Köchin, und Hildegard waren noch damit beschäftigt, einige Schüsseln und Terrinen aufzutragen, aus denen der Geruch nach frisch Gekochtem sich dampfend im Raum verteilte.

Irina knurrte der Magen.

Dann erschien Alma zusammen mit Gertrude und wenige Sekunden später der Rest. Der Platz links neben Alma blieb leer.

Belén saß wie beim Frühstück neben Irina und blickte sie mitleidig an. Ehe sie etwas sagen konnte, erhob sich Gertrude. »Bevor wir das Tischgebet sprechen, möchte ich im Auftrag von Schwester Alma einige höchstbedenkliche Sachverhalte ansprechen«, kündigte sie mit ernstem Gesichtsausdruck an.

Irina spürte Übelkeit in sich aufsteigen. Das ohnehin schon klamme Gefühl und der üppige Geruch nach Kartoffeln und Heringen vereinigte sich zu einer unseligen Allianz und drohte, ihr den Magen umzudrehen.

Gertrude setzte ihre Lesebrille auf und zog einen handgeschriebenen Zettel aus der Tasche ihres Habits. Mit zusammengekniffenen Augen begann sie laut vorzulesen: »Aufgrund der Corona-Pandemie hat unser Bischof schweren Herzens entschieden, dass ab sofort keine Besucher mehr bei unseren Gottesdiensten zugelassen sind. Wir sollen unsere Kontakte nach außen einschränken und möglichst keine Gäste mehr empfangen. Sollten einzelne von uns dennoch Außenkontakte haben, sind diese Masken zu tragen«. Mit diesen Worten zog sie eine Packung Masken aus einer Tasche zu ihren Füßen und legte sie auf den Tisch.

Ein aufgeregtes Tuscheln ging durch die Tischgesellschaft.

»Und bevor Sie selbst sich das fragen – man hat sich leider beim Bistum keine Gedanken darüber gemacht, wie wir diese Schlaufen hinter unsere Ohrmuscheln unter den Schleier kriegen sollen. Ich bitte Sie, Schwester Ehrentrud, ein entsprechendes Gummi oder etwas Ähnliches anzunähen, damit es auch über den Schleier geht.«

Ehrentrud wollte etwas erwidern. Doch Gertrude gab ihr mit einer unwirschen Handbewegung und einem »Jetzt nicht!« zu verstehen, dass sie jetzt keine Lust hatte, irgendwelche handwerklichen Details auszudiskutieren.

Wieder entstand eine rege Unterhaltung unter den Schwestern. Dabei standen weniger die allgemeinen Kontaktbeschränkungen als vielmehr das Verbot öffentlicher Gottesdienste und die Maskenfrage in der Diskussion.

Irina war erleichtert. Wenn das der einzige Grund für Gertrudes Ansprache war, kam sie möglicherweise ungeschoren davon.

Gertrude klopfte mit dem Stiel ihrer Gabel auf die Tischplatte, um sich Gehör zu verschaffen. »Nachdem diese profane Sache geklärt ist, möchte unsere Priorin noch einige Worte an uns richten.«

Alma erhob sich umständlich, blickte in die Runde und begann mit brüchiger Stimme: »In diesen schwierigen Zeiten ist es umso wichtiger, dass wir in unserer Gemeinschaft fromm, gottesfürchtig und in strenger Auslegung der Regeln der Heiligen Dominikus und Augustinus zusammenleben.«

Irina beobachtete, wie die Schwestern an Almas Lippen hingen. Es hatte wohl Gewicht, wenn sie das Wort ergriff.

»Mir ist zu Ohren gekommen, dass einige von uns persönliches Eigentum unserer Gemeinschaft vorenthalten wollen. Augustinus gibt uns die Weisung, dafür zu sorgen, dass uns alles gemeinsam gehört. Dies gilt für Großes wie für Kleines, für Geschenke wie von Rechts wegen zum Beispiel durch Erbschaft Erworbenes. Es gilt für die, die unserer Gemeinschaft beitreten, wie für die, die schon viele Jahre hier sind.« Sie sandte bei diesen Worten einen strengen Blick in die Runde. Irina glaubte zu realisieren, dass sie sowohl sie selbst als auch eine der Schwestern auf der anderen Tischseite jeweils eine Millisekunde länger fixierte. Irina war sich nicht sicher, auf wen sie dort ihren trüben Blick gerichtet hatte.

Dann fuhr sie fort. »Euer Gehen und Stehen, euer ganzes Verhalten darf bei niemandem Anstoß erregen, sondern muss mit eurem heiligen Lebensstand in Einklang sein. So steht es bei Augustinus geschrieben.« Wieder fixierte sie Irina.

Ihr war sofort klar, dass sich dies auf ihre heutige Aktion am Bienenstand bezog.

»Wenn dabei Fremde Zeuge eines Fehlverhaltens werden, dann wiegt dies umso schwerer und erfordert tätige Buße.«

Irina erschauerte. Die Worte dieser frommen Frau, die sie mit all ihrer Autorität gesprochen hatte, lagen wie ein Sandsack auf ihren Schultern.

»Augustinus lehrt uns weiter, dass, wenn wir ein Fehlverhalten bei unseren Mitschwestern beobachten, es unsere heilige Pflicht ist, sie sogleich zu ermahnen, auf dass ihr Verhalten sich möglichst bessert. Folgt dieser Verfahrensordnung gewissenhaft und treu beim Verhindern, ans Licht Bringen und Beweisen der Sünden immer mit Liebe gegenüber eurer Mitschwester. Der Wille zur Abkehr von ihren Fehlern ist dabei das oberste Ziel.«

Irina schluckte. Täuschte sie sich oder war das gerade die Aufforderung zur Denunziation.

Alma fuhr fort: »In der sechsten Augustinusregel steht daher geschrieben: ›Seid nicht untereinander zerstritten. Sonst wächst der Zorn zum Hass. Dann wird der Splitter zum Balken und macht aus eurem Herzen eine Mördergrube. Denn jede, die ihre Schwester hasst, ist eine Mörderin.‹«

Was war das? Gab es etwa doch etwas außerhalb der stets beteuerten Harmonie? Irina spürte, wie ihr ein Schweißtropfen kalt über den Rücken rann.

Auch auf die anderen hatten diese Worte ihre Wirkung nicht verfehlt. Die Gesichter waren wie versteinert. Das Mittags-Läuten der gewaltigen Glocken des Speyerer Doms unterstrich die Stille mit gravitätischer Schwere.

KLOSTERLEBEN

Montag, 16. März 2020, 13.45 Uhr

»Nein! Nein!«, schrie Irina, durch die Decke über ihrem Kopf gedämpft. »Ich bin keine Sünderin!«

»Schwester Eva, entschuldigen Sie, dass ich einfach so eintrete, aber Sie haben laut geschrien«, sagte Schwester Apollonia mit beruhigender Stimme und legte sanft ihre warme Hand auf Irinas Wange.

»Sie müssen keine Furcht haben. Sie haben nur geträumt.«

Irina rieb sich die Augen. Das Licht, das durch das Fenster schien, blendete sie. »Ich, ich wollte nur einen Augenblick ruhen und bin wohl …«

»Sie brauchen sich nicht zu rechtfertigen. Viele hier nutzen die Zeit nach dem Mittagessen für ein kleines Schläfchen. Ich bin es, die um Verzeihung bitten muss. Ich hätte Sie nicht stören dürfen. Es ist eine Schwäche von mir, dass ich häufig meine Pflichten über die Achtsamkeit stelle. Ich bin neben meinen Aufgaben als Sakristanin für die Bibliothek zuständig und wollte die Bücher abholen, die sich Schwester Walburga, Gott hab sie selig, ausgeliehen hatte. Aber ich hätte das später tun sollen. Entschuldigen Sie.«

»Schon gut«, nuschelte Irina noch etwas schlaftrunken. »Sie haben mich dadurch vor meiner nächsten Sünde bewahrt. Schwester Hildegard will, dass ich ihr ab 14 Uhr wieder im Garten helfe, und ich hätte wohl …«

»… verschlafen«, vervollständigte Apollonia und lächelte verständnisvoll.

Irina nickte.

»Keine Sorge, ich bin sofort wieder weg, und Sie haben noch genug Zeit, um pünktlich runter in den Garten zu gehen. Ich muss nur diese zwei Bücher mitnehmen. Die Bibel und das Gesangbuch lasse ich Ihnen natürlich.« Apollonia streckte sich und nahm die Bände vom Bord über dem Schreibtisch.

Irina war aufgestanden und schaute ihr zu.

»Und was waren das für Bücher, die Schwester Walburga zuletzt gelesen hat?«, fragte sie.

Apollonia reichte sie ihr.

»Ein Buch über das Leben von Thomas von Aquin und eines über Bank- und Börsenwesen. Eigenartig«, plapperte Irina vor sich hin und schüttelte den Kopf.

»Ja, unsere Walburga hatte viele Talente. Es gab fast nichts, dem sie sich nicht öffnete und das sie sich nicht aneignete. Ich meine natürlich das Wissen darüber«, erwiderte Apollonia und wurde rot.

»War sie denn vermögend?«, bohrte Irina nach, die sich keinen rechten Reim auf den Aktienführer machen konnte.

Apollonia lachte. »O Gott behüte! Freilich nicht. Wie wir alle hatte Walburga nicht viel mehr als das, was sie auf dem Leib getragen hat. Und selbst das magere Erbteil ihrer Familie ist vor Jahren an unsere Gemeinschaft geflossen.«

»Verstehe«, antwortete Irina kleinlaut. Wieder war sie in einen Fettnapf getreten. Warum nur musste sie immer mit dem Erstbesten, was ihr einfiel, herausplatzen.

*

Die Nachmittagsstunden zogen sich in die Länge wie eine spanische Osterprozession. Zur Müdigkeit, die sich selbst bei der Betätigung in der frischen Luft wie ein schweres Kettenhemd über sie gelegt hatte, kamen nun noch die schmerzenden Glieder von der ungewohnten körperlichen Arbeit im Garten.

Als Schwester Hildegard sie schließlich um 17.15 Uhr aufforderte, sich für das Rosenkranzgebet und die anschließende Vesper frisch zu machen, machte sich eine trügerische Erleichterung in ihr breit. Die härteste Prüfung sollte noch kommen.

Denn als sie später in der Kapelle in ihrer Bank kniete, kam die Schläfrigkeit mit aller Macht über sie. Fast eine Stunde kämpfte sie dagegen an, bis sie endlich mit den anderen Schwestern zum Abendessen gehen konnte.

Unter Gertrudes tadelnden Blicken schlang sie die einfache Mahlzeit in sich hinein. Hunger und Müdigkeit hatten sie fest in ihren Klauen, sodass sie während des Essens kaum hätte sagen können, was sie da aß. Ihre Gedanken drehten sich nur noch darum, schnell eine kurze Textnachricht an André zu verfassen, das Smartphone danach wieder zu verstecken und sich dann endlich niederzulegen und den heute früh versäumten Schlaf nachzuholen.

GESPENSTER

Montag, 16. März 2020, 23.15 Uhr

»Unrein! Unrein!«, plapperte Irina im Schlaf vor sich hin. Die Worte des Klosterpfarrers, der in der Vesper in Bezug auf die Corona-Pandemie aus dem dritten Buch Mose zitiert hatte, hallten in ihren Ohren nach.

»… und der Aussätzige, an dem das Übel ist, seine Kleider sollen zerrissen und sein Haupt soll entblößt sein und er soll ausrufen: unrein, unrein!«

Sie krümmte sich im Bett. Ihr Gesicht glühte von den Bienenstichen auf den Wangen.

Sie war schweißgebadet. Zu früh hatte sie sich nach dem Abendessen hingelegt, etliches war heute passiert, und zu viel ging ihr durch den Kopf, als dass sie hätte ruhig schlafen können.

Sie setzte sich auf, das schlichte Nachthemd klebte auf ihrer Haut. Sie tastete nach den Stichen und spürte, dass ihre Wange heftig angeschwollen war.

Verdammt, und das hier, wo es alle sehen und darüber lästern konnten. Wie hatte Gertrude beim Essen gesagt: »Kleine Sünden bestraft der liebe Gott sofort.«

Einige der Schwestern hatten gelacht, andere wie Hildegard oder Belén sie mitleidig angeschaut.

Sie hatte keine Lust, sich morgen noch mehr zum Gespött zu machen, und beschloss, sich in der Küche ein paar Eiswürfel zur Kühlung der Stichstellen zu beschaffen.

Sie verließ auf Zehenspitzen das Zimmer und verzichtete darauf, das Licht anzuschalten. Das durch die Fenster fallende fahle Mondlicht reichte aus, um den langen Korridor zu erhellen.

Nur nicht auffallen! Sie hatte keine Lust, schon wieder irgendeinen Fehler zu machen.

Selbst in der Küche verkniff sie es sich, die grellen Neonröhren einzuschalten. Die Beleuchtung des Kühlschranks musste reichen.

Sie war gerade im Begriff, die Tür des Gerätes aufzuziehen, um sich an den Eiswürfeln im Kühlfach zu bedienen, als sie ein scharrendes Geräusch aus dem Nebenraum hörte.

Sie erschrak. Was war das? Sie kannte den kleinen Durchgangsraum schon, der mit einer Tür zum Garten verbunden war. Er war vom Boden bis zur Decke weiß gefliest und wurde für die groben Küchenarbeiten verwendet. Unter anderem nutzte ihn Belén zum Schleudern und Abfüllen ihres Bienenhonigs. Irina erinnerte sich an die große Honigschleuder aus glänzendem Edelstahl in der Ecke.

Wieder ein Geräusch. So, als ob Stuhlbeine über den Fliesenboden gerückt würden. Nach ihrer Erinnerung waren heute Vormittag, als man ihr den Raum zeigte, keine Stühle da gewesen.

Wollte sich hier etwa jemand von außen Zutritt verschaffen?

Ein Einbrecher, durchzuckte es sie. Ein kalter Schauer lief ihr über den Rücken. Sie zitterte. Reflexartig griff sie nach einer großen Bratpfanne, die gerade in ihrer Reichweite stand. Sie lauschte.

Sie hörte ein schweres Atmen oder ein unterdrücktes Grunzen. Alles sprach dafür, dass der Eindringling bereits im Raum war. Irina spielte mit dem Gedanken, laut um Hilfe zu schreien und die Schwestern zu alarmieren. Ein Flüstern? Waren es gleich mehrere Einbrecher? Die Tür zu jenem Raum war geschlossen. Auf ihrer Seite steckte ein Schlüssel.

Was wenn eine Schwester dort etwas zu erledigen hat?, durchzuckte es Irina. Sie spähte auf die altmodische Küchenuhr. 23.48 Uhr. Undenkbar, welche Schwester würde um diese Zeit Honig bearbeiten. Und wenn, würde sie dafür Licht brauchen. Sie kniete sich vors Türschloss. Geräuschlos zog sie den langen Bartschlüssel heraus und lugte hinein. Nichts. Kein Lichtschein auf der anderen Seite.

Ein lautes Klirren. So, als würde Glas zerschlagen. Irina gefror das Blut in den Adern. Es musste ein Einbrecher sein. Nun war sie sich sicher.

Eilig schob sie den Schlüssel wieder ins Schloss. Ihre Hände zitterten. Der Bart des Schlüssels verursachte ein verräterisches Schnarren, als sie ihn hektisch vorschob.

»Mist!«, zischte sie fast lautlos.

Der Türgriff senkte sich vor ihren Augen. Irinas Herz schlug wie wild. Sie presste beide Hände voller Panik gegen das Türblatt. Der Druck von innen wurde kräftiger. In ihrer ungünstigen Position in der Hocke würde sie dem Gegendruck nicht mehr lange standhalten. Das Pressen ließ nach, wieder Stimmen. Wahrscheinlich holte der andere nur Schwung, um die Tür mit einem Ruck aufzustoßen.

Entschlossen drehte sie den Schlüssel nach rechts. Das Schloss schnappte ein.

In diesem Moment ächzte das alte Holz der Tür laut auf, offensichtlich hatte sich von innen jemand mit seinem ganzen Gewicht gegen die Tür geworfen.

Irina hatte sich viel zu lange nur auf die Tür konzentriert. Erst jetzt hörte sie das Geräusch energischer, schnell näherkommender Schritte aus dem Treppenhaus. Gertrude, durchzuckte es sie.

Sie war für einen Augenblick überfordert. Stand unter Schock. Wie sollte sie der strengen Novizenmeisterin ihre Anwesenheit erklären? Sie hatte keine Kraft mehr. Kurzerhand sprintete sie in Richtung der Tür, die die Küche mit dem Speisesaal verband und huschte hinaus. So schnell sie nur konnte, rannte sie zurück in ihre Zelle.

*

André wälzte sich unruhig im Bett. Irinas Textnachricht hatte ihn in Besorgnis versetzt. Warum nur hatte sie die Verabredung abgesagt? Ließ man sie etwa nicht in die Afra-Kapelle?

Und dann erst der Text. Sie hatte ihn wohl unkonzentriert und flüchtig geschrieben. Die Sätze waren alles andere als stimmig, Tippfehler, wo man nur hinsah. Stand sie unter Druck? Was brachte sie so aus dem Gleichgewicht? Würde sie morgen das Treffen im Dom wieder absagen, musste er handeln. Er kam sich schrecklich feige und untätig vor. Er hier in Sicherheit und Irina dort, wo man nicht wusste, ob nicht eine Mörderin im Hintergrund lauerte.

TAGESLOSUNG

Dienstag, 17. März 2020, 8 Uhr

Irina hatte bis zum Aufstehen kurz nach 6 Uhr kein Auge mehr zugemacht. Ihr schlechtes Gewissen, Gertrude möglicherweise ins Verderben laufen zu lassen, plagte sie. Sie hatte stundenlang gelauscht, immer in der Angst, die Eindringlinge hätten ihr Gewalt angetan.

Nachdem es über Stunden still geblieben war, hatte sich dieses Gefühl etwas gelegt. Irgendwie musste sich alles zum Guten gewendet haben, sonst wäre längst Unruhe im Kloster aufgekommen. Aber was war da los gewesen? Wer wollte vom Garten ins Haus gelangen?

Lagen sie etwa alle mit ihren Überlegungen falsch, und es gab jemanden, der von außen nachts ins Kloster eindrang und vielleicht auch Walburga auf dem Gewissen hatte?

*

Auch das Frühstück war in seltsamer Stimmung verlaufen. Es war stiller als gestern. Die Schwestern aßen mit gesenkten Köpfen, und es lag eine merkwürdige Anspannung im Raum.

Als sie Gertrude danach aufforderte, ihr in Almas Arbeitszimmer zu folgen, schwante Irina nichts Gutes.

Sie war ihr also auf die Schliche gekommen, und nun drohte ihr die Strafe dafür.

Alma saß bleich hinter ihrem mächtigen Schreibtisch, die müden Augen auf Irina gerichtet, die man vor dem Tisch auf dem niedrigen Stuhl platziert hatte. Gertrude hatte wieder einen Stuhl neben Alma gerückt. Sie führte mit durchdringender Stimme das Wort.

»Es war meine Pflicht, die Priorin von deinem ungebührlichen Benehmen in Kenntnis zu setzen«, sagte sie spitz.

Irina nickte und senkte den Blick. Sie wusste es also, dass sie vor ihr an der Tür gewesen war und sie nicht vor den Einbrechern gewarnt hatte.

»Was hast du dazu zu sagen?«, fragte sie scharf und schaute ihr durchdringend in die Augen.

»Ich …, ich bedaure es sehr.«

Gertrude schnaubte. »Und sonst?«

»Ich habe Sie durch mein Verhalten in Gefahr gebracht«, entgegnete Irina kleinlaut.

»Gefahr?« Gertrude schüttelte den Kopf. »Na ja, sei's drum.«

Irina wagte nicht aufzublicken. Sie hatte noch nie einen Menschen erlebt, der ein dermaßen einschüchterndes Wesen hatte wie Gertrude.

»Obwohl ich es sonst eher mit Augustinus halte, greife ich bei meinen Novizinnen auch gerne auf die Regeln des heiligen Benedikt zurück«, fuhr Gertrude fort. »Noviter veniens quis ad conversationem, non ei facilis tribuatur ingressus – Kommt einer neu und will das klösterliche Leben beginnen, werde ihm der Eintritt nicht leicht gewährt.«

Irina schluckte. Was wollte sie damit sagen? Sie dachte mit Schrecken daran, was sich Gertrude nun schon wieder für sie ausgedacht haben würde.

»Dein Verhalten im Garten war für eine Nonne unseres Ordens ungebührlich und eine Schande. Du wirst heute Belén mit den Bienen helfen.«

»Aber ich …«, stammelte Irina.

»Du wirst gehorchen und deine Angst und Ablehnung überwinden. Der Herr wird dir die Kraft dazu geben«, fuhr Gertrude unbeirrt fort.

Irinas Gehirn arbeitete auf Hochtouren. Was meinte sie damit? Bezog sie sich wirklich nur auf die Geschichte im Garten?

»Des Weiteren wirst du dein obszönes Verhalten beichten und den Pfarrer auf Knien um Absolution bitten.«

Irina war viel zu verwirrt für eine Widerrede.

»Wenn du all das mit Demut und gutem Willen tust, werde ich zu meiner Erlaubnis stehen, dir heute den Gang zum

Dom – dem Größten und Wunderbarsten, was unser Bistum besitzt – gestatten.«

Irina atmete innerlich auf. Obwohl sie André wenige greifbare Ergebnisse zu berichten hatte, war es ihr wichtig, ihn zu treffen. Sie musste hier raus, brauchte ihn als Anker.

BIENENFLEISS

Dienstag, 17. März 2020, 8.35 Uhr

Und jetzt auch noch diese Bienenviecher! Konnte man sie nicht einfach in Ruhe lassen? Irina war völlig übermüdet, und Gertrude hatte nichts anderes im Sinn, als sie bloßzustellen und zu quälen.

Hildegards Bitte nachzukommen, sich von Belén die Bienen zeigen zu lassen, war eines, aber dass sie nun auch noch dabei mitarbeiten sollte? Sie schüttelte den Kopf.

Belén lächelte mild, als sie Irinas missmutiges Gesicht sah. »Du wirst sie mögen«, sagte sie sanft. Ihre Stimme war dünn wie ein Seidenfädchen. Rote Stressflecken zierten ihren Hals.

Ihre Sanftmut und die Zeichen der Anstrengung, die es Belén abverlangte, sich einem anderen Menschen zuzuwenden, hielten Irina davon ab, ihrem Ärger Luft zu machen.

Wahrscheinlich war das hier für Belén eine ähnlich harte Prüfung wie für sie.

»Komm, erst mal das ansiehen. Es wird dich sützen«, sagte Belén mit ihrem typischen Akzent, der weder »sch« noch »z« kannte und beides einfach nur durch ein zischendes »s« ersetzte, und reichte ihr eine blousonartige weiße Jacke aus kräftigem Baumwollstoff, einen ausladenden Imkerhut, an dem ringsherum ein feines durchsichtiges Gazegitter herunterhing, und ein paar ellbogenlange Handschuhe aus Ziegenleder.

Als sie alles angelegt hatte, musterte sie die junge Südamerikanerin. »Das musste reichen. Sie fliegen in diese Jahreszeit swar wild umher, sind aber friedlich.«

Irina blies die Wangen auf. »Na ja, von *friedlich* hab ich gestern nichts bemerkt.«

»Keine Sorge. Solang du hast feste Suhe und Kniestrümpfe, passiert untenrum nichts«, erwiderte Belén und schaute auf Irinas Füße.

Irina kicherte. »Na ja, solange *untenrum* nichts passiert, ist ja alles gut.«

Belén lief feuerrot an. Irina bereute ihren unüberlegten Scherz und zupfte sich verlegen die Handschuhe zurecht.

»Wir mussen sie heute nur inspisieren, damit sie keine Dummheiten machen«, wechselte Belén das Thema. Sie ging zu einem Tischchen, auf dem sie ihre Imkerutensilien ausgebreitet hatte.

Sie reichte Irina einen sogenannten Smoker, nahm noch zwei weitere Metallwerkzeuge vom Tisch und bedeutete ihr durch ein Nicken in Richtung der Bienenstöcke, dass es losgehen konnte.

Irina zögerte und ließ ihr den Vortritt. Trotz des Schutzanzuges traute sie diesen wehrhaften Insekten nicht über den Weg.

Sie näherten sich den insgesamt fünf Holzbeuten, die nebeneinander auf einer Sockelkonstruktion aufgereiht und durch ein kleines Dach vom Regen geschützt waren, von der Rückseite.

Als sie in Position waren, hieß Belén sie, ein paar Rauchstöße aus dem Smoker zu blasen.

Dann hob Belén behutsam den Deckel des ersten Bienenstocks an und stellte ihn beiseite.

Ein tausendstimmiges Summen drang aus dem Kasten.

»Rauch!«, wisperte sie, so, als wolle sie die Bienen nicht erschrecken, und wies mit dem Zeigefinger in die schmalen Räume zwischen den Waben.

Irina betätige in einem fort den Blasebalg und sandte Rauchstoß um Rauchstoß in die offene Beute. Die Viecher sollten sie bloß in Frieden lassen.

Belén lachte leise. »Nicht so stark, die sterben gleich an Rauchvergiftung.«

Mit einem krallenartigen Werkzeug hebelte sie das erste Rähmchen mit einer Wabe empor und zog es behutsam heraus. »Ihr musst keine Angst haben, ich tu euch nichts«, säuselte sie.

Als hätten die Bienen sie verstanden, blieben sie dichtgedrängt auf der Wabe sitzen, ohne wegzufliegen.

Sie hielt Irina das mit Bienenwachs ausgebaute Holzrähmchen entgegen und erklärte ihr geduldig, was es darauf zu sehen gab. »Sau, wie viele Brutstellen, sau die Pollen, sau, sau, sau …« Die sonst so stille Belén schien sich vor Begeisterung fast zu überschlagen. Dabei ging ein Strahlen über ihr ganzes Gesicht. Die roten Flecken, der Stress, ihre Schüchternheit waren wie weggeblasen.

Ihre Euphorie übertrug sich auf Irina. Sie fasste Zutrauen. Ihre Angst war gewichen. Minuten später hantierte auch sie mit den Waben, hob sie an, entfernte die wildgebauten

Wachsnasen mit dem Stockmeißel und hängte sie wieder sorgfältig zurück in die Beute.

Als sie dann auch noch ohne Beléns Zutun die Königin auf einer der Waben entdeckte, war Belén ganz aus dem Häuschen. Sie plapperte, lachte und wirkte wie ein glückliches Kind.

Beléns unkomplizierte Freundlichkeit und ihre Begeisterung wirkten befreiend auf Irina. Unsicherheit und das Gefühl, unter Beobachtung zu stehen, fielen von ihr ab. Zum ersten Mal fühlte sie sich hier wohl.

Als sie fertig waren, überschüttete sie Belén mit Lob und echter Bewunderung. Ihre Scheu, zu sprechen und sich zu öffnen, war verschwunden. Die beiden jungen Frauen scherzten und lachten miteinander.

Schwester Hildegard, die währenddessen im Garten gearbeitet hatte, blinzelte ihnen ein ums andere Mal zu. Als sie fertig waren, brachte sie ihnen zwei Gläser selbstgemachten Holundersirup und verschwand.

»Ohne die Swester Hildegard ich wurde es hier nicht aushalten«, brach es aus Belén heraus. Kaum hatte sie es ausgesprochen, fasste sie sich erschrocken an den Hals.

Irina blinzelte ihr ermutigend zu. »Kann ich gut verstehen«, sagte sie lachend, und die Anspannung wich aus Beléns Zügen.

Sie tranken in großen Schlucken den aromatischen Holundersirup und plauderten: über die Bienen, den Garten und schließlich über Beléns Herkunft.

Sie war 25 und erst vor zwei Jahren aus Kolumbien hierhergekommen, was ihren deutlichen spanischen Akzent erklärte. Als Irina sie zu ihren Beweggründen, ihre Heimat zu verlassen, fragte, stockte sie und wich aus. Irina bohrte nicht weiter nach und erkundigte sich nach ihrer bisherigen Klosterlaufbahn. Belén hatte ein gutes Jahr hier im Kloster in einer Art Gaststatus zugebracht. Das war wohl außergewöhnlich lange. Sie begründete es mit der Notwendigkeit, erst die deutsche Sprache erlernen zu müssen, aber Irina spürte, dass es da etwas gab, was ihr Belén verschwieg. Seit nunmehr einem knappen Jahr war sie Novizin. Bis zum Sommer beabsichtigte sie, die zeitliche und, wenn alles normal lief, in drei Jahren die ewige Profess abzulegen und somit auf Lebenszeit dem Orden beizutreten. Für Belén schien es keine Zweifel zu geben, dass dieser Schritt der richtige für sie war. Im Gegenteil, sie sprach so voller Begeisterung und Euphorie davon, als stünde sie kurz vor der Hochzeit mit der Liebe ihres Lebens.

Doch dann verfinsterte sich ihr Gesicht. »Das alles geht aber nur, wenn mir die Swester Gertrude ihre Segen gibt.«

»Aber das wird sie ja bestimmt, so, wie du für das alles brennst.«

Belén blickte nach unten. Tränen stiegen ihr in die Augen. »Nein, sie haltet mich für swach. Meine Seele nicht wär offen, mein Verlangen nicht ehrlich. Es wär nur eine Flucht vor die Wirklichkeit und keine Hingabe fur Gott. Ich komme mir vor wie eine Fluchtling, die nur wird geduldet, aber nicht wertgesätzt.«

Belén schluchzte laut auf. Irina war überrascht. Das war kaum nachvollziehbar für sie. Sie wusste zu wenig über das Klosterleben, um ihr glaubwürdig Mut machen oder Trost spenden zu können. Stumm legte sie die Hand auf Beléns Schulter.

*

Irina hatte sich vorgenommen, noch vor dem Mittagessen den Raum hinter der Küche, aus dem sie heute Nacht die Geräusche vernommen hatte, zu inspizieren. Aus der Tatsache, dass auch Belén und Hildegard anscheinend nichts aufgefallen war, schloss sie, dass die Einbrecher, ohne Spuren zu hinterlassen, getürmt waren.

Sie trödelte und wartete ab, bis Hildegard und Belén gegangen waren, ehe sie den Raum betrat. Zunächst warf sie einen Blick auf die Außentür. Nichts. Sie war unversehrt, auch das Fenster bot keinerlei Hinweise auf ein gewaltsames Eindringen. Hatten der oder die Täter etwa einen Schlüssel? Irina probierte nun den Schlüssel, den man ihr für die Gartentür an der kleinen Terrasse gegeben hatte, aus. Er passte. Offensichtlich war es eine Art Generalschlüssel, mit dem man alle Türen zum Garten öffnen konnte.

Sie fand das Rauminnere so vor, wie sie es von gestern in Erinnerung hatte. Ein großer Tisch, Regale vollgestellt mit leeren Honiggläsern, Plastikeimern, Edelstahlsieben, einem Honigrührwerk und einer elektrischen Honigschleuder aus Edelstahl. Alles war ordentlich verstaut und erweckte nicht den Eindruck, bewegt worden zu sein. Irina erinnerte sich an das Geräusch klirrenden Glases. Sie ging in die Hocke und inspizierte den Boden. Auch hier war nichts zu sehen. Sie wechselte ihren Standort, sodass sie unter die dreibeinige Honigschleuder blicken konnte. Etwas glitzerte. Sie tastete darunter und brachte eine größere Glasscherbe zum Vorschein.

Es war der dicke Boden eines Wasserglases, wie sie in der Küche dutzendweise im Schrank standen.

Wie kam es hierher? Hatte es etwas mit den Vorgängen der Nacht zu tun? Hatten es die Täter im Dunkeln versehentlich vom Tisch gestoßen?

Irina hielt es gegen das Licht. Sie erkannte Anhaftungen einer schwach gelblichen Substanz. Sie roch daran und meinte, einen weinartigen Geruch wahrzunehmen.

AFRA

Dienstag, 17. März 2020, 16 Uhr

Irina hatte all die ihr von Schwester Gertrude aufoktroyierten Pflichten klaglos absolviert: Sie hatte sich den ganzen Vormittag mit Belén um die Bienen gekümmert – und es hatte ihr sogar Spaß gemacht. Den Kontrollbesuch Gertrudes hatte sie in aller Demut über sich ergehen lassen. Vor dem Mittagessen hatte sie noch mit dem Pfarrer einen Beichttermin vereinbart. Auch das hatte Gertrude nachgeprüft.

Gegen 14 Uhr hatte Gertrude sie schließlich durch die neue Pförtnerin, Schwester Isolde, informieren lassen, dass ihr ein Besuch des Doms von 16 bis 17 Uhr gestattet sei. Isolde verschwieg nicht, dass ihr Gertrude aufgetragen hatte, Irinas pünktliche Rückkehr zu kontrollieren.

Schlag 16 Uhr stand Irina in voller Tracht und mit dunklem Mantel an der Pforte und begehrte Auslass.

Isolde prüfte die Zeit durch einen schnellen Blick auf ihre altmodische Digital-Armbanduhr, trug den Vorgang in ihr Ausgangsbuch ein und entließ Irina.

Sie kam sich vor wie eine Gefangene auf Freigang.

Schnellen Schrittes marschierte sie zum Dom. Ständig hatte sie das Gefühl, angestarrt zu werden. Als sie auf den Domplatz einbog, auf dem sich wie üblich Heerscharen von Menschen tummelten, hätte sie am liebsten ihr Gesicht verhüllt.

Dazu blies, wie immer an dieser Stelle, ein strammer Wind. André hatte ihr einmal erklärt, dass der gewaltige Gebäudekomplex des Domes hier das Mikroklima beeinflusste, was für stetigen Windzug sorgte. Habit, Skapulier und Schleier wehten weit aus. Ängstlich legte sie eine Hand auf den Hinterkopf, um die ungewohnte Kopfbedeckung zu sichern.

Sie hastete durch das Hauptportal. Sofort stellte sich ein Gefühl der Geborgenheit ein. Trotz ihrer Eile kam sie nicht umhin, kurz innezuhalten und die schlichte Erhabenheit des romanischen Kirchenschiffes auf sich wirken zu lassen. Obwohl sie erst sechs Jahre in Speyer weilte, fühlte sie sich mit dem Dom eng verbunden. Es war wie ein Heimkommen. Amüsiert erinnerte sie sich an die zahlreichen Gelegenheiten, bei denen sie mit André hier gewesen war. In diesen Mauern verfiel er stets in seinen Fremdenführermodus und wurde nicht müde, sie voller Begeisterung jedes Mal auf neue Details in seinem Dom aufmerksam zu machen. Ein Schmunzeln umspielte ihre Lippen, sie mochte ihn für den Enthusiasmus, den er für seine Stadt, ihre Bauwerke und ihre Geschichte an den Tag legte.

Besorgt blickte sie auf die Armbanduhr, bog in das linke Seitenportal ab. Schnellen Schrittes stürmte sie auf die Tür der Afra-Kapelle zu. Eine Ordensschwester, die im gegenüberliegenden Seitenschiff die seelsorgerische Betreuung der Besucher übernommen hatte, fixierte sie und schüttelte wegen ihres unpassenden Laufschritts den Kopf.

Irina riss die schwere Eichentür zur Afra-Kapelle, die sich längs der Außenmauer des linken Seitenschiffes erstreckte, auf.

In der letzten Bank saß André und blickte erschrocken zu ihr auf.

Sie konnte sich nicht halten, hastete auf ihn zu und umarmte ihn.

André, der von solch spontanen emotionalen Reaktionen häufig überfordert war, verharrte stocksteif und ließ Irinas

Gefühlsausbruch über sich ergehen. Linkisch tätschelte er ihr den Rücken.

»Ich hab dich vermisst, alter Mann«, schluchzte sie.

André lächelte verlegen. »Ich möchte nicht leugnen, dass es mir ähnlich ging«, antwortete er hölzern.

»Seit wann bist du hier?«, fragte sie, weil ihr gerade nichts Passenderes einfiel.

»Seit einer Stunde ungefähr.«

»Wir hatten aber doch 16 Uhr vereinbart.«

»Na ja, ich wollte halt ...«, stammelte er unbeholfen.

»Danke, dass du dich sorgst«, erwiderte Irina und hauchte ihm ein Küsschen auf die Wange.

»So, wir sollten nun aber zum Inhaltlichen kommen. Die Zeit drängt«, mahnte André und löste sich aus ihrer Umarmung. »Ich denke, es ist besser, wenn du in der Bank vor mir Platz nimmst. Normalerweise müssten wir ungestört sein. Wegen der Corona-Pandemie ist heute hier kaum etwas los, und für Touristen ist die Afra-Kapelle eh gesperrt.«

»Du hast recht. Ich will nicht, dass diese Schwester von der Domseelsorge uns erwischt und meine Tarnung nach alldem dahin ist.« Sie setzte sich in die Bank schräg vor André, sodass sie gut miteinander kommunizieren konnten.

»Ist es arg schlimm?«

Irina lachte freudlos auf. »Ich würde mal sagen, im Jugendgefängnis in Schifferstadt geht es bestimmt lockerer zu, aber sonst ...«

»Verstehe«, erwiderte André, und sein Gesicht wurde noch ernster, als es sowieso schon war. »Tut mir leid.«

»Ich glaube auch nicht, dass es klappen wird, uns häufiger hier zu treffen. Diese Gertrude, die Novizenmeisterin, ist die Pest. Dass sie mir keine elektronischen Fußfesseln angelegt hat, überrascht mich.«

»Hmm«, brummelte André mit ratlosem Gesichtsausdruck. »Sollen wir nicht besser das Ganze abbrechen? Du musst das nicht tun.«

»Spinnst du? Nach allem, was ich bisher durchgemacht habe? No way! So, nun lass uns unsere Informationen austauschen. Ich fang mal an. Wir haben nicht viel Zeit. Ich muss um 16.50 Uhr hier los.«

André nickte. »Fang an!«

Irina rieb sich mit den Händen über ihr Gesicht, als müsse sie sich sammeln. »Frank und Verena waren gestern im Kloster.«

»Was?«, platzte André heraus. »Haben sie dich gesehen?«

»Bin ich eine Amateurin? Nein, natürlich nicht.«

Er nickte beruhigt. »Und was wollten sie?«

»Frank hat diese Infirmarin, Schwester Hildegard, in die Mangel genommen. Sie gestand ihm, die Karaffe mit dem Kräutersud aus Walburgas Zimmer entsorgt und gemeinsam mit Schwester Ehrentrud die Leiche ins Bett bugsiert zu haben. Den Teppich darunter haben sie weggeräumt, weil er verschmutzt war.«

»Hmm, damit hat sie sich aber sehr verdächtig gemacht.«

»Ja und nein. Einerseits verfügt sie über das nötige Wissen, und die Entsorgung des Kräuteraufgusses legt den Verdacht nahe, dass sie etwas vertuschen wollte. Andererseits halte ich sie für zu klug, das so dilettantisch zu tun. Hätte sie das wirklich verschleiern wollen, hätte sie den Krug feinsäuberlich gereinigt oder gleich mit entsorgt. Im Übrigen scheint sie mit Walburga befreundet gewesen zu sein.«

André wiegte seinen Kopf von rechts nach links, was er immer tat, wenn ihn eine Antwort nicht ganz befriedigte. »Ich weiß nicht recht. Oft entstehen gerade aus einer Freundschaft heraus Beziehungstaten. Sie sind hier wahrscheinlicher als zwischen Menschen, die eine gewisse Distanz zueinander haben.«

»Wo wir gerade über Vertuschung reden. Die Eibe wurde durch einen Gartenbaubetrieb ausgiebig zurückgestutzt.«

André schüttelte energisch den Kopf. »Ausgiebig? Es waren nur einige wenige Zweigspitzen.«

Irina grinste wissend. »Als du dort warst, vielleicht. Aber danach wurde ein Gartenbaubetrieb beauftragt. Und rate mal, von wem.«

»Na, das liegt doch auf der Hand. Von dieser Hildegard natürlich.«

»Falsch! Es war Gertrude.«

»Gertrude? Das ist seltsam. Hat sie diese Gärtner explizit beauftragt, die Eibe zurückzuschneiden, oder war das nur eine Randerscheinung?«

»Keine Ahnung. Ich weiß es nur, weil es Hildegard Frank erzählt hat.«

»Meinst du, ich könnte das beim Gartenbaubetrieb rauskriegen?«

»Ich kann dir leider nicht mit dem Firmennamen dienen und weiß auch nicht, wie ich da rankommen soll.«

»Über die Rechnung in der Buchhaltung«, entgegnete André halblaut.

Irina lachte freudlos. »Du glaubst doch nicht, dass man im Kloster einfach so irgendwo reinkommt, einen Ordner rauszieht und durchblättert. Dieser Schuppen funktioniert eher wie ein Gefängnis. Die schließen alles ab und wachen wie die Bluthunde über jede Kleinigkeit.«

»Was hast du noch rausgekriegt?«, wechselte er das Thema.

»Gertrude ist nicht sonderlich beliebt. Einige der Schwestern hätten lieber Walburga als Nachfolgerin der Priorin gesehen.«

»Nachfolgerin?«

»Ja, Alma hat gesundheitliche Probleme und macht keinen Hehl daraus, dass sie wohl bald als Priorin zurücktritt.«

»Das macht diese Gertrude schon wieder verdächtig. Wollte sie ihre Rivalin aus dem Weg räumen?«

»Zutrauen würde ich es ihr. Sie ist abgebrüht und machthungrig und übt ein hartes Regiment über alle aus.«

»Okay, was hast du noch?«, drängte André.

»Es scheint noch etwas mit privatem Vermögen zu laufen, das eine der Nonnen dem Kloster vorenthalten will oder wollte. Die Schwestern müssen wohl allen weltlichen Besitz, auch Erbschaften, ans Kloster abgeben. Ich dachte mir, vielleicht hat ja Walburga geerbt?«

»Ja und nein. Ich war bei ihrem Bruder. Sie hat vor vielen Jahren beim Tod ihrer Mutter geerbt, und das Erbe ging ans Kloster. Ihr Bruder trägt ihr das bis heute nach. Aber aktuell ist da nichts gelaufen.«

»Und woher weißt du das schon wieder?«

»Ich war bei ihm, aber dazu später. Was hast du noch?«

»Dann war da noch so eine Kleinigkeit, die mir keine Ruhe lässt. Walburga hatte sich in der Klosterbibliothek ein Buch über Bank und Börse ausgeliehen. Ich kann nicht einordnen, was sie damit wollte. Ob sie doch noch Vermögen zum Beispiel über diesen Bruder hat.«

»Ich glaube, das können wir ausschließen. Sie hat nur den einen Bruder, und der ist bettelarm.«

»Na ja, und dann war da noch eine höchst merkwürdige Sache. Nachts gab's sowas wie einen Einbruchsversuch. Aber offensichtlich sind die Einbrecher abgehauen und haben nichts mitgenommen. Sie haben wohl nur ein Glas runtergeworfen, aber sonst nichts beschädigt.«

»Wie kann man einbrechen, ohne etwas zu beschädigen? Und was kann man in einem Kloster klauen?«

»Ich hab doch gesagt, dass das merkwürdig ist, und hab dafür auch keine Erklärung. Vielleicht waren es auch Schwestern, die sich nachts in diesem Küchenanbau rumgetrieben haben.«

»Na ja, plausibler klingt das auch nicht gerade. Du solltest da dran bleiben.«

»Du hast gut reden«, seufzte Irina. »Und was hat der Herr zu bieten?«

»Ich war, wie gesagt, bei Waltrauds Bruder. Er lebt in armseligen Verhältnissen auf einem Bauernhof und hatte seit Jahren keinen Kontakt mehr zu ihr. Eines ist allerdings seltsam. Sie hat ihm vor ein paar Wochen einen Brief geschrieben und ein Treffen angeregt. Sie wollte mit ihm ins Reine kommen, schrieb sie.«

»Und was ist daran so besonders?«

»Die entscheidende Textstelle lautete ungefähr so: ›... bevor ich vor unseren Herrn treten muss.‹«

»Wow, das hört sich an, als hätte sie gewusst, dass sie stirbt.«

»So ist es. Weißt du, ob sie krank war?«

»Ich habe nur gehört, dass sie schon lange mit Migräne zu kämpfen hatte. Das weiß jede im Kloster.«

»Kannst du mal nachschauen, ob sie in der Klosterbibliothek vielleicht medizinische Bücher ausgeliehen hat?«

»Keine dumme Idee, das werde ich tun.«

»Auch an der Sache mit dem Börsenbuch solltest du dran bleiben. Wann hat sie es ausgeliehen? Wie lange? Gibt es noch mehr solche Bücher et cetera?«

»Okay, wird gemacht, alter Mann!«

»Und ich werde mal die Vermögenssituation der Nonnen durchleuchten. Daneben schaue ich, ob es in letzter Zeit Erbfälle gegeben hat. Ich habe eine Liste der bürgerlichen Namen und der unmittelbaren Bezugspersonen.«

»Danke ...«, erwiderte Irina nachdenklich.

»Was ist? Hast du noch was auf dem Herzen?«

»Nein, eigentlich ist es eher Neugier als ein Verdacht. Kannst du was zu den Angehörigen der anderen Novizin herausfinden? Sie trägt den Ordensnamen Belén und kommt aus Kolumbien.«

»Mach ich.« André notierte sich den Namen in seinem Notizbuch.

Irina schaute unterdessen auf die Uhr. »Ich muss wieder zurück, wenn ich nicht pünktlich bin, lässt mich Kerkermeister-Gertrude nie wieder raus.«

»Sollte das passieren, müssen wir eben texten, ansonsten können wir auch unseren Treffpunkt ändern, falls das für dich einfacher ist.«

»Ich werde dir auf jeden Fall täglich schreiben. Ich will nicht so oft mit dem Smartphone rumfuchteln, Gertrude würde bestimmt ausrasten, falls sie mich damit sieht.«

»Verstehe. Dann lass dich nicht erwischen.«

RECHERCHEN

Dienstag, 17. März 2020, 17 Uhr

Irina war pünktlich im Kloster zurück. Isolde trug ihre Rückkehr pflichtbewusst mit 16.59 Uhr ein, und Irina hastete in ihre Zelle. Wollte sie heute noch einen von Andrés Aufträgen erledigen, musste sie das gleich tun. Bis zum Rosenkranzgebet waren nur noch 30 Minuten Zeit.

Sie beschloss, einen Abstecher in die Bibliothek zu machen. Sie war dort bisher noch nicht gewesen und hatte insofern keinen blassen Schimmer, was zu tun war, um dort ungestört stöbern zu können.

Sie hatte Glück. Als sie ankam, war Apollonia gerade im Begriff abzusperren.

»Du suchst noch etwas für den Abend?«, fragte sie freundlich.

»Ja, ich möchte nach der Komplet noch etwas lesen.«

»Leider muss ich jetzt gehen, ich muss Pfarrer Kowarek für die Vesper etwas zur Hand gehen und die Kapelle vorbereiten. Du kannst dir aber noch in Ruhe etwas aussuchen. Leg mir einfach die Leihkarte auf den Tisch und zieh die Tür hinter dir zu, wenn du gehst.«

»Leihkarte?« Irina waren die Abläufe hier, wo alles noch von Hand und ohne PC funktionierte, kein Begriff.

Apollonia zog ein x-beliebiges Buch aus dem Regal, klappte den hinteren Einband auf und zeigte Irina ein in eine durchsichtige eingeklebte Hülle eingestecktes Karteikärtchen, auf dem sie das Entleihdatum und ein Kürzel einzutragen hatte. Das Kärtchen blieb in der Bibliothek, sodass man stets wusste, wer welches Buch entliehen hatte. Brachte man es zurück, wurde der Erhalt mit Datumsangabe von der Bibliothekarin quittiert.

Irina bedankte sich für die Einweisung, und Apollonia huschte davon.

Für Irinas Zwecke war das System geradezu perfekt. Sie konnte so bei jedem Buch sehen, wer es für wie lange ausgeliehen hatte.

Die Bibliothek war in Fachgebiete aufgeteilt. Das weitaus größte war theologischen Abhandlungen gewidmet.

Den Bank- und Börsenführer mit dem vielsagenden Titel *Bank- und Börsenwissen – kompakt,* den Walburga entliehen hatte, fand sie schnell im Regalabschnitt mit weltlicher Fachliteratur. Zuerst schaute sie auf die Leihkarte. Walburga hatte das Buch zwei Wochen vor ihrem Tod ausgeliehen. Hastig ließ sie die Seiten über ihre Daumenkuppe gleiten. Nichts! Kein Buchzeichen, kein verräterisches Eselsohr. Sie legte es auf den Buchrücken und ließ es von selbst aufspringen. Bereitwillig öffnete es sich an einer Stelle über Aktienzertifikate. Zufall? Irina wiederholte den Vorgang, dreimal mit demselben Resultat. Sie inspizierte den Buchrücken des Taschenbuches. Er wies just dort, wo die entsprechenden Seiten waren, einen leichten Bruch auf. Offensichtlich hatte man an dieser Stelle gleich mehrfach oder besonders intensiv gelesen.

Aber warum? Wer interessierte sich in einem Kloster für Aktienzertifikate? Und wer verfügte über die Mittel, solche Wertpapiere zu kaufen? Hing das doch alles mit dieser mysteriösen Erbschaft zusammen?

Sie stellte es zurück ins Regal und wandte sich den Heilpflanzenbüchern zu, die unter der Rubrik »Botanik« anzutreffen waren. Interessanterweise war der Fundus hier deutlich größer. Neben diversen Ratgebern über Obstbau, Rosenzucht und Pflanzenschädlinge fand sie insgesamt fünf Bücher über Heilpflanzen und Küchenkräuter. Wieder ließ sie die Buchseiten über den Daumen gleiten. Nichts. Sie suchte in den Schlagwortverzeichnissen nach »Eibe«. Nichts. Sie schaute sich die Leihkarten an. Bei allen lag das letzte Entleihdatum mehr als ein Jahr zurück. Es war meist Belén gewesen, die die Bücher zuletzt entliehen hatte. Irina erklärte sich das mit ihrer Arbeit im Klostergarten.

Sie wollte die Aktion schon abbrechen, als sie auf einen Regalabschnitt mit der Bezeichnung »Medizin« aufmerksam wurde. Klar, heilkundliche Bücher mussten eher hier zu finden sein. Dieser Bereich war gut ausgestattet, und es fanden sich hier neben einigen einfachen Ratgebern eine ganze Reihe medizinischer Fachbücher. Das erste, das sie in die Hand nahm, war ein grünes Buch, das man gemeinhin nur den »Pschyrembel« nannte und das sie auch aus Andrés kleiner Hausbibliothek kannte. Es war ein umfassendes klinisches Wörterbuch, in dem man auch über jede noch so exotische Krankheit irgendwelche Ausführungen fand.

Sie griff hektisch nach der Leihkarte und zuckte zusammen. Tatsächlich war Walburga die zweitletzte Entleiherin gewesen und hatte es drei Tage vor ihrem Tod zurückgebracht. Danach hatte es sich Hildegard für einen Tag ausgeliehen. Irina fotografierte eilig die Leihkarte und ließ auch hier die Seiten mehrfach über den Daumen gleiten. Leider gab es weder Buchzeichen noch öffnete sich das Buch, wenn man es auf den Rücken legte, an einer bestimmten Stelle.

Irina blickte auf ihr Smartphone. Mist, sie musste in zehn Minuten in der Kapelle zum Rosenkranzgebet sein. Eilig ging sie die nächsten Bücher durch. Sie beschränkte sich auf die reinen Fachbücher. Hildegard würde sich nicht mit irgendwelchen allgemeinen Ratgebern abgeben.

Gerade hatte sie ein Buch, das die Geschichte der Klosterheilkunde beleuchtete, herausgezogen. An einer Stelle klaffte es etwas auf. »Taxus Baccata, die Eibe«, war in der Überschrift zu lesen, ein Zettelchen, offensichtlich ein Buchzeichen, steckte zwischen die Seite gerutscht an dieser Stelle. Hektisch schlug Irina noch den hinteren Einband auf, um zur Leihkarte zu gelangen. In diesem Augenblick öffnete sich in ihrem Rücken die Tür zum Flur.

Erschrocken fuhr sie herum. Das Buch rutschte ihr aus den Händen und klatschte auf den Linoleumboden.

»Ich bin es nur. Ich sah das Licht«, entschuldigte sich Belén und lief rot an. »Du musst kommen. Schwester Gertrude möchte, dass wir stets die Ersten beim Rosenkranzgebet sind, damit wir auf keinen Fall die anderen stören, wenn wir reinkommen.«

Belén starrte unverhohlen auf das Buch, das Irina aus den Händen gerutscht war.

Irina nickte. Sie fühlte sich ertappt und hatte sich so erschreckt, dass sie unfähig war, etwas zu entgegnen. Hektisch klaubte sie das Buch auf. Ein Heiligenbildchen, bei dem es sich offensichtlich um das kleine Buchzeichen handelte, das sie gerade in dem Kapitel zur Eibe gefunden hatte, war herausgerutscht.

»Komm schon!«, drängte Belén und wandte sich zum Gehen. Irina schnappte reflexartig das Heiligenbildchen und ließ es in der Tasche ihres Habits verschwinden.

*

Auch André war nicht untätig. Die Geschichte mit dem Privatvermögen, das man dem Kloster vorenthalten wollte, interessierte ihn.

Über die Liste der bürgerlichen Namen und der Kontaktpersonen nach außen konnte man sich relativ schnell einen Überblick verschaffen. Wer war potenziell vermögend oder wer hatte eine Vermögensübertragung zum Beispiel aus einer Erbschaft zu erwarten?

André ging die Namen durch. Alma war die, die das Problem angeprangert hatte, also schied sie schon mal aus. Gertrude hatte als nahestehende Verwandte eine Nichte angegeben. Allein aufgrund des jugendlichen Alters drängte sich eine zu erwartende Erbschaft nicht gerade auf. Innocentia, die Cellerarin, und Isolde hatten keine Kontaktpersonen benannt, offensichtlich waren die Eltern bereits verstorben und keine Geschwister vorhanden.

Apollonias Hintergrund überraschte ihn. Sie hatte weder lebende Eltern noch Geschwister, dafür aber eine Tochter. Er fand in den sozialen Netzwerken einiges über sie. Sie war Erzieherin in Teilzeit, hatte selbst einen kleinen Sohn, den sie allein erzog. Das roch auch nicht gerade nach einem großen Vermögen oder einer bevorstehenden Erbschaft.

Dann kam Hildegard an die Reihe. Ihre Familie lebte in Speyer. Er kannte ihre Eltern flüchtig. Sie betrieben, obwohl bereits um die 70, eine Baumschule und Staudengärtnerei. Ab und zu kaufte er dort ein. Beide standen noch tagtäglich in der Gärtnerei und berieten ihre Kunden. Auch das bot auf den ersten Blick keinen Anhaltspunkt auf eine unmittelbar bevorstehende Erbschaft.

Die Verhältnisse von Walburga waren ihm bereits durch den Besuch bei ihrem Bruder bestens bekannt. Zu Belén fand er rein gar nichts. Es gab weder eine Kontaktadresse noch irgendwelche Einträge im Netz.

Dann blieb nur noch Ehrentrud. Sie hatte als Kontaktperson ihre hochbetagte Mutter und ihren deutlich jüngeren Bruder angegeben, die wohl in Rohrbach, einem Weindorf südlich von Landau, lebten. Als er den Namen ihrer Mutter eingab, wurde er fündig. Tatsächlich fand er eine nur wenige Wochen alte Todesanzeige. Bingo! Wenn das nicht nach Erbschaft roch. Die Suche nach dem Bruder ergab sogleich einen weiteren Anhaltspunkt. Er betrieb das sehr erfolgreiche Bio-Familienweingut, über das es zahllose Einträge in allen möglichen Weinführern und Weinhandlungen gab. Hier gab es also gleich zweierlei: einen Erbfall und ein nennenswertes Vermögen.

Aber wie sollte das um Himmels willen mit Walburgas Tod in Zusammenhang stehen?

*

»Und wie lief es bei diesem Gärtner?«, fragte Achill.

Verena Bertling und er hatten sich, wie so oft, wenn sie tagsüber ihre eigenen Wege gegangen waren, noch kurz zu einem Briefing in seinem Büro getroffen.

»Schade, dass du nicht bei ihm warst. Ich glaube, ihr hättet euch gut verstanden. Jedenfalls teilt er deine Meinung zu Gertrude. Wenn ich mich recht erinnere, nannte er sie ›Zecke‹.«

Achill grinste. »Der Mann gefällt mir.«

»Mit seiner Aussage hat er Gertrude eher belastet«, fuhr Bertling fort. »Er gibt an, sie hätte ihn dieses Mal engagiert. Sonst hätte das immer Schwester Hildegard übernommen. Die lobt er übrigens in den höchsten Tönen.«

»Na ja, das ist aber nicht wirklich neu. Das hatte Gertrude auch schon so geschildert.«

»Wie sagt ihr immer in der Pfalz: ›Numme longsom‹«, pfälzerte Bertling unbeholfen.

»Na dann, lass kommen.«

»Gertrude habe ihm den Rückschnitt der Eibe nicht explizit aufgetragen, aber sie hätte nachdrücklich darum gebeten, in der düsteren Nordostecke das Gehölz ordentlich auszulichten.«

»Hmm. Wenn ich mich recht erinnere, steht in dieser Nordostecke nur die Eibe.«

»So habe ich das auch in Erinnerung.«

»Das heißt, sie hat ganz bewusst Spuren beseitigt«, sinnierte Achill.

»So ist es. Das scheint sich in diesem Kloster ja geradezu zum Volkssport zu entwickeln. Erst Hildegard mit dem Kräutertrunk, Ehrentrud mit dem Tatort und nun Gertrude mit der Eibe.«

Achill rieb sich nachdenklich übers Gesicht. »Hildegard hatte zwar kein Motiv, aber am ehesten die Gelegenheit, Walburga den Kräutersud gegen ihre Migräne oder ein sonstiges Zipperlein zu verabreichen. Diese Ehrentrud hatte auch kein Motiv, jedenfalls keines, das uns bekannt ist. Aber in ihrer Funktion als Köchin könnte sie Walburga mit dem Kräuteraufguss versorgt haben. Gertrude wiederum hat ein starkes Motiv. Wie wir wissen, war Walburga die einzige ernsthafte Konkurrenz für die Nachfolge von Alma. Sie aus dem Weg zu räumen, könnte ein tragfähiger Grund sein. Umgekehrt hätte sie es wohl deutlich schwerer gehabt, Walburga diesen Kräutertrunk unterzujubeln. So autoritär, wie sie sich uns präsentiert, hätte es unpassend gewirkt, wenn sie Servier- oder Küchenarbeiten übernommen hätte. Auch von kräuterkundlichen Kenntnissen bei ihr haben wir bisher nichts gehört. Warum sollte Walburga ausgerechnet ein Gebräu von ihr akzeptieren?«

»Und was, wenn sie sich gegenseitig decken?«, warf Bertling ein.

»Dass sie gemeinsam etwas zudecken oder verschleiern, könnte ich mir ja noch vorstellen, aber der Gedanke an eine gemeinschaftliche Tat wirkt mir zu weit hergeholt.«

»Und nun?«, fragte Bertling.

»Wenn ich ehrlich bin, bin ich am Ende meines Lateins. Wir können die drei weder in den Mangel nehmen, ohne das ganze Bistum gegen uns aufzubringen, noch können wir umfassend vor Ort ermitteln.«

»Vielleicht hätten wir doch André …«

»Fang nicht wieder von ihm an. Er würde uns hier auch nicht weiterbringen. Was sollte er sehen oder wissen, was wir nicht bemerken«, brauste Achill auf.

»Aber was spricht gegen ein unverfängliches Treffen?«

»Dass wir die Polizei sind und er nur ein Stadtführer. Ob und wann ich ihn treffe, mache ich nicht an Ermittlungsfortschritten, sondern allenfalls daran fest, ob mir nach sozialen Kontakten zumute ist oder nicht. Basta!«

Bertling winkte beschwichtigend ab. »Ist ja gut. Ich sag nichts mehr in diese Richtung.«

»Es ist ja nicht so, dass wir nicht selbst Ideen hätten. Als Nächstes würde ich dich bitten, den privaten beziehungsweise familiären Hintergrund der Schwestern zu durchleuchten. Vielleicht finden wir da ja was, was uns weiterhilft.«

»Klar, Chef«, erwiderte Bertling und rollte mit den Augen.

*

Irina war völlig atemlos gemeinsam mit Belén in der Kapelle angekommen. Nach dem halbstündigen Rosenkranzgebet war nun der Pfarrer zur Vesper erschienen. Irina konnte seinen Worten nicht folgen, zu sehr sinnierte sie über ihre Entdeckung in der Bibliothek. Was für Schlüsse sollte sie aus der Geschichte mit dem Börsenführer ziehen? Zwei Wochen brauchte man nicht, um schnell einen Fachbegriff nachzuschlagen. Die Abende ohne Fernsehen oder ähnliche Beschäftigungen waren lang. Sie hatte durchaus genügend Zeit gehabt, das Buch ganz oder wenigstens teilweise zu lesen. Warum nur hatte sie sich für diese Aktienzertifikate interessiert?

Sie beschloss, bei nächster Gelegenheit in die Bibliothek zurückzugehen und das Buch durchzublättern. Vielleicht fand sich ja noch irgendein Hinweis.

Und dann diese Sache mit dem »Pschyrembel«. Warum hatte ihn Walburga ausgeliehen? Was wollte sie darin nachschlagen? War sie etwa krank? Gab es womöglich einen Zusammenhang damit, dass ihn Hildegard direkt im Anschluss entliehen hatte?

Und dann noch diese Geschichte mit dem Fachbuch zur Klosterheilkunde. War das etwa der Hinweis schlechthin, dass ausgerechnet im Kapitel über Taxin ein Buchzeichen gesteckt hatte? Sie musste sich beim nächsten Mal unbedingt die Leihkarte anschauen. Hatte sie den Schlüssel für die Lösung des Falls in Händen gehalten? Aber war der letzte Entleiher auch der, der das Buchzeichen zurückgelassen hatte? Oder war das Buch möglicherweise erst nach Walburgas Tod entliehen worden, und jemand wollte sich nur Klarheit über die Wirkung des Eibengiftes verschaffen? Ob das Heiligenbildchen einen Hinweis auf den Entleiher gab? Befand sich womöglich ein Namenszug darauf? Am liebsten hätte Irina es aus der Tasche ihres Habits gefischt und genauestens studiert.

In diesem Augenblick spürte sie einen Ellbogenstoß in der Seite. Es war Belén. Sie wandte sich zu ihr um und sah, dass sie sich bereits zum Gebet hingekniet hatte. Von links wurde sie zeitgleich mit einem tadelnden Blick Innocentias gestraft, die ebenfalls schon kniete und deren rechte Gesichtshälfte wild zuckte. Ein untrügliches Zeichen, dass sie etwas störte.

Sie raffte umständlich Habit und Skapulier, um nicht noch an der Kirchenbank hängen zu bleiben. Dann sankt sie hastig auf die Knie.

Ein lautes Klappern durchbrach die andächtige Stille. Irina erschrak. Ihr Smartphone hatte sich verselbstständigt und war zwischen ihr und Belén auf den Steinboden geklatscht.

Irina griff hektisch danach, ließ es wieder in ihrem Habit verschwinden und faltete die Hände zum Gebet. Im Augenwinkel nahm sie gerade noch wahr, wie sich Belén, die das Ganze mitbekommen haben musste, eilig wegdrehte, eine unbeteiligte Miene aufsetzte und so tat, als sei sie völlig ins Gebet vertieft.

Verdammt, was, wenn sie Gertrude von dem Smartphone erzählte?

ERKENNTNISSE

Dienstag, 17. März 2020, 19.35 Uhr

Als Irina nach Abendessen und Komplet wieder in ihre Zelle zurückkam, war sie froh, es endlich geschafft zu haben. Die Klostertage erschienen ihr länger als ihre gewöhnlichen Tage. Ob es am frühen Aufstehen lag? Oder war es darauf zurückzuführen, dass man durch die Stundengebete immer wieder Zeit zum Nachdenken hatte? Sie verstand allmählich deren Sinn, sie vermieden Zerstreuung und zwangen zur Auseinandersetzung mit Gott und sich selbst.

Sie beschloss, sich der lästigen Tracht, die sehr viel Aufmerksamkeit beanspruchte, wollte man sie nicht zerknittern oder gar verschmutzen, zu entledigen und sofort zu Bett zu gehen.

Als sie die Decke zurückschlug, um ihr Nachthemd darunter hervorzuziehen, rutschte ihr ein Briefumschlag entgegen, der bislang, von der Zudecke verdeckt, auf dem Kopfkissen gelegen hatte.

Irina zuckte innerlich zusammen. Wie konnte es sein, dass jemand einfach so in ihre Zelle eindrang, um ihr eine Nachricht zukommen zu lassen. Sie hatte eigentlich die Hoffnung, dass wenigstens die Intimsphäre der Zelle gewahrt werden würde.

Sie riss den zugeklebten Umschlag auf und zog einen Zettel heraus, der nicht größer war als ein Blatt aus einem Notizzettelblock.

Neugierig las Irina den knappen Text:

»Wenn du wissen willst, was nachts hier vorgeht, dann komm heute um 23 Uhr an den gewohnten Ort!«

Irina erschrak. Was sollte das? Spielte der Inhalt auf ihr nächtliches Erlebnis von gestern im Honigraum an? Aber wie konnte das sein? Wer hatte sie gesehen?

Ihr wurde heiß, ihre Wangen glühten. Dann waren es doch keine Einbrecher gewesen, sondern Nonnen. Aber was trieb die zu solch einer unchristlichen Zeit in jenen ungastlichen Raum? War es gar so etwas wie eine Verschwörung? Waren es die Mörderinnen von Walburga, die sich dort trafen? Oder war es eine Falle? All diese Gedanken schwirrten wie ein Schwarm Bienen in ihrem Kopf umher.

Plötzlich erschien ihr alles klar. Ja, so musste es bei Walburga auch gewesen sein. Man hatte sie aus dem Schlaftrakt gelockt, wo jedes Geräusch noch im Nachbarzimmer gehört wurde. Als sie unten war, hatte man ihr unter irgendeinem Vorwand diesen Trunk eingeflößt, ohne dass es jemand hören konnte. Und als sie tot war, hatte man sie einfach auf ihrem Bett abgelegt. Und nun hatte man mit ihr bestimmt das Gleiche vor. Irina fröstelte vor Angst.

*

Noch in einer weiteren Zelle regierte die Angst.

Schon seit zwei Stunden betete sie leise vor sich hin, wieder und immer wieder die einfachen Worte des Jesusgebetes. Sie sog dabei den Atem durch die Nase ins Herzinnere. Einzig den Worten des Gebetes sollte ihre Aufmerksamkeit gelten, deshalb unterließ sie es, den Rosenkranz zum Abzählen der Wiederholungen zu benutzen. Das Klacken der Perlen durfte sie nicht ablenken. Sie wollte mit den Worten die bösen Gedanken, die seit Wochen wie ein wucherndes Geschwür ihren Kopf besiedelten, vertreiben. Wollte sich vor Gott freimachen von ihrer Schuld, ihrem Gewissen, das sie plagte wie ein glühender Stachel.

»Herr Jesus Christus,

Herr Jesus Christus, du Sohn Gottes, hab Erbarmen mit mir Sünderin.

Herr Jesus Christus, steh mir bei.

Heiligstes Herz Jesu, sei meine Rettung.«

Die erhabenen Worte des Gebetes wollten die Gespenster, die sie plagten, nicht vertreiben. Ihre rechte Gesichtshälfte zuckte heftiger und häufiger denn je. Sie rieb sich grob mit der Hand übers Gesicht, als könnte sie damit die Nerven, die ihr jenes unerbittliche Leiden bescherten, bändigen.

Wie hatte es kommen können, sich dermaßen zu versündigen? Wie sollte sie mit dieser Sünde, die ohne ihr Zutun entstanden war, weiterleben.

Würde ihr der Pfarrer helfen? Eine Beichte, Absolution, die nur er kraft seines Amtes gewähren konnte. Aber würde er es tun? War das Beichtgeheimnis stark genug, um sie vor Verfolgung, Anklage und Gefängnis bewahren zu können?

Morgen, morgen würde sie zu ihm gehen, nahm sie sich wie schon die vergangenen Abende vor, nur um es dann, wenn die Angst wieder einmal siegte, doch zu unterlassen.

*

Auch bei Irina wollte sich der gnädige Schlaf, der sich so oft wie ein beruhigender heilsamer Balsam zwischen Seele und alle Ängste und Befürchtungen legte, nicht einstellen.

Zu sehr grübelte sie über die Erkenntnisse des Tages. Ganz besonders nagte die Frage, ob sie es nicht wagen sollte, die merkwürdige Einladung anzunehmen, an ihr.

Eine Viertelstunde vor dem Rendezvoustermin hatte sie sich entschieden. Sie würde nicht kneifen. Was sollten ein paar Nonnen gegen sie ausrichten?

Sie würde sich in der Küche eine der großen Bratpfannen greifen und sich ins Gefecht werfen.

Aber vorher wollte sie noch etwas erledigen. Sie durfte auf keinen Fall ihr Smartphone gefährden. Würde es beschädigt oder ihr abhandenkommen, war ihre einzige Verbindung nach draußen gekappt.

Lange hatte sie darüber nachgegrübelt, wo sie es verbergen konnte. Während Netzteil und Ladekabel ganz gut zwischen den Kopfteil des Bettes und die Wand passten, hatte sie das Gerät selbst nachts einfach unters Kopfkissen geschoben. Nach der Erfahrung mit dem Umschlag schien ihr das nicht mehr sicher genug. Auch das übliche Versteck unter der Matratze war ihr zu klischeebeladen und würde wahrscheinlich als Erstes entdeckt.

Sie entschied sich, es in der schmalen Ritze zwischen Kleiderschrank und Wand zu deponieren.

Bestimmt hätte ein Eindringling Skrupel, mitten in der Nacht hier die Möbel zu verschieben und damit die in den Nachbarzellen schlafenden Schwestern zu wecken.

Also ging sie neben dem Schrank auf die Knie und schob das Gerät in den Spalt, der gut die doppelte Breite hatte. Trotz des Spielraums ließ sich es sich nach rund der Hälfte der Länge einfach nicht mehr weiterschieben. Irgendetwas schien die Ritze zu blockieren.

Sie zog es wieder heraus, aktivierte die Taschenlampenfunktion und presste ihr Gesicht an die Wand, um in den Zwischenraum zu spähen.

Was war das? Welch ungewohnter Anblick in dieser Umgebung. Vor sich erkannte sie eine CD-Hülle. Wie kam die denn hierher? Hier in dieses Zimmer, wo es weder einen CD-Spieler noch einen PC oder ein sonstiges Gerät gab.

Sie versuchte, mit den Fingern die Hülle zu greifen. Doch der Spalt war zu schmal, um weit genug heranzukommen.

Sie stand auf und war schon im Begriff, dem Reflex zu folgen und den Kleiderschrank zu verrücken. Nein, das Scharren der Schrankfüße auf dem Linoleumboden würde das ganze Stockwerk aufwecken.

Sie überlegte, öffnete den Schrank und zog einen leeren Drahtkleiderbügel heraus. Sie bog ihn sich zurecht und versuchte es erneut. Leise klappernd beförderte sie die Hülle ans Licht.

Weder ein Einleger in der Plastikhülle noch ein Aufdruck auf der CD verrieten, um was es hier ging.

Die Oberseite der CD, die mit einem matten weißen Lack überzogen war, auf dem man wohl eine Aufschrift anbringen konnte, war zerkratzt. Jemand hatte sich die Mühe gemacht, mit einem kantigen Gegenstand die Beschriftung abzukratzen. Warum nur? Waren die Daten darauf dermaßen brisant?

Fakt war, dass es wohl keine handelsübliche Musik-CD, sondern ein Datenträger war, auf den jemand Dateien, Bilder oder sonstige Inhalte gebrannt haben musste.

Irina sehnte ihren Laptop herbei, mit dem sie dieses Geheimnis innerhalb von Sekunden hätte lüften können.

Ob es hier irgendwo einen PC gab? Sie dachte sofort an das Büro von Schwester Innocentia. Bestimmt würde sie ihre Buchhaltung über eine entsprechende Software erledigen. Aber wie sollte sie in diesen Raum kommen? Sie hatte mehr als einmal mit angesehen, wie ihn Innocentia beim Hinausgehen hinter sich abgeschlossen hatte.

Ihr Blick fiel zufällig auf das Display ihres Smartphones. Verdammt, keine Zeit zum Grübeln, es war schon kurz nach 23 Uhr. Eilig schob sie Smartphone und CD-Hülle hinter den Schrank zurück und marschierte im Eilschritt Richtung Küche.

Einige Meter vor der offenen Küchentür verlangsamte sie ihr Tempo und versuchte, möglichst lautlos voranzukommen.

Sie kam sich in Hausschuhen und dem schlichten Baumwollnachthemd nackt und schutzlos vor. Jeans und Sportschuhe wären ihr jetzt lieber gewesen.

Schritt um Schritt schlich sie zur Tür und verweilte nach jedem Meter, um mit den Handflächen hinter den Ohrmuscheln zu horchen. Nichts.

Auf der Höhe der Tür angekommen, presste sie sich neben der Türöffnung an die Wand und lauschte. Wieder hörte sie nichts außer dem sonoren Brummen des alten Kühlschrankes.

Vorsichtig spähte sie um die Ecke. Die Küche wurde vom fahlen Licht des abnehmenden Mondes beleuchtet.

Von ihrem Standort betrachtet, schien der Raum leer. Sie wagte einen Schritt ins Innere.

Unter der Tür zum Honigraum kroch ein schmaler Lichtstreifen in die Küche. Sie waren hier!

Ihr Herz pochte. Warum nur hatte sie auf diesen dämlichen Zettel auf ihrem Kopfkissen reagiert? André würde nur den Kopf schütteln, wäre er jetzt hier.

Sollte sie das ganze Unterfangen abbrechen? Einfach schnell wieder verschwinden? Doch was war hinter dieser Tür? Lag darin die Lösung des Falls? Sie war nicht so weit gegangen, um jetzt aufzugeben, ohne zu erfahren, was hier vorging.

Sie schlich zwei weitere Schritte vorwärts und griff nach einem Besen, der neben dem Kühlschrank an der Wand lehnte.

Jetzt oder nie! Der lange Holzstiel gab ihr Sicherheit. Sie würde sie überraschen, ihnen keine Zeit geben, sich zu wehren.

Sie huschte zur Tür, ergriff die Türklinke, riss sie nach unten und warf sich gegen das Türblatt. Die Tür flog auf und krachte an der Wand dahinter.

Sie schaute geradewegs in die entsetzt weit aufgerissenen

Augen dreier Frauen. Erst beim zweiten Hinsehen erkannte sie mit Mühe Hildegard, Ehrentrud und Isolde. Der Anblick, der sich ihr bot, war ungewohnt und bizarr zugleich. Er verschlug ihr die Sprache, und sie brauchte etwas Zeit, das, was sie sah, zu verdauen.

Ohne Schleier und Haube sah sie die kurz geschnittenen grauen Haarschöpfe der Schwestern. Während Hildegard, wie sie selbst auch, ein schlichtes, fast bodenlanges Nachthemd trug, hatte sich Isolde so etwas wie einen Hausanzug übergezogen. Ehrentrud hingegen hatte ihren ausladenden Körper in einen eng anliegenden rosa Frotteeschlafanzug gezwängt.

»Wow«, entfuhr es Irina, die die Schwestern noch immer perplex anstarrte.

»Allmächtiger! Willst du uns mit deinem Hexenbesen die Sünden ausprügeln?«, fragte Hildegard, die wohl von allen als Erste die Fassung wiedergewonnen hatte.

Erst jetzt wurde Irina der Flasche Rosé-Sekt gewahr, die mitten auf dem Tisch thronte, um dessen Ende sich die Schwestern gruppiert hatten. Vor jeder stand ein Wasserglas mit rosig perlendem Sekt.

»Ihr, ihr …?«, stotterte Irina noch immer unfähig, sich zu sammeln.

»Wir sind nur arme Sünderinnen«, konterte Hildegard und grinste. »Du kannst gerne bei uns bleiben, wenn dir danach ist zu sündigen. Ich dachte, du würdest vielleicht einen Schluck mittrinken. Und neugierig, ob du es wirklich warst, die uns den gestrigen Abend versaut hat, waren wir natürlich auch.«

»Aber … aber … woher …« Irina war vor Aufregung kaum in der Lage, klar zu denken. War das hier etwa nur eine gesellige Runde, um gemeinsam eine Sektflasche zu leeren, oder steckte doch mehr dahinter?

»Jetz trink erscht mol ä Glässel Sekt, Mäd. Der isch vunn unserm Familie-Weigut in Rohrbach. Vunn mir selbscht g'schmuggelt«, löste Ehrentrud die Spannung und tätschelte mütterlich ihren Arm. Sie nahm ein ungebrauchtes Glas von der Arbeitsplatte, füllte es mit Rosé-Sekt und stellte es vor Irina.

»Nachdem ich heute Morgen durchs Fenster gesehen habe, wie du dich so für diesen Raum interessiert hast, war mir klar, dass du uns gestern den Abend verdorben hast. Dann hab ich dir diesen kleinen Brief geschrieben.«

»Und warum tut ihr so geheimnisvoll, nur um eine Flasche Sekt zu trinken?«, fragte Irina, die allmählich wieder ihre Fassung gewonnen hatte.

»Das fragen wir uns auch oft genug«, antwortete Hildegard resigniert. »Früher war das hier ein Ort, wo es auch Raum für Geselligkeit gab. Und wo viel gelacht wurde. Alma sagte immer: ›Fröhliche Menschen sind näher bei Gott!‹ Aber seit Gertrude hier das Regiment mehr und mehr an sich gerissen hat, ist vieles anders geworden. Kein Alkohol, keine Feiern, selbst das Fernsehgerät wurde, als es kaputt war, nicht mehr ersetzt. Selbst duzen dürfen wir uns nicht mehr. Schau uns an. Wir leben hier seit über 30 Jahren zusammen und müssen uns verstecken, um eine Gläschen Sekt zu trinken und um …«, Hildegard hielt inne, griff zur Arbeitsplatte und legte eine Illustrierte mit der Queen auf der Titelseite auf den Tisch, »… über sowas zu plaudern.«

Irina spürte die tiefe Verbitterung, die in Hildegards Worten lag. Dass sie sich ihr gerade dermaßen öffnete, lag wohl daran, dass es ihr längst egal war, ob sie damit auffliegen würden oder nicht.

»Und warum tut ihr nichts dagegen?«

Die drei Schwestern schauten sich nur an und grinsten schief. »Tausendmal probiert, kein Erfolg«, brummte Isolde halblaut.

»Aber wenn jetzt eh die Nachfolge für Alma ansteht, dann könnt ihr doch eine Priorin wählen, die euch wieder mehr Freiheiten gewährt.«

Hildegard atmete hart aus. »Falls es dir noch nicht klar geworden ist: Unsere Kandidatin ist leider vor ein paar Tagen von uns gegangen.«

»Oh«, seufzte Irina betreten. Erst jetzt wurde ihr klar, dass Hildegard nicht nur kein Motiv hatte, um Walburga zu töten, sondern ganz im Gegenteil von ihrem Tod sehr betroffen war.

»Aber wenn doch alle …«, begann Irina. Wieder wurde sie unterbrochen.

»Alle? Schön wär's«, brummelte Isolde. »Innocentia und Gertrude sind ein Herz und eine Seele.«

»Und die gute Apollonia ist zwar eine Seele von Mensch, aber sie ist sehr konservativ und sieht in Gertrude die Gewähr darin, dass es ja keine Veränderungen gibt.«

»Hm«, Irina war sprachlos. Mit Gertrude waren das drei, genauso viele wie die Schwestern, die vor ihr standen.

»Aber Belén wird doch sicherlich auf eurer Seite sein«, startete sie den nächsten Anlauf.

»Belén und du, ihr habt kein Wahlrecht, solang ihr nicht die ewige Profess abgelegt habt. Und ob Belén reif für die Profess ist, entscheidet ausschließlich die Novizenmeisterin«, stellte Hildegard klar.

»Und die Novizenmeisterin ist Gertrude«, ergänzte Irina halblaut.

»So ist es, und die arme Belén hat Angst, überhaupt je zur Profess zu gelangen. Gertrude hat sie in der Hand.«

»Aber Alma?«, warf Irina ein.

»Alma wird sich enthalten. Sie wird es uns Schwestern überlassen, uns eine Priorin zu wählen.«

Irina grübelte noch eine Weile stumm vor sich hin. Die Situation war verfahren. Drei zu drei, und Belén war das

Zünglein an der Waage. Wollte sie die Profess ablegen, musste sie wohl Gertrude vorher die Treue schwören. Was für ein übles Los.

»Hopp trinke ma ähner. De Seggt werd warm. Mit Triebsal blose kummemer nidd weider. Isch hedd als erschdie ähn Grund zu verzweifle, awwer was willschden mache?«, pfälzerte Ehrentrud und erhob ihr Glas.

»Auf unsere selige Walburga, möge sie in Frieden ruhen. Sie mochte den Sekt so sehr, und nun müssen wir ihn ohne sie trinken«, sagte Hildegard und blickte dabei ungewohnt ernst.

AUSFLUG

Mittwoch, 18. März 2020, 10 Uhr

André hatte alles vorher minutiös geplant. Doch wie fast immer bei ihm überwogen die Selbstzweifel. Seine Chancen, an tiefergehende Informationen zu kommen, standen denkbar ungünstig. Warum auch sollte ihm die Winzerfamilie über ihre finanzielle Situation Auskunft geben? Es galt, den richtigen Ton zu treffen, und es durfte aber auch rein gar nichts dazwischenkommen.

Er mochte die Südpfalz, das größte geschlossene Weinanbaugebiet Deutschlands, in dem mehr als 120 verschiedene

Rebsorten gediehen. Er erinnerte sich an zünftige Wanderungen auf Panoramawegen, von denen erst das ganze gewaltige Ausmaß des Rebenmeeres zu überblicken war. Rebstöcke soweit das Auge reichte, die mit der Farbe ihres Laubes die pfälzische Reblandschaft ausmalten. Im Frühsommer tauchten sie die Hänge und Hügel in ein harmonisches, sanftes Grün, und im Herbst in flammendes Rot und Gold, wie es ein Maler nicht dramatischer hätte auf die Leinwand bringen können.

Mit jedem Kilometer, den er sich auf der B10 dem Haardtgebirge näherte, wuchs seine Zuversicht. Das Wetter war perfekt, die Luft klar, der Himmel wolkenlos und stahlblau. Die Sicht war so gut, dass sich schon 15 Kilometer vor Landau jeder einzelne Baumwipfel auf dem quer vor ihm liegenden Kamm des Gebirges deutlich herausschälte.

André hatte alle minutiös vorbereitet. Er hatte schon gestern mit einem Prepaid Handy einen in Landau ansässigen Taxiunternehmer beauftragt, ihn heute um 10.45 Uhr am Rande der Landauer Innenstadt abzuholen. Seinen eigenen Wagen hatte er ein paar Straßen weiter abgestellt, sodass für das Taxiunternehmen seine wahre Identität nicht nachvollziehbar war. Gegen ein üppiges Trinkgeld hatte er ausgehandelt, dass der Fahrer seinen Privatwagen mit dem für die südliche Weinstraße üblichen Kennzeichenkürzel »SÜW« nutzen sollte, um ihn am Bestimmungsort Rohrbach abzusetzen. Er durfte auf keinen Fall wie ein Auswärtiger wirken.

Zupass kam ihm, dass er durchaus in der Lage war, die hiesigen Dialektanklänge zu adaptieren. Schließlich hatte er unzählige Wochenenden hier an der Weinstraße beim Wandern, Schlemmen oder für eine zünftige Weinprobe zugebracht. Dadurch war er mit der besonderen Mentalität der Südpfälzer bestens vertraut.

Rohrbach war eine kleine Weinbaugemeinde circa sechs Kilometer südlich von Landau. Hier befand sich das Weingut, das der kürzlich verstorbenen Mutter von Schwester Ehrentrud gehört hatte. Es wurde von ihrem jüngeren Bruder Andreas Rudolph, der es vor etwa fünf Jahren von Grund auf modernisiert und auf die Produktion von Biowein umgestellt hatte, bewirtschaftet. Nach Andrés Recherchen war er dabei gemeinsam mit seiner Frau sehr erfolgreich. Auszeichnungen, positive Pressemeldungen, Empfehlungen in nahezu allen Wein- und Feinschmeckermagazinen der Republik waren eindrucksvolle Belege dafür. Nach seinem Kenntnisstand war die Mutter des Winzers und rechtliche Eigentümerin vor wenigen Wochen verstorben, und es stand eine Erbschaft an. Wie dieser Nachlass allerdings geregelt war und was das alles mit dem Kloster zu tun haben sollte, war ihm unklar.

Im ersten Zug musste es ihm gelingen, seine Anwesenheit hier irgendwie zu legitimieren.

Ihr Weg führte sie über eine von rosa blühenden Mandelbäumen gesäumte Straße. Sofort musste er an die dazugehörige Weinlage *Rohrbacher Mandelpfad* denken, von der er schon manchen feinen Chardonnay oder Riesling gekostet hatte.

Sie bogen links ab. Ehe sie den Zufahrtsweg erreichten, wies er den Chauffeur an, den Wagen am Straßenrand abzustellen. Nahe genug, dass man das ortsübliche Kennzeichen erkennen konnte, weit genug, damit nicht noch jemand auf die Idee kam, den Fahrer anzusprechen.

Das Weingut lag am Ortsrand mitten in den Weinbergen, die sich hier auf den sanften kleinen Hügeln, die wie ein unregelmäßiges Wellengebirge den Ort Rohrbach umschlossen, erstreckten.

André sog den herrlichen Ausblick auf die Pfälzer Rebenlandschaft in sich auf. Wie schön sie doch war, die Südpfalz mit ihren pittoresken Weindörfern, deren Häuser meist noch aus dem hier typischen Buntsandstein gemauert waren und wie rote Inseln aus dem grünen Rebenmeer ragten.

Er atmete noch einmal einen tiefen Zug der frischen Vorfrühlingsluft ein, ehe er sich in den Kampf stürzte.

Er hatte nur einen Versuch und musste durch eine geschickte Überrumpelung punkten.

Dazu hatte er beschlossen, in die Rolle eines Beamten der Kreisverwaltung zu schlüpfen. Er hatte deshalb lange mit sich gerungen, schließlich war das, was er da vorhatte, Amtsanmaßung und wurde mit Geldstrafe oder bis zu zwei Jahren Gefängnis bestraft.

Er musste dabei subtil und äußerst vorsichtig vorgehen und setzte auf den Überraschungseffekt. In Ermanglung eines Dienstausweises oder einer sonstigen Legitimation hatte er sich mit einem Klemmbrett und einem Maßband ausgestattet. Unter der Drahtklammer des Brettes flatterten einige Blatt Papier.

Um wenigstens ansatzweise »amtlich« zu wirken, hatte er die Papierbögen mit einem Briefkopf, auf dem das Wappen des Landkreises Südliche Weinstraße prangte, bedruckt. Zu dem zehn Meter langen, in einem Plastikgehäuse aufgerollten Maßband hatte er einen Drahtspieß mitgenommen.

Mit jedem Schritt, mit dem er sich dem Anwesen näherte, wuchs seine Nervosität.

Ohne sich mit einem Klingeln oder einer sonstigen Kontaktaufnahme zu den Bewohnern aufzuhalten, betrat er das hufeisenförmige Hofareal. Er querte geschäftig die gegenüber dem Wohnhaus liegende Front des Kellereigebäudes und rammte entschlossen den dünnen Drahtspieß in eine Eckfuge des Verbundsteinpflasters. Dann legte er die Öse des Maßbandes um den zu einem Haken ausgeformten Kopf des Drahtpflocks und begann, sich Schritt für Schritt entlang des Kellereigebäudes von seinem Ausgangspunkt zu entfernen. Dabei entrollte er nach und nach das Maßband. Als die zehn Meter abgewickelt waren, nahm er eine kurze Eintragung auf seinem Klemmbrett vor und zeichnete mit einem dicken Bleistift eine Marke auf das Pflaster. Im Augenwinkel nahm er wahr, wie an einem Fenster des Haupthauses die Vorhänge zur Seite geschoben wurden und eine blonde Frau neugierig herauslugte.

Der Köder war ausgebracht. Nun musste der Fisch nur noch anbeißen.

Er unterdrückte seine innere Unruhe und ging provozierend langsam die Strecke zu seinem Ausgangspunkt zurück. Das Gesicht der Frau war nun aus dem Fenster verschwunden. Sie holt Verstärkung, dachte er und verkniff sich ein Schmunzeln. Er zog den Pflock heraus, um ihn just an der Stelle einzurammen, wo er die Zehnmetermarke aufgezeichnet hatte. Gerade als er sich aufrichtete, um die Messprozedur am folgenden Fassadenabschnitt zu wiederholen, hörte er in seinem Rücken Schritte auf dem Pflaster des Hofes.

»Was treiben Sie hier?«, blaffte ihn eine Männerstimme an.

Vor ihm stand ein Mann mittleren Alters, der so gar nicht in das Klischee eines Weinbauern passte. Statt Cordhosen und kariertem Flanellhemd trug er Designerjeans und ein sportliches Poloshirt.

Nun gab es kein Zurück mehr. »Isch mach nur meine Arbeit«, antwortete André mit aufgesetzten Südpfälzer Dialektanklängen.

»Arbeit? Hier auf meinem Hof? Was fällt Ihnen ein?«

»Sie wern entschuldische, aber ich komm von der Kreisverwaltung in Landau.« Wieder bediente er sich des typisch südpfälzischen Akzents. Dabei wies er auf das Klemmbrett, auf dem noch immer das Papier mit dem Wappen des Landkreises obenauf klemmte.

»Kreisverwaltung? Und was tun Sie hier?«

Die erste Hürde war wohl genommen. Es stand nicht mehr zur Diskussion, ob er wirklich bei der Kreisverwaltung arbeitete, sondern nur noch, was er hier tat.

»Bei einem routinemäßigen Drohnenüberflug über Ihr Grundstück haben wir festgestellt, dass eine Teilfläche Ihres Hofes nachträglich versiegelt wurde und daher ein anderer Abflussbeiwert als Grundlage für die Berechnung der Oberflächenwasserabgabe heranzuziehen ist«, formulierte er nun in dialektfreiem Amtsdeutsch.

André war stolz, dass es ihm gelungen war, diesen Satz, den er sich aus der Abwassersatzung des Landkreises abgeschaut hatte, fehlerfrei zu rezitieren.

»Aha«, antwortete Rudolph, der offensichtlich für einen Augenblick zu überrascht war, um den Schwindel zu durchschauen.

Sollte die Überrumplung endgültig sein, hieß es jetzt, dranzubleiben.

»Die von Ihnen eingebaute Pflasterfläche hat einen um null Komma sieben höheren Endabflussbeiwert als Grün- oder Ackerflächen. Und ich vermesse nun diese Teilfläche«, fuhr André unbeirrt fort und wies demonstrativ auf sein Maßband.

»Und das heißt?«, fragte Rudolph ärgerlich.

»Ihre Oberflächenwasserabgabe wird künftig deutlich steigen.«

Die Gesichtsfarbe des Winzers bekam einen rötlichen Einschlag. »Das Pflaster wurde hier schon vor einer Ewigkeit verlegt«, trug er zu seiner Verteidigung vor.

»Das macht es nur noch teurer. Da steht Ihnen eine gewaltige Nachzahlung ins Haus«, erhöhte André den Druck.

»Wissen Sie was, machen Sie doch, was Sie wollen. Das kümmert mich sowieso bald nicht mehr.«

Für einen Augenblick war nun André sprachlos. So schnell hatte er nicht mit einem so deutlichen Hinweis gerechnet.

»Wieso, wollen Sie den Hof verkaufen?«

Rudolph zögerte. Wahrscheinlich rang er mit sich, ob er sich diesem Fremden hier weiter öffnen sollte.

André spürte, dass er nachlegen musste. »Das ist doch ein sehr schöner Hof, über den ich schon viel Gutes gehört habe. So was gibt man doch nicht her« sagte er und versuchte, dabei möglichst naiv zu wirken.

Doch Rudolph tat ihm nicht den Gefallen, etwas hinzuzufügen. Im Gegenteil, er presste seine Lippen fest aufeinander, als wolle er sich selbst daran hindern, mehr preiszugeben.

André war nicht extra in die Südpfalz gefahren, um so früh aufzugeben. Er beschloss, noch einen letzten Vorstoß zu unternehmen. »Na ja, dann wäre es natürlich doppelt ärgerlich, wenn Sie nun kurz vor der Übertragung noch rückwirkend …« Er stockte und rieb sich nachdenklich das Kinn.

Rudolph horchte auf. »Rückwirkend?«, fragte er entrüstet.

»Ja, so wie Sie selbst gesagt haben, liegt der Pflasterbelag doch bestimmt schon mindestens zehn Jahre hier.«

Rudolph schwieg und mahlte mit den Kiefern.

»Erfahrungsgemäß wird das sehr teuer, wenn auf einen Schlag die Gebühr für viele Jahre nachzuentrichten ist. Und die Säumniszuschläge …«, sinnierte André halblaut weiter. »Na ja, aber vielleicht sollten wir …«, setzte er unentschlossen nach.

»Was sollten wir?«, fragte Rudolph. »Einspruch einlegen oder gleich zum Landrat gehen!«, polterte er angriffslustig.

»Wissen Sie, ich denke, so weit müssen wir nicht gehen. Als Beamte sind wir immer dazu angehalten, die Gesamtsituation des Bürgers zu würdigen und unserer Behörde bürgerfreundliche Entscheidungen vorzuschlagen.«

Rudolph nickte.

»Wenn Sie mir das mit dem geplanten Eigentümerwechsel nochmal genauer erklären könnten, wäre das möglicherweise der Schlüssel, um eine unausgewogen hohe Gebührenbelastung für Sie zu vermeiden.«

»Verstehe, wollen wir uns nicht setzen«, schlug nun der Winzer deutlich versöhnlichere Töne an und wies mit der Hand auf die Tür zur gutseigenen Vinothek. »Gäste dürfen wir wegen der Pandemie hier sowieso nicht mehr empfangen«, brummte er niedergeschlagen.

André nahm an dem ihm zugewiesenen Tisch Platz.

»Ein Gläschen Wein?«, fragte sein Gegenüber.

»Wenn Sie einen frischen Rosé haben …«, erwiderte André. Er schmunzelte. Er mochte die typische südpfälzische Gastfreundschaft, bei der, zu welcher Tageszeit auch immer, stets Raum für ein Glas kühlen Riesling oder Rosé war.

Rudolph hantierte hinter der kleinen Theke herum und kam mit zwei Gläsern und einer beschlagenen Flasche Rosé an den Tisch zurück.

André leckte sich unwillkürlich über die Lippen, als er den frischen, fast erdbeerfarbenen Wein sah. Sein Gegenüber schenkte großzügig ein und schaute ihn erwartungsvoll an. »Sie werden entschuldigen für vorhin, ich bin zurzeit etwas dünnhäutig«, setzte er versöhnlich hinzu.

»Kein Problem, ich habe Sie ja auch mit diesem bürokratischen Kram überfallen.«

Rudolph erhob das Glas und stieß eine kurzes »Zum Wohl« hervor, nahm den ersten Schluck und ließ ihn genießerisch über den Gaumen rollen.

So waren sie, die richtig guten Winzer. Selbst beim 100. Probieren genossen sie ihren Wein, als sei es der erste Schluck.

André tat es ihm nach. »Ein herrlicher Wein«, bekundete er, als er den kühlen Wein mit seiner filigranen Mischung aus blumiger Würze und viel roten Fruchtaromen gekostet hatte.

»So, nun zu unserer Sache«, führte er zum Thema zurück. »Schildern Sie mir doch bitte, wie, warum und wann Sie das Anwesen abzugeben gedenken.«

André hatte seine Frage bewusst weit formuliert und hoffte, dass die erste dünne Vertrauensbasis für diese Frage tragfähig genug war.

Rudolph schluckte, besann sich und begann. Sein Gesichtsausdruck wurde ernst. »Na ja, wie das nun mal so ist. Eigentlich tragen wir ja selbst an dem ganzen Schlamassel die Schuld. Meiner Mutter hat das Weingut gehört. Ich habe nur eine Schwester, die allerdings in einem Speyerer Kloster lebt. Es war immer klar, dass ich das Weingut mal übernehmen sollte. Der Betrieb läuft ja auch auf mich. Nur die Grundstücke und die Gebäude liefen noch auf den Namen meiner Mutter. In den Betrieb habe ich sehr viel Geld investiert. Wir haben die Produktion auf Bioweine umgestellt, viele Weinberge neu bepflanzt und neue Maschinen und Kellereianlagen angeschafft. Wie das eben so ist, wenn man neu startet. Die Investitionen wurden von der Bank finanziert, die Grundstücke und Gebäude habe ich damals mit Rücksicht auf meine Mutter nicht belastet. Nun ist sie verstorben. Meine Schwester wollte, wie geplant, das Erbe ausschlagen, und alles wäre auf mich übergegangen.«

»Klingt logisch. Aber was kann denn da dazwischenkommen?«

»Das hab ich mich auch gefragt, da meine Schwester zu 100 Prozent an unserer Abmachung festhält.«

»Hmm«, erwiderte André zurückhaltend, um den Redefluss des Bio-Winzers nicht zu unterbrechen.

»Das Kloster ist quasi so etwas wie ihr Vormund und tritt an ihrer Stelle in das Erbe ein.« Der Winzer lächelte freudlos, ergriff das Glas und stürzte den Inhalt mit einem Schluck herunter.

»Und was will das Kloster mit dem Weingut anstellen?«

»Natürlich alles zu Geld machen. Man hat mir erklärt, dass man das Gut auf keinen Fall weiterbetreiben möchte. Ich bot ihnen sogar an, es als Geschäftsführer weiter zu bewirtschaften und eine Pacht zu zahlen. Aber diese Finanznonne ist unerbittlich. Sie hat gesagt, das Kloster brauche dringend Geld, und man müsse verkaufen.«

»Und konnte Ihre Schwester nichts dagegen tun?«

Der Winzer füllte ihre Gläser neu und trank.

»Sie wollte sogar die Post mit der Erbenbenachrichtigung abfangen. Aber auch das hat nicht funktioniert. Sie hatte deshalb Riesenzoff mit der Schwester an der Pforte und so einer Finanznonne.« In die Augen des Winzers schossen Tränen. »Die schotten die Schwestern völlig ab. An der Pforte wird die Post vorsortiert«, zischte er kopfschüttelnd. Seine Stimmung schwankte in einer explosiven Mischung zwischen Wut und Verzweiflung.

»Und was passiert nun? Können Sie nicht das Gut dem Kloster abkaufen?«, fragte André.

Rudolph schüttelte zornig den Kopf. »Das ist es ja gerade, ich habe mich hoch verschuldet für die Neuanlage der Weinberge. Ein Hektar mit Pfosten, Draht und jungen Rebpflanzen auszustatten, kostet rund 60.000 Euro. Dazu die Maschinen, die Weintanks, die Klimatisierung und so weiter. Der Bewuchs und die Installationen gelten als Grundstückszubehör und gehören nun dem Kloster, nur die Schulden bleiben bei mir.«

»Sie haben also Ihr Geld und das Geld der Banken in fremde Grundstücke investiert, die Ihnen demnächst nicht mehr gehören?«, fasste André ungläubig zusammen.

»So ist nun mal die Rechtslage. Das haben mir auch die Anwälte für teures Geld erklärt. Und das heißt, dass ich völlig ruiniert bin. Und meine Frau, die für die Schulden gebürgt hat, hab ich auch mit hineingezogen. Und das alles nur, weil ich nur Augen für meinen Wein hatte. Ich träumte davon, den besten Biowein der Region zu machen. Ich habe einfach darauf vertraut, dass alles gut werden würde, wie vereinbart. Worauf kann man denn noch vertrauen, wenn nicht auf das Wort einer Ordensschwester.«

»Und wie geht es Ihrer Schwester damit?«

»Sie ist genauso verzweifelt wie ich. Sie hat alles probiert, glauben Sie mir.«

André schluckte. Er hatte gehört, was er brauchte, und wollte nun allmählich den Rückzug antreten. Er musste aufpassen, nicht noch die Wut des verzweifelten Mannes auf sich zu ziehen.

Demonstrativ nahm er sein Klemmbrett und zerriss die Blätter mit dem nachgestellten Briefkopf der Kreisverwaltung mit seinen handschriftlich eingetragenen Messergebnissen und steckte die Schnipsel in die Tasche. »Ich denke, ich werde meine Vermessung noch ein halbes Jahr aufschieben. Dann sind wenigstens Sie aus der Sache raus.«

Der Winzer nickte dankbar.

André trank sein Glas aus und erhob sich. »Verkaufen Sie mir noch eine Kiste von diesem wunderbaren Rosé?« Es war nicht mehr als ein hilfloser Versuch, den Winzer damit wenigstens ein bisschen aufzumuntern.

Rudolph verschwand kurz und kam mit einem Weinkarton zurück. »Geht aufs Haus, und danke, dass Sie zugehört haben.«

André zog wortlos einen Fünfziger aus dem Portemonnaie und legte ihn auf den Tresen. Sie wissen doch, wir dürfen nichts annehmen.«

*

Eine halbe Stunde später hatte der Taxifahrer ihn und seine flüssige Fracht wieder in Landau an ihrem Ausgangspunkt abgesetzt. Als André die üppige Taxirechnung beglichen hatte und in seinem Auto saß, atmete er auf. Selbst wenn Rudolph irgendwann merken sollte, dass er einem Schwindler auf den Leim gegangen war, dürfte es ihm schwerfallen, die Spur zu ihm zurückzuverfolgen.

Sein Plan war aufgegangen. Auch wenn ihm das, was er gehört hatte, tüchtig auf den Magen geschlagen war. Und eine weitere Verdächtige mehr hatten sie auch. Ehrentrud hatte durchaus ein Motiv, Walburga, die, wie ihm Irina erzählt hatte, für die Pforte zuständig gewesen war, zum Schweigen zu bringen.

Wenn allerdings diese »Finanznonne«, wie sich der Winzer ausgedrückt hatte, schon vom Erbe wusste, war wohl der Versuch, es zu vertuschen, gründlich gescheitert.

Bemerkenswert war auch, dass es die »Finanznonne« gewesen war, die Druck auf Ehrentrud ausgeübt hatte. Warum sie und nicht die Priorin?, wunderte sich André.

TEXTE

Mittwoch, 18. März 2020, 13.50 Uhr

»Das ist eine Abfuhr erster Klasse!«, ereiferte sich Achill mit hochrotem Kopf.

Vor ihm lag ein Schreiben des bischöflichen Ordinariats, das vor Wappen und Dienstsiegeln nur so strotzte.

»Verstehe ich nicht. Vorgestern wirkte der Sachbearbeiter doch noch ganz hilfsbereit«, erwiderte Bertling erstaunt.

»Gestern hatte ihn auch noch kein Chef zurückgepfiffen.« Achill schüttelte wütend den Kopf, während er Verena das Schreiben in Auszügen vorlas.

»Ihrem Wunsch, Auskünfte über die familiäre Situation und die wirtschaftlichen Verhältnisse der Schwestern von Sankt Guido zu erhalten, können wir leider nicht entsprechen. Klöster sind eigene Rechtspersönlichkeiten, deren personelle Fragen und Obliegenheiten ausschließlich in der Verantwortung des jeweiligen Ordens liegen. Insofern können wir Ihnen außer einer Liste mit den bürgerlichen Namen der Schwestern keine weiterführenden Informationen geben und verweisen Sie an die Priorin von Sankt Guido.«

Bertling hob an, etwas zu sagen, aber Achill winkte ab. »Wart ab, es kommt noch besser«, unterbrach er sie, und las weiter: »Wir möchten Sie ersuchen, die Klausur des Klosters zu wahren. Bitte respektieren Sie bei Ihren Ermittlungen die klösterliche Abgeschiedenheit und kontemplative Ruhe. In diesem Zusammenhang verweisen wir auf die für das bischöfliche Ordinariat und alle kirchlichen Institutionen innerhalb der Diözese Speyer geltende Arbeitsanweisung vom heutigen Tage zum Infektionsschutz. Aufgrund dieser haben alle persönlichen Kontakte, insbesondere zu der altersbedingt besonders vulnerablen Personengruppe der Brüder und Schwestern unserer Klöster, zu unterbleiben. Unaufschiebbare Besprechungen sollen auf schriftlichem oder telefonischem Wege erfolgen.«

Bertling grinste amüsiert, während Achill vor Wut schnaubte.

»Ich habe zunehmend den Eindruck, die nehmen uns nicht ernst. Was bilden die sich nur ein! Am liebsten würde ich mit einer Hundertschaft dieses verdammte Kloster auf links drehen!«

»Aber denk dabei an die Abstandsregeln«, ergänzte Bertling lachend. »Ich lass mir jetzt einen zwei Meter langen Stiel an meine Handschellen schweißen, damit ich bei Verhaftungen den Mindestabstand einhalten kann. Und vorher werfe ich den Flüchtigen eine Flasche Desinfektionsmittel zu, damit sie sich vor der Festnahme ordnungsgemäß die Hände desinfizieren können.«

»Du hast gut lachen. Ich trage schließlich die Verantwortung für diesen scheiß Fall. Ich kann ihn ja schlecht einfach zu den Akten legen.«

»Willst du nicht doch mal mit André reden? Eine seiner abseitigen Ideen würde uns jetzt weiterhelfen.«

»Fängst du schon wieder damit an«, brummte Achill und lief wutschnaubend aus dem Zimmer.

*

Irina, 13.55 Uhr: »Ich hab hinter Walburgas Kleiderschrank eine eigenartige CD gefunden. Hab aber keinen Plan, was drauf ist oder wie ich sie dir geben kann«, hatte Irina in die Textnachrichten-App getippt und an André geschickt.

André, 13.59 Uhr: »Dann sollten wir uns heute Abend wieder in der Afra-Kapelle treffen. Dann kannst du sie mir geben.«

Irina, 14.01 Uhr: »Witzbold. Die haben mich jetzt völlig an die Leine gelegt. Ausgang gibt's nur noch fürs Einkaufen, und das dürfen nur Isolde und Innocentia.«

André, 14.03 Uhr: »Dann hol ich sie eben.«

Irina, schnaubendes Emoticon, 14.06 Uhr: »Aber vergiss nicht, an der Pforte deinen Namen zu sagen und den Grund deines Besuches zu nennen, du Opfer. Dann solltest du nicht vergessen zu erwähnen, dass es sich möglicherweise um Beweismaterial in einem Mordfall handelt.«

André, 14.15 Uhr: »Hast du keine Gelegenheit, mal vors Haus zu kommen?«

Irina, mit den Augen rollendes Emoticon, 14.16 Uhr: »Nur wenn die Müllabfuhr kommt, darf ich die Säcke und Tonnen rausstellen.«

André, lachendes Emoticon, 14.17 Uhr: »Die Schwestern scheinen die reinsten Talentscouts zu sein. Kompliment!«

Irina, Koboldemoticon, 14.18 Uhr: »Dünnes Eis. Vorsicht, du Grinsblech.«

André, Emoticon mit Reißverschlussmund, 14.21 Uhr: »Ich bin ja schon ruhig. Wann wird denn der Müll bei euch geholt?«

Irina, Abreißkalender-Emoticon, 14.24 Uhr: »Morgen sind die gelben Säcke dran. Warum willst du das wissen, du Zehen-Zwischenraum-Abtrockner?«

André, Nerd-Gesicht-Emoticon, 14.28 Uhr: »Weil ich einen Plan habe. Pack die CD so in einen gelben Sack, dass ich sie von außen sehen kann, und stell ihn vors Haus.«

Irina, Augenemoticon, 14.30 Uhr: »Stell dir das nicht zu einfach vor. Wenn die nicht beten, gucken die aus dem Fenster. Wie sieht das aus, wenn du vor deren Augen einen Müllsack klaust.«

André, Gehirnemoticon, 14.34 Uhr: »Lass das meine Sorge sein. Große Geister wachsen an Herausforderungen über sich hinaus. Wann stellst du die Säcke raus?«

Irina, Betende-Hände-Emoticon, 14.36 Uhr: »Nach der Eucharistiefeier so gegen 7 Uhr. Wenigstens dafür sind die strengen Regeln hier gut.«

André, Daumen-nach-oben-Emoticon, 14.38 Uhr: »Dann machen wir das so.«

Irina, Bienen-Emoticon, 14.40 Uhr: »Schreib mir, was du rausgefunden hast. Ich muss jetzt weg. Ich muss Belén mit den Bienen helfen.«

UMTRUNK

Mittwoch, 18. März 2020, 20.30 Uhr

»Du musst ein verdammt schlechtes Gewissen haben, mich hierher einzuladen«, sagte André süffisant grinsend, als er mit Achill die Weinbar *Q-Kapelle* in Forst an der Weinstraße, etwa 25 Kilometer von Speyer entfernt, betrat.

Achill lachte gönnerhaft. »Sagen wir mal so, ich verfolge eher praktische Gründe damit. Als ich vorhin die Ansprache der Kanzlerin zu der bevorstehenden Schließung der Gastronomie hörte, hab ich einfach gehandelt. So sind wir eben bei der Polizei: Wir behalten stets die Lage im Blick und entscheiden und handeln schnell.«

»Wow, ich bin beeindruckt.«

»Und ich will nicht verheimlichen, dass mich die Aussicht, dass dich dieser Lockdown einige Zeit zu Hause festsetzt und verhindert, dass du in diesem Kloster rumermittelst, sehr beruhigt.«

»Ich wusste, dass du Hintergedanken hast«, sagte André lachend.

»Keine Sorge, ich mache es wieder gut. Du durftest die Location wählen, und ich zahle heute Abend. Und wie ich sehe, war deine Auswahl wie immer brillant.«

»Schon, aber dass dir ausgerechnet heute …«

Achill unterbrach ihn. »Ich geb's ja zu. Ich war etwas schroff zu dir. Dafür zahle ich heute, und Bertling hat ohnehin hier noch zu tun und wird uns nachher zu Hause absetzen.«

Während sie zu ihrem Tisch geführt wurden, konnte André, wie immer, wenn er hier war, seinen Blick nicht von dem herrlichen Kreuzgewölbe lassen, das den modern gestalteten Gastraum überspannte.

»Man könnte meinen, das wäre eine Filiale der Speyerer Domkrypta. Ein so aufwendiges Gewölbe für eine Weinstube! Alle Achtung«, sagte Achill bewundernd, der offensichtlich gerade ebenso beeindruckt war wie André.

André lachte. »Erstens nennt man das heute Weinbar. Und zweitens war das früher sogar nur ein Kuhstall.«

Achill stöhnte gespielt. »Ich wusste, dass es jetzt wieder eine Führung gibt. Du kannst wohl nie deinen Stadtführermodus ablegen?«

»Dir würde doch was fehlen, wenn ich dir nicht die Welt erklären würde, alter Banause.«

»Nun hau schon raus, was es mit dem Gebäude auf sich hat, sonst gibst du ja eh keine Ruhe«, sagte Achill, als sie sich an einen kleinen Tisch etwas abseits setzten.

»Keine Sorge, das geht schnell«, erwiderte André und machte eine kurze Kunstpause. »Als Anfang des 19. Jahrhunderts durch Napoleon alle kirchlichen Besitztümer verstaatlicht wurden, endeten von einem Tag auf den anderen auch alle Bauvorhaben an Kirchen und Klöstern. Die Steinmetze waren arbeitslos und suchten sich neue Aufgaben. Wohlhabende Bauern nutzten diese Gelegenheit und ließen sich von ihnen ihre Kuhställe aus Sandstein errichten, da die üblichen Fachwerkbauten weniger gut mit der warmen Feuchtigkeit der Stallungen zurechtkamen.«

»Apropos Feuchtigkeit. Ich unterbreche dich ungern, aber sollten wir nicht schon mal ein Weinchen bestellen, bevor es hier noch zu trocken wird?«

André lachte. »Ich weiß, ich bin wieder mal anstrengend. Also ich starte hier gerne mit einem leichten Weißburgunder und ende dann irgendwann meist bei einer schönen Rotweincuvée.«

»So soll es sein«, erwiderte Achill mit klerikalem Unterton, schlug die umfangreiche Weinkarte zu und winkte die Bedienung herbei.

Als sie den Wein und für jeden ein Stück Quiche Lorraine bestellt hatten, wurde Achills Gesicht ernster.

»Ich muss mich tatsächlich bei dir entschuldigen. Du hattest mal wieder den richtigen Riecher. Es war definitiv eine Taxinvergiftung, hervorgerufen durch den Konsum eines Kräutersuds aus Eibennadeln.«

»Tatsächlich?«, erwiderte André mit gespielter Überraschung. »Brauchst du das Foto von den abgeschnittenen Zweigen?« Wenn er seinem Freund schon Irinas Tätigkeit als verdeckte Ermittlerin vorenthielt – und das hatte er sich fest vorgenommen – dann würde er Frank wenigstens diesen kleinen Brosamen hinwerfen. Vielleicht erfuhr er ja im Gegenzug auch noch etwas Nützliches.

Achill nahm den Ball auf und bat André, ihm das Foto zu mailen. Offensichtlich wollte er alles vermeiden, was die Stimmung wieder belastete.

In diesem Augenblick brachte die Bedienung den Weißburgunder vom *Forster Winzerverein* und stellte die dünnwandigen, leicht angelaufenen Gläser vor ihnen ab. André verzichtete bewusst darauf, Achill zum Fall zu befragen. Er wusste, dass es eher kontraproduktiv war, zu offensiv vorzugehen. Man musste die Dinge reifen lassen und wie bei einem guten Rotwein dann kredenzen, wenn die Zeit dafür gekommen war.

Was André nicht ahnte, war, dass es Achill nur wenig anders erging. Auch er versprach sich, eine gewisse Inspiration aus dem Gespräch nach Ludwigshafen mitzunehmen und dies sollte idealerweise so passieren, dass André nicht merkte, dass er ihn indirekt anzapfte.

So saßen sie, tranken, aßen und vermieden es strikt, auch nur ansatzweise über den Fall zu sprechen.

Als der Zeitpunkt näher rückte, zu dem sie Verena Bertling abholen sollte, wurden beide zunehmend unruhig.

Nachdem André einen großen Schluck der herrlich aromatischen Rotweincuvée genommen hatte, fasste er sich ein Herz. Er bot all seine schauspielerischen Fähigkeiten auf, um seine Frage möglichst beiläufig klingen zu lassen. »Und wie weit seid ihr mit dem Fall im Kloster?«

Achill grinste. »Ich fürchtete schon, du würdest nie fragen.«

»Ich wollte dir, nachdem du schon zahlst, diesen Triumph einfach gönnen.«

»So kenn ich dich. Immer einfühlsam und stets darauf bedacht, dass sich die anderen in deiner Gesellschaft wohlfühlen – ein echter Gentleman eben.«

André lachte. »Wie höflich von dir. Du hättest auch einfach sagen können: ›Auch ein schlechter Ruf verpflichtet.‹«

»Um auf deine Frage zu antworten: Wie ich schon sagte, es ist definitiv fix, dass sie an einer Taxinvergiftung gestorben ist. Andere Substanzen waren nicht im Spiel. Anfangs hatten wir diese Nonne, die den Garten und die Krankenstation unter sich hat, in Verdacht. Aber sie hat kein Motiv. Am ehesten hat Gertrude einen Grund, ihr den Tod zu wünschen. Diese Walburga war wohl so etwas wie ihre Rivalin beim Wettstreit um die Nachfolge für die Priorin. Kennst du sie?«

André nickte. »Ich habe sie beim Kirchgang hin und wieder beobachtet. Sie ist so etwas wie das Alphatier unter den Schwestern.«

»Ja, aber bei ihr ist es gerade umgekehrt wie bei dieser Gartennonne. Sie hatte ein Motiv, aber nicht unbedingt die Gelegenheit. Es wäre schon etwas seltsam gewesen, wenn ausgerechnet sie den Kräutertrunk zubereitet hätte. Es gibt keinen Anhaltspunkt dafür, dass sie ihre Hände im Spiel hatte.«

»Hmm«, brummte André, der gemeinsam mit Irina zum gleichen Ergebnis gekommen war. »Habt ihr im persönlichen Hintergrund der anderen Schwestern etwas entdeckt?« Es interessierte ihn, ob auch Achill von der Erbschaft bei Ehrentrud wusste.

»Ja und nein. Es gibt zwar eine Ungereimtheit, aber die muss nichts bedeuten. Vielleicht ist es auch nur Pech oder Behördenschlamperei.«

André horchte auf. Gab es etwa doch noch einen Anhaltspunkt, von dem er nichts wusste? Er vermied es nachzufragen und schwieg bewusst.

»Du gibst ja doch keine Ruhe, ehe du es nicht weißt. Und was willst du im Lockdown auch damit anfangen«, druckste Achill herum. »Es gibt eine Auffälligkeit bei dieser Belén. Sie ist eindeutig kolumbianischer Herkunft, wie uns jeder bestätigt. Sie kam überraschend schnell an einen deutschen Pass, und es gibt keine Informationen zu einem offiziellen Einbürgerungsprozess und keine Spuren, die zurück nach Kolumbien führen. Es ist so, als sei sie einfach des Nachts vom Himmel gefallen, um es mal etwas poetisch auszudrücken.«

André rieb sich nachdenklich das Kinn. Das war in der Tat eine interessante Information, die so gar nicht zu dem passte, was Irina und er herausgefunden hatten. »Und wie denkst du, kommt so etwas zustande?«

»Wie gesagt, es könnte Behördenschlamperei sein, Passbetrug, irgendeine mir noch nicht untergekommene Spielart der EU-Bürokratie oder …«

»… oder?«, fragte André neugierig.

»Nichts oder. Wir haben keinen weiteren Anhaltspunkt.«

André schwieg. Er spürte, dass sein Freund gerade im Begriff gewesen war, sich zu verplappern, und dass er ihm nun etwas verschwieg.

Achill lachte freudlos. »Na ja, egal, sei's drum. Ein Motiv hat sie trotzdem nicht. Und ob Walburga einen Kräutertrunk von ihr überhaupt angenommen hätte? Ich weiß nicht.«

André nickte. Warum sollte Belén ausgerechnet einer so sanftmütigen und vertrauensvollen Person wie Walburga etwas antun.

»Weißt du eigentlich, dass Walburga nach Jahren der Trennung ihrem Bruder in einem Brief vorgeschlagen hat, sich zu treffen?«, wechselte André das Thema.

»Nein! Aber woher …?«

André unterbrach ihn. »Sagen wir mal so. Ich habe ihm einen Kondolenzbesuch abgestattet.«

Achill schüttelte den Kopf. »Und damit kommst du erst jetzt?«

André grinste schief. »Wer von uns beiden hat denn so etwas wie ein Informations-Embargo verhängt?«

Achill brummte etwas Unverständliches, schwieg einige Sekunden, setzte dann aber ärgerlich nach: »Und wie ich dich kenne, hast du diesen Brief an dich genommen und enthältst ihn uns vor?«

»Nein, aber ich habe mir den Text gemerkt.«

»Mach schon, lass hören!«, forderte Achill und zückte ganz im Ermittlermodus sein Smartphone, um Andrés Erinnerungen aufzuzeichnen.

»Der Brief lautete ziemlich genau so: ›Lieber Walter, wir hatten nie viel miteinander zu tun. Aber es könnte sein, dass ich wohl bald vor unseren Herrn treten muss. Ich möchte, dass ich bis dorthin mit dir im Reinen bin, und würde gerne am Sonntag, dem 15. März um 15 Uhr bei dir auf dem Hof vorbeikommen.‹«

Achill schluckte. »Meinst du, das sollte sowas wie ein Abschiedsbrief sein?«

»Nein, das meine ich nicht. Es spricht für mich eher dafür, dass sie wusste, dass man ihr nach dem Leben trachtete. Oder tippst du auf Selbstmord?«

»Nein, in den Befragungen versicherten uns alle, dass Walburga ganz und gar nicht der Typ dafür war, sondern im Gegenteil den Freitod scharf verurteilt hat. Im Übrigen, wenn sie das alles geplant hätte, dann hätte sie sich nicht schon eine Woche vor dem Treffen mit ihrem Bruder das Leben genommen.«

»Aber wenn es so etwas wie die Morddrohung einer einzelnen Schwester gegeben hätte, hätte sie sich doch bestimmt gewehrt. Sie war schließlich, wie du sagtest, eine Anwärterin auf das Amt der Priorin. So eine gibt doch nicht auf und wartet gemütlich, bis man sie umbringt.«

»Vielleicht war es auch so etwas wie ein Komplott?«, überlegte Achill. »Das ist alles so unübersichtlich. Wir bräuchten jemanden da drin, der uns mit Informationen versorgt«, fügte er mit leidendem Gesichtsausdruck hinzu.

»Ja, ohne V-Mann oder besser V-Frau kommt man da nicht weiter«, bestätigte André mit ausdrucksloser Miene.

BUCHHALTUNG

Mittwoch, 18. März 2020, 23.55 Uhr

All das, was heute auf sie eingestürmt war, ließ sie nicht einschlafen. Da waren Andrés neue Erkenntnisse und die geplante Übergabe der CD. Sein knapper Bericht vom Besuch auf Ehrentruds Familienweingut, den er ihr per Textnachricht übermittelt hatte, wühlte sie auf. Ausgerechnet sie hatte Irina bisher für im Grunde harmlos gehalten. Nun stand sie nach Andrés Meinung im Zentrum seiner Ermittlungen. Aber sie musste ihm beipflichten. Ehrentrud und Gertrude kamen auch aus ihrer Sicht am ehesten als Täterinnen infrage.

Als sie sich dann kurz vorm Zubettgehen noch den Livestream von der Ansprache der Kanzlerin zur Pandemie angesehen hatte, war ihre Stimmung restlos dahin. Ihr ernster Blick und die mahnenden Worte waren keine gute Ausgangsbasis, um Schlaf zu finden. Wie schön wäre es jetzt, jemanden zu haben, mit dem sie darüber hätte sprechen können! Aber sie traute sich nicht zu telefonieren. Sie hatte zwar ein Headset, aber der Schlaftrakt war zu hellhörig, um zu sprechen. Sie konnte nicht riskieren, mit dem, entgegen Gertrudes Verbot, eingeschleppten Handy aufzufliegen. Würde man sie zwingen, es abzugeben, war der Kontakt nach draußen ein für alle Male gekappt und ihre Mission wäre gescheitert.

Vor allem die Sache mit der CD-Übergabe beschäftigte sie. Mit jeder Stunde, die seit ihrem Schriftwechsel vergangen war, hielt sie Andrés Übergabeplan für eine Schnapsidee. Zu groß war das Risiko, dass eine der Schwestern etwas bemerkte oder die Müllabfuhr früher als sonst kam und den gelben Sack mit der CD einfach mitnahm. Vielleicht war auf ihr eine Information, die alles aufklärte, und damit das einzige Beweismittel, das sie hatten.

Zermürbt durch stundenlanges Umherwälzen im harten Klosterbett, fasste sie einen Entschluss. Sie würde noch heute Nacht Klarheit in die Angelegenheit bringen. Sie musste dafür nur in die Buchhaltung gelangen, die CD in den PC schieben und sie sich anschauen. Daneben, quasi als Zugabe, würde sie die Ordner nach Ehrentruds Erbe durchwühlen. Irgendwo musste Innocentia ja die Informationen dazu haben. Und schließlich konnte die Buchhaltung eines Klosters so umfangreich nicht sein, dass es nicht gelingen würde, in einer halben Stunde mal jeden Ordner grob zu checken.

Ein Risiko gab es auch nicht. Das Buchhaltungszimmer war im Erdgeschoss, und die Zellen der Schwestern verteilten sich über die beiden oberen Stockwerke. Also was sollte schon schiefgehen. Die einzige Herausforderung bestand darin, das Türschloss zu knacken. Denn wie sie beobachtet hatte, schloss Innocentia die Tür stets hinter sich ab.

Irina hatte zwar noch nie selbst ein Schloss geknackt, aber Verena hatte ihr bei ihrem letzten Girls-Abend nach dem dritten *Aperol Spritz* eine kleine Vorführung mit EC-Karte und allerhand Drähten und Ähnlichem gegeben.

Irina hatte alles, was hilfreich sein könnte, eingesteckt. Darunter befanden sich ihre Krankenkassenkarte, Büroklammern und zwei Haarnadeln. Etwas davon würde schon passen. Schließlich war es kein Sicherheitsschloss, sondern ein altmodisches Türschloss, zu dem ein normaler Bartschlüssel gehörte.

Sie hatte sich ihren Habit übergezogen und all ihre Einbruchswerkzeuge, die CD und ihr Smartphone in den tiefen Taschen verstaut.

Auf Zehenspitzen schlich sie an den Zellen ihrer schlafenden Mitschwestern vorbei den Korridor entlang und anschließend die Treppe hinab.

Innocentias Büro lag vorne gleich neben der Klosterpforte. Die Küche mit dem Kühlschrank und den Getränken, der einzige Ort, wohin es eine der Schwestern mitten in der Nacht theoretisch treiben konnte, lag am hinteren Ende. Irina wusste mittlerweile, dass die Schwestern sich alle abends eine Teekanne oder eine Wasserflasche mit in ihre Zelle nahmen. Insofern war es ausgesprochen unwahrscheinlich, dass sie hier jemandem in die Arme laufen würde. Sie hatte also genügend Zeit, sich um das Schloss zu kümmern.

Im Flur war es dunkel. Außer dem hereinscheinenden Mondlicht gab es nichts, was ihn erhellte: kein Nachtlicht, kein Lichtstreifen unter der Bürotür, nichts.

Auf Zehenspitzen schlich sie vor die Bürotür und lauschte. Nichts.

Sie ging auf die Knie und begutachtete das Schloss. Es war, wie sie es in Erinnerung hatte, ein einfaches Zimmertürschloss. Das musste selbst für sie zu knacken sein. Sie wollte alles richtig machen und hatte sich in Ermanglung von Latexhandschuhen einen Waschhandschuh mitgenommen, den sie sich nun über die linke Hand stülpte. Sie durfte keine Spuren hinterlassen und würde Türblatt und Türgriff nur geschützt durch den behelfsmäßigen Handschuh anfassen. Mit der Rechten kramte sie in der Tasche und zog eine der Haarnadeln hervor.

Bevor sie zu Werke ging, prüfte sie, ob die Tür wirklich verschlossen war. Sie legte die Hand mit dem Waschhandschuh auf die Türklinke und drückte sie im Schneckentempo herab, um ja kein Geräusch zu verursachen.

Mitten in der Bewegung erstarrte sie. Ein lautes Klirren von Glas kam aus dem Inneren des Büros. Der Schreck riss sie fast von den Füßen. Ihr Herz schlug panisch. Mit einem Mal schien es, als läge ein Stein in ihrem Magen, der sie zu Boden zog. War etwa ihr Drücken auf die Klinke die Ursache? Hatte sie etwa eine bizarre Einbruchsicherung ausgelöst? Unsinn. Es hatte geklungen, als sei das Fenster zu Bruch gegangen.

Irinas Herz wummerte wie der Diesel eines Rheinfrachters. Sie war wie paralysiert, verharrte regungslos auf den Knien und horchte.

Dann ein dumpfer Schlag. Ein Stöhnen. Ein schwerer Gegenstand, der zu Boden fiel und wegrollte.

Irina packte die Angst. Das, was sich da hinter der Tür abspielte, war kein improvisiertes Trinkgelage wie vorgestern. Da war etwas Größeres im Gange. Sie musste hier weg. Solang die Lage so unübersichtlich war, war es töricht zu riskieren, in etwas hineingezogen zu werden.

Während sie noch ihre Möglichkeiten abwog, hörte sie Schritte auf die Tür zukommen.

Sie schnellte hoch. Torkelte, vom Schreck benommen. Stolperte nach hinten. Riss die Tür zur Pforte auf und schob sich mit wummerndem Herzen dahinter.

Sie hatte die Tür noch nicht vollständig geschlossen, als die gegenüberliegende Bürotür aufgestoßen wurde und eine Nonne mit verrutschtem Schleier schreiend auf den Flur stob. Mit wehendem Habit stürzte sie Richtung Treppe.

Es war Innocentia. Irina war sich sicher. Ehe sie reflektieren konnte, was hier geschehen war, erklomm die Fliehende bereits die ersten Stufen ins Obergeschoss.

Oben flogen Zimmertüren auf. Stimmengewirr – immer wieder unterbrochen von Innocentias Wehklagen.

Unterdessen blieb es im Büro still. Irina wagte sich vor und spähte durch die weit geöffnete Tür ins Innere. Das Büro war menschenleer.

Unzählige Ordner und herausgerissene Blätter lagen verstreut auf der Erde. Durch das eingeschlagene Fenster wehte ein kühler Wind, der die Papiere auf Tisch und Boden flattern ließ, bis zu ihr herüber. Das Mondlicht verlieh den gezackten Resten der Fensterscheibe ein fahles Glimmen.

Was war das? Für Sekundenbruchteile spiegelte sich das Bild einer Nonne in einer der Scherben. Als sich Irina umdrehte, hörte sie nur noch eilige Schritte, die sich auf dem Flur entfernten. Wer war das? Wer hatte sie beobachtet?

Irina fröstelte.

MORGENAPPELL

Donnerstag, 19. März 2020, 7.15 Uhr

Irina hatte zunächst erwogen, in wilder Panik aus dem Büro zu fliehen. Doch im Treppenhaus blieb es, nachdem die Schritte der zweiten Nonne verhallt waren, still.

Im Schlaftrakt waren die Schwestern noch lange damit beschäftigt, sich um die weiterhin kreischende Innocentia zu kümmern. Sie hatte sich dennoch nicht getraut, ihren ursprünglichen Plan, die CD in den PC zu stecken und einen Blick darauf zu werfen, in die Tat umzusetzen. Ihre Neugierde war dennoch größer als ihre Angst. So hatte sie es sich nicht nehmen lassen, sich noch etwas umzuschauen.

Zuerst hatte sie sich das Fenster angeschaut. Die Glassplitter waren fast alle nach außen in den Garten gefallen. Demnach war es von innen eingeschlagen worden und die Täterin oder der Täter war nach draußen entwischt.

Auffällig war nur, dass die unten und seitlich herausstehenden langen Glassplitter des alten, noch einfach verglasten Fensters dabei nicht abgebrochen waren. Dann wandte sie sich den herumliegenden Ordnern und Unterlagen zu. Es musste sich um rund 30 Aktenordner handeln, die kreuz und quer verstreut auf Boden und Schreibtisch lagen. Zum Teil waren aus den aufklaffenden Ordnerdeckeln und aufgerissenen Drahtbügeln die Blätter herausgerutscht. Natürlich konnte sie nicht feststellen, ob Papiere entwendet wurden. Lediglich einer der Ordner mit der Aufschrift »Geldanlagen ab 2020« lag komplett leer auf dem Schreibtisch. Hinter dem Schreibtischstuhl fiel ihr eine große weiße Altarkerze auf, die mit Sicherheit nicht zur Ausstattung dieses Büros gehörte. Ob sie der Grund für Innocentias derangierte Kopfbedeckung war, weil jemand damit auf sie eingeschlagen hatte? Weiter war sie mit ihren Untersuchungen nicht gekommen.

Die Angst, hier erwischt zu werden, siegte schließlich. So war sie irgendwann nach oben gegangen und hatte sich zu den anderen gesellt, die noch immer in einer großen Traube um die laut wimmernde Innocentia herumstanden und ihren fahrigen Erklärungen lauschten.

*

Gertrude blickte ernst und etwas matt in die Runde. Die Übernächtigung stand ihr ins Gesicht geschrieben. »Schwester Alma hat mich gebeten, Sie alle über das, was uns über die Vorgänge von heute Nacht bekannt ist, zu informieren.«

Die Schwestern, die am gedeckten Frühstückstisch saßen, murmelten und nickten bestätigend.

»Schwester Innocentia hat gestern Abend noch bis in die tiefe Nacht hinein an der Bilanz für 2019 gearbeitet. Sie war kurz austreten. Als sie zurückkam, um sich wieder an ihren Platz am Schreibtisch zu setzen, wurde sie von hinten mit einer Altarkerze niedergeschlagen und war einige Zeit, vielleicht eine halbe Stunde, ohnmächtig. In dieser Zeit wurde ihr Büro durchwühlt. Der Täter schlug dann die Fensterscheibe ein und ist mit verschiedenen Dokumenten, die er aus den Ordnern entwendet hat, Richtung Garten entkommen. Er hatte es wohl auf die Vermögenszugänge durch Erbschaften und insgesamt auf die Unterlagen zu den Vermögenswerten des Klosters abgesehen. Wir können uns diesen Sachverhalt nicht erklären.«

Wieder setzte ein allgemeines Gemurmel ein. Doch Gertrude fuhr unbeirrt fort: »Wir vermuten, dass der Täter durch das Fenster an der Sakristei ins Kloster eingedrungen ist und sich dort mit einer Altarkerze bewaffnet hat. Als Schwester Innocentia ihr Zimmer kurz für den Toilettengang verlassen hat, hat er sich wohl in der Ecke hinter dem Aktenschrank versteckt und dann unsere wehrlose Mitschwester mit der schweren Altarkerze verletzt.«

Die anwesenden Schwestern kommentierten das mit einem wilden Wirrwarr aus »Ahs«, »Ohs« und spontanen Mutmaßungen. Interessanterweise schwieg die sonst nie um irgendwelche Kommentare verlegene Schwester Ehrentrud.

»Schwester Hildegard hat sich sodann sofort um Schwester Innocentia gekümmert. Glücklicherweise hat sie außer einer Beule an der Stirn nur eine leichte Gehirnerschütterung davongetragen.«

Innocentia lüpfte den Schleier etwas und präsentierte ihre Stirn, die eine deutlich sichtbare, kapitale bläulichrote Beule zierte.

Was für ein eigenartiges Schauspiel! Irina war sich noch nicht im Klaren darüber, was sie über die merkwürdige Angelegenheit mit den zahlreichen Ungereimtheiten denken sollte.

»Schwester Innocentia stuft den Schaden als gering ein. Die Unterlagen sind wohl mit etwas Zeitaufwand wiederzubeschaffen, sodass dem Kloster, außer dem Vertraulichkeitsschaden, keine Nachteile entstehen. Auf ihr Anraten hin haben sich Schwester Alma und ich entschieden, auf eine offizielle Anzeige zu verzichten. Wir wollen nicht noch einmal, dass die Polizei in unsere Klausur eindringt und unsere Ordnung stört. Wir haben alle gesehen, womit so etwas verbunden ist. Der Leichnam unserer seligen Mitschwester Walburga ist noch immer nicht zur Beisetzung freigegeben.«

Die Tischgesellschaft bestätigte ausnahmslos durch zustimmendes Nicken oder entsprechende Kommentare die Entscheidung.

»Gonz recht, lossen die Schnüffler fort«, kommentierte Ehrentrud, die ihre Sprache wiedergefunden hatte.

Nur Irina schwieg. Sie musste einiges an Selbstbeherrschung aufwenden, um nicht verständnislos den Kopf zu schütteln. Diese Tat, nur wenige Tage nach dem mysteriösen Tod einer anderen Schwester, und die für sie unschlüssigen Abläufe auf sich beruhen zu lassen, erschien ihr geradezu fahrlässig.

FLASCHENSAMMLER

Donnerstag, 19. März 2020, 7.25 Uhr

Irina saß schweigend vor ihrem Frühstücksteller. Sie registrierte nicht, dass ihr Belén Kaffee in die Tasse einschenkte. Ebenso wenig, dass sie die anderen mit neugierigen Blicken bedachten, als sie die auf ihrem Teller liegende Scheibe Graubrot nach einer Viertelstunde noch immer nicht angerührt hatte.

Im Gegensatz zu ihrer vordergründigen Untätigkeit arbeitete ihr Gehirn auf Hochtouren.

Das, was Gertrude als möglichen Tathergang geschildert hatte, passte nicht zu dem, was sie in der Nacht gehört hatte.

Das Büro war dunkel gewesen, als sie gestern vor der Tür angekommen war. Es gab weder Geräusche von auf den Boden gerissenen Ordnern noch von schlagenden Schranktüren. Zuerst war das Klirren der berstenden Scheibe zu hören gewesen, dann der Schlag und das Rumpeln der herabstürzenden Kerze, die über den Boden rollte.

Hätte es sich so zugetragen, wie es Gertrude geschildert hatte, wäre der Schlag am Anfang der Auftakt gewesen. Dann hätte man die Ordner fallen hören müssen. Und danach wäre die Fensterscheibe eingeschlagen worden.

Auch die Zeitachse stimmte nicht. Innocentia war maximal eine Minute nach dem Schlag schon aus der Tür gestürmt. Sie war allenfalls einige Sekunden benommen und nicht, wie sie Gertrude weisgemacht hatte, eine halbe Stunde bewusstlos.

Zu guter Letzt passte auch die Beule auf der Stirn nicht zu einem angeblichen Schlag auf den Hinterkopf.

Mit jeder Minute, die an diesem unseligen Morgen mit Grübeln verging, wuchsen Unsicherheit und Angst in Irina. Sie manifestierten sich in einer diffusen Übelkeit, die, von ihrem Magen ausgehend, ihre gesamten Eingeweide befiel, als breite sich ein bösartiges Geschwür in ihr aus. Was für eine Nacht! An Schlaf war nicht zu denken gewesen, und dann diese Erkenntnisse. Alles war unwirklich und fühlte sich an, als liefe ein Film vor ihr ab. Sie war sich mittlerweile sicher, dass auch die Übergabe der CD an André scheitern würde. Sollte sie ihm von den Vorgängen heute Nacht erzählen? Nein, es würde ihn nur beunruhigen, und die Sache war für sie noch nicht zu Ende durchdacht. Sie wollte sich noch die beiden Fenster und die Kerze genauer anschauen, ehe sie zu einem endgültigen Urteil kam.

Ach, wäre er jetzt nur bei ihr. Er mit seiner Gabe, jedes noch so winzige Detail zu erkennen, und der Fähigkeit, aus jeder noch so kleinen Kleinigkeit Schlüsse zu ziehen. Wieder einmal wurde ihr klar, wie sehr sie ihn vermisste.

Als Ehrentrud begonnen hatte, den Tisch abzudecken, war sie aufgestanden. Sie stand nun, mit den Ellbogen auf die Fensterbank gestützt, am Fenster und starrte nach draußen.

Spät war es mittlerweile geworden. Noch immer standen die gelben Säcke unberührt auf dem Gehweg. Genauso, wie sie sie heute Morgen so gegen 7 Uhr am Rande der Einfahrt zum Kloster deponiert hatte. Natürlich hatte sie auch dabei keinerlei Freiheiten. Alles musste so sein, wie es schon seit Ewigkeiten ablief. Wann der Müll herauszubringen, wie und wo er zu positionieren war und wem dies oblag, war verbindlich geregelt. In diesem Fall fiel die Aufgabe immer dem Mitglied der Klostergemeinschaft zu, dessen Zugehörigkeit am kürzesten war. Isolde, die sie vorgestern eingewiesen hatte, hatte gar behauptet, die Anzahl der gelben Säcke sei auf drei limitiert. Irina wusste zwar, dass das Unsinn war. Sie war es aber mittlerweile müde geworden, solche eigenartigen Selbstregulierungen zu hinterfragen. Offensichtlich gehörte es zum Bild einer Nonne, dass alles auf dieser Welt höheren Regeln unterworfen oder in irgendeiner Form limitiert war. Mäßigung, Verzicht und Selbstkasteiung hatten ihren festen Platz im Alltag dieser Frauen. In diesem Fall kam diese selbstauferlegte Regel – wenn auch dieser Gedanke mit Sicherheit nicht dahinter stand – wenigstens der Umwelt zugute.

Das eigentliche Frühstück, das sich durch Gertrudes Morgenappell verspätet hatte, war bereits eine Viertelstunde vorbei. Trotzdem schienen sich die Nonnen nicht wie üblich rasch zu zerstreuen, um ihren Tagesarbeiten nachzugehen. Die Sache mit Innocentia beschäftigte alle viel zu sehr. Noch immer standen sie im Frühstücksraum in Zweier- oder Dreiergruppen zusammen.

Da sie sich versichern wollte, dass die Übergabe klappte, blieb sie beim Fenster und beobachtete die Einfahrt. Im Fünfminutentakt blickte sie auf ihre Armbanduhr. Warum war André so spät? Was, wenn der Müllwagen die Säcke samt CD auflud und davonfuhr? Nicht auszudenken, wenn ein womöglich wichtiges Beweismittel in irgendeiner Recyclinganlage landete.

Zu allem Elend hatte sich nun auch noch Apollonia zu ihr gesellt und fragte mit weinerlicher Stimme nach ihrer Sicht auf die Vorgänge von heute Nacht.

In diesem Augenblick holperte ein voll beladener Einkaufswagen über das Pflaster der Gasse vor der Klostereinfahrt. Und das, obwohl es hier in der Altstadt weit und breit keinen Supermarkt gab. Geschoben wurde das Vehikel von einem bärtigen Alten in abgerissener Kleidung. Der Einkaufswagen war mit verblassten Plastiktüten, Planen einer Gymnastikrolle und allerlei Krimskrams beladen. Direkt vor dem Kloster stoppte der alte Mann, der offensichtlich ein Stadtstreicher war, sein schepperndes Gefährt und stierte auf die drei gelben Säcke.

Auch das noch! Irina schnaubte innerlich. Musste heute alles schiefgehen?

Er nahm eine durchsichtige, voluminöse Plastiktüte, in der sich allerlei leere Kunststoffpfandflaschen befanden, vom Haken unter der Griffstange und humpelte ein paar Schritte auf die Säcke vor dem Kloster zu.

»Wieder so ein Flaschensammler. Die werden immer verzweifelter. Jetzt suchen die schon in den Recycling-Säcken. Er wird sie aufreißen, und nachher liegt der ganze Plastikmüll lose in der Einfahrt. Dabei wird er bei uns sowieso nichts Verwertbares finden«, klagte Apollonia empört.

Irina war außerstande, etwas zu entgegnen. Würde ihr dieser Landstreicher womöglich die Tour vermasseln? Was, wenn er die CD einfach mitnahm oder sie so verkramte, dass sie André später nicht fand. Sie hatte sich so viel Mühe gegeben, sie so zu platzieren, dass man sie von außen gut erkennen konnte.

»So ein Mist«, zischte sie unbewusst.

»Reg dich nicht auf. Ist doch nur ein armer Teufel, der nicht mehr hat als das, was er in diesen Einkaufswagen laden kann. Bring ihm lieber was zu essen und sag ihm, dass er das lassen soll. Letztlich ist es unsere Pflicht als gute Katholiken, solchen bemitleidenswerten Kreaturen zu helfen.« Mit diesen Worten entfernte sich Apollonia, packte rasch ein paar Reste vom Frühstückstisch in ein paar Servietten und reichte sie ihr.

Irina schluckte, unsicher, ob sie das wirklich tun sollte.

Als sie vor die Tür trat, hantierte der Alte noch immer an den Säcken. Hielt sie dicht vor seine Augen, drehte sie, und tastete nach dem Inhalt, scheinbar immer noch auf der Suche nach etwas Brauchbarem.

Irina marschierte forsch auf ihn zu. Es wurmte sie, dass dieser Landstreicher gerade drauf und dran war, ihre Pläne zu durchkreuzen.

Sie reichte ihm mit weit ausgestreckten Armen das Lebensmittelpaket und vermied es, ihn dabei anzuschauen. Nur jetzt nicht noch eine aufgezwungene Unterhaltung riskieren, die ihr Unterfangen komplett vereiteln würde. Zudem waren die dreckstarrende Kleidung und die braungelb verfärbte Atemmaske nicht das, was ihr angeschlagener Magen gerade brauchte.

Plötzlich hörte sie ein ihr bekanntes Lachen.

»Dass ich das noch erleben darf, dass du mal vor mir Angst haben würdest«, hörte sie Andrés durch die Maske gedämpfte Stimme.

Mit einem Mal legt sich ein breites Grinsen über ihr Gesicht. Nur mit Mühe unterdrückte sie das Bedürfnis, ihn freundschaftlich zu umarmen.

»Angst? Du starrst vor Dreck. Du siehst aus wie eine wandelnde Bazillenplantage.«

»Alles nur Tarnung. Hab Stunden gebraucht, bis es so aussah.«

»Ich hab's gemerkt. Dachte schon, du kommst gar nicht mehr, alter Mann.«

»Ich wusste ja nicht, dass du rauskommst. Und die Nonnen hätten mich ohne diese Verkleidung bestimmt wiedererkannt.«

»Keine Sorge. Vor dir steht die frisch gekürte, klostereigene Fachkraft für Entsorgungsmanagement.«

»Ich wusste, dass aus dir noch was wird. Betriebswirte braucht eh keiner.«

»Wir sollten uns beeilen, die hängen an den Fenstern und beobachten uns«, mahnte Irina.

»Und wo ist die CD? Ich konnte das Ding nicht finden.«

Irina trat neben André und deutete auf die Stelle im Sack, wo sie die CD verstaut hatte. Sie war tatsächlich etwas verrutscht und kaum noch zu sehen.

»Halt das mal.« Sie übergab ihm das Verpflegungspaket und griff nach dem Recycling-Sack. Sie kramte darin, einige gebrauchte Joghurtbecher kullerten auf den Gehweg. Schließlich zog sie eine zerknüllte Plastiktüte, die sie flüchtig um die CD-Verpackung gewickelt hatte, heraus. »Nimm sie mit der Tüte und pack deine Verpflegung mit rein, so fällt es weniger auf«, flüsterte sie ihm zu. »Und mach dich vom Acker. Ich werde so schon Mühe haben, das zu erklären.«

»Pass auf dich auf!«, sagte er und warf ihr einen mitleidigen Blick zu.

Dann wandte er sich ab, sodass man vom Kloster aus nicht sehen konnte, was er tat, und packte CD und Verpflegung in den gebrauchten Plastikbeutel.

Mehrfach brummte er ein »Igitt« und »Bäh« vor sich hin. Sie klaubte derweil die verstreuten Joghurtbecher von der Straße und stopfte sie wieder in einen der Recycling-Säcke.

Drinnen angekommen, wurde sie von Apollonia und Ehrentrud bestürmt. »Und was hat er gesucht?«

»Was habt ihr so lange geredet?«

»Er hat nach Pfandflaschen gesucht, und dann wollte er noch eine Tüte für seine Brotzeit aus dem Sack haben. Ich hab sie ihm dann rausgewühlt.«

Ehrentrud verdrehte die Augen. »Oh der Arme! Die, die du ihm gegeben hast, war vom Fischhändler. Er hat mir letzten Montag die Heringe darin mitgegeben.«

UNTERSUCHUNGEN

Donnerstag, 19. März 2020, 7.50 Uhr

André fühlte sich wie ein Aussätziger. Mittlerweile hatten sich die Straßen Speyers mit Berufspendlern und Schülern gefüllt.

Er hatte das Gefühl, dass ihn alle anstarrten und, sobald sie aus seinem Sichtfeld waren, belächelten. Selbstredend hatte er es unterlassen, die Maximilianstraße, die Prachtmeile Speyers, mit seinem klapprigen Gefährt zu befahren, aber selbst die Seitenstraßen erschienen ihm heute viel zu belebt.

Er kämpfte sich gerade auf dem engen Bürgersteig der Johannesstraße in nördliche Richtung weiter, als vor ihm aus der Großen Greifengasse eine Radlerin einbog.

Er erkannte die Bürgermeisterin Annika Raps und grüßte sie reflexartig. Verdammt, wie dämlich von ihm. Was, wenn sie ihn erkannte? Nichts dergleichen geschah. Frau Raps lächelte ihn freundlich an und winkte ihm völlig unbefangen zu.

Er erwog, wieder in das Gassengewirr der Altstadt abzutauchen und einen Umweg in Kauf zu nehmen, verwarf es aber alsbald. Die kleinen Rollen des ohnehin schon laut scheppernden Einkaufswagens erschienen ihm inkompatibel mit dem dortigen Kopfsteinpflaster.

Allein schon die Bordsteinkanten reichten aus, ihm das Leben schwer zu machen. Gerade als er die Große Greifengasse überquert hatte und sein überladenes Vehikel etwas kippte, um es auf dem Trottoir der anderen Straßenseite aufzusetzen, löste sich der Beutel mit den Plastikflaschen, und die leeren Pfandflaschen kullerten geräuschvoll auf die Fahrbahn.

Ausgerechnet in diesem Augenblick näherte sich tief gebeugt, mit hängenden Armen und viel zu großen Händen, ein Fußgänger.

Erschreckt schaute der ältere Mann auf. André erkannte ihn sofort an seiner übergroßen mit Poren und roten Äderchen übersäten Nase, die wie eine zerklüftete Sandsteinklippe über der nach unten gerutschten weißen OP-Maske thronte. Es war Kurt Kerbel, ein pensionierter Städtischer, den André bereits von mehreren Fällen kannte und dem man gefühlt immer über den Weg lief, wenn man in der Innenstadt unterwegs war.

Auch das noch! André tat so, als sähe er ihn nicht, und senkte den Kopf.

»A was bischt donn du fan Dibbelbruder? Willscht dän Plasdiggschombel äfach lischelosse?« Ohne eine Antwort abzuwarten, polterte er in tiefstem Dialekt weiter. »Erschd wärrn die Eukaafswäsche beim Subbamarkt mitgehe losse und speeter londen se im Speyerbach. Un mir Troddel, wu brav unser Steire bezahlen, kenn fer des alles uffkumme. So Tybbe wie dich hab ich g'fresse. Eug'sperrt kehrener, ihr faules Kores.«

André klaubte in Windeseile die Flaschen von der Straße, immer auf der Hut, dass ihm weder Bart noch Maske verrutschten. Nur nicht auffallen, bloß nicht auffallen, sagte er sich innerlich gebetsmühlenartig vor.

Als er wieder alles an Bord hatte, drückte er sich wortlos an dem noch immer Tobenden vorbei, um das Weite zu suchen. Kerbel seinerseits stolperte in einen hektischen Ausfallschritt, um ja nicht dem schmutzigen Stadtstreicher zu nahe zu kommen.

André hastete auf direktem Wege nach Hause. Er nahm

sogar in Kauf, von Passanten oder gar Nachbarn beobachtet zu werden, wie er vor seiner Eingangstür mit dem komischen Einkaufswagen aufkreuzte. Er wollte nur noch schnell ins Innere fliehen.

Er stellte den Einkaufwagen in der Garage ab und eilte in voller Montur, einschließlich des angeklebten Rauschebarts, in sein Arbeitszimmer.

Erst hier kam er nach einigen Minuten etwas zur Ruhe. Was war es doch für ein Hundeleben, wenn Wohnsitzlose wie Aussätzige behandelt und von jedermann angepöbelt wurden. Er hatte heute einiges gelernt und würde künftig einen anderen Blick für jene Menschen am Rande der Gesellschaft haben.

Er öffnete die Plastiktüte, in die sie vorhin eilig die CD verpackt hatten. Die Duftwolke, die herausströmte, glich einer olfaktorischen Bombe. Sie übertraf die klassische Demo-Mischung aus Tränengas und Pfefferspray, die André von seiner ersten und einzigen Kernkraft-Nein-danke-Demo aus der Jugend kannte. Bei nächster Gelegenheit würde er Frank vorschlagen, die Fischtüten aus Sankt Guido in die Nahkampfbewaffnung der Polizei zu integrieren.

Eilig riss er die Fenster auf, trug die Tüte, aus der munter weiterer Fischsud auf seinen Arbeitszimmerboden tropfte, zur Mülltonne und warf die CD samt Hülle ins nächste Waschbecken. Warum musste ausgerechnet ihm als Vegetarier, bei dem selbst der Geruch von frischem Fisch Ekelgefühle auslöste und der, bevor er in die Nähe der Fischhandlung auf der Maximilianstraße kam, konsequent die Straßenseite wechselte, das passieren?

Als er seine Dekontaminationsbemühungen abgeschlossen hatte, schob er die gereinigte CD ins Laufwerk des PCs.

Das Ergebnis war ernüchternd. Er konnte zwar einige Dateien darauf lokalisieren. Sie hatten aber merkwürdige

Dateiendungen und ließen sich nicht durch bloßes Anklicken öffnen. Ein als Start-Datei deklariertes File klickte er doppelt an, aber außer einem minutenlangen Rattern des CD-Laufwerks tat sich nichts.

Was für eine eigenartige CD das doch war. Ob die Dateien beim Transport in der Fischtüte Schaden genommen hatten? Er googelte nach den Datei-Endungen und stieß auf eine überraschende Erkenntnis. Die Dateien waren in einem Format erstellt, wie es bei medizintechnischen Geräten verwendet wurde. Schnell war er sich darüber im Klaren, dass er nicht alleine weiterkommen würde. Natürlich wäre es eine Option, Achill zu fragen, aber er beschloss, zunächst morgen einen befreundeten Arzt aufzusuchen.

*

Irina hatte es sich nicht zweimal sagen lassen, Hildegard bei der Beseitigung der Glasscherben in Garten und Hof zu unterstützen.

Zuerst nahmen sie sich den Hof vor. Vor dem quadratischen, rund 60 Zentimeter breiten Fenster der Sakristei waren auf den Formsteinen des Hofes die Splitter der Scheibe verteilt. Mit mehreren Eimern, Besen und Kehrblechen rückten sie an und waren in wenigen Minuten fertig. Sonstige Spuren gab es, soweit Irina beurteilen konnte, keine. Weder ein Stein oder etwas Ähnliches, mit dem man die Scheibe eingeschlagen hatte, noch Fuß- oder Blutspuren.

Innen lagen außer ein paar Glassplittern auf der Fensterbank keine Scherben. Erstaunlich – sollte doch nach Gertrudes Schilderung hier der Einbrecher von außen eingedrungen sein. Wenigstens die Sache mit der Altarkerze schien einigermaßen plausibel. Direkt neben dem Fenster lagerten in einem Holzregal rund ein Dutzend jener etwa 80 Zentimeter langen Wachskerzen. Auch hier war auffällig, dass der Täter sich nicht die Mühe gemacht hatte, die Kanten des Fensterrahmens von den zackigen, messerscharfen Überresten der Glasscheibe, die immer noch im Fensterkitt hingen, zu befreien. Wäre er durch die Scheibe geklettert, wären Schnittwunden unausweichlich gewesen. Sorgfältig überprüfte Irina die unteren Glaszacken, die wie kleine Messerspitzen nach oben standen. Nichts, weder Flusen einer hastig darüber gelegten Wolldecke noch anhaftendes Blut. Sie war sich sicher, hier hätte ein Mensch einfliegen müssen, wollte er keine Schnittwunde davontragen.

Am Fenster zur Buchhaltung war die Situation nahezu identisch. Der weit überwiegende Teil der Scherben lag außen, und auch hier sprach die Bruchkante eindeutig dagegen, dass jemand durch die Öffnung ins Freie gekrochen war. Zusätzlich gab es hier im weichen Gartenboden vor dem Fenster keinerlei Fußspuren.

Irina war sich nun sicher, die Geschichte mit dem Einbrecher war erstunken und erlogen. Aber warum ging es ausgerechnet um dieses Büro? Sie wollte es nicht verpassen, in der allgemeinen Betriebsamkeit einen Blick hineinzuwerfen, und schlug Hildegard vor, das geborstene Fenster mit etwas Plastikfolie zu verkleben.

Während Hildegard im Keller nach einer Rolle Folie und passendem Klebeband suchte, ging Irina in den Raum.

Innocentia saß mit leidendem Gesicht auf ihrem Bürostuhl. Sie war dabei, die herausgerissenen Dokumente wieder in die Ordner einzusortieren. Als Irina eintrat, blickte sie auf und musterte sie abfällig. »Kann ich Ihnen helfen?«

»Ich will gemeinsam mit Schwester Hildegard das Fenster mit Folie abkleben. Wir müssen ja das Büro vor Regen und Zugluft schützen.«

Innocentia brummte nur ein raues »Hmm« vor sich hin und wandte sich wieder ihren Akten zu.

Irina ging zum Fenster und tat so, als würde sie daran herumhantieren. In Wirklichkeit nutzte sie die Gelegenheit, in Innocentias Rücken ihren Blick durch das Zimmer schweifen zu lassen. Die meisten Aktenordner, die gestern noch auf dem Boden herumgelegen hatten, waren wieder in die drei offen stehenden Aktenschränke gestellt worden. Auf dem Tisch erkannte Irina den leeren Ordner mit der Aufschrift »Geldanlagen ab 2020«, den sie in der Nacht schon gesehen hatte. Daneben lag ein weiterer, wahrscheinlich ebenso ausgeplünderter Aktenordner mit der Aufschrift »Geldübertragungen ans Kloster ab 2020« auf dem Ordnerrücken.

Irina hätte zu gerne gewusst, was genau sich in diesen Ordnern befunden hatte und wem es nutzte, wenn es plötzlich verschwand.

Als Hildegard mit Folie, Klebeband und Schere bewaffnet zurückkam, machten sie sich daran, den Rahmen von den spitzen Glassplittern zu befreien und dann das offene Rechteck des Fensters zu verkleben. Bei jedem noch so kleinen Geräusch, das sie verursachten, stöhnte Innocentia theatralisch auf, als würde ihr Schädel davon zerspringen.

Glücklicherweise trollte sie sich nach ein paar Minuten grummelnd.

Hildegard seufzte erleichtert auf.

Als sie das Fenster wettersicher verklebt hatten, betrachteten sie ihr Werk. Hildegard störte, dass selbst der leichte Morgenwind ausreichte, um die dünne Plastikfolie nach innen zu blähen. »Da muss noch ein Brett davor. Und sicherer ist das auch«, überlegte sie und machte sich sogleich wieder in Richtung Keller davon.

Irina gab sich geschäftig und räumte Klebeband- und Folienreste zusammen. Als Hildegards Tritte auf dem Flur verklungen waren, hielt sie inne. Sie hatte fünf bis zehn Minuten, um sich im Zimmer umzusehen. Durch die offene Tür würde sie die Schritte rechtzeitig hören.

Sie hatte sich in der letzten Viertelstunde bereits drei Ansatzpunkte überlegt, mit denen sie beginnen wollte.

Von den beiden leer geräumten Ordnern beabsichtigte sie, jeweils die Akten des Vorjahrs zu inspizieren. Sie wollte verstehen, was sich hinter den Titeln »Geldanlagen« und »Geldübertragungen ans Kloster« in etwa verbarg. Wenn schon die Unterlagen für das aktuelle Jahr fehlten, so gaben vielleicht die Kontoauszüge etwas her. Auch die wollte sie sich anschauen.

Die Zeit reichte nicht, um ganze Ordner zu durchzublättern. Sie beschloss daher, so viele Seiten wie möglich mit dem Smartphone zu fotografieren und die Erkenntnisse daraus später in Ruhe auszuwerten. Die Fotos würde sie dann auch via E-Mail an André übermitteln.

So wie es aussah, hielt Innocentia ein hohes Maß an Ordnung. Alle Ordner waren einheitlich sauber beschriftet und, nach Themengebieten sortiert, in den Schrankfächern aufgereiht. Den meisten Platz nahmen die Kategorien »Rechnungen« und »Laufende Kosten« in Anspruch, dann folgten die Bilanzen der letzten zehn Jahre. Im Nachbarschrank standen im obersten Fach die Ordner mit den Geldübertragungen ans Kloster. Sie zog sich den Ordner, der den Zeitraum von 2015 – 2019 abdeckte, legte ihn auf das Sideboard und schlug ihn auf. Der Inhalt war chronologisch sortiert. Obenauf lag ein Beleg vom vergangenen Dezember. Sie zwang sich, keine Zeit mit dem Lesen der Unterlagen zu vergeuden, und konzentrierte sich ausschließlich darauf, die Dokumente Seite um Seite abzufotografieren.

Als sie etwa 20 Fotos in rasender Eile geknipst hatte, stellte sie den Ordner zurück und suchte weiter. Etwas weiter unten stieß sie auf die Akten zu den Geldanlagen. Sie zog den Ordner, der bis zum Dezember des Vorjahres reichte, heraus und wiederholte die Prozedur. Blättern, knipsen, blättern, knipsen …

Bei den Kontoauszügen tat sie sich schwerer. Sie waren in den üblichen Schnellheftern, die die jeweiligen Banken zur Verfügung stellten, abgelegt. Es gab je einen Hefter der kirchennahen *Liga Bank*, die eine Filiale in Speyer unterhielt, sowie der *Frankfurter Anlagebank*.

Die Arbeit gestaltete sich hier schwieriger. Es war mühsam, mit nur einer Hand die Seiten umzuschlagen und den Hefter vorm Zufallen zu bewahren, während man mit der anderen Hand fotografierte. Sie war so von ihrer hastigen Arbeit eingenommen, dass sie die quietschenden Sohlen auf dem Flur erst sehr spät hörte. Kurzerhand wischte sie den Auszugshefter zu Boden und schob ihn mit dem Fuß unter das Sideboard. Im selben Augenblick erschien die große Gestalt Gertrudes in der Tür. Sie setzte an, etwas zu sagen, verstummte aber, ehe die erste Silbe ihre Lippen verließ. Fassungslos starrte sie auf Irinas rechte Hand. Irina konnte ihre Reaktion zunächst nicht deuten. Dann wurde sie sich bewusst, dass sie noch immer das Smartphone umklammerte.

Gertrude schien von dem Anblick geradezu geschockt zu sein. Sie machte mit leichenblassem Gesicht und zu einer schmalen Line zusammengepressten Lippen auf dem Absatz kehrt. Unter der Tür drehte sie noch einmal zu Irina um und spie ein »Wir sprechen uns nach dem Mittagessen« aus.

INQUISITION

Donnerstag, 19. März 2020, 13.05 Uhr

Wenn die Nonnen oder gar die betagte Priorin nebst ihrer Stellvertreterin im Kloster auf ihre Mittagsruhe verzichteten, dann taten sie das nicht ohne triftigen Grund. Heute gab es so einen.

Irina war sich bewusst, dass das aufziehende Donnerwetter möglicherweise ihr letztes in diesen Mauern war. Ein Smartphone verkörperte geradezu alles, was Gertrude strikt ablehnte: Ablenkung, billige Zerstreuung und Kontakt nach draußen, der nicht, wie beim Telefon an der Pforte, einer Kontrolle unterlag.

Es war quasi ein Generalangriff auf das Herz des klösterlichen Lebens. Das hatte sie ihr beim Einzug in einem schier endlosen Vortrag um die Ohren geschlagen und sie ausdrücklich nach einem Smartphone gefragt. Irina hatte geleugnet, eines zu besitzen, und somit ihre Novizenmeisterin grob belogen.

Das folgende Tribunal – denn genauso hatte es Gertrude inszeniert – war einem Inquisitionsgericht nicht unähnlich. Nur dass man die »peinliche Befragung«, wie man früher die Folter mit Daumenschrauben und glühenden Eisen verharmlosend bezeichnete, durch seelische Grausamkeit ersetzte.

Alma saß noch mehr zusammengesunken als sonst in ihrem mächtigen Bürosessel und verfolgte mit melancholischem Gesichtsausdruck die Szenerie. Im diametralen Kontrast zu Almas eher leidendem Auftreten agierte Gertrude. Sie ging wie ein angriffslustiger Tiger vor Irina, die man angewiesen hatte, vor Almas Schreibtisch auf eine Kniebank geduckt zu kauern, auf und ab.

»Du bist eine schamlose Lügnerin. Deine Unehrlichkeit ist ein kalter, bösartiger Verrat an uns und deinen Mitschwestern. Du hast ihn mit Niedertracht über Tage verschleiert.«

Irina schluckte.

Sie hatte zwar gute Gründe für ihr Handeln. Hatte alles mit Billigung oder gar im Auftrag des Bistums getan. Doch sie identifizierte sie mittlerweile dermaßen mit ihrer Rolle, dass jeder von Gertrudes Hieben sie direkt ins Herz traf.

»Du bist eine Schande für unsere Gemeinschaft, ein nutzloser Parasit, der sich kein Bisschen um unsere Gefühle und Ansichten schert!«, zeterte Gertrude weiter.

Über Almas welke Wange rollte eine Träne.

Das schmerzte sie noch mehr. Ja, Gertrude hatte recht. Sie hatte tatsächlich Verrat an den Schwestern begangen. Sie wünschte sich, dass das alles nun ein Ende finden würde. Sie wollte nur noch raus, raus in die Welt, ans Licht und zu André und ihren Freundinnen und Freunden. Selten in ihrem Leben hatte sie sich so elend und klein gefühlt. Stockschläge hätten nicht mehr geschmerzt als Gertrudes mit gnadenloser Wucht ausgesprochenen Worte.

»Hat dich der Teufel geritten, als du ausgerechnet dort, wo vor ein paar Stunden deine Mitschwester Opfer eines lebensgefährlichen Angriffs wurde, telefoniert hast? Sie hat die Größe, nach außen darüber Stillschweigen zu wahren, nur um unsere Gemeinschaft vor noch größerem Ungemach zu bewahren, und du? Mit wem hast du telefoniert?«

Einerseits war Irina erleichtert, dass Gertrude nicht an die Fotofunktion des Smartphones dachte und somit auch nicht die Durchsuchung der Dateien in Betracht zog. Umgekehrt stellte sie das nun vor ein weiteres Problem. Wie sollte sie das angebliche Telefonat erklären?

»Ich wollte telefonieren, aber es kam nicht mehr dazu«, log Irina.

»Aha, und mit wem?«

Irina verfluchte sich für ihre Lüge. Nun würde Gertrude sie ins Kreuzverhör nehmen und zerschmettern.

»Mit meinem früheren Beichtvater. Ich wollte ihn um seelische Unterstützung bitten.«

»Dann beweis es!«

Irina blickte verwirrt. Wie sollte sie ein nicht geführtes Telefonat beweisen?

»Zeig mir deine Anrufliste oder wie man das nennt!«

Irina war sprachlos. Diese Idee konnte unmöglich dem Gehirn dieser Frau entstammen, die wahrscheinlich noch nie ein Handy länger als zehn Sekunden in den Händen gehalten hatte.

Irina entsperrte das Gerät, wischte und klickte ein paar Mal, bis die Anruferliste auf dem Display zu sehen war. Da sie hier im Kloster bisher nicht telefoniert hatte, reichte ihr letzter Anruf bis vor ihrer Klosterzeit zurück. Sie vermied ein triumphierendes Grinsen, als sie das entsperrte Mobiltelefon mit eingeblendeter Anruferliste in Gertrudes große Hand legte.

»Danke«, sagte Gertrude, ließ das Smartphone in ihren Habit gleiten und lächelte süffisant. »Wir werden uns das Gerät anschauen.«

KLARTEXT

Donnerstag, 19. März 2020, 14.05 Uhr

Irinas Beine waren weich wie Pudding. Ihr ganzer Körper war wie elektrisiert. So, als sei vor einer halben Stunde ein Blitz in ihren Leib gefahren und die Elektronen durch ihre Nervenbahnen irrten.

Eigentlich hätte ihr jetzt alles egal sein können. Die Sache war gelaufen. Davon war sie überzeugt. Alma und Gertrude würden beraten und, so gut es zwei technikfeindliche ältere Damen konnten, auf ihrem Handy herumwischen. Wie es der Zufall wollte, würden sie auf irgendetwas stoßen, was sie als untragbar einstuften. Die einzige Hoffnung bestand darin, dass sie das Gerät zunächst weglegten und die Bildschirmsperre aktiv wurde, ehe sie es wieder zur Hand nahmen. Trotzdem, Irina ging davon aus, dass sie noch heute Nachmittag das Kloster verlassen musste.

Wie mechanisch war sie die Treppe hinab in den Garten gegangen, um sich bei Hildegard und Belén, der sie bei der Kontrolle der restlichen Bienenstöcke helfen sollte, zu melden.

So weit war es mit ihr gekommen, dass sie aus blindem Pflichtbewusstsein ihren Aufgaben nachging, obwohl sie eigentlich aus der Sache hier bald raus war und niemandem mehr etwas schuldete.

Hildegard begrüßte sie mit einem mütterlichen Lächeln und fasste sie sanft an die Schulter. »Schön, dass du trotzdem gekommen bist.«

Irina starrte sie wie benommen mit Tränen in den Augen an.

»Du musst nichts sagen, ich weiß alles. Gertrude hatte nichts Besseres zu tun, als mich sofort über dein, wie sie es nannte, gottloses Verhalten zu informieren.«

Irina schluckte.

»Keine Sorge, im Besitz eines Mobiltelefons sehe ich nichts Gottloses. Und soviel ich weiß, hat sogar Alma so ein Ding in ihrem Schreibtisch liegen.«

Die Vorstellung, wie die greise Alma ungelenk auf einem altmodischen Handy herumklickte, nötigte Irina ein schwaches Grinsen ab.

»Was ich für schwerwiegender halte, ist, dass dich jemand heute Nacht unten um Innocentias Zimmer hat schleichen sehen. Du hättest das zugeben sollen.«

Irina schluckte erneut. Auch das noch. Wahrscheinlich hängte man ihr jetzt auch noch diesen Einbruch an.

»Keine Sorge, man glaubt noch immer an diese Einbrechergeschichte, und darin ist kein Platz für dich. Obwohl wir beide wissen, dass die Geschichte Unsinn ist. Innocentia hat die Angewohnheit, alle anderen – besonders so eine Wühlmaus wie mich – zu unterschätzen. Sie hätte wohl besser die Scherben selbst weggeräumt, dann wäre uns nicht auf den ersten Blick aufgefallen, dass durch diese beiden Fenster weder jemand rein- noch rausgeklettert ist«, sagte sie mit einem verschwörerischen Grinsen.

Irina vermied es, Hildegards Äußerung zu kommentieren. Zu sehr hatten sie die Erlebnisse der letzten Stunden verunsichert.

»Wenn du wieder mal auf eigene Faust nachforschst, dann lass dir von mir helfen. Und wegen der Auszugshefter brauchst du dir keine Sorgen zu machen. Ich habe sie wieder dahin geräumt, wo sie hingehören. Und hüte dich vor Innocentia, sie hat in der letzten Zeit einigen hier böse mitgespielt. Kein Mensch weiß, warum sie plötzlich so geworden ist. Und wenn du mal wieder besser drauf bist, können wir uns ja gelegentlich darüber unterhalten. Ich traue dir zu, manches mit anderen Augen zu sehen als wir alten Himmelsbräute.«

»Danke«, sagte Irina mit brüchiger, kaum hörbarer Stimme.

»Und wenn du klug bist, sputest du dich und läufst zur Kapelle, der Pfarrer ist noch hier und räumt mit Apollonia die Sakristei auf. Ich denke, dass es Wunder bewirken könnte, wenn du dir für morgen oder übermorgen einen Beichttermin geben lassen würdest. Die Mutter Kirche hatte schon immer ein großes Herz für reuige Sünder.« Hildegard grinste und gab Irina einen freundschaftlichen Klaps auf den Oberarm.

Erneut brachte sie ein brüchiges »Danke« hervor. Bevor sie ging, verharrte sie noch kurz. »Entschuldige mich bitte bei Belén, ich wollte ihr heute Nachmittag mit den Bienen helfen.«

Hildegard winkte ab. »Keine Sorge, die wird heute sowieso nicht mehr rauskommen. Sie hat einen Sonderauftrag von Gertrude bekommen. Keine Ahnung, was die schon wieder ausgebrütet hat.«

*

André war nach Irinas kryptischen Mails in eine aufgeregte Hektik verfallen. Das wenige, was er verstanden hatte, beunruhigte ihn zutiefst.

Irina musste das alles in einer überbordenden Aufwallung verfasst haben. Unvollendete Sätze, zahllose Schreibfehler und Wortfragmente sprachen für ihre Atemlosigkeit. Das Einzige, was er sicher mitgenommen hatte, war ihre Befürchtung, dass man ihr das Smartphone abnehmen würde. Dann stand da einiges über einen, wie sie es nannte, »Fake-Einbruch« heute Nacht in der Buchhaltung.

Zwei Mal hatte André bereits den Autoschlüssel in der Hand gehabt, um schnurstracks zu Irina zu fahren und sie dort rauszuholen. Zwei Mal hatte er ihn wieder weggelegt. Er hatte Angst um sie und schalt sich dafür, dass er sie dorthin hatte gehen lassen. Schlimmer noch, er hatte das Ganze sogar mit dem Generalvikar eingefädelt. Was, wenn im Kloster wirklich eine Mörderin ihr Unwesen trieb und die nun auch Irina zum Schweigen bringen wollte? Wie sollte er sie von außen beschützen?

Er spürte, wie die Magensäure an seinen Magenwänden ätzte, wie sie es immer tat, wenn er im Stress war.

Neben diesem höchst beunruhigenden Text hatte sie ihm ungeordnet und ohne Erklärung, was darauf zu sehen sein sollte, zahllose Fotos gemailt. Dabei hatte sie die Auflösung stark reduzieren müssen, um in einem Schwung die mehr als 50 abfotografierten Dokumente übermitteln zu können. Einzelne davon waren dermaßen verpixelt, dass er die Schrift kaum lesen konnte. Er verstand den Sinn der Aktion nicht. Was sollte er mit dieser Sammlung von Bank- und Depotauszügen, Wertpapierabrechnungen und Belegen nur anstellen?

Fast alles war höchst profaner Natur. Abbuchungen der Stadtwerke für Wasser, Gas und Strom. Fälligkeiten von Bundesanleihen und Zinszahlungen. Warum brach jemand in einer Buchhaltung ein, um an so etwas heranzukommen? Warum hatte Irina diese Fotos, wenn doch der Einbrecher die Unterlagen angeblich entwendet hatte?

Daneben hatte er festgestellt, dass die Belege das vierte Quartal 2019 betrafen. Warum ausgerechnet dieser Zeitraum? Buchungen im Zusammenhang mit Ehrentruds Erbschaft konnten unmöglich in diesem Zeitraum liegen.

Er beschloss, sich an seinen Schreibtisch zu setzen und Foto für Foto minutiös auszuwerten.

Er ging chronologisch vor, so, wie Irina die Fotos aufgenommen hatte. Datum und Uhrzeit konnte er den einzelnen Bilddateien entnehmen. Am 19.03.21 um 11.08 Uhr war das erste Foto geschossen worden. Es war der Ordnerrücken mit der Aufschrift »Geldübertragungen ans Kloster 2019«. Er begann, Beleg für Beleg genauestens anzusehen. Der erste Buchungsbeleg, verbunden mit einem Förderbescheid über 3.289 Euro, betraf eine Zuwendung von einem Denkmalförderfonds für die denkmalgerechte Sanierung des Altars in der Kapelle. Er erinnerte sich sogar daran, dass das Altarbild für ein paar Wochen mit Folie verhängt gewesen war. Er glaubte nicht, dass dahinter etwas steckte, das ihm Irina mitteilen wollte. Er ging einen Beleg weiter zurück. Fördergelder aus einem Kirchenfonds zum gleichen Zweck, eine Schenkung über 3.000 Euro von einer, der Handschrift nach, sehr betagten Dame. Eine testamentarische Zuwendung ans Kloster über 5.000 Euro, ebenfalls mit Kopie des Testaments. Auch hier verwarf er den Gedanken, dass ihm Irina damit etwas Verdächtiges zeigen wollte. In dieser Art ging es weiter. Ein Grundstücksverkauf in Speyers Nachbargemeinde Otterstadt. Offensichtlich hatte das Kloster dort ein kleineres Ackergrundstück, das von der Gemeinde in Bauland umgewidmet worden war. Aber auch das war betraglich viel zu belanglos, um Ursache eines Verbrechens zu sein.

Nach einer Stunde war er mit den Fotos der Dokumente aus diesem Ordner am Ende. Er wandte sich nun den Aufnahmen aus dem Aktenordner »Geldanlagen 2019« zu.

Gleich obenauf lag ein Depotauszug der *Frankfurter Anlagebank AG* mit Stand zum Jahresende 2019. Aus seiner früheren Tätigkeit als Risiko-Analyst einer Bank war er mit Wertpapieren und ihren Merkmalen bestens vertraut. Und er wusste, dass diese Bank für ihre riskanten Anlagetipps gerade gegenüber Institutionen und Kommunen bekannt war. Das verhieß nichts Gutes.

Der Depotbestand war beachtlich. In der Summenzeile war ein Depotwert von rund 1,4 Millionen Euro ausgewiesen.

Er ging Zeile um Zeile durch. Zunächst waren kleinere Positionen in Bundesanleihen und Pfandbriefen aufgelistet. Ihre Fälligkeiten standen kurz bevor. Unspektakulär, dachte er. Dann folgten einige überschaubare Posten in Aktienwerten. Namhafte Unternehmen wie *BASF*, *Siemens* und *Telekom*. Keine Einzelposition über 20.000 Euro. Nichts, was auffällig gewesen wäre. Die Position danach, ein Aktienzertifikat über *BMW*, fiel betraglich aus dem Rahmen. Ihr Kurswert zum Jahresende betrug gut eine Million, mehr als 70 Prozent des Depotwertes.

»Wow«, flüsterte André vor sich hin. Er notierte die Wertpapierkennnummer und tippte sie in eine Suchmaschine.

Sofort huschte eine Internetseite mit den Bedingungen des komplexen Wertpapierkonstruktes auf den Bildschirm. Es war ein sogenanntes *Turbozertifikat*. Eine Wertpapierkonstruktion, die auf einen steigenden Kurs der *BMW*-Aktie setzte. Zu allem Überfluss war sie, wie man im Fachjargon sagte, gehebelt. Das bedeutete, dass sie an einer Kursbewegung der *BMW*-Aktie um das Doppelte partizipierte. Stieg die Aktie um zehn Prozent, dann stieg der Wert des *Turbozertifikates* um 20 Prozent.

So weit, so gut. Die Kehrseite war allerdings, dass der gleiche Mechanismus in die andere Richtung ebenso funktionierte. Zu allem Überfluss gab es noch ein Ausstattungsmerkmal mit fataler Wirkung, nämlich eine sogenannte Knock-out-Klausel. Fiel die *BMW*-Aktie an nur einem Tag innerhalb der Laufzeit um mehr als 50 Prozent, wurde das

Zertifikat mit einem Schlag völlig wertlos und verfiel. Eine Chance auf einen Wiederanstieg gab es nicht.

»Und das bei einer Million«, brummte André und schlug sich vor die Stirn.

Er bohrte an dieser Stelle weiter. Das Zertifikat des Klosters war im November 2019 bei einem *BMW*-Kurs von 75 Euro gekauft worden. Nun stand die *BMW*-Aktie bei 40 Euro – ein Verlust von knapp 47 Prozent. Durch den sogenannten Hebel war der Kursverlust des Zertifikates doppelt so hoch.

94 Prozent Verlust. André pfiff durch die Zähne. »940.000 Euro in den Sand gesetzt! Zwei Drittel des Wertpapiervermögens«, sagte er leise vor sich hin. Doch das Elend war damit noch nicht vorbei. Würde der Kurs der Aktie bis zur Fälligkeit Ende November diesen Jahres nur an einem Tag unter 37,50 Euro fallen, wäre die komplette Position wertlos verfallen. Bei den durch die Pandemie stark schwankenden Börsenkursen konnte das binnen weniger Tage passieren.

Das Kloster saß förmlich auf einem Pulverfass mit einer brennenden Lunte, die nur noch wenige Zentimeter maß. Das ließ alles in einem ganz anderen Licht erscheinen.

*

Auch Achill und Bertling waren nicht tatenlos gewesen. Nach Andrés Hinweis auf Walburgas Brief an ihren Bruder hatte Bertling sofort die Initiative ergriffen und ihn bei Schropp sichergestellt. Schropp hatte angesichts der Tatsache, dass André die Sache mit dem Brief bei der Polizei ausgeplaudert hatte, geflucht wie ein Kesselflicker.

Nun saßen Bertling und Achill mit der Polizeipsychologin am Besprechungstisch in seinem Büro und lauschten ihrer Einschätzung zum Brief.

»Wie schätzen Sie das ein? Ist das ein Abschiedsbrief?«, fragte Achill, nachdem die Psychologin den Text mehrere Male erst leise und dann laut gelesen hatte.

»Definitiv nicht«, antwortete sie bestimmt. »Sie schreibt: ›Es könnte sein, dass ich wohl bald vor unseren Herrn treten muss.‹ Die Formulierung ist zeitlich unbestimmt und passiv. Hätte sie geplant, sich umzubringen, hätte sie das in etwa so ausgedrückt: ›Ich werde in Kürze vor unseren Herrn treten.‹ So, wie sie es schreibt, bringt sie zum Ausdruck, dass weder ihr Tod noch der Zeitpunkt von ihr bestimmt werden kann. Auch die Tatsache, dass sie schon vor dem Treffen starb, belegt das.«

»Hmm«, brummte Achill.

»Die Formulierung deutet eher auf etwas Schicksalhaftes hin. Eine Krankheit wäre naheliegend. Oder irgendwelche komplexen Umstände, denen sie sich nicht entziehen kann.«

»Und was ist Ihre Vermutung?«, mischte sich nun Bertling ein.

»Hätten Sie mir nicht schon gesagt, dass sie vergiftet wurde und dass die Rechtsmedizin einen natürlichen Tod ausgeschlossen hat, hätte ich auf eine tödliche Krankheit getippt. Aber so …« Die Psychologin stockte.

»Aber so?«, wiederholte Achill auffordernd.

»… klingt es eher nach einem Todesurteil. Nicht nach einer Einzeltäterin, denn da hätte sie sich ja gewehrt, wäre es ihr im Vorfeld bewusst gewesen.«

*

Innocentia war wohl doch nicht so unschuldig wir ihr Name, der wörtlich aus dem Lateinischen übersetzt so etwas wie die Unschuldige bedeutete, erwarten ließ.

Sie hatte bei den Geldanlagen des Klosters einen heißen

Reifen gefahren und stand, wenn kein Wunder geschah, kurz davor, den größten Teil davon zu verspielen. André fragte sich, wer davon wusste und ob es einen Zusammenhang zu dem Kapitalmarktbuch in Walburgas Zimmer gab.

Er machte sich daran, noch den letzten Teil von Irinas abfotografierten Dokumenten zu sichten, die Auszüge des laufenden Kontos.

Auf den ersten Blick enthielten sie all jene Positionen, die sich auch auf jedem privaten Girokonto fanden. Kartenzahlungen für Einkäufe bei Speyerer Supermärkten, laufende Abbuchungen der Stadtwerke, Handwerkerrechnungen und Ähnliches. Alles war im Rahmen des Erwartbaren für die Ausgaben einer Gemeinschaft von neun sparsam wirtschaftenden Personen.

Auf der Einnahmenseite war die Situation wesentlich übersichtlicher. Es gab, neben den überschaubaren Einnahmen aus der Vermietung eine Wohnung, jeden Monat eine feste Übertragung vom Vermögenskonto bei der *Frankfurter Anlagebank* in Höhe von 4.000 Euro. Da die Zins- und Dividendenzahlungen wohl eher gering waren, hieß das, dass man das Vermögen allmählich aufzehrte. Das machte die Situation noch brisanter. Würde man das angelegte Kapital, wie es gerade drohte, verlieren, hatte man existenzielle Probleme.

André schluckte. Die Vorstellung, dass teilweise hochbetagte Frauen vielleicht in Kürze bettelarm ihr Dasein fristen mussten, belastete ihn.

Aber er fand noch etwas, das seine Aufmerksamkeit erregte.

Es gab jeden Monat einen Zahlungseingang ohne weiteren Buchungstext oder Verwendungszweck über 2.000 Euro. Die Zahlung wurde von einer *BSE GmbH* geleistet.

Er hatte noch nie etwas von dieser Gesellschaft gehört.

André bemühte seine Internetsuchmaschine. Er fand keinerlei Einträge über dieses Unternehmen. Das war seltsam, verfügte doch mittlerweile jede Firma über einen Internetauftritt. Er googelte weiter und wurde nach einer Stunde in einem eigenartigen Verschwörungsforum fündig. Dort behauptete jemand, diese GmbH sei so etwas wie eine Deckfirma des Bundeskriminalamtes.

»Hm«, brummte André, dem das alles sehr weit hergeholt erschien.

TODSÜNDE

Freitag, 20. März 2020, 9 Uhr

»Gott behüte, ich verstehe den ganzen Rummel nicht. Diese Schwester Gertrude ist ja päpstlicher als der Heilige Vater selbst«, klagte Generalvikar Hofreiter, der André in Erwartung etwaiger Ermittlungsergebnisse ohne weiteres Zögern vorgelassen hatte.

André nickte. Er war beruhigt, dass Hofreiter so wohlwollend auf seinen Besuch reagierte.

»Sie sprach wohl von Todsünden und hat das Mobiltelefon von Frau Worobjowa eingezogen«, verstärkte André noch einmal das, was er seinem Gegenüber bereits geschildert hatte.

»Die Sünde wird doch erst zur Sünde, wenn Gott ihrer gewahr wird. Und so ein Mädel mit einem Handy zu erwischen, da gibt's doch weitaus Schlimmeres.«

»Gerade in dieser Corona-Zeit ist es der einzige Weg, mit ihr Kontakt zu halten«, versuchte André, die Wichtigkeit zu unterstreichen.

»Selbstredend, ich kann Ihnen ein Lied davon singen. Meetings über PC, Online-Gottesdienste ... was haben die Schwestern nur für ein Problem mit einem Handy in ihren Mauern? Dabei sind die, wenn sie ihren Rosenkranz beten, doch schon immer online, wenn Sie wissen, was ich meine.« Hofreiter lachte los und schien sich gewaltig über seinen eigenen Witz zu amüsieren.

»Und Sie haben schon erste Erkenntnisse gesammelt?«, fragte er und wurde mit einem Mal wieder ernst.

»Ja, in der Tat. Die Sachlage stellt sich weitaus komplizierter dar als erwartet. Doch wie es scheint, haben wir das richtige Fadenende in der Hand, um das alles zu entwirren.«

»Sie machen mich neugierig. Können Sie mir vielleicht schon einen Namen nennen? Sie wissen, der Herr Bischof ist durchaus interessiert.«

»Das verstehe ich gut, aber ich möchte, bevor ich Näheres sagen kann, noch ein oder zwei Sachverhalte untersuchen. Und mich dann mit unserer Novizin abstimmen. Aus diesem Grund war ich ja mit der Bitte an Sie herangetreten, dieses Ersatzgerät an sie weiterzuleiten.« André deutete auf das Smartphone vor ihm auf dem Besprechungstisch.

Hofreiter wirkte nicht ganz zufrieden. Offensichtlich stand er gegenüber seinem Vorgesetzten im Wort, schnelle Ergebnisse zu liefern.

»Es ist natürlich besonders in dieser Zeit nicht unbedingt einfach, so etwas ins Kloster zu verbringen. Wenn ich vielleicht, wie man bei uns sagt, quid pro quo, quasi im Gegenzug davon ausgehen dürfte, dass Sie mir Ihre Ergebnisse, sagen wir, bis Lätare vortragen können.«

André schluckte. »Das wäre in drei Tagen, am kommenden Sonntag«, sagte er in einer Mischung aus Verwunderung und Empörung.

»Ganz recht. Im Gegenzug werde ich darüber nachdenken, wie wir der jungen Dame dieses Gerät schnellstmöglich zustellen können.«

*

Irina fühlte sich unwohl. Jetzt, wo sie gänzlich von der Umwelt abgeschnitten war, verschob sich das Gefühl der Vereinsamung, das ihr durch das pandemiebedingte Ausgangsverbot schon lange zu schaffen gemacht hatte, ins Klaustrophobische. Sie war hier wie auf einer einsamen Insel gefangen. Dazu kam die Feindseligkeit, die sie teilweise um sich herum wahrnahm. Selbst Belén, in der sie bisher so etwas wie eine Leidensgenossin gesehen und zu der sich ein zartes Band der Freundschaft entwickelt hatte, zeigte ihr heute die kalte Schulter. Als sie sie beim Frühstück gefragt hatte, ob sie die gestern verschobene Inspektion der Bienenstöcke nun heute in Angriff nähmen, hatte sie einfach geschwiegen. Nur einem strafenden Blick von Hildegard, die zu Beléns Rechter gesessen hatte, war es zu verdanken, dass Belén notgedrungen zustimmte.

Sie war isoliert, und das räumlich wie menschlich. Außer Hildegard schienen sie heute alle wie eine Aussätzige zu behandeln.

Gertrude hatte ihr im Vorbeigehen verächtlich hinterhergeäfft. »Wenigstens bereust du und gehst zur Beichte.« Offensichtlich hatte ihr das Apollonia berichtet, die gestern, als sie bei Pfarrer Kowarek angefragt hatte, anwesend war.

So war es hier. Nichts blieb geheim, es gab für alles nur die Gemeinschaft. Die Gemeinschaft wusste alles und die Gemeinschaft erzählte sich alles. Nur Hildegard schien sich dem wie ein Fels in der Brandung zu widersetzen. Irina schalt sich, sie ursprünglich verdächtigt zu haben. Sie mochte mittlerweile diese starke, mütterliche Frau und bewunderte sie. Sie war aus grobem Holz geschnitzt, aber gerade das gab ihr die Kraft, sich nicht verbiegen zu lassen.

ERLEUCHTUNG

Freitag, 20. März 2020, 13.50 Uhr

Die CD aus Walburgas Zimmer hatte André keine Ruhe gelassen. Er musste endlich wissen, welche Daten darauf gespeichert waren. Da er nicht über die Spezialsoftware verfügte, mit der man den Dateien zu Leibe rücken konnte, brauchte er Unterstützung von jemandem, dessen Rechner entsprechend ausgestattet war.

Wie er es auch drehte und wendete, die einzige Person, die er sich traute einzuweihen, war sein Hausarzt Doktor Römling. Sie waren ungefähr gleichaltrig, und er behandelte ihn nun schon seit über 20 Jahren. Nicht selten waren sie sich auch privat bei irgendwelchen Veranstaltungen begegnet und hatten ein Schwätzchen gehalten. Er hielt ihre Beziehung für tragfähig genug, es einfach auszuprobieren. Mehr als ablehnen konnte er nicht. Und ihm Schwierigkeiten machen oder gar die Polizei einschalten, würde er nicht.

Doktor Römling praktizierte als Seniorpartner in einer Gemeinschaftspraxis unweit von Andrés Haus.

André hatte sich bewusst etwas vor dem offiziellen Beginn der Sprechstunde eingefunden. Vielleicht konnte er ja Römling irgendwie abgreifen, um die Sache schnell hinter sich zu bringen.

Artig stellte er sich an der Rezeption an, hielt peinlich den pandemiebedingt vorgeschriebenen Sicherheitsabstand ein und wartete. Nach kurzer Zeit kam er an die Reihe. Er gab vor, wegen eines Check-ups hier zu sein, gab der Helferin seine Krankenkassenkarte und wartete geduldig, bis sie sie eingelesen und seine Daten aufgerufen hatte.

»Sie gehen üblicherweise zu Herrn Doktor Römling?«

André nickte.

»Sie haben Glück, wegen dieser unseligen Pandemie kommen kaum Patienten. Sie können gleich in seinem Zimmer Platz nehmen.«

André war zufrieden. Alles lief wie am Schnürchen. Die Arzthelferin kam hinter dem Tresen hervor und stolzierte ihm voraus in Römlings Sprechzimmer. »Nehmen Sie schon mal Platz, seine Vertretung, Frau Doktor Römling junior, wird in zehn Minuten hier sein. Sie ist noch zu Tisch.«

André schluckte. »Aber, aber ich wollte zu Herrn Doktor Römling.«

»Das wird die nächsten sechs Wochen nicht möglich sein, Herr Doktor Römling musste sich einem größeren medizinischen Eingriff unterziehen. Und seine Tochter ist wirklich eine sehr tüchtige Ärztin. Sie werden zufrieden sein.«

»Aber sie kennt mich doch nicht«, wehrte sich André kraftlos.

»Dazu haben wir ja unsere elektronische Krankenakte.« Die Helferin ging um den Schreibtisch, gab das Passwort und Andrés Namen ein, drehte den Monitor etwas, und schon sah er, wie sein digitaler Krankenbogen über den Bildschirm flimmerte. »Wie gesagt, nur noch ein paar Minuten gedulden. Pünktlich um 14 Uhr wird sie zu Ihnen kommen. Und keine Angst, sie beißt nicht.«

Als sie draußen war, blieb André angesäuert zurück. Er ärgerte sich stets darüber, wenn man ihn wie ein Kleinkind behandelte. »Sie beißt nicht«, sagte er kopfschüttelnd vor sich hin. Warum hatte man ihm nicht gleich noch einen Lutscher angeboten?

Er schaute auf seine Armbanduhr: 13.50 Uhr. Es würde also noch zehn Minuten dauern, bis die Ärztin hier eintraf. Genügend Zeit, um die Aktion abzubrechen. So zu tun, als sei ein dringender Anruf eingegangen, und einfach zu verduften.

André stand auf und blieb unschlüssig stehen.

Zehn Minuten mochten auch ausreichen, die CD im PC des Arztes einzulegen und einen Blick darauf zu wagen. Das Zimmer war am hinteren Ende des langen Korridors, die Tür stand offen. Schritte würde man auf dem PVC-Fußboden frühzeitig hören.

Er würde nicht wieder nur grübeln, wie es seine Art war. Er würde handeln. Eilig wechselte er die Seite des Schreibtisches und setzte sich auf den Arztstuhl. Mit einem Griff hatte er die CD aus der Seitentasche des Jacketts gefischt, und Sekunden später lag sie im CD-Laufwerk des Rechners vor ihm. Wie zu Hause ratterte das Laufwerk kurz, und es huschte zunächst eine Zustimmungserklärung zu den Nutzungsbedingungen auf den Bildschirm. Er bestätigte mechanisch durch einen Mausklick und gelangte zu einer Art Auswahlmenü. Der Auswahlpunkt »Bildviewer/radiologische Befunde ansehen« grub sich bei ihm in die Netzhaut. Das war es also. Es waren Röntgenbilder auf dieser CD.

Er hatte es geschafft. Ein Gefühl der Euphorie machte sich in ihm breit.

In diesem Augenblick öffnete sich die Tür zum benachbarten Behandlungszimmer.

Eine junge Ärztin, deren Ähnlichkeit mit Doktor Römling nicht zu übersehen war, starrte ihn überrascht an.

»Was … was machen Sie hier?«, fragte sie ihn fassungslos.

»Ich, äh, ich hab Ihnen schon mal meine Röntgenbilder eingelegt«, stammelte André, dem gerade nichts Besseres einfiel.

»Ich weiß ja nicht, wie Sie das mit meinem Vater so handhaben, aber wir sind kein Selbstbedienungsladen, Herr Sartorius.«

»Entschuldigen Sie!« André erhob sich und stolperte umständlich um den Schreibtisch auf den Patientenplatz zu, setzte sich aber nicht.

Frau Doktor Römling schüttelte den Kopf. »Vielleicht auch nicht schlecht, mal zu sehen, was hier für Sitten herrschen«, brummte sie vor sich hin.

André war völlig außer Fassung. Am liebsten hätte er sich in eine Gaswolke verwandelt und wäre durch das offene Fenster entwichen.

»Dann nehmen Sie eben Platz, wenn Sie schon mal hier sind«, erwiderte Römling kopfschüttelnd und starrte auf den Monitor.

André ließ sich zögerlich auf dem Patientenstuhl nieder, während sich Römling mit ein paar Mausklicks durch das Menü arbeitete.

»Das sind also die Befunde Ihrer radiologischen Vorsorgeuntersuchung?«, fragte sie, den Blick auf den Bildschirm geheftet.

»Äh … ja«, stammelte André überfordert.

Über Römlings Gesicht breitete sich nun ein Schmunzeln aus. »Ich freue mich immer, wenn Männer im Sinne der Gendergerechtigkeit auch regelmäßig zur Mammografie gehen.«

André nickte mechanisch.

»Da haben Sie aber Glück, dass Sie bei mir und nicht bei meinem Vater gelandet sind. Ich bin nur kurz hier, um ihn wegen seiner Herzoperation zu vertreten. Eigentlich bin ich nach meiner Ausbildung zur praktischen Ärztin gerade dabei, mich zur Fachärztin für Gynäkologie und Geburtshilfe weiter zu qualifizieren. Das scheint mir in Ihrem Fall hilfreich.«

*

Irina hatte sich den Tag über immer mehr in das dringende Bedürfnis hineingesteigert, das Kloster zu verlassen. In jeder Faser ihres Körpers und ihrer Seele spürte sie, dass es ein Ende haben musste. Sie wollte hier raus, und das möglichst sofort. Anfänglich hatte sie so etwas wie Angst verspürt, Gertrude würde sie nach der Sache mit dem Mobiltelefon einfach hinauswerfen. Nachdem bisher nichts geschehen war, war diese Angst in Verdrossenheit umgeschlagen, weiter hierbleiben zu müssen. Der Gedanke, hinausgeworfen zu werden, hatte nunmehr geradezu etwas Erlösendes. Aber mit jeder Minute, die verging, schien es ihr immer unwahrscheinlicher, dass Gertrude einen Schlusspunkt unter dieses Unterfangen setzen würde.

Belén hatte sie wohl auf Hildegards Drängen hin tatsächlich um Unterstützung bei den Bienenstöcken gebeten. Sie ließ sie allerdings bei jedem Handgriff spüren, dass sie es nur unter Zwang tat. Wo sie beim letzten Mal alles geduldig erklärt und vorgemacht hatte, schwieg sie jetzt. Wo sie noch vorgestern, immer wenn Irina einen der Wabenrähmchen herauszog, bereitwillig zur Verfügung stand, um mit gezielten Rauchstößen aus dem Smoker die Bienen zu beruhigen, tat sie heute nichts dergleichen. Natürlich wusste sie, dass, obwohl ihr Kopf mit Hut und Schleier geschützt war, Irina die wild um ihren Kopf summenden Bienen beunruhigten, aber sie machte keine Anstalten, der Mitschwester helfend beizustehen.

Wahrscheinlich sähe sie es gerne, wenn Irina ängstlich und genervt vom Stock fliehen würde und damit einen weiteren anschaulichen Beweis ihrer Nichtsnutzigkeit lieferte.

Doch Irina tat ihr den Gefallen nicht. Im Gegenteil, sie lernte, dass man die Bienen damit beruhigte, wenn man stoisch die Arbeit fortsetzte und ihren Flugattacken einfach nicht wich.

So war sie eben. Durch ihre Jugend in Russland geprägt, war sie leidensfähig, und je mehr man sie unter Druck setzte, desto härter war sie gegen sich selbst.

In einer Stunde löste sie alleine die 40 Rahmen von zwei Bienenstöcken mit dem Wabenheber und inspizierte sie. Immer da, wo nötig, entfernte sie mit dem Stockmeißel die wild angebauten Wachsüberhänge. Die Tatsache, dass sie das ohne Hilfe bewältigte, verlieh ihr einen trotzigen Mut, und in ihr reifte eine Entscheidung.

Sie würde aufs Ganze gehen. Was hatte sie schon zu verlieren? Wenn sie aufflog und man sie aus dem Kloster jagte, war sie endlich wieder frei und nicht mehr in diesem Gefängnis von der Außenwelt weggesperrt.

Noch immer im weißen Imkerkittel, den Imkerhut unter den linken Arm geklemmt, baute sie sich vor Hildegard, die gerade dabei war, mit einem Spaten ein Beet umzugraben, auf.

»Ich brauche Ihre Hilfe«, sagte Irina mit zittriger Stimme.

Die stattliche Frau richtete sich auf und stieß den Spaten so in die Erde, dass er stehen blieb.

»Na, das hat aber lange gedauert. Brauchtest du erst die Kraft der Bienen«, erwiderte sie mütterlich lächelnd und strich Irina zärtlich über den Oberarm. »Lass uns dort Platz nehmen.« Sie wies auf eine kleinere Sitzgruppe im Rosenbeet.

Irina nickte, und sie schlenderten stumm zu den altmodischen Gartenstühlen.

»Wie kann ich dir helfen?«, fragte die Nonne, als sie Platz genommen hatten.

»Es ist … also ich habe … mir lässt Verschiedenes keine Ruhe.«

Hildegard lächelte nachsichtig. »Da scheint dich was ganz schön durcheinanderzubringen, Kindchen. Frag schon!«

»Haben Sie eine Erklärung dafür, dass in meinem, also vorher Walburgas, Zimmer, ein Buch über Aktien stand?«

Hildegard lachte. »Und um das zu fragen, stellst du dich so an? Ja, die hab ich. Walburga war die Probatorin des Klosters.«

Irina schaute verwirrt. »Probawas?«

Hildegard schmunzelte. »Entschuldige. Jetzt rede ich schon wie unsere holde Gertrude. Sie war Kassenprüferin. Nur Gertrude nennt das so. Ich glaube, es macht ihr Spaß, diese alten Begriffe zu verwenden, die keiner mehr versteht.«

»Das heißt, sie hat geprüft, ob die Geldanlagen passen und so weiter?«

»So ist es. Sie überprüfte vor allem Rechnungen, die Barkasse und ob die Vermögensanlagen des Klosters unseren Statuten entsprechen.«

»Ist es nicht seltsam, wenn fast gleichzeitig die Prüferin stirbt und dann der Inhalt des Ordners über die Geldanlagen verschwindet?«, wagte sich Irina weiter vor.

»Das ist es. Aber dennoch bin ich mir sicher, dass es da keinen Zusammenhang gibt«, erwiderte Hildegard selbstsicher.

Irina war verwirrt, wie konnte es sein, dass Hildegard das so stur behauptete. Wusste sie etwa mehr? Es war schon seltsam. Immer wenn sich in diesem Fall ein Fenster öffnete, fiel ein anderes sofort wieder zu.

Irina wagte noch einen Anlauf. »Und da war noch so ein Heilpflanzenbuch, das ihr beide ausgeliehen hattet.«

Hildegard lächelte nachsichtig. »Auch dafür gibt es eine einfache Erklärung. Sie interessierte sich für Pflanzenheilkunde. Wir teilten diese Passion.« Hildegard stockte, und Irina nahm ein leichtes Zucken ihrer Augenlider wahr, konnte dieses Zeichen aber nicht deuten. War diese Reaktion dem Verlust einer Weggefährtin oder gar Freundin geschuldet, oder hatte es etwas anderes zu bedeuten?

Irina wagte nicht, es zu hinterfragen.

»Und was ist mit Schwester Ehrentrud? Sie wirkt befangen und scheint eine schwere Last zu tragen?«, formulierte Irina vorsichtig.

»Ich möchte aufrichtig zu dir sein, erwarte aber im Gegenzug, dass du es damit bewenden lässt und es für dich behältst. Du hast das richtig beobachtet. Ehrentrud ist unglücklich. Es geht um das Erbe ihrer kürzlich verstorbenen Mutter. Sie wollte es ausschlagen und ihrem Bruder das Familienweingut überlassen. Aber Innocentia und Gertrude pochen auf die Klosterregeln, wonach das Erbe unserer Gemeinschaft zusteht.«

»Ist das nicht automatisch so?«

»Im Prinzip ja. Aber früher fand Alma für solche Fälle immer, sagen wir mal, sehr weise und kreative Lösungen. Sie hätte nie eine Existenz zerstört, wie es nun Ehrentruds Bruder bevorstehen wird.«

»Und welche Rolle spielte Walburga dabei? Ich meine, in ihren Funktionen als Pförtnerin und Rechnungsprüferin …«

Hildegard lachte. »Du willst ja alles ganz genau wissen. Natürlich war Walburga auch involviert und bekam als Erste die Post mit der Mitteilung vom Amtsgericht zu sehen.«

»Und Ehrentrud?«

Hildegard schnaubte gespielt genervt. »Ehrentrud hätte es wohl lieber gesehen, wenn Walburga darüber hinweggeschaut hätte. Walburga stand im Konflikt, entweder ihrer Mitschwester zu helfen, was sie gerne getan hätte, oder aber die Vorschriften einzuhalten. Sie war immer ein Vorbild an Korrektheit, und es war klar, dass sie es nie übers Herz bringen würde, etwas zu verschweigen oder verschwinden zu lassen. Ehrentrud hat es schließlich auch eingesehen und ihr verziehen.«

Irina schwieg, sie musste diese Informationen, die ihr Hildegard so offenherzig gegeben hatte, erst verarbeiten. Erstaunlich war, dass sie das alles so genau wusste, aber daraus offensichtlich keinen Verdacht ableitete.

Hildegard fasste Irina nun an den Schultern und schaute sie durchdringend an. »Magst du mir nun auch etwas erzählen?«

Irina schluckte. Die Gedanken schwirrten wie ein Bienenschwarm wild in ihrem Kopf umher. Was meinte Hildegard damit? War sie ihr etwa auf die Schliche gekommen?

»Ich weiß nicht, auf was Sie anspielen?«, erwiderte sie kraftlos. Es war ihr bewusst, dass Hildegard eine kluge, lebenserfahrene Frau war, die sich nicht so schnell täuschen lassen würde.

»Ich habe dich beobachtet und bin mir sicher, dass du keine Novizin bist.«

Irina stockte der Atem. Rote Flecken überzogen mit einem Mal ihren Hals.

»Du musst mir keine Antwort geben. Genauso sicher, wie ich mir bin, dass du keine Novizin bist, bin ich der festen Überzeugung, dass du nur Dinge tun wirst, die du auch moralisch verantworten kannst. Ich weiß, dass du eine junge Frau bist, die nach christlichen Werten lebt.«

Irina nickte, unfähig, etwas zu erwidern.

Hildegard fasste sie nun an beiden Schultern und schaute ihr eindringlich in die Augen. »Es geht hier nicht um mich. Ich frage mich mittlerweile, ob es mich nicht sogar befreit, wenn hier einiges ans Licht kommt. Aber bitte pass mir auf unsere Belén auf. Sie kann damit nicht umgehen.«

»Wieso, was ist mit ihr?«, unterbrach sie Irina.

Hildegard zögerte. Offensichtlich rang sie mit sich, Beléns Geheimnis preiszugeben. »Belén hat in Kolumbien ein schreckliches Martyrium durchlebt. Sie musste mit ansehen, wie eine Drogenbande, die ihr Dorf überfiel, ihre Eltern erschossen hat. Sie selbst wurde von ihnen verschleppt und hat weiß Gott was durchgemacht. Als sie zu uns kam, hat sie wochenlang kein Wort gesprochen. Sie hat so viel Niedertracht und Bosheit erfahren, dass sie keinem Menschen mehr vertrauen kann. Wenn sie sich bedroht fühlt, setzt sie sich mit allen ihr zur Verfügung stehenden Mitteln zur Wehr. Du musst sie frühzeitig einweihen und ihr Gelegenheit geben, dein Handeln zu verstehen. Bitte, versprich es mir.«

Irina nickte erneut. »Sie hat eine starke Bindung zu Ihnen?«

»Das hast du richtig beobachtet. Ich bin wohl die Einzige, der sie vertraut. Ich glaube manchmal, sie sieht in mir ihre Mutter.«

*

André hatte noch einen Augenblick gebraucht, um das ganze Ausmaß dieser Blamage zu realisieren. Er war hier mit den Röntgenbildern von Walburgas Brustkrebsvorsorge aufgetaucht und machte sich gerade vor dieser jungen Ärztin völlig zum Affen. Resigniert schlug er sich mit der Hand vor die Stirn.

Doktor Römling konnte sich nun nicht mehr zurückhalten und brach in schallendes Gelächter aus. Sie lachte so herzerfrischend, dass sich nun auch André nicht mehr halten konnte. »Sie können froh sein, dass mein Vater mir vor Kurzem von Ihnen erzählt hat. Er war ganz stolz, Sie, *den* Privatschnüffler Speyers, als Patienten zu haben.«

»Ich fürchte, ab jetzt bin ich wohl eher *der* Privattrottel Speyers.«

Römling lachte. »Ich bin mir sicher, auch James Bond fällt mal in den Dreck. Auch wenn uns das leider in den Filmen immer vorenthalten wird. Und wenn Sie wissen wollen, was auf fremden Röntgenbildern ist, fragen Sie mich in Zukunft einfach direkt. Ich mag Krimis. Und schließlich ist es nicht verboten, Röntgenbilder, die ein Patient mitbringt, zu begutachten.«

André nickte erleichtert. »Tut mir leid. Ich will ab jetzt ganz offen sein«, bekannte er noch immer etwas betroffen. »Diese CD wurde im Zimmer einer Verstorbenen gefunden. Die Umstände ihres Todes sind bis jetzt ungeklärt. Können Sie darauf etwas feststellen, was mit ihrem Tod im Zusammenhang stehen könnte?«

»Geben Sie mir ein bisschen Zeit«, sagte Doktor Römling und wandte sich wieder den Bildern zu.

Nach ein paar Minuten, einigen Klicks und Drehungen am Maus-Rad, um Details auf den Bildern zu vergrößern, blickte sie auf.

»Diese Frau Schropp ist definitiv nicht an dem, was ich hier sehe, verstorben.«

André schreckte förmlich hoch. »Und was sehen Sie?«

»Na ja, ich musste mich schon sehr anstrengen. Sie scheint einen winzigen, höchstwahrscheinlich bösartigen Tumor in ihrer linken Brust gehabt zu haben.«

»Und …«, begann André.

»Der ist aber eher harmlos. Er ist sehr klein, in einem absoluten Frühstadium und liegt direkt unter der Haut, wahrscheinlich hatte sie ihn selbst ertasten können. Ich würde mal behaupten, ein schnell durchgeführter chirurgischer Eingriff, ein paar Tage Krankenhaus, und die Dame wäre die Sache ein für alle Mal los gewesen. Glück im Unglück sozusagen. Kein Grund, um in Panik zu verfallen. Das kriegt man heute problemlos in den Griff.«

»Hm«, brummte André unschlüssig. »Hätte so etwas nicht bei der Obduktion auffallen müssen?«

»Kann sein, muss nicht sein«, entgegnete Römling lakonisch. »Die suchen nach möglichen akuten Todesursachen und nicht nach eher langfristigen Risiken. Im Übrigen war er wirklich sehr klein, und wenn es keinen Anfangsverdacht gibt, spart man sich eine Mammografie. Schließlich müssen die auch auf die Kosten achten.«

»Danke«, entgegnete André und rieb sich das Kinn. »Würde eigentlich jeder Frauenarzt zu diesem Ergebnis kommen?«

»Sie meinen, dass man den Knoten nicht gesehen oder sie über die Folgen vielleicht falsch informiert hat? Das lässt sich leicht feststellen, es gibt auf der CD auch einen schriftlichen Befund.«

Wieder klickte sie und vertiefte sich in die Bildschirmanzeige.

»Nein, der Kollege ist zum gleichen Ergebnis gekommen wie ich. Er hat ihr eine sofortige Operation empfohlen und schreibt, dass er von einer fast 100-prozentigen Heilungschance ausgeht, und das hat er ihr, wie hier steht, auch mitgeteilt.«

»Dann gibt es da wohl wirklich keinen Zusammenhang«, dachte André laut.

»Moment, da gibt es noch einen Zusatz.«

»Aha?« André schaute gespannt auf die junge Ärztin, die mit zusammengekniffenen Augen weiterlas.

»... entgegen meines dringenden ärztlichen Rates weigert sich die Patientin ausdrücklich, sich einer medizinisch unbedingt angezeigten Brustoperation zu unterziehen.«

ABSOLUTION

Samstag, 21. März 2020, 6 Uhr, Laudes

Der Morgen hatte mit einem Paukenschlag begonnen. Als sie sich in der Kapelle versammelt hatten, erklomm Alma noch schwächlicher als sonst mit Gertrudes Hilfe die drei Stufen zum Altar.

Ein Raunen ging durch die zwei ersten Bänke, die wie immer mit den Schwestern besetzt waren.

»Ich habe Ihnen eine besorgniserregende Mitteilung zu machen!«, begann Alma mit schwankender Stimme.

Sofort kehrte absolute Ruhe ein. Mit einem Mal war es so

still, dass nur das einsame Gurren einer Taube, die in dem noch winterkahlen Astgerippe einer der Platanen auf dem Vorplatz saß, in das Kircheninnere drang.

Alma räusperte sich umständlich. »Uns hat eine Mitteilung vom bischöflichen Ordinariat erreicht, dass unser lieber Pfarrer Kowarek erkrankt sei.«

Ehrentrud rollte mit den Augen, offensichtlich erschien ihr die kassandrische Ankündigung etwas zu übertrieben für diese Alltäglichkeit.

Doch Alma fuhr müde fort. »Wie man uns sagte, sei er in einer 14-tägigen Quarantäne, weil er Kontakt zu einem mit dieser Corona-Krankheit Infizierten hatte. Im Laufe des Tages wird man uns eine Vertretung zuweisen.«

Irina seufzte leise. Auch das noch, was geschah dann mit dem für heute angesetzten Beichttermin wegen dieser Handysache. Musste sie ihn nun womöglich mit irgendeinem Vertreter Kowareks durchziehen.

»Pfarrer Kowarek lässt ausrichten, dass er keinerlei Krankheitssymptome hat und dass er zuversichtlich sei, mit Gottes Hilfe auch diese Prüfung zu überstehen. Er legt Wert darauf, dass die heute angesetzten Beichttermine mit den Schwestern Eva und Hildegard von seinem Vertreter übernommen werden.«

Hier wird einem aber auch gar nichts geschenkt, durchzuckte es Irina.

»Da der Ersatz unseres Pfarrers nicht rechtzeitig hier sein kann, wird die heilige Messe heute durch eine Lesung unserer Mitschwester Apollonia ersetzt«, mischte sich nun Gertrude ein, die offensichtlich fürchtete, Alma hätte diesen Teil der Mitteilung vergessen.

Doch Alma fuhr auf den Altar gestützt mit zittriger Stimme fort. »Ich habe Ihnen eine weitere Ankündigung zu machen.«

Wieder ging ein Raunen durch die Reihe der Schwestern.

»Die Polizei lässt mitteilen, dass die sterblichen Überreste unserer Schwester Walburga endlich von den Behörden freigegeben wurden und übermorgen um 14 Uhr in unserem Beisein auf dem Friedhof beigesetzt werden.«

Wieder ging Unruhe von den Schwestern aus. Wobei Irina den Eindruck hatte, dass es eher Laute der Erleichterung als der Betroffenheit waren. Offensichtlich begrüßte man, dass nun endlich das Kapitel um Walburgas Tod ein Ende finden würde, auch wenn ihr Tod noch nicht aufgeklärt war.

*

Als sie nach dem improvisierten Gottesdienst die Kirche verließen, um in den Speisesaal zum Frühstück zu gehen, passierte etwas Seltsames. Irina spürte plötzlich eine knochige Hand auf ihrem Arm. Es war die Priorin, die sich wie selbstverständlich bei ihr unterhakte und mit ihr ging. Als Irina zu der kleinen Frau hinabsah, lächelte diese gütig und schwieg. Was war das? Wieso diese ungewohnte Annäherung? War das die Reaktion auf den Beichttermin morgen? Während Irina sich dem langsamen Gang Almas anpassen musste, war Hildegard an ihr vorbeigezogen und blinzelte ihr verschwörerisch zu. Hatte sie es etwa ihrer Fürsprache zu verdanken, dass ihr die greise Priorin so ihre Gunst erwies.

Diese Art von Signalen wollte während des Frühstücks nicht abreißen. Als sie sich neben Belén am Frühstückstisch niederließ, legte die ihre Hand in die ihre und hauchte ihr ein leises »Verzeihung dafür, dass ich dich gestern gemieden habe« entgegen. »Ich werde es wiedergutmachen«, setzte sie hinzu.

Keine fünf Minuten später, als sich ihr und Ehrentruds Blicke trafen, erntete sie ein aufmunterndes Zublinzeln. So ging es die ganze Zeit über, die Einzigen, die sie weiter wie Luft behandelten, waren Gertrude und Innocentia.

*

Nach dem abgespeckten Gottesdienst und dem Frühstück kehrte die übliche Klosterroutine zurück. Irina bereitete sich auf die Beichte vor, die für 8.30 Uhr angesetzt war. Hildegard hatte schon ihre typische grüne Schürze umgebunden und würde sich gleich mit Belén in Richtung Garten davonmachen. Apollonia ging zur Kapelle, um dem neuen Pfarrer ein aufgeräumtes Gotteshaus zu übergeben. Gertrude und Innocentia waren mit ernsten Gesichtern in Almas Zimmer verschwunden.

*

Die Szenerie in Almas Zimmer glich stark der, die man vorgestern für Irina vorbereitet hatte. Der einzige Unterschied war, dass man für Innocentia statt einer Kniebank einen einfachen Stuhl vor den mächtigen Schreibtisch gerückt hatte. Alma saß zusammengesunken in ihrem Schreibtischsessel, und man sah ihr an, dass sie weder die Lust noch die Kraft für das hatte, was nun folgen würde.

»Schwester Innocentia, wir hatten Sie bereits vor einer Woche an Ihre Pflicht, uns gegenüber Rechenschaft abzulegen, erinnern müssen. Sie sind dieser Verpflichtung schon gegenüber unserer seligen Walburga nicht nachgekommen. Nun, wo ich interimistisch die Aufgabe der Kassenprüferin übernommen habe, sitzen Sie wieder mit leeren Händen vor uns.« Gertrudes Stimme klang kalt und abweisend. Jedes ihrer Worte schien sich spitz und scharf in die schlaffe Haut von Innocentia zu bohren. Als Reaktion darauf zuckte die rechte Gesichtshälfte der Cellerarin in einer Frequenz, die mit jedem Klub-Stroboskop konkurrieren konnte.

Innocentia schwieg, als müsse sie sich von den Vorwürfen erholen. »Ich werde meinen Verpflichtungen selbstverständlich, wie schon seit 20 Jahren, nachkommen. Aber Sie sollten bedenken, dass bei dem Einbruch vorgestern Nacht unter anderem alle aktuellen Unterlagen zur Vermögenslage entwendet wurden. Es wird ein oder zwei Wochen dauern, bis ich die bei den Banken bereits angeforderten Duplikate zur Verfügung habe.«

»Aha, ausgerechnet diese Unterlagen wurden gestohlen«, brummte Gertrude ungläubig. »Ich möchte wissen, wofür der Täter die braucht?«

»Bestimmt hat er im Auftrag der Presse gehandelt. Die suchen doch jede Gelegenheit, unsere Interna auszukundschaften, um danach vom angeblichen Reichtum der katholischen Kirche herumzuschwadronieren.«

Gertrude schüttelte ungläubig den Kopf, während Innocentias Zuckungen nun in eine eigenartige Unregelmäßigkeit übergegangen waren. Für einen Augenblick wirkte es, als würde sie damit Morsezeichen aussenden.

»Ich wäre fast schon beruhigt, wenn dies geschehen würde, wenn ich den letzten Bericht Walburgas lese, kommen mir da eher Zweifel!«, erwiderte Gertrude in abfälligem Ton.

Alma hatte die Augen geschlossen, als wolle sie sich in eine andere Welt ohne Probleme, Vorwürfe und Unterstellungen flüchten.

»Es besteht kein Grund zur Beunruhigung. Ich habe alles im Griff. Die Unerfahrenheit unserer seligen Walburga in modernen Finanzinstrumenten ist der Quell, aus dem jenes Missverständnis entsprungen ist.« Es schien, als hätte Innocentia all ihre Kräfte beansprucht, um diesen Satz möglichst belanglos klingen zu lassen. Selbst ihre Zuckungen pausierten für einige Sekunden.

*

»Unser neuer Pfarrer hat schon im Beichtstuhl Platz genommen«, flötete Apollonia dienstbeflissen, als Irina eintrat.

Mit den Worten »Bitte setzen Sie die hier auf«, reichte sie Irina eine OP-Maske. »Das Bistum hat uns für innen eine Plexiglasscheibe spendiert, damit alles sicher ist und es uns nicht so ergeht wie Pfarrer Kowarek.«

Irina bedankte sich und öffnete die Tür zu der hölzernen Doppelkabine. Der Pfarrer hatte schon ihr gegenüber, jenseits des Holzgitters und der neuen Plexiglasscheibe, Platz genommen.

Irina nahm von ihm nur einen Schatten wahr. Das fehlende Licht, die spiegelnde Scheibe und das Holzgitter verhinderten es, ihn zu erkennen.

»Grüß Gott, Schwester Eva!«

»Grüß Gott, Herr Pfarrer!«

Wie üblich bekreuzigte sich Irina und sprach den Standardtext, der zu Beginn der Beichte vorgesehen war. »Im Namen des Vaters und des Sohnes und des Heiligen Geistes. Amen.« Sie wollte das hier nur möglichst schnell hinter sich bringen. Sie kannte den Mann ihr gegenüber nicht, und Apollonia schien es mit dem Kehren, unmittelbar um die Beichtkabine herum, heute besonders ernst zu nehmen.

»Gott, der unser Herz erleuchtet, schenke dir wahre Erkenntnis deiner Sünden und seiner Barmherzigkeit«, hörte sie den Pfarrer undeutlich. Hinter Maske und Scheibe war seine Stimme kaum hörbar.

Verdammt. Selbst wenn sie den Pfarrer schon einmal getroffen hätte, so würde sie ihn auf keinen Fall wiedererkennen.

»Amen«, setzte sie hektisch hinzu.

»Du kannst nun deine Sünden bekennen«, erwiderte er monoton.

»Ich habe gegen die Regeln unserer Gemeinschaft verstoßen und ein Mobiltelefon mit mir geführt und benutzt, um Zeitungsnachrichten zu lesen und mir die Zeit vor dem Einschlafen mit Spielen zu vertreiben.«

»Das ist eine schwere Sünde. Die Regularien eurer Gemeinschaft basieren auf den Regeln, die uns der heilige Augustinus überlassen hat, und gelten schon viele Jahrhunderte.«

Irina musste sich einen Kommentar verkneifen. Sie fragte sich, wie Augustinus bereits im sechsten Jahrhundert Bestimmungen zum Umgang mit Mobiltelefonen festlegen konnte.

Stattdessen leierte sie ein kurzes Gebet herunter. »Ich bereue, dass ich Böses getan und Gutes unterlassen habe. Erbarme dich meiner, o Herr!«

Nun stand das sogenannte Beichtgespräch bevor. Irina hoffte, dass es der Pfarrer nicht so ernst nehmen würde und keine Details erfragte.

»Schwester Irina, ich hoffe, dass das, was du getan hast, zu einem guten Zweck war und in guter Absicht geschehen ist.«

Irina fühlte sich wie vom Blitz getroffen. Hatte sie sich gerade verhört? Hatten sie die Gummibänder der Maske, die etwas zu stramm hinter ihren Ohrmuscheln saßen, ihn missverstehen lassen, oder hatte sie dieser Mann tatsächlich mit »Schwester Irina« angesprochen?

»Auch der Prophet Jeremia war, als er König Zedekia befragte, in einer ähnlichen Situation. Nimm die Bibel und lies dazu bei Jeremia im Kapitel 38 nach.«

Irina war noch immer wie elektrisiert und konnte den Worten des Pfarrers kaum folgen. Wenn er ihren echten Namen wusste, musste er von außen geschickt worden sein. Oder war es gar André? Nein, ihn hätte sie trotz allem erkannt. Die Stimme dieses Mannes klang viel älter.

Zu gerne hätte sie ihn einfach gefragt und dem merkwürdigen Schauspiel ein Ende gesetzt. Doch Apollonia war gerade dabei, wohl schon zum dritten Mal den Boden um den Beichtstuhl zu kehren. Sie würde ohne Maske und Plexiglasscheibe von außen wahrscheinlich mindestens genauso viel verstehen wie Irina.

»Gott, der barmherzige Vater, hat durch den Tod und die Auferstehung Seines Sohnes die Welt mit Sich versöhnt und den Heiligen Geist gesandt zur Vergebung der Sünden. Durch den Dienst der Kirche schenke er dir Verzeihung und Frieden. So spreche ich dich los von deinen Sünden. Im Namen des Vaters und des Sohnes und des Heiligen Geistes«, fuhr nun der Pfarrer mit dem üblichen Absolutionstext fort.

In Irina wuchsen die Zweifel, ob sie tatsächlich ihren Namen gehört hatte. Warum, um alles in der Welt, sandte ihr der Mann gegenüber nicht noch eine Botschaft.

Sie hörte ihr mechanisch gesprochenes »Amen«, als käme es von einer Dritten.

»Du bist nun mit der Auflage entlassen, Buße zu tun. Gleich neben dem Beichtstuhl findest du einen Umschlag mit einem Bußgürtel. Lege ihn gleich nach dieser Beichte in deinem Zimmer an und nutze ihn, bis deine Sünden gesühnt sind.«

Was bedeutete das? Sie hatte nur einmal in ihrem Leben bei einem Fall, den André gelöst hatte, etwas von einem Bußgürtel gehört. Meinte das der Pfarrer ernst, oder war es so etwas wie eine Botschaft?

»Danke, das werde ich tun. Auf Wiedersehen«, sagte sie von der Situation völlig überfordert und stakste unsicher aus der Kabine.

Sie nahm den braunen aufgeblähten Umschlag, der neben dem hölzernen Beichtstuhl stand, und wandte sich zum Gehen.

Aus dem Innern hörte sie noch einmal die brüchige Stimme des Geistlichen. »Schwester Apollonia, wir sind fertig, Sie können die nächste Beichtwillige hereinlassen.«

Sie war sich sicher, diese Stimme mit dem merkwürdigen Dialektanklang schon mal gehört zu haben.

ERMITTLUNGEN

Samstag, 21. März 2020, 9 Uhr

Der ungeschickte Auftritt bei Frau Doktor Römling hatte André aufs Gemüt geschlagen und lähmte seinen Tatendrang. Er konnte es auch noch einen Tag später nicht verwinden, sich dermaßen blamiert zu haben. Er musste sich eingestehen, dass seine Eitelkeit verletzt war. Wie konnte es ihm, der stets überlegt an die Sachen heranging, der wie ein Schachspieler oft mehrere Züge vorausplante, passieren, so tölpelhaft und unüberlegt vorzugehen. Selbst der deutliche Zugewinn an

Hintergrundwissen konnte das kaum aufwiegen. Zumal ihm nach wie vor nicht klar war, ob ihn diese Erkenntnis tatsächlich weiterbringen würde. Gab es überhaupt einen Zusammenhang zwischen dem, wie es aussah, leicht zu behandelnden Tumor und Walburgas Gifttod? Ob es doch ein Selbstmord gewesen war? Aber darauf gab es keinerlei sonstige Hinweise. Ihre Mitschwestern hatten einen möglichen Freitod, wie Irina berichtet hatte, kategorisch ausgeschlossen. Dazu passte auch nicht, dass nach einem kleinen Eingriff und ein paar Tagen Krankenhaus die Sache wahrscheinlich erledigt gewesen wäre.

Er wollte das so bald wie möglich mit Irina besprechen. Vielleicht hatte sie ja eine Erklärung dafür.

Für heute Nachmittag hatte er sich, nachdem er nun zweimal drüber geschlafen hatte, etwas anderes vorgenommen. Er war sich bewusst, dass dieses neue Unterfangen ebenso das Risiko barg danebenzugehen wie der Besuch beim Arzt.

Nach wie vor war die Frage offen, wieso diese seltsame *BSE-GmbH* dem Kloster anscheinend monatlich 2.000 Euro überwies. Da es gemäß seinen Internetrecherchen den vagen Verdacht gab, dass die GmbH irgendwas mit der Polizei zu tun hatte, blieb ihm keine andere Wahl, als bei Achill diesbezüglich anzuklopfen.

Um nicht wieder ins Fettnäpfchen zu treten, hatte er sich eine, wie er meinte, glaubwürdige Rahmengeschichte zurechtgelegt.

»Ja, Achill!«, meldete sich sein Freund schnörkellos und ein wenig hektisch am anderen Ende.

Nach einem kurzen Small Talk, bei dem sich Achill für den guten Tipp mit Walburgas Brief an ihren Bruder bedankte, kam er allmählich auf den Punkt.

»Ich helfe gerade einem befreundeten Unternehmer mit seiner Buchhaltung. Da er wegen der Pandemie Kurzarbeit anmelden musste, ist ihm sein Buchhalter davongelaufen und hat ein blankes Chaos hinterlassen«, log André.

»Aha, und warum erzählst du mir das? Bist du dort schon wieder einem Verbrechen auf der Spur?«

»Nein, nicht direkt. Es gibt nur monatliche Gutschriften von so einer merkwürdigen GmbH, die mir und meinem Freund nichts sagt.«

»Ich versteh gerade rein gar nichts. Wie du weißt, bin ich nicht für Wirtschaftsstrafsachen zuständig.«

»Ich weiß, es ist nur – diese GmbH hat wohl was mit eurem Verein zu tun.«

»Polizeisport?«, fragte Achill, der die Anspielung wohl missverstanden hatte.

»Nein, es geht um eine *BSE-GmbH*. Im Netz habe ich gelesen, dass sie irgendwie dem BKA nahesteht.«

Achill schwieg einen Augenblick. Dann sog er geräuschvoll Luft durch die Zähne, als sei ihm etwas auf den Fuß gefallen.

André wartete geduldig, er wollte nicht riskieren, direkt abgewürgt zu werden.

»In welcher Branche ist dieser Freund tätig?«, fragte Achill in einer Stimmlage, die André zeigte, dass er wohl gerade wieder in seinen Ermittlermodus eingetaucht war.

»Hotellerie«, antwortete André schnell, vielleicht einen Tick zu hastig.

»Du solltest da deine Finger raushalten. Du gefährdest nur dich und vor allem andere. Das ist was für Profis. Ich verspreche dir, da steckt kein Verbrechen dahinter. Das hat alles seine Richtigkeit, und du hältst dich raus.« Er hatte das sehr autoritär und eindringlich gesagt. Fast klang es wie eine Drohung.

»Verstehst du mich? Halt deine Füße still! Ab hier wird's so richtig gefährlich.«

André schluckte. So hatte er seinen Freund noch nicht erlebt. Das war nicht vergleichbar mit dessen üblichen Appellen, sich aus der Polizeiarbeit rauszuhalten.

»Ja, mach ich«, druckste André etwas unbeholfen.

»Du musst es mir versprechen, hörst du?«, setzte Achill nach.

*

Irinas Gefühl der Erleichterung, die Beichte endlich hinter sich zu haben, war nach ein paar Minuten in Empörung umgeschlagen. Was war das für ein merkwürdiger Priester, der so eine drakonische Buße von ihr forderte?

»Bußgürtel«, hatte sie mehrfach kopfschüttelnd und zornig vor sich hingesagt. Wie konnte in heutiger Zeit ein Priester fordern, dass man sich einen dornenbewehrten Lederriemen um den Oberschenkel schnallte, festzurrte und zur Buße die Schmerzen hinnahm. Welchem Jahrhundert war denn dieser Typ entsprungen? Sie hatte von dieser seltsamen und bizarren Praxis überhaupt erst durch Andrés vorletzten Fall erfahren. Dieser Typ im Beichtstuhl war wohl so ein fanatisch Gestriger, wie sie leider immer wieder irgendwo auftauchten.

Sie hatte den Umschlag von diesem Pfarrer achtlos und ungeöffnet in ihren Schrank geworfen und sich gleich Richtung Bibliothek auf den Weg gemacht.

Der Augenblick war dazu günstig. Hildegard war selbst noch bei der Beichte und würde sie nicht vermissen, und Apollonia, die Bibliothekarin, war damit beschäftigt, um dieses lebende Fossil von einem Priester herumzuschwänzeln.

Irina wollte sich noch einmal dieses medizinische Fachbuch über Klosterheilkunde, aus dem das Bildchen der heiligen Walburga herausgerutscht war, anschauen. Sie hatte in der Zwischenzeit mehrfach gesehen, dass viele der Schwestern Bilder ihres Namenspatrons mit sich trugen und gerne als Lesezeichen für Gesangbuch, Bibel oder sonstiges nutzten. Es war in ihren Augen daher sicher, dass das Bildchen von Walburga in das Buch geschoben worden war. In den letzten Tagen hatte es dazu nie eine passende Gelegenheit gegeben. Entweder thronte Apollonia an ihrem Schreibtisch mitten in der Bibliothek und verfolgte mit Argusaugen alles, was dort vorging, oder die Tür war verschlossen.

Irina hatte Glück. Die Tür war offen und die Bücherei verwaist. Zielstrebig zog sie das Buch, bei dem ihre letzte Suche ein jähes Ende gefunden hatte, heraus und untersuchte es äußerlich. Es ergaben sich keine Erkenntnisse – keine Eselsohren, kein verräterischer Knick im Buchrücken. Sie schlug das Buch auf und suchte nach der Leihkarte. Ihr wurde heiß, tatsächlich: Walburga hatte das Buch etwa 14 Tage ausgeliehen. Als Rückgabetag war der Tag, als Apollonia bei ihr die Bücher abgeholt hatte, vermerkt.

Irina schalt sich, dass sie nicht früher zurückgekommen war.

Sie öffnete das Stichwortverzeichnis und suchte nach »Taxin«. Nichts. Sie startete eine weitere Suche nach dem Schlagwort »Eibe« und wurde fündig.

Hastig, mit vor Anspannung geröteten Wangen, blätterte sie zur genannten Stelle. Das Buch handelte in diesem Teil alle wichtigen Heilpflanzen des Klostergartens ab. Warum man die Eibe als Heilpflanze ansah, war ihr allerdings ein Rätsel.

Der Abschnitt über die Eibe begann mit langatmigen Ausführungen über Geschichte, Herkunft und Botanik des Nadelbaumes. Zahlreiche Illustrationen behandelten jeden Teil der Pflanze. Hastig schlug sie die Seite um. Auf den Folgeseiten wurden die pharmazeutischen Aspekte dargelegt. Hier war eine längere Abhandlung über die vielfältigen

Inhaltsstoffe, deren chemische Formel und Ähnliches zu finden. Irina schnaubte gelangweilt. Endlich folgte ein Absatz mit der Überschrift »Die Eibe in der Medizin«. Irina folgte hektisch mit der Fingerkuppe den Zeilen:

»In der zweiten Hälfte des 20. Jahrhunderts wurden umfangreiche pharmakologische Forschungen mit den Inhaltsstoffen der Eibe angestellt. Die Stoffe Taxol und Docetaxel erwiesen sich als mitosehemmend und wurden, entnommen aus den Nadeln der Eibe, zur Behandlung von Prostata-, Ovarial- und Mammakarzinomen eingesetzt.«

Irina hielt inne und reflektierte, was sie soeben hektisch in sich aufgesaugt hatte. Wenn sie das alles richtig verstanden hatte, waren in Eibennadeln hochwirksame Inhaltsstoffe für die Behandlung von Prostata-, Eierstock- und Brustkrebs enthalten.

Sie las weiter:

»Leider zeigten Therapien mit diesen Mitteln schwere Nebenwirkungen und führten nicht selten zum Tod. In der Folge wurden diese Substanzen nur noch in Spezialkliniken unter strenger Aufsicht von onkologischem Fachpersonal eingesetzt.«

Irina hielt inne. Hielt sie gerade die Lösung des Falles in Händen oder war das wieder einmal nur ein Seitenweg, der sich als Sackgasse entpuppte? Es gab bisher keine Hinweise darauf, dass Walburga ein Krebsleiden hatte.

OFFENBARUNG

Sonntag, 22. März 2020, Lätare, 8.30 Uhr

Unter den Schwestern herrschte eine eigenartige Stimmung an jenem vierten Sonntag der Fastenzeit. Einerseits legte sich die am Montag bevorstehende Beerdigung Walburgas sterblicher Überreste wie ein schwächender Mehltau über das Kloster und seine Bewohnerinnen. Einzelne sprachen aber auch von der Erlösung, die sie mit der naiven Erwartung verbanden, mit der Beisetzung sei auch die kriminalistische Aufarbeitung ein für alle Mal abgeschlossen.

Alles in allem war es aber kein Freudensonntag, wie man Laetare auch nannte.

Die Laudes hatte man heute eher schnörkellos und ohne Pfarrer absolviert. Zu viele andere Dinge beschäftigten die kleine Gemeinschaft. Erst zur Messe sollte der Aushilfspfarrer, wie ihn Gertrude despektierlich nannte, erscheinen.

Wie immer saßen Irina und Belén schon auf ihren Plätzen, als die anderen Schwestern nach und nach eintrafen. Belén war heute Morgen sehr ruhig und nachdenklich. Sie hatte außer einem knappen »Grüß Gott« nichts mit Irina gesprochen. Ihre Gesichtszüge wirkten heute noch schwermütiger und belasteter als sonst.

Pünktlich um 8.30 Uhr schlurfte der neue Pfarrer aus der Sakristei in den Chorraum, um die heilige Messe zu feiern. Er trug ein altes, etwas schäbig wirkendes Messgewand und machte insgesamt einen eher greisenhaften Eindruck.

Wow, und dieser Tattergreis wollte, dass ich mir einen Bußriemen umschnalle, dachte Irina mit angedeutetem Kopfschütteln.

Der Geistliche war von so kleiner, gekrümmter Gestalt, dass er sich recken musste, um überhaupt hinter dem Altar irgendwie zur Geltung zu kommen.

Irina war genervt, man hatte verkündet, dass sie und Belén nicht die Beisetzung morgen besuchen dürften, da gemäß der Corona-Regeln die Zahl der Teilnehmer limitiert war.

Sie hätte nie gedacht, dass sie das Gefühl des Eingesperrtseins dazu verleiten würde, diesen Umstand zu bedauern. Sie hätte einiges gegeben, das Kloster wenigstens für ein paar Stunden verlassen zu können, und sei es auch nur für eine Beisetzung.

Als der Pfarrer nun die Stimme erhob, fiel Irina wieder der merkwürdige Dialekteinschlag auf. Wo hatte sie ihn schon gehört? Sie kniff die Augen zusammen und fixierte das greise Männlein hinter dem Altar.

Plötzlich durchzuckte es sie wie ein Blitz. Es war Pater Gruber, der alte Spiritanermönch, der André bei der Lösung des vorletzten Falles unterstützt hatte. Das konnte kein Zufall sein. André hatte es irgendwie geschafft, ihn als Verbindungsmann zu ihr zu installieren.

Ein Lächeln überzog für Sekundenbruchteile ihr blasses Gesicht. In diesem Augenblick trafen sich ihre Blicke, und er blinzelte ihr zu.

Eine seltsame Euphorie durchflutete sie. Sie war nicht mehr allein, isoliert und hilflos. André hatte sie nicht vergessen. Er war über diesen Mann hier bei ihr. Mit einem Mal wurde ihr klar, dass das mit dem albernen Bußgürtel eine Botschaft gewesen war. Wie konnte sie nur so dämlich und unsensibel sein. Sie hätte es wissen müssen. Warum nur hatte sie den Umschlag nicht geöffnet? Er war von André. Dieser Pater Gruber war sein verlängerter Arm. Wie hatte er nur wieder geschafft, das einzufädeln?

Sie musste das Kuvert öffnen. Bestimmt war in ihm ein Hinweis verpackt.

Wie eine Schlafwandlerin erhob sie sich mitten in den Worten von Psalm 84. Belén schaute erschreckt auf. Irina suchte nach einer Erklärung, fasste sich an die Brust. »Kreislauf«, flüsterte sie. »Geht gleich wieder. Frische Luft.«

Belén nickte, und Irina drückte sich an ihr vorbei und verließ die Kapelle. Gertrude blickte ihr missbilligend hinterher.

Als die schwere Eichentür der Kapelle ins Schloss gefallen war, fühlte sie sich mit einem Mal wie befreit. Sie begann zu laufen, ihr Blut pulsierte, sie fühlte sich seltsam lebendig. Sie konnte es kaum erwarten, die Tür ihrer Zelle hinter sich zuzuwerfen.

Eilig zerrte sie die Tür des Kleiderschranks auf. Fast hätte sie eine der Flügeltüren aus den rostigen Scharnieren gerissen. Sie griff nach dem Kuvert, das ihr Gruber gegeben hatte, drehte sich zum Tisch und riss es ungestüm auf. Smartphone, Netzteil und Ladekabel rumpelten auf die Tischplatte. Aus dem Umschlag ragte ein Zettel, den sie hastig herauszerrte.

»Der alte Mann hat Sehnsucht nach dir. Wie wär's mit ein paar frechen Sprüchen über die Textnachrichten-App? Der Akku ist voll, das Handy eingerichtet, und die Passwörter hab ich wie auf dem Zettel, den du mal wieder schlecht versteckt hast, voreingestellt.«

»Witzbold«, brummte Irina, während das Lächeln kaum mehr aus ihren Zügen weichen wollte.

Sie schaltete das Gerät an, und tatsächlich schien es annähernd so eingerichtet, wie sie es von ihrem alten Smartphone kannte. Auch die Textnachrichten-App war installiert und nach Eingabe des Passworts gebrauchsfertig.

»Danke, alter Mann«, war das Erste, was sie an André gerichtet eintippte. Dahinter folgte ein Herzemotikon.

Erwartungsvoll starrte sie auf das Display. Würde André gleich antworten? Sie war begierig darauf, mit jemandem außerhalb des Klosters in Kontakt zu treten.

Sie konnte ihre Freude kaum fassen, als das Gerät nur Sekunden später in ihren Händen vibrierte. Er hatte sogar daran gedacht, den Klingelton auszustellen.

»Wie geht's dir?«, war die erste Frage, die er ihr stellte.

Sie wollte gerade etwas erwidern, als es an die Tür klopfte und jemand, ohne ein »Herein« abzuwarten, eintrat.

Es war Belén.

*

»Hast du eigentlich mal wieder etwas von Irina gehört?«, fragte Achill unvermittelt, als sie die Vernehmungsprotokolle eines neuen Falls durchgesprochen hatten, der sie zum Sonntagsdienst zwang.

Bertling, die ihm mit größtmöglichem Abstand am anderen Ende seines Büros gegenübersaß, schüttelte den Kopf. »Na ja, nicht direkt. Ich hab ihr vor gut einer Woche eine Textnachricht geschickt. Sie war recht einsilbig, schrieb, dass sie zurzeit auf einem kleinen Trip zu Kommilitonen nach München sei und sich melden würde, sobald sie zurückkäme. Und dabei haben wir's dann belassen. Wieso fragst du?«

»Vielleicht bilde ich es mir ja nur ein, aber André macht mir gerade Sorgen. Ich fürchte, die beiden hecken wieder mal was aus.«

»Wieso, was ist mit ihm?«

»Er hat mich gestern nach der *BSE-GmbH* gefragt«, antwortete er ernst mit forschendem Blick.

»Hm.« Bertling rollte mit den Augen.

»Sagt dir der Name was?«, hakte er nach.

»Ja, während eines Seminars hat ein Teilnehmer, der vom Bundeskriminalamt kam, mit seinem Wissen darüber Eindruck bei mir schinden wollen. Aber wie kommt André darauf? Ich meine, man stößt doch nicht einfach so bei einer Stadtführung auf diese GmbH?«

Achill lachte. »Ich wünschte, er würde sich mal wieder mehr auf seine Stadtführungen konzentrieren. Aber ich fürchte, er steckt seine Nase wieder in Sachen, aus denen er sich besser raushalten sollte.«

»Aber das kann doch nichts mit dem Klosterfall zu tun haben, oder?«

»Möglicherweise schon«, antwortete Achill bedeutungsvoll.

Bertling starrte ihn irritiert an. »Ich kann dir gerade nicht folgen.«

»Musst du auch nicht. Mir kommt es ja auch viel zu weit hergeholt vor. Aber mittlerweile muss man sich bei André auf alles gefasst machen. Und wenn mal wieder eine Bombe droht hochzugehen, will ich es wenigstens vorher wissen.«

»Bombe?«

»Nein, nur im übertragenen Sinne.«

»Aha, und was heißt das nun konkret, was kann ich tun?«

»Das heißt, dass ich dich bitte, noch mal nach dieser Novizin, dieser Belén zu forschen. Ich will alles über sie wissen, besonders über ihre Vergangenheit.«

Bertling stöhnte. »Hab ich doch getan. Ich sagte dir doch, dass ich alle Möglichkeiten, die mir offenstanden, genutzt habe, und da war nichts zu finden.«

Achill grinste. »Dann solltest du es mal mit den Möglichkeiten probieren, die dir nicht offenstehen. Ich dachte immer, dass du auf diesem Ding hier genauso virtuos spielst wie Paganini auf seiner Geige.« Dabei wies er mit dem Kopf auf den PC.

»Püh«, erwiderte Bertling gespielt schnippisch. »Solang du die Beschwerden bearbeitest, wenn ich mal wieder improvisiere, probiere ich es gerne.«

*

Belén hatte mit einem Gesichtsausdruck, als hätte sie Irina beim Sex mit dem Pfarrer erwischt, auf dem Absatz kehrtgemacht und ihre Zelle verlassen.

Irina befürchtete das Schlimmste. Sie fragte sich gerade, wie lange es dauern würde, bis sie die quietschenden Sohlen Gertrudes im Flur hören konnte. Dieses Mal würde es nicht nur beim Einzug des Handys bleiben, dessen war sie sich sicher.

Nach all dem, was sie hier durchlebt hatte, würde sie nicht einfach klein beigeben. Sie würde jede Minute, die sie noch hier war, nutzen, um den Fall aufzuklären.

Sie nahm das Smartphone und schrieb hastig eine Textnachricht an André:

Irina, 9.35 Uhr: »Konntest du mit den Buchhaltungsunterlagen etwas anfangen?«

André, 9.38 Uhr: »Ja. Innocentia hat das Vermögen des Klosters sehr spekulativ angelegt und ist dabei, einen Großteil davon zu verlieren.«

Irina, 9.39 Uhr: »Wow. Und Walburga war die Kassenprüferin des Klosters.«

André, 9.42 Uhr: »Wieder eine, die ein Motiv hatte, Walburga zum Schweigen zu bringen.«

Irina, 9.43 Uhr: »Schon, aber es gibt keinen Anhaltspunkt, dass sie ihr diesen Kräutersud gebracht hat. Würde auch nicht zu ihr passen. Sie schert sich hier eigentlich um niemanden.«

André, 9.44 Uhr: »Trotzdem ist es wert, das zu untersuchen.«

Irina, 9.45 Uhr: »Du hast mal wieder gut reden, alter Mann.«

André, 9.47 Uhr: »Gibt's mittlerweile einen Hinweis auf den Einbrecher?«

Irina, 9.49 Uhr: »Nein, ich glaube, dass es gar keinen gab. Man müsste mal die Tatwaffe, diese Altarkerze, unter die Lupe nehmen und nach Fingerabdrücken checken.«

André, 9.49 Uhr: »Das würde voraussetzen, dass du sie gesichert hast.«

Irina, 9.50 Uhr: »Bin ich etwa eine Amateurin?«

André, 9.47 Uhr: »Nein, aber ich stell mir das nicht so einfach vor.«

Irina, 9.50 Uhr: »War es auch nicht. Aber Irina Croft hat es hingekriegt. Sie liegt mittlerweile in eine Papiertüte gewickelt im untersten Fach der Kredenz, wo eh niemand reinschaut.«

André, 9.51 Uhr: »Kredenz?«

Irina, 9.52 Uhr: »Wow, der alte Mann zeigt Wissenslücken. Das ist der Schrank, auf dem Apollonia die Gewänder für den Priester zurechtlegt.«

André, 9.54 Uhr: »Umso besser. Dann lass ich sie von Gruber mitbringen.«

Irina, 9.56 Uhr: »Super. Und was war denn auf dieser CD?«

André, 9.59 Uhr: »Es waren Röntgenbilder und Befunde von Walburga. Sie hatte Brustkrebs im Anfangsstadium mit besten Heilungschancen. Daran kann sie auf keinen Fall gestorben sein.«

Irina, 10.08 Uhr: »Ich denke, du kannst mich morgen hier abholen. Ich glaube, ich kapier nun, was hier abgelaufen ist.«

Irina spürte, wie ihr ein Schweißtropfen unter dem Habit übers Rückgrat rann. Nun ergab alles endlich einen Sinn.

BEICHTE

Sonntag, 22. März 2020, Lätare, 10.30 Uhr

Irina war so aufgewühlt, dass sie noch ein paar Minuten in ihrer Zelle verweilen musste, um sich zu beruhigen. Sie würde noch heute einen Schlussstrich unter diesen Fall ziehen. Das letzte Kapitel war von ihr abzuschließen, dann würde sie André anrufen oder zur Not ein Taxi bestellen und nach Hause fahren. Sie gab sich noch Zeit bis nach Walburgas Beerdigung.

Sie sah sich schon, wie sie morgen Abend bei André, Frank und Verena bedeutungsschwanger ihren ersten Fall präsentierte, den sie fast alleine gelöst hatte. Ihr Gesicht glühte, Euphorie ließ ihren Puls wummern wie ein Presslufthammer.

Um sich zu beruhigen, begann sie schon, die ersten Kleidungsstücke in ihren Koffer zu packen. Sobald sie zur Ruhe gekommen war, würde sie zur letzten Schlacht aufmarschieren.

*

André hatte noch mehrere Textnachrichten an Irina abgesetzt. Doch sie gab keine Antwort. Sie war offline, hatte ihr Smartphone ausgeschaltet und empfing nicht, was er ihr schrieb. Warum nur hatte sie ihr Wissen nicht mit ihm geteilt? Was, wenn sie die Täterin blindwütig stellte und sich in Gefahr brachte? Er schüttelte verärgert den Kopf, nicht ohne einige Minuten später zu reflektieren, dass er selbst nicht anders handeln würde.

Er kannte das Gefühl der Einsamkeit. Die Situation, wenn der Stürmer mit dem Bein ausholt, und es nur noch den Ball zwischen ihm und dem Tor gab. Die Konzentration kein Zögern oder Verzetteln mehr zuließ.

*

Als der Koffer fast gefüllt war, hatte Irina ihre Nerven beruhigt und wieder einen klaren Kopf.

Sie würde hinuntergehen und es hinter sich bringen. Keinen Aufschub und keine Ausflüchte mehr akzeptieren, auf komplizierte Manöver verzichten und frontal angreifen.

Sie verließ ihre Zelle und marschierte zum Treppenhaus. Mit jedem Schritt trieb sie energisch ihre Hacken in den PVC-Belag, als wolle sie damit ihre Entschlossenheit manifestieren. Von den kahlen Wänden hallten die dumpfen rhythmischen Schläge ihrer flachen Absätze wider.

Doch sie kam nicht weit. Auf der Höhe des letzten Zimmers, das als Abstellraum genutzt wurde, öffnete sich die Tür, und ein forscher Griff um ihren rechten Oberarm ließ sie heftig erschrecken.

Empört schaute sie in Richtung der kleinen Attacke. Es war Belén. Ihr Gesicht war gerötet, ihre Augen weit aufgerissen. »Komm rein, hier hört uns niemand!«

Irina folgte ihr, halb durch den resoluten Zug an ihrem Arm, der nicht locker zu lassen schien, halb wegen ihrem verzweifelten Gesichtsausdruck.

»Was ist denn? Du hast mich zu Tode erschreckt!«, zischte sie.

»Ich ... ich ... ich wollte dir nur sagen ...«

»Es ist mir egal, was du gesehen hast. Ihr werdet es dieses Mal nicht schaffen, mich daran zu hindern, Licht in dieses Dickicht zu bringen!«, erwiderte Irina, noch immer wegen des brüsken Eintretens Beléns in ihr Zimmer verärgert. Sie riss sich los, wollte sich jetzt, so kurz vor dem Ziel, nicht mehr aufhalten lassen. Sie hatte weder Zeit noch Lust, sich Beléns Vorwürfe oder Rechtfertigungen anzuhören.

Längst war ihr bewusst geworden, dass es Belén gewesen sein musste, die sie nachts vor Innocentias Zimmer gesehen und diesen Umstand bei Gertrude ausgeplaudert hatte. Sollte sie ihr doch erzählen, dass sie wieder an ein Smartphone gekommen war. Sie würde erst gar nicht wieder versuchen, alles zu löschen. So wie sie es beim letzten Gerät, das ihr Gertrude abgenommen hatte, getan hatte. Wie naiv sie doch gewesen war zu glauben, man könne in wenigen Minuten die jahrelange Historie auf einem Smartphone einfach verschwinden lassen. Im Nachgang waren ihr 1.000 Dinge eingefallen, die sie noch zu löschen oder zu blockieren gehabt hätte. Sie würde es dieses Mal nicht aus der Hand geben. Koste es, was es wolle. Sie war hier eh bald fertig und nicht mehr auf Gertrudes Gnade angewiesen.

Irina lief einfach fort und ließ Belén stehen. Sie wollte die Sache zu Ende bringen. Hastig stieg sie die Treppe ins Erdgeschoss hinab. Gertrude, die ihr entgegenkam, setzte an, sie wegen ihres schnellen Gangs zu rügen, verstummte aber, als Irina, ohne sie zu beachten, an ihr vorbeihastete.

Wie vermutet, war Hildegard im Garten. Heute, dem Sonntag geschuldet, ohne ihre grüne Schürze.

Sie lief versonnen den Kiesweg entlang. Schaute sich hie und da eine Knospe an oder richtete einen kleinen Zweig, der sich vom Draht eines Spalieres gelöst hatte. Man merkte, dass es ihr, der stets Umtriebigen, schwerfiel, die Sonntagsruhe zu wahren.

Irina hastete auf sie zu und blieb wenige Meter hinter ihr stehen, um sich kurz zu sammeln.

Hildegard, die die Schritte auf dem Kiesbelag des Weges

gehört hatte, drehte sich zu ihr um. Sie fixierten sich stumm. Die sonst so aktive und spontane Frau schien aus Irinas Mimik und Verhalten zu schließen, dass etwas Besonderes in der Luft lag, und schwieg mit betretenem Gesichtsausdruck.

»Sie wussten, dass sie krank war!«, sagte Irina beherzt.

Hildegard nickte traurig und schaute zu Boden.

»Ihr beiden habt geglaubt, sie mit diesem Eibennadel-Auszug heilen zu können.«

Wieder nickte Hildegard.

»Ihr habt das in diesem Buch über Klosterheilkunde gelesen?«

»Ja«, sagte Hildegard leise und wirkte plötzlich zerbrechlich. Sie wankte, ging einige Schritte, um sich auf einen Hocker zu setzen.

»Sie hätten doch nach dem, was in diesem Buch geschrieben stand, wissen müssen, dass das nicht gut gehen konnte.«

Hildegard schossen Tränen in die Augen.

»Warum hat sie sich nicht in einem Krankenhaus operieren lassen?«

Hildegard schüttelte den Kopf. »Du weißt zu wenig vom Leben einer Nonne, um das verstehen zu können.«

»Was gibt's denn da zu verstehen?«

Hildegard atmete hörbar durch die Nase aus. »Die meisten Schwestern hier haben sich noch nie vor einem Mann entblößt. Wenn überhaupt, gehen sie nur zu Ärztinnen und nicht zu Ärzten. Gerade bei Frauenleiden ist es besonders schlimm für sie.«

Irina nickte. »Aber Walburga war doch bei einem Frauenarzt.«

»Frauen*ärztin*«, stellte Hildegard richtig.

»Ja, aber …«

Hildegard unterbrach sie. »Für eine Operation muss man in ein Krankenhaus. Dort kann man sich nicht aussuchen, ob man von einer Ärztin oder einem Arzt untersucht oder operiert wird. Man kann nicht bestimmen, dass während der OP keine Männer auf deinen nackten Körper starren. Und bei den Visiten, wo sie dir das Nachthemd vom Leib zerren, um deine operierte Brust zu untersuchen, erscheint gleich eine ganze Prozession dieser Männer in Weiß. Das alles war für Walburga zu viel.«

»Wie, das war zu viel für sie?«, fragte Irina ungläubig.

»Sie lehnte es rundweg ab. Sie blieb stur, obwohl ich mir fast drei Wochen alle Mühe gab, sie zu überzeugen, in eine Klinik zu gehen. Selbst unser katholisches Sankt Vincentius-Krankenhaus hier in Speyer lehnte sie kategorisch ab.«

Irina schüttelte den Kopf. »Sie wollte lieber sterben, als ihre Brust vor einem Mann …«

»Nein, so dachte sie nicht. Sie hatte Vertrauen, dass unser Herr ihre Keuschheit anerkannte und seine schützende Hand über sie hielte, wenn sie sich selbst mit den Mitteln des Klosters helfen würde.«

»Und dann haben Sie ihr diesen Sud zubereitet?«

»Nein, natürlich nicht. Ich habe eine naturheilkundliche Ausbildung und weiß, wo dort die Grenzen liegen. Die pharmazeutisch wirksamen Bestandteile einer Pflanze müssen, wie in diesem Fall, extrahiert werden, um sie von den Giftstoffen zu trennen. Nur dann kann man sie richtig dosieren. Jede einzelne Eibennadel weist eine unterschiedliche Wirkstoffkonzentration auf. Selbst wenn es keine weiteren Stoffe gäbe, die man abtrennen muss, könnte man einen so gefährlichen Wirkstoff wie ein Zytostatikum nicht genau genug dosieren.«

»Ja, aber wer hat ihn dann zubereitet?«

»Na sie selbst, und ich konnte es nicht verhindern. Ich war die Einzige, der sie sich anvertraut hat, und ich habe sie mit ihrer Todesangst alleingelassen. Ich war nicht fähig, sie davon zu überzeugen, ins Krankenhaus zu gehen. Ich hätte Alma oder Gertrude einschalten müssen. Vielleicht hätte sie ihnen gehorcht. Ich trage Mitschuld an ihrem Tod!«

Hildegards Stimme war immer lauter und eindringlicher geworden. Nun brach sie in Tränen aus. Der mächtige Körper der sonst so starken Frau bebte unter ihrem Schluchzen.

Irina, die eigentlich gekommen war, um sie, die Täterin, zu stellen, legte nun den Arm um ihre breiten Schultern.

»Ich bin froh, dass du es herausgefunden hast. Ich hätte mit dieser Schuld nicht weiterleben können«, stieß Hildegard unter Tränen hervor.

»Aber, wenn es so war, wie Sie sagen, war es ihre Entscheidung. Sie haben sie davor gewarnt. Sie trifft keine Schuld.«

»Aber ich hätte …«

»Sie hätten gar nichts tun können. Sie mussten so etwas wie das Arztgeheimnis wahren und durften es nicht einfach ausplaudern.«

»Trotzdem, ich will mich der Polizei stellen, sie sollen entscheiden, was mit mir geschieht.«

»Die Polizei wird das genauso sehen wie ich.«

»Aber bitte, bitte gib mir Zeit bis morgen nach der Beerdigung. Ich möchte mich von Walburga verabschieden können. Sie war der Mensch, der mir in den letzten 20 Jahren am nächsten stand. Ich will nicht, dass über meine Schuld an ihrem offenen Grab entschieden wird. Sobald wir vom Friedhof zurück sind, werde ich es Alma beichten, und dann kannst du die Polizei rufen.«

Hildegard hatte die Hände gefaltet und blickte flehentlich zu der Stehenden auf. Ein Bild, das Irina zu Tränen rührte.

*

Belén war so aufgewühlt wie selten in ihrem Leben. All die verheilt geglaubten Narben brachen gerade wieder auf. Ihre geschundene Seele drohte, in jenes schwarze Loch zu gleiten, dem sie schon einmal nur noch knapp entronnen war. Diese Schwester Eva war eine Teufelin.

Belén hatte vom Fenster ihrer Zelle beobachtet, was sie im Garten mit Hildegard angestellt hatte. Wie sie mit verzerrtem Gesicht auf sie zulief. Sie stellte wie ein weidwundes Tier. Wie sie diese kraftvolle Frau, die zu ihr wie eine Mutter gewesen war, niederdrückte. Wie sie weinte, bebte, bis ihre Beine den Dienst versagten und sie schließlich um Gnade flehte. So wie es seinerzeit Beléns Mutter vergeblich getan hatte.

Alles sprach dafür, dass Eva eine Botin ihres früheren Lebens war. Selbst Hildegard hatte es bemerkt, dass die angebliche Novizin nicht echt war. Sie war von außen eingeschmuggelt, um Verrat zu üben.

Auch in der Nacht, in der Innocentia verletzt wurde, war sie vor Ort gewesen. Sie steckte hinter all dem.

Sie hatte, selbst jetzt, wo sie im Kloster war, Umgang mit der bösen Welt draußen. Diese Sache mit den beiden Smartphones hatte es bewiesen.

Sie musste sie daran hindern, weiteres Unheil zu stiften und ihre kleine heile Welt hier zu zerstören.

LEICHENSCHMAUS

Montag, 23. März 2020, 8.45 Uhr

Aus Andrés anfänglichem Verständnis für Irinas Schweigen war Empörung geworden. Es war unverantwortlich von ihr, ihn dermaßen im Unklaren zu lassen. Wie sollte er sie von außen beschützen, wenn er nicht einmal wusste, vor wem?

Zudem steckte ihm noch die Abfuhr in den Knochen. Als er gestern Abend bei Hofreiter um Aufschub bitten musste, war dieser wenig begeistert gewesen. Offensichtlich stand auch er unter Druck durch den Bischof.

Am liebsten hätte er sie einfach angerufen. Aber die Befürchtung, im letzten, vielleicht entscheidenden Moment ihre Tarnung auffliegen zu lassen und sie dadurch weiter zu gefährden, hielt ihn davon ab.

Er schickte nun schon die zehnte Textnachricht seit gestern zu ihr ab. Jede war drängender und verärgerter geworden, aber noch immer prangte »Zuletzt online gestern 10.04 Uhr« in der Kopfzeile der Textnachrichten-App.

*

Irina hatte sich nach dem Frühstück förmlich in ihrem Zimmer verschanzt. Glücklicherweise waren alle so sehr mit den liturgischen Vorbereitungen zu Walburgas Beisetzung heute um 11.30 Uhr und der anschließenden Totenmesse beschäftigt, dass man sie in Ruhe ließ. Selbst Gertrude, die sonst so penetrant darauf achtete, dass Irina nicht dem Müßiggang frönte, schien sie wenigstens für ein paar Stunden vergessen zu haben.

Irina lag gekrümmt auf dem Bett. Ihr Magen schmerzte, wie immer, wenn sie etwas belastete.

Einerseits beruhigte es sie ungemein, dass Hildegard keine Mörderin war. Andererseits schämte sie sich, dass sie sie so resolut angegangen war. Die Frau, die, so wie es aussah, für das alles nichts konnte. Und obendrein jetzt auch noch an ihren seelischen Nöten und der Trauer über den Tod einer langjährigen Freundin und Bezugsperson zu zerbrechen drohte. Es war also nichts anderes als ein Medikamentenunfall gewesen. Es würde keine dramatische Verhaftung geben, kein polizeilicher Erfolg würde zu feiern sein, sondern es wäre lediglich ein weiteres Opfer zu beklagen – eine seelisch angeschlagene treue Seele, die glaubte, alles falsch gemacht zu haben.

*

Achill tigerte unruhig an der Fensterfront seines Büros auf und ab, als Bertling eintrat.

»Und, hast du was gefunden?«, fragte er harsch.

»Du meinst, wegen dieser Belén?«

»Ja, was sonst?«

Bertling lachte. »Schon mal auf das hier geschaut?« Sie wies auf den altmodischen Abreißkalender auf seinem Schreibtisch, auf dem noch immer das gestrige Kalenderblatt prangte.

»Wieso? Was?«

»Das ›So‹ steht für Sonntag und nicht für sofort. Glaubst du etwa, die im BKA haben gestern, am Sonntag, nur darauf gewartet, dass sie eine Provinzpolizistin wie ich Dinge fragt, die sie nichts angehen?«

»Aber heute ist Montag, und es ist Gefahr im Verzug«, erwiderte er vorwurfsvoll.

»Bin ja schon dran. Aber worin besteht bitte die Gefahr? Dass dein Freund neugierig ist, oder dass Irina einen Ausflug nach München macht?«

»Das mit dem Ausflug nehme ich ihr nicht ab. Hast du das mal überprüft?«, brummte er mürrisch.

Bertling lachte. »Wie das? Mit einer Großfahndung etwa?«

Achill stöhnte. »Wie wär's mit anrufen oder einer Textnachricht?«

»Ans Telefon geht sie nicht und Nachrichten beantwortet sie seit Tagen nicht mehr.«

»Ist ihr Telefon etwa abgeschaltet?«

»Nein, aber sie will wohl ihre Ruhe vor mir.«

Achill ging nun schneller an der Fensterfront auf und ab. »Das gefällt mir nicht, das stinkt zum Himmel. Irgendwas ist da faul!«, zeterte er vor sich hin.

»Und was heißt das für mich? Was soll ich nun tun, während du dich hier verhältst wie ein Eisbär am Gehegegitter?«

»Ach, du weißt schon. Ich will wissen, ob es ihr gut geht«, murrte er. »Und schau zu, dass du es bald rauskriegst. Ich will, dass wir pünktlich um 11.30 Uhr bei dieser Beerdigung in Speyer sind.«

*

Irina hatte gerade das letzte Kleidungsstück in ihren Koffer gelegt, als es an ihre Zellentür klopfte und Sekundenbruchteile später jemand eintrat. Es war Belén.

Irina drehte sich verärgert um. Sie kam sich wegen des offenen Koffers auf dem Bett erneut ertappt vor.

Belén schien überrascht. Ihr Blick schweifte mehrfach zwischen Koffer und Irina hin und her.

»Du willst abreisen?«, fragte sie.

»Nein, ich mache nur Ordnung«, log Irina wenig überzeugend.

»Ich wollte …«, begann Belén zögerlich und brach, als sie Irinas ablehnenden Gesichtsausdruck sah, ab.

»Ich wollte mir bei dir entsuldigen«, schob sie etwas beherzter hinterher. »Dass ich bin einfach eingetreten und du dir wahrseinlich nun Sorgen machst wegen mir. Ich verspreche dir, ich habe niemandem davon ersählt. Es ist dein Sache. Es geht mir nichts an.« Sie sprach dabei immer schneller. Ihre Wangen glühten rot.

»Ist okay«, gab Irina, noch nicht ganz sicher darüber, wie sie diese Entschuldigung werten sollte, zurück.

»Ich möchte, also nur, wenn es dir recht ist, also als Entsädigung, heute, wenn die andere sind weg auf die Beerdigung, fur dich kochen.«

»Wow«, entgegnete Irina unverbindlich, um Zeit zu gewinnen.

»Du hast gesagt, du vermisst hier Pasta. Ich habe in die Garten Bärlauch gesnitten und uns daraus ein Bärlauchpesto gemacht. Ich hab die Resept in eine von die Kochbuchern von Ehrentrud gefunden.«

Irina musste sich eingestehen, dass sich Belén gerade mächtig ins Zeug legte, um ihren Fehler wiedergutzumachen.

Vielleicht schadete ja etwas Socializing auch nichts. Gerade jetzt, wo ihr Abschied anstand, und sie ohnehin nicht den besten Eindruck hinterlassen würde.

Zum ersten Mal stellte sie sich die Frage, ob sie mit einem krachenden Outing oder eher still und leise durch die Hintertür das Kloster verlassen sollte. Sie war noch unentschieden. Sie würde es davon abhängig machen, wie Hildegard auf die Polizei zugehen wollte – diskret oder in aller Offenheit. Aber um das mit ihr zu klären, war nach der Trauermesse noch ausreichend Zeit.

So lächelte sie artig, bedankte sich herzlich und sagte Belén zu.

*

Die Schwestern hatten sich entschieden, die Strecke zum Friedhof mit den beiden betagten klostereigenen Pkws zurückzulegen. Irina musste sich angesichts der umständlichen Einsteigezeremonie ein Grinsen verkneifen. Es war ein nervenzerfetzendes Gezeter unter den Schwestern, bis man persönliche Vorlieben, Körperfülle, Beweglichkeit, die Neigung zur Reiseübelkeit und unausgesprochen das Vertrauen in die jeweilige Fahrerin ausreichend ausdiskutiert und alle Wünsche berücksichtigt hatte. Als Ergebnis quetschten sich in den von Gertrude gefahrenen Opel Kadett schließlich fünf und in den von Apollonia gelenkten Opel Corsa zwei Schwestern und Pater Gruber.

Aus Beléns Schilderungen wusste Irina, dass die Passagierinnen, die samt und sonders über keine Fahrerlaubnis verfügten, wenig sparsam mit Kritik und Anregungen für die jeweilige Fahrerin umgingen.

Als die beiden Fahrzeuge gegen 10.50 Uhr den Hof verließen, atmete Belén hörbar aus.

»Eva, hast du was gegen eine fruhe Mittagessen, so um 11.30 Uhr? Ich hab nachher noch eine Uberrassung fur dich«, fragte Belén eine Spur aufgeregt.

»Nein, ich hab immer Hunger«, antwortete Irina lächelnd und amüsierte sich insgeheim über Beléns rote Bäckchen. Wie rührend es doch war. Für diese junge Frau, die stets von einem Rudel älterer Mitschwestern umgeben war, hatte die Gelegenheit, ein paar Stunden mit einer annähernd Gleichaltrigen alleine zu sein, schon so etwas wie Event-Charakter.

*

Pünktlich um 11.30 Uhr saßen sie am Mittagstisch. Belén hatte sich tatsächlich allerhand Mühe gegeben. Sie hatte anstatt des altertümlichen Alltagsgeschirrs mit diversen ausgeschlagenen Ecken Teile des guten Services, das normalerweise nur für Gäste herausgeholt wurde, aufgeboten. Die Pasta mit einem dicken Klecks Bärlauchpesto darauf hatte Belén schon in der Küche angerichtet und mit einer halben Tomate und etwas Petersilie garniert. Was im Vergleich zu den üblichen Essensgewohnheiten, wo die Speisen in großen Schüsseln, in denen derbe Schöpfkellen steckten, auf den Tisch kamen, wie ein unerhörter Luxus anmutete. Zu Irinas Erstaunen stand je ein Weinglas neben den Tellern.

»Bei uns su Hause in Kolumbien es gab immer Wein su die Essen. Er ist von die Familienweingut von Swester Ehrentrud. Sie hat ihn mir gesenkt.«

Irina grinste. »Scheint sowas wie ein Girlsday zu werden.«

Belén schlug betroffen die Augenlider nieder. »Ich säme mir, dass ausgerechnet heute, wo …«

»Traurig genug, dass es einer Beerdigung bedarf, mal das zu tun, was eigentlich normal sein sollte.« Irina schenkte ihnen aus der Flasche ein ordentliches Quantum ein.

Belén wehrte mit den Händen ab.

»Keine Sorge, in der Pfalz gehört sich das so. Schließlich müssen wir uns integrieren.«

Belén erhob das Glas. »Auf dich, Swester Walburga. Du hast immer gesagt, ich soll nicht vergessen su leben!«

So tranken und aßen sie, doch die Stimmung wollte, obwohl sich die Gläser Schluck um Schluck leerten und

Belén großzügig nachschenkte, nicht lockerer werden. Auf Beléns Wangen hatte sich die aufgeregte Röte wie ein hartnäckiger Sonnenbrand festgesetzt.

Fürsorglich beobachtete sie, wie Irina ihre Nudeln im frischen Bärlauchpesto wälzte und erkundigte sich mehrfach, ob alles passte oder etwas fehlte. Erst als Irina Nachschlag verlangte, schien sie zufrieden und ging in die Küche, um ihren Teller aufs Neue zu füllen. »Es schmeckt wirklich hervorragend«, lobte Irina.

Gemeinsam trugen sie das Geschirr in die Küche und spülten es ab. Danach räumten sie es wieder in den Schrank für das Gästegeschirr. Belén hatte darauf bestanden, keine Spuren ihres Mahls zu hinterlassen, da Gertrude es wohl kaum gutgeheißen hätte, wüsste sie, dass ausgerechnet während einer Beerdigung auf besonderem Geschirr getafelt worden war.

Als sie fertig waren, schien Belén endlich etwas gelöster. »Ich hab noch eine Uberrassung fur dich.« Sie huschte in ihre Zelle und kam kurz darauf mit einem Körbchen mit getrockneten Blütenblättern darin zurück.

»Was ist denn das?«, fragte Irina.

»Die Uberrassung.« Dabei ließ Belén einen Schlüsselbund um den Zeigefinger kreisen.

»In unsere Gegend in Kolumbien es gibt eine söne Tradission su Beerdigungen. Man streut fur die Verstorbenen Blütenblätter von die Kirchturm.«

»Kirchturm? Meinst du damit etwa den Dachreiter auf unserer Kapelle?«

»Nein, der söne von Sankt Bernhard.«

»Aber wie willst du da raufkommen?«

»Was meinst du, warum ich mir habe das hier besorgt?«, entgegnete Belén und ließ wieder den Schlüsselbund klimpernd um ihren Zeigefinger kreisen.

»Echt jetzt? Wie bist du da drangekommen?«

»Die Dompfarrer hat mich vor kurze Zeit durch die Turm geführt. Dort sind einige Simmer, die von eine Jugendgruppe genutzt worden sind. Ich hab ihm angeboten, sie aufsuräumen. Dafür er hat mir die Slüssel gegeben.«

»So ein Aufwand?« Irina fühlte sich schlapp von dem üppigen Essen und den zwei Gläsern Wein. Im Moment hatte sie wenig Lust auf eine Tour zu Fuß durch halb Speyer mit anschließendem Aufstieg auf einen alten Kirchturm.

»Sei kein Fros, tu es fur Swester Walburga. Sie hat es verdient, dass man anständig an sie gedenkt.«

»Ja schon, aber was meinst du, was unsere Gertrude dazu sagt?«

»Denk an die Worte von Walburga: ›Vergiss nicht su leben!‹«, beharrte Belén.

»Oh menno, da hättest du mich vorher nicht so abfüllen sollen. Ich hab gerade meinen toten Punkt und soll nun auch noch durch die halbe Stadt marschieren«, brummte Irina gespielt mürrisch.

*

Bertling und Achill verzichteten darauf, in der Einsegnungskapelle des Speyerer Friedhofes Platz zu nehmen.

Sie hatten keine Lust, wegen der coronabedingten Personenbegrenzung in Diskussionen verwickelt zu werden. Gleichwohl beobachteten sie aus dem gebotenen Abstand die Ankunft der Schwestern von Sankt Guido, Walburgas Bruder, Pater Gruber und zwei weiterer greiser Geistlicher.

»Keine Überraschungen«, stellte Bertling etwas enttäuscht fest.

»Außer, dass Pater Gruber mal wieder einspringen musste, keine. Aber was hast du erwartet? Einen geheimen Liebhaber oder sonstigen Schurken?«

»Und warum sind wir dann hier, wenn du dir das alles genauso vorgestellt hast?«

»Ich getraue mich kaum, es zuzugeben, aber ich habe André oder Irina unter den Gästen vermutet.«

»Meinst du nicht, sie haben diese Geschichte längst ad acta gelegt?«

Achill lachte leise auf. »André, der sich wie ein Terrier in allem festbeißt, vergisst doch sowas nicht. Ich hätte mich nicht mal gewundert, wenn Irina hier in Schwesterntracht aufgetaucht wäre. Bei den beiden muss man mit allem rechnen.«

Bertling grinste. »Wäre wenigstens eine Erklärung für ihr merkwürdiges Verschwinden.«

Nach etwa 20 Minuten rollte ein Katafalkwagen mit Walburgas Sarg aus der Hintertür der Einsegnungskapelle. Ihm folgte der kleine Tross der Trauergäste.

Achill und Bertling schlossen sich mit großem Abstand an. Beide trugen bewusst ihre Schutzmasken auch hier im Freien. Es schadete nichts, wenn sie nicht jeder gleich erkannte. Wobei Achill aus Gertrudes kritischen Blicken deutete, dass sie sein Gesicht, auch wenn es teilweise von der Maske verborgen war, identifiziert hatte.

Auch am Grab, wo Pater Gruber die letzten Abschiedsworte sprach, blieben sie in sicherer Entfernung. Außer vier Friedhofsangestellten waren keine weiteren Personen dazugestoßen.

»Ich fürchte, das hätten wir uns sparen können«, äußerte Bertling enttäuscht.

»Hast du mittlerweile etwas über diese Belén rausgekriegt?«

»Nein, mein Bekannter vom BKA will sich melden.«

»Dann beschaff mir wenigstens ein Bewegungsprofil von Irinas Handy über die letzten 14 Tage.«

»Okay, mach ich, sobald wir im Präsidium sind.« Bertling rollte mit den Augen.

»Nein, mach's bitte sofort.«

»Wow, du legst die Bestimmungen aber wieder mal weit aus. Oder ist mir die Vermisstenmeldung etwa entgangen?«

»Vermissen wir sie nicht wirklich?«, erwiderte Achill lakonisch.

Bertling schüttelte den Kopf, entfernte sich einige Schritte und telefonierte.

*

Endlich machte sich Andrés Handy mit einem kurzen Vibrieren bemerkbar. Er riss es so hektisch aus der Innentasche seines Sakkos, dass sich das Futter der Tasche nach außen stülpte.

Es war eine Textnachricht von Irina. Erleichterung machte sich in ihm breit.

Irina, 12.17 Uhr: »Hier ist alles geregelt. Heute Nachmittag schließe ich das hier ab. Kann sein, dass ich Frank brauche. Aber mach dir keine Sorgen, alles ist halb so wild. Gehe jetzt noch mit Belén nach Sankt Bernhard, was erledigen.«

André schnaubte. »Die hat Nerven, mich dermaßen im Unklaren zu lassen.«

*

Bertling und Achill waren vom Friedhof aufgebrochen. Der Hunger hatte sie zum Speyerer Kultimbiss *Currysau* getrieben, wo sie sich jetzt, rund 50 Meter entfernt, mit je einem Burger in der Hand auf einer Bank niedergelassen hatten.

»Wenigstens hier kann man sich was zum Beißen holen. Bei diesem Kneipen-Lockdown hat wohl wieder niemand an uns Bullen gedacht«, nuschelte Achill mit vollem Mund.

»Und es ist auch immer richtig lecker hier«, sagte Bertling und biss gierig in ihren Veggie-Burger. Sie kämpfte noch mit dem etwas groß ausgefallenen Bissen, als ihr Handy vibrierte.

»Wow, die sind heute ja richtig flink. Das ist die Antwort auf die Bewegungsdatenanfrage zu Irinas Handy.« Sie drückte ihrem verdutzten Chef den angebissenen Burger in die Hand und tippte und wischte über das Handydisplay, um die E-Mail zu öffnen.

MARSCH

Montag, 23. März 2020, 12.25 Uhr

Belén war wie in einem Rausch. Ihre Entschlossenheit, die Sache zu Ende zu bringen und Hildegard vor dem Gesindel, das hinter dieser falschen Schwester Eva stand, zu retten, hatte vollständig von ihr Besitz ergriffen. Die ungewohnten zwei Gläser Rotwein, die jede von ihnen zum Mittagessen getrunken hatte, taten das Übrige.

Bisher war alles planmäßig verlaufen. Eine der beiden Pillenpackungen, die sie an jenem Morgen, an dem sie die tote

Walburga in ihrer Zelle aufgefunden hatte, kurzerhand hatte mitgehen lassen, kamen ihr nun zupass. Und das, obwohl sie damals – zugegeben etwas kopflos – nur vermeiden wollte, dass man Hildegard wegen der Tablettengabe irgendwelche Vorwürfe machte.

Irinas Smartphone, das ihr Gertrude zu Auswertungszwecken überlassen hatte, hatte sich als äußerst nützlich erwiesen. Es war ihr damit gelungen, im Internet herauszufinden, dass der in den Schlaftabletten enthaltene Wirkstoff Triazolan genau das war, was sie jetzt brauchte. Bei Überdosierung bewirkte er wahre Wunder.

Sie hatte den kompletten Inhalt der Packung mit der Kaffeemühle zu einem feinen Staub zermahlen und unter jenes Pesto gerührt, das sie über Irinas Pasta gegeben hatte.

Der scharf bittere Geschmack des Bärlauchs, der zugesetzte Knoblauch und reichlich Pfeffer und Salz hatten erfolgreich verhindert, dass diese Eva etwas bemerkt hatte.

Wie leicht sie doch zu täuschen gewesen war. Ja, die arme Belén, die so selten sprach, hielten alle für dumm und wehrlos.

Zu gern hätte sie Eva erzählt, wie ihr Gertrude ihr Smartphone übergeben und sie es mit all den IT-Kenntnissen aus ihrem angefangenen Informatikstudium durchleuchtet hatte. Stolz berührte sie die kleine Beule über der Tasche ihres Habits, in der sie das Gerät seitdem mit sich trug. Sie hatte es angeschaltet gelassen und lud den Akku mit Almas Netzteil immer wieder neu auf. Sie wartete neugierig darauf, ob irgendwelche Anrufe eingehen würden. Seitdem sie das Smartphone gecheckt hatte, wusste sie, dass diese Eva in Wirklichkeit Irina hieß und so wenig mit einer Nonne gemein hatte wie ein Fisch mit einer Honigbiene.

Sie konnte noch nicht einmal ausschließen, dass diese Irina nicht auch ihr ans Leder wollte. Wer außer ihr, die sie in jener

Nacht im Erdgeschoss nahe der Buchhaltung beobachtet hatte, hätte es sonst sein können. Und dass bei den Fotos auf ihrem Smartphone just die Zahlungen der *BSE-GmbH* erschienen waren, sprach Bände.

Sie musste weg. Sie war wie eine Zeitbombe, die nach dem, was sie gestern noch am Ende des Gespräches mit Hildegard belauscht hatte, heute nach der Beerdigung explodieren würde. Aber so weit würde sie es nicht kommen lassen. Sie hatte einmal eine Mutter verloren und würde nicht zulassen, dass es sich mit der guten Hildegard, die so etwas wie ihre Adoptivmutter geworden war, wiederholte.

*

Irina hatte sich selten in ihrem Leben so müde gefühlt. Jeden Schritt, den sie auf dem Weg zur Kirche Sankt Bernhard zurücklegten, musste sie sich hart erkämpfen. Die leichte Steigung, die sie entlang der Sankt-Georgen-Gasse zu bewältigen hatten, erschien ihr wie eine Bergwanderung.

Wie konnte es sein, dass ihr die zwei Gläser Rotwein so zusetzten? Sie war doch den Konsum von solchen Mengen Wein zu Andrés abendlichen Käseplatten gewohnt.

Freilich, zum Mittagessen trank sie sonst nie, aber machte das so einen gewaltigen Unterschied?

*

Gertrude war bleich vor Zorn. Wo waren die beiden? Hatte sie nicht Belén, die sie wenigstens für ansatzweise zuverlässig hielt, aufgetragen, den Tisch für den Trauerkaffee nach der Totenmesse zu decken. Nichts war vorbereitet. Noch schlimmer, auch hier in der Kapelle, wo Pater Gruber gerade an den Altar trat, waren sie nicht. Sie würde nun auch dieses Kapitel beerdigen. Sei's drum, auch wenn das BKA für die Unterbringung dieser jungen Frau im Zeugenschutzprogramm fürstlich zahlte, war sie das Theater nun leid. Sollten sie sie doch in die Psychiatrie stecken, wo sie auch hingehörte. Sankt Guido war nicht der Platz, um sich um traumatisierte Opfer zu kümmern, auch wenn das diese Polizeioberen für eine gute Idee gehalten hatten. Und diese nichtsnutzige gestrandete Studentin, Schwester Eva, sollte gleich mit ihr gehen, auch wenn der Generalvikar, warum auch immer, einen Narren an ihr gefressen hatte. Beide würden sie noch diese Woche das Kloster verlassen. Dafür würde sie sorgen, so wahr sie Gertrude hieß.

*

Belén und Irina waren nun schon an jener Stelle, an der die Johannesstraße einfach so, völlig unspektakulär und für den unaufmerksamen Fußgänger nicht zu bemerken, in die Armbruststraße überging.

Dass es sich bei der Straße eigentlich um zwei handelte, war Belén gerade ziemlich egal. Sie beschäftigte mehr, dass sie in dem Tempo, das Irina vorlegte, wohl noch ewig brauchen würden, die Sankt Bernhard Kirche zu erreichen.

Und das auch nur unter der Voraussetzung, dass Irina, die ihr mittlerweile wie ein nasser Sack an der Schulter hing, überhaupt bis zu ihrem Ziel durchhielt.

*

»Sind denn die Trauerfeierlichkeiten schon vorbei? Ich dachte, die haben gleich im Anschluss noch ihre Trauermesse in der Klosterkapelle?«, fragte Bertling, als sie die zwei Nonnen, die ihrer Tracht nach zu urteilen aus Sankt Guido stammten, auf der gegenüberliegenden Seite der Wormser Straße wahrnahm.

Achill, den das nicht sonderlich zu interessieren schien, griff gerade in die Schale mit den Süßkartoffel-Pommes, die er sich nach dem Burger noch gegönnt hatte.

»Die eine ist wohl diese kolumbianische Novizin Belén, die ist mir vorhin bei der Beerdigung gar nicht aufgefallen«, fügte Bertling hinzu.

»Die war auch nicht dabei«, nuschelte Achill kauend.

»Und die andere? So, wie die dahinschlurft, könnte es Alma sein. Dumm, dass sie zu Boden schaut, man kann ihr Gesicht nicht erkennen«, kommentierte Bertling weiter.

»Lass mich mit diesen Nonnen in Ruhe. Ich hab gerade eine ausgesprochene Nonnenallergie. Fakt ist, dass wir mit der Beerdigung von Walburga auch den ganzen Fall beerdigen können. Er bleibt unaufgeklärt, und wir haben damit unsere Aufklärungsstatistik versaut. Wenn das so weitergeht, musst du noch ewig auf deinen dritten Stern auf der Schulter warten«, murrte Achill.

*

Belén atmete auf. Sie hatten den Hirschgraben an der sogenannten Seithelvilla passiert und standen vor der kleinen Rampe, auf der man vom Gehsteig auf das höher gelegene Kirchengelände von Sankt Bernhard gelangte. Es war höchste Zeit. Diese falsche Schwester Eva stand kurz davor, einfach in sich zusammenzusacken oder vornüberzufallen. Ganz wie es im Beipackzettel gestanden hatte, hatten ihre Muskeln jede Spannung verloren, und die Müdigkeit war gerade dabei, den schmalen Grat zur Bewusstlosigkeit zu überwinden. Ob sie weniger von den Schlaftabletten hätte nehmen sollen?

Belén hakte sich noch einmal von Neuem bei Irina unter und klemmte dabei Irinas Arm fest unter den ihren. Wie eine störrische Ziege trieb sie sie die letzten Meter bis zum Kirchturm. Bang schaute sie an dem imposanten Turm empor, der, durch einen Platz von der Kirche getrennt, einsam in den Himmel ragte. Mit seinem quadratischen Grundriss mutete er wie einer jener berühmten toskanischen Geschlechtertürme in San Gimignano an.

Bring's hinter dich. In zehn Minuten ist alles vorbei. Auf diesem ungesicherten Turm wird es wie ein Unfall aussehen, gut, dass du vor zwei Wochen schon mal hier warst, trieb sich Belén an.

Irina klebte wie ein nasser Lappen an ihrer Seite. Mit der linken Hand fischte sie umständlich nach dem Schlüsselbund und schloss die Gittertür links neben dem Turm auf. Dahinter lag eine schmale Treppe, die sich ein Stockwerk hoch außen am Kirchturm emporwand und zur eigentlichen hölzernen Tür führte.

Sie schob Irinas Körper durch das schmale Gitterportal. Hier, auf der hinteren Turmseite, waren sie von außen kaum noch sichtbar. Sie hätte drei Hände brauchen können. Sie entledigte sich des Körbchens mit den getrockneten Blüten, das sie die ganze Zeit über in der Armbeuge ihrer freien Hand getragen hatte. Sie schmunzelte einen Augenblick darüber, dass Irina diesen Unsinn mit den Blüten und der kolumbianischen Tradition tatsächlich geglaubt hatte.

Die Treppe war schmal. Sie presste Irina zwischen sich und die Turmmauer, den Schlüssel in der Linken, drückte sie ihr beider Gewicht die Treppe empor.

»Adelante, sube la escalera! Los, geh die Treppe hoch!«, trieb sie Irina an und verfiel dabei ins Spanische, wie immer, wenn ihr die Kraft fehlte, sich auf die deutsche Sprache zu konzentrieren.

Zweimal stöhnte Irina auf, als ihr die raue Sandsteinfassade die Haut an ihrer unkontrolliert nach unten hängenden Hand abschürfte.

Als sie die kleine Treppe gemeistert hatten, sperrte Belén die alte Holztür auf und bugsierte ohne weiteres Zögern den immer schlaffer werdenden Körper Irinas ins Innere. Ihre Lungen pumpten. Schweiß durchtränkte ihren Habit unter den Achseln. Sie musste verschnaufen. Sie lehnte Irinas Körper, der jegliche Spannung verloren hatte, an die Wand des kleinen Korridors. Während sie die Tür hinter sich abschloss, sank Irina einfach zu Boden.

Sie gönnte sich nur wenige Sekunden, dann umfasste sie Irinas Taille und zerrte sie wieder auf die Füße. Sie musste zweimal ansetzen. Immer wieder sackte Irinas Körper in sich zusammen. Ihre Beine waren kurz davor, völlig ihren Dienst zu versagen. Auch ihr wirres Geplapper deutete darauf hin, dass ihr Bewusstsein schon deutlich getrübt war. Waren es am Anfang der fehlende Sinn und Zusammenhang in dem, was sie sagte, fiel es ihr nun zunehmend schwer, überhaupt noch Worte zu formen.

Mist, wenn es ihr nicht gelang, sie da hoch zu befördern, wäre der Plan gescheitert. Belén suchte sich einen festen Stand und wuchtete Irina stöhnend mit einer gewaltigen Kraftanstrengung wieder auf die Beine. Derb kniff sie ihr in die Seite, um sie in einen etwas wacheren Zustand zu versetzen. Es wirkte.

*

André lief rastlos durch seinen Garten, so wie er es immer tat, wenn er über etwas grübelte. Aber dieses Mal schien die kleine Gartentour nicht wie sonst zur Beruhigung und Sammlung beizutragen. Im Gegenteil. Sie nährte das Gefühl der Nutzlosigkeit weiter.

Er schlenderte an seinen blühenden Rosmarinbüschen vorbei und strich mit der Hand über die Zweige. Der aufsteigende würzige Duft belebte ihn. Er würde etwas tun. Und zwar sofort. Selbst auf die Gefahr hin, dass Irinas Tarnung aufflog.

*

Belén mühte sich verzweifelt, Irina die Treppe hoch zu zerren. Immer wieder schien diese in einen tiefen Schlaf oder endgültige Bewusstlosigkeit wegzugleiten zu wollen. Wollte Belén ihr Ziel erreichen, musste Irina wach bleiben.

»No duermas! Slaf nicht!«, schrie Belén verzweifelt und schlug ihr ins Gesicht. Sie kniff ihr mit aller Kraft in die Seite, drosch ihr die klobigen Schuhspitzen in die Schienbeine. Stufe um Stufe kämpfte sie sich mit ihrer Last, die Meter um Meter schwerer zu werden schien, empor. Irinas Gesicht und Hände waren zerschunden, der raue Stein und Beton von Stufen und Wänden raspelte ihr die Haut von Handknöcheln, Kinn und Stirn.

Längst war ihr Schleier grotesk zur Seite gerutscht. Ihr Habit war zerrissen, ein Schuh fehlte. Die sanfte Belén hatten Verzweiflung und ein wirrer Geist zur Furie mutieren lassen. Irgendwie hatte sie es nach langen Minuten geschafft, Irinas nunmehr fast leblos wirkenden Körper in den Glockenstuhl zu zerren. Wie bei einer Marionette, der man die Fäden, die sie in Bewegung hielten, durchgetrennt hatte, fiel sie ein letztes Mal hart auf den Steinboden. Belén weinte vor Verzweiflung. Sie war am Ende ihrer Kräfte.

Nur noch der Hass auf diese Verräterin und der Wille, Hildegard und sich selbst vor ihr zu schützen, gaben ihr die Kraft, diesen Kampf durchzustehen.

*

André hatte sich längst auf den Weg gemacht. Er wusste von ihrer letzten Nachricht, dass Irina vorhatte, mit dieser Novizin Belén einen Ausflug nach Sankt Bernhard zu machen. Er hatte beschlossen, an der, in direkter Nachbarschaft gelegenen, Grabstätte des Altbundeskanzlers Helmut Kohl Position zu beziehen und nach den beiden Ausschau zu halten. Hier, wo sich immer ein paar Touristen aufhielten, würde er garantiert nicht auffallen.

War alles in Ordnung, würde er sich gleich wieder aus dem Staub machen, um Irinas Tarnung nicht zu gefährden.

ENGEL

Montag, 23. März 2020, 12.56 Uhr

Achill und Bertling hatten sich bei Robert, dem freundlichen Wirt der *Currysau*, noch mit einem Espresso versorgt und sich damit wieder auf einer Parkbank auf dem Sankt-Guido-Stifts-Platz niedergelassen.

»Ich hab das Gefühl, du willst heute gar nicht mehr aufs Präsidium zurück«, witzelte Bertling.

»Na ja, sagen wir so, ich warte noch auf eine Eingebung. Mich lässt das Ganze nicht los.«

»Wieso, was hast du?«

In diesem Moment vibrierte Achills Mobiltelefon. Er riss es aus dem Jackett. »Ich bin's, Jonas. Verena hat vorhin ein Bewegungsprofil bei mir bestellt. Es ist gerade bei mir angekommen. Ich wollte es dir selbst sagen, weil du doch an diesem Fall arbeitest.«

»An welchem Fall, von was sprichst du?«, murrte Achill, dem Jonas' zuweilen umständliche Art in grüblerischen Momenten wie diesem besonders auf die Nerven ging.

»Na ja, ich meine diesen Klosterfall.«

»Na und? Was hat das mit dem Bewegungsprofil zu tun?«

»Das Handy eurer Irina war zwar die letzten beiden Wochen sehr häufig ausgeschaltet. Aber immer, wenn es eingeschaltet wurde, hat es sich in einen Funkmast in der Speyerer Innenstadt unweit des Sankt Guido-Klosters in Speyer eingeloggt. Mit der üblichen Triangulation konnten wir das noch eingrenzen. Das Handy war durchgängig innerhalb der Speyerer Altstadt. Aber jetzt halt dich fest. Die GPS-Daten konnten wir auch abgreifen. Daraus geht hervor, dass das Gerät recht statisch die ganze Zeit auf dem Areal dieses Sankt Guido-Klosters gewesen sein muss.«

Achill hielt es nun nicht mehr auf der Bank. Fahrig erhob er sich und riss Bertlings Espressobecher neben sich um.

»Wusste ich's doch. Er hat sie ins Kloster eingeschleust. Was für ein verdammter Leichtsinn!«, tobte er, während ihn Verena verständnislos anstarrte.

»Willst du nicht wissen, wie es weitergeht?«, meldete sich nun wieder Jonas am anderen Ende der Leitung zu Wort.

»Erzähl schon!«

»Gegen 12.25 Uhr hat sich das Signal vom Kloster wegbewegt. Und die letzte Peilung, die ich hier habe, ist genau gegenüber von diesem Platz vor der *Currysau*.«

Achill schaltete sofort.

Er schlug sich mit der flachen Hand vor die Stirn und wechselte innerhalb einer Zehntelsekunde in den Notfallmodus.

»Jonas, ich brauche genau dort an der *Currysau* sofort einen Notarztwagen und Verstärkung von den Speyerer Kollegen! Das ganze Programm! Biete alles auf, was du kannst! Aber dalli, dalli!«

Bertling war nun auch aufgestanden. »Was ist denn in dich gefahren? Um was geht es überhaupt?«

»Verdammt, vorhin, die gekrümmte Nonne. Das war Irina, Sie muss verletzt oder betäubt sein«, schrie er außer sich, warf den halbvollen Espressobecher in den Müllkübel und begann zu laufen.

*

Noch eine Anstrengung, und ihre Mission war erfüllt. Nur mit Mühe war es ihr gelungen, die Holzlamellen, mit denen die Schallöffnungen des Glockenstuhls verkleidet waren, in ihrer rostigen Führung zur Seite zu zerren. Irinas mittlerweile fast bewegungsunfähigen Körper hatte sie einfach unter einer gewaltigen Glocke auf dem Holzboden abgelegt.

Sie trat ihr mit den klobigen schwarzen Schuhen in die Seite, um sie ein letztes Mal aus dem Schlaf zu reißen, griff ihr unter die Achseln und stemmte sie gegen die eiserne Balustrade, die den schmalen balkonartigen Vorbau absicherte. Aus den Warnungen des Dompfarrers, der sie vor zwei Wochen hier heraufgeführt hatte, wusste sie, wie wenig abgesichert der Turm hier war. Er hatte ihr die Kloben gezeigt, die nur noch von Rost, verfaulten Holzkeilen und rissigen Bleiplomben gehalten, in den Löchern im Sandstein saßen.

Es würde nicht viel Anstrengung bedürfen, sie zum Wegbrechen zu bringen. Mit einem kraftvollen Ruck zerrte sie

Irina, die schon wieder vornüber hing, in eine aufrechte Position. Sie hörte, wie ihr Rückgrat ächzend auf den Querträger des niedrigen Metallgitters schlug, nur um wieder Wirbel für Wirbel daran herunterzuschaben. Die unverständlichen Schmerzenslaute wurden vom Verkehrslärm der naheliegenden Kreuzung geschluckt. Sie presste sich mit dem ganzen Körper verzweifelt gegen Irinas Leib. Sie ließ sie nicht entgleiten. Zog sich zurück, nur um sich mit aller Kraft wie ein menschlicher Rammbock auf den bewusstlosen Körper vor ihr zu werfen. Die Kloben gaben ein scharrendes Ächzen von sich, als sie sich ein paar Zentimeter aus ihrem Sandsteinbett lösten. Das Geländer wankte und neigte sich aus der Fassade des Turms.

Noch ein verzweifelter Stoß, und ihre Mission war erfüllt.

»Muere Traidora! Stirb Verräterin!«, schrie sie ihr wie einen bizarren Schlachtruf entgegen.

*

André hatte sich auf dem Fußweg, der gegenüber von Sankt Bernhard an einem kleinen Portal in der alten Stadtmauer mündete, genähert. Er stand nun oben an der Treppe. Sie führte von hier hinunter zum Hirschgraben, der Straße, an der auf der gegenüberliegenden Seite die Kirche und das Kohlgrab lagen.

Er verweilte kurz und nutzte die exponierte Lage, um zur Sankt Bernhards-Kirche hinüber zu spähen. Der Platz vor der Kirche mit der kleinen Wiese, das Portal, die Zugänge – alles war verschlossen und menschenleer. Gerade wollte er die Treppe hinabsteigen, als er im Augenwinkel eine Bewegung auf dem Gebäudevorsprung vor dem Glockenstuhl des Kirchturms wahrnahm.

Er hob seinen Blick zum Glockenstuhl des imposanten Bauwerks, und seine Augen weiteten sich vor Entsetzen. Er fühlte sich, als sei ihm ein Blitz in die Glieder gefahren. Für eine Sekunde war er unfähig, sich zu bewegen. Nur gut 100 Meter schräg vor ihm, auf dem balkonartigen Vorsprung des Glockenturms, rangen zwei Nonnen miteinander. Die eine an das schmiedeeiserne Geländer gepresst und hintenüber gebeugt. Trotz der weißen Novizenschleier auf ihren Köpfen, die im Wind auswehten, erkannte er Irina. Einem ersten Impuls folgend schrie er »Aufhören!« und wedelte mit den Armen. Irinas Peinigerin schien davon keine Notiz zu nehmen und warf sich erneut mit ihrem ganzen Körper auf Irina. Jetzt rannte André wie von Sinnen los.

*

Nur zwei Steinwürfe von ihm entfernt rannten auch Achill und Bertling in die Richtung, in die die beiden Schwestern vorhin aus ihrem Blickfeld verschwunden waren. Ausgerechnet jetzt drängten sich von beiden Seiten Fahrzeuge auf die von der Ampel freigegebene Kreuzung der Wormser Straße. Halsbrecherisch schlängelten sich die beiden Ermittler zwischen den fahrenden Autos über die Straße. Fahrer bremsten scharf, zeigten ihnen den Vogel oder hupten laut.

*

André war am Fuß des Kirchturms angekommen. Er wusste, dass der Aufstieg nur über die kleine Treppe an der Hinterseite möglich war. Die Gittertür stand offen. Er trat ein und hastete die kleine Außentreppe empor. Er riss die Klinke der alten Holztür nach unten. Versuchte, sie zu öffnen. Nichts. Die massive Tür war fest verschlossen. Er warf sich mit aller

Kraft dagegen. Nichts, außer einem stechenden Schmerz in der Schulter. Er war verzweifelt. Wieder hörte er einen unterdrückten Schrei – kein Zweifel, Irina. Er fluchte, schrie. Er drehte sich um. Rannte die Treppe hinunter. Auf dem Boden fand er einen losen Pflasterstein. Er hob ihn auf, hastete wieder nach oben und drosch damit gegen die massive Eichentür. Schrammen im verwitterten Lack, sonst nichts.

Wieder warf er sich in sturer Raserei gegen die Tür. Krümmte sich vor Schmerz.

Eine kräftige Hand riss ihn am Oberarm grob zur Seite.

Eine Frauenstimme schrie: »Geh du rauf, ich lenke sie ab!«

Es war Bertling, die da schrie.

»Weg da!«, brüllte nun Achill hinter ihm und schob ihn grob von der Tür weg auf die Treppe zurück.

Fast wie in einer Traumsequenz sah er, wie Achill seine *Walther P99* aus dem Holster riss und auf das Türschloss zielte.

Er hörte, wie auch etwa 20 Meter entfernt eine Waffe abgefeuert wurde.

Es war Bertling, die einen Warnschuss in die Luft abgegeben hatte.

Sekundenbruchteile später krachte ohrenbetäubend ein Schuss unmittelbar neben ihm. Holz splitterte. Ein Holzsplitter traf ihn knapp unterm Auge.

»Weg da, hab ich gesagt«, bellte Achill und feuerte erneut.

André eilte die Treppe hinunter und schaute nach oben, das Geländer hatte sich aus den seitlichen Verankerungen gelöst und neigte sich vor.

»Beeil dich! Sie fällt!«, schrie er.

Er wandte den Kopf und sah, wie Bertling sich breitbeinig hinstellte. In beiden Händen hielt sie ihre *Walther* im Anschlag. Wieder krachte ein Schuss. Holzsplitter hagelten vom Turm herab. Zeitgleich erklang ein metallenes Kreischen.

Bertling hatte durch eine der mit Holzlamellen verfüllten Schallöffnungen die große Sankt Michaelsglocke getroffen.

Drehte sich Irinas Peinigerin zur Quelle des metallischen Geräusches um? Es täuschte. Sie nahm Schwung zum finalen Stoß.

Vor André war nun ein dumpfes Krachen zu vernehmen. Achill hatte sich mit aller Kraft gegen die Tür geworfen. Das zerschossene Holz um das Schloss gab nach. Die Tür schwang auf und donnerte an die Wand dahinter. Achill stürzte ins Treppenhaus.

Von oben erklang erneut ein Ächzen. Das Geländer barst aus den seitlichen Verankerungen. Steinsplitter hagelten nach unten. Die Bodenbefestigungen der eisernen Brüstung bogen sich.

André und Bertling stierten in Schockstarre nach oben.

Die unteren Verankerungen knickten mit einem Ruck nach hinten ab.

Ein weiß verschleierter Körper schleuderte, wie von einem Katapult abgeschossen, aus dem Turm ins Nichts.

Der Wind fing sich im weißen Gewand. Wehte den weißen Schleier nach hinten auf und ließ ihn wie die Flügel eines Engels schlagen.

André war fassungslos. Schlug die Hände vors Gesicht, sank aufschluchzend auf die Knie.

Ein dumpfer, schmatzender Aufschlag wenige Meter vor ihm.

Tränen schossen ihm aus den Augen und quollen zwischen den Fingern, die noch immer über dem Gesicht lagen, nach außen. »Irina! Irina!« Seine Schreie, in denen all seine hilflose Verzweiflung lag, hallten von den kahlen Sandsteinwänden der Kirche wider.

Wie gelähmt verharrte er, traute sich nicht, die Augen zu öffnen. Die Angst, Irinas zerschlagenen Körper vor sich zu sehen, übermannte ihn.

Er hörte Schritte sich rasch nähern. Ein jäher Griff am Kragen zog ihn in die Höhe. »Los, du musst sie hierherholen! Ich geh hoch!«, schrie Bertling außer sich.

André riss verwirrt die Hände vom Gesicht. Im Augenwinkel nahm er noch wahr, dass sie im Laufen auf einen auf dem Platz vor der *Currysau* zuckend blinkenden Rettungswagen wies.

Er war wie benommen. Er musste sich orientieren. Vor ihm lag ein bizarr verdrehter Körper, bedeckt von einem blutdurchtränkten Schleier. Mit schmerzverzerrtem Gesicht wandte er den Blick ab. Sein Kreislauf stand kurz davor zu kollabieren. Sein Mageninhalt drängte nach außen. Er schaute nach oben, nur möglichst weit weg von dem leblosen, geschundenen Körper vor ihm.

Doch dann sah er das, was er nie wieder in seinem Leben vergessen würde.

Am Geländer, das mittlerweile abgeknickt, aber noch schwankend nach unten hing, baumelte kopfüber ein menschlicher Körper.

Der Wind riss den Schleier vom Kopf und nahm ihn mit sich.

André schnürte es die Kehle zu. Sein Kreislauf versagte. Das Letzte, was er sah, war Irinas grimassenhaft verzerrtes Gesicht und ihr nach unten auswehendes blondes Haar.

EPILOG

Freitag, 31. Juli 2020, 18 Uhr

»Tada!«, rief Verena Bertling.

Gemessenen Schrittes mit feierlichem Gesicht erschien Frank Achill in der Tür zum Nebenraum. In den Händen trug er, wie eine Monstranz vor sich gestreckt, ein kleines würfelförmiges Etwas, das von einem roten Samttuch abgedeckt war.

Die Anwesenden in der Vinothek von Ehrentruds Familienweingut in Rohrbach, die heute für den öffentlichen Publikumsverkehr geschlossen war, schauten erwartungsvoll auf den verhüllten Quader.

Bertling begann, »Irina! Irina! Irina!« zu skandieren, und die Anwesenden fielen nach und nach in den Chor ein.

Irina erhob sich umständlich. Auch wenn ihr die Ärzte prognostiziert hatten, dass alles wieder wie vorher werden würde, machten ihr die Absplitterungen an den Wirbeln, die sie beim Aufprall auf die eiserne Balustrade erlitten hatte, noch zu schaffen.

Ihre Wangen glühten. Das Glas Pfälzer Bio-Rosé-Secco, das sie nach dem monatelangen medikamentenbedingten Alkoholverzicht zu rasch getrunken hatte, zeigte Wirkung.

»Liebe Irina«, begann Achill feierlich und machte eine Pause, bis alle verstummt waren. »Verena und ich haben keine Mühen gescheut, um unsere Asservatenkammer um ein ganz besonderes Erinnerungsstück zu erleichtern.«

Er ging einige Schritte auf Irina zu und hielt ihr den abgedeckten Kubus entgegen. »Du darfst es nun enthüllen!«

Irina strahlte. Am meisten freute sie sich darüber, dass sich die Verwerfungen, die aufgrund ihres und Andrés Alleingang mit Frank und Verena entstanden waren, allmählich wieder geglättet hatten. Sie hoffte, dass die Sache nun nach einer deutlichen Aussprache wohl aus der Welt war und ihre Freundschaft nicht dauerhaft belasten würde.

Erwartungsvoll erfasste sie einen Zipfel des Samttuches und zog es mit einem Ruck weg. Darunter kam eine kleine Glasvitrine zum Vorschein. Darin lag auf einem roten Samtkissen ein zusammengerollter derber schwarzer Ledergürtel, der an einer seiner Windungen noch einen deutlichen Rostfleck aufwies.

»Liebe Irina, vielleicht erkennst du ihn wieder, das ist der Gürtel, dem du dein Leben verdankst und den du – so hat mir André verraten – einmal geringschätzig ›Handwerkergürtel‹ genannt hast. Hätte er sich nicht in dem abgeknickten Gitter verhakt …«, Achill schluckte, und Andrés Augen wurden feucht, »… wärst du heute nicht mehr unter uns. Behalte ihn als Erinnerung und zur Abschreckung vor solchen Alleingängen.«

Die Anwesenden applaudierten. Selbst die greise Schwester Alma strahlte über das ganze faltige Gesicht. Seit ihrem Rücktritt im Frühjahr nach der ganzen polizeilichen Aufarbeitung, die sie an die Grenzen ihrer Kräfte gebracht hatte, wirkte sie gelöster. Vieles hatte sich seitdem in der kleinen Gemeinschaft verändert. Die Tatsache, dass Schwester Hildegard und nicht wie erwartet Gertrude zur Nachfolgerin der Priorin gewählt worden war, hatte dazu geführt, dass sich die Unterlegene hatte versetzen lassen.

Auch Innocentias Stuhl hatte tüchtig gewackelt. Dabei war weniger die überaus spekulative Vermögensanlage der Auslöser, sondern die Tatsache, dass sie den Einbruch nur vorgetäuscht hatte, um den Zwischenbericht über die drohende finanzielle Katastrophe hinauszuzögern. Mit der sich über den Sommer abflachenden Pandemie hatten sich die Börsenindizes wieder erholt. Die gekauften Zertifikate standen nahe ihrem Einstandskurs, und man konnte sie nahezu ohne Verlust abstoßen.

Alma sprach diesbezüglich von einer göttlichen Fügung.

Als menschengemachte Fügung hingegen konnte man die glückliche Entscheidung Almas bezeichnen. Sie hatte als letzte Amtshandlung das Erbe an Ehrentruds Weingut doch noch ausgeschlagen. Im Gegenzug hatte ihr Bruder eine Grunddienstbarkeit zugunsten des Klosters Sankt Guido im Grundbuch eintragen lassen. Danach war der jeweilige Eigentümer des Weingutes verpflichtet, jährlich 500 Flaschen besten Pfälzer Riesling als Messwein dem Kloster zur Verfügung zu stellen.

Auch Irinas Verhältnis zu den Schwestern hatte sich nach all den Irrungen und Wirrungen der letzten Monate zum Guten gewendet. Hatte ihr Eingreifen doch dazu geführt, dass vieles, was unter der Decke geschwelt hatte, ans Tageslicht gekommen war. Auch der jetzige Neuanfang war nur dadurch ermöglicht worden. Es war kein Zufall, dass heute ausgerechnet Schwester Hildegard neben Irina saß. Sie war ihr zur mütterlichen Freundin geworden, und Irina kehrte jede Woche für ein paar Stunden ins Kloster zurück, um sich um Beléns Bienen zu kümmern. Es war Irinas besondere Art, diese verirrte Seele zu betrauern.

Der tödliche Sturz Beléns war tatsächlich der Schlusspunkt eines jahrelangen Martyriums gewesen. Die Gutachter hatten ihn als Verzweiflungstat interpretiert. »Mordversuch mit der billigenden Inkaufnahme des eigenen Todes« war die Formulierung, die sich schließlich durch die Fallakten zog. Auch wenn sie ursprünglich nur geplant hatte, Irina zu töten und es wie einen Unfall aussehen zu lassen, war es ihr mit wachsender Verzweiflung und ihrer emotionalen Instabilität wohl egal gewesen, mit ihr zu sterben.

Nach der Ermordung ihrer Eltern und ihrer mehrjährigen Verschleppung durch das kolumbianische Drogenkartell, war sie zutiefst traumatisiert gewesen. Während dieser Zeit hatte sie auch Kenntnisse über Drogenexporte nach Deutschland erlangt, die schließlich zur Zerschlagung der Drogenbande im Rahmen einer grenzüberschreitenden Kooperation der kolumbianischen mit den deutschen Polizeibehörden geführt hatten.

Die Köpfe im BKA hatten es als gute Idee empfunden, die verstörte, streng katholische junge Frau im Rahmen eines Zeugenschutzprogramms in einem deutschen Kloster unterzubringen. Das Kloster seinerseits kam jeden Monat in den Genuss einer üppigen Zahlung jener mysteriösen *BSE-GmbH*.

Durch den einseitigen Fokus auf ihre Bedeutung als Kronzeugin war, wie so oft, die dringend notwendige psychologische Betreuung zu kurz gekommen.

Auch Generalvikar Hofreiter ließ sich nicht lumpen. Durch seine guten Beziehungen zum Heiligen Stuhl war es ihm gelungen, für Irina eine Einladung ins Gästehaus des Vatikans zu organisieren, um die sie André sehr beneidete.

Irina sah dem eher mit gemischten Gefühlen entgegen.

Einzig André war der Verlierer dieses Falles. Sein denkwürdiger Auftritt als Stadtstreicher hatte ihm allerhand Spott eingebracht und Irinas sprachliche Fantasie beflügelt. Seitdem musste er sich von Irina so liebliche Kosenamen wie Meister Flodder, Matratzensparer oder Parkbankphilosoph gefallen lassen. Auch der von Kerbel gebrauchte Terminus »Dibbelbruder« hatte sich in seinem Bewusstsein festgesetzt.

DANKSAGUNG

Danke …

… an alle Leserinnen und Leser, dass Sie sich für mein Buch entschieden haben. Ich hoffe, ich konnte Ihnen einige unterhaltsame Stunden schenken. Wenn ja, sparen Sie nicht mit Weiterempfehlungen.

Danke …

… an meine Frau Christiane, die wieder einmal bereit war, mich mit Irina, André und allen anderen Romanfiguren zu teilen.

Sie muss die Hauptlast eines zuweilen völlig abwesenden Gesprächspartners ertragen, der teilnahmslos mit nicht immer geistreichem Gesichtsausdruck vor sich hin starrt, wenn ihm mal wieder eine Idee für die nächste Szene durch den Kopf geht.

Danke …

… an meine Tochter Eva-Marie, die mir wie immer mit dem unerschöpflichen Quell ihrer vorwitzigen Sprüche als Inspiration für die Figur der Irina gedient hat.

Danke …

… an all die Experten, die mich beim Schreiben dieses Buches fachlich unterstützt haben. Schließlich sehe ich mich Ihnen, meinen Lesern, gegenüber in der Pflicht, trotz aller schriftstellerischen Freiheiten stets nur korrekte Fakten zur Kulisse meiner Krimis zu liefern.

Trotz aller Online-Quellen und der umfangreichen Fachliteratur, die man beim Schreiben eines Buches zurate zieht, kommt man ohne kundige Unterstützer nicht aus.

An erster Stelle sei hier unserer Speyerer Domkapitular und Dompfarrer Matthias Bender genannt, der insbesondere die theologisch-liturgischen Passagen prüfte und mich auf den Kirchturm der Friedenskirche Sankt Bernhard führte, ohne dessen Besichtigung einige Szenen wohl nicht so ausgefallen wären, wie sie es sind.

Die Apothekerin Brigitte Hoffmann-Tratz stand mir bei verschiedenen pharmakologischen Fragestellungen zur Seite.

Mein besonderer Dank gilt José Montero-Garin, der mich bei Beléns Spanisch unterstützte und dafür sorgte, dass ihr Akzent auf dem »e« in die richtige Richtung weist.

Danke …

… an all meine treuen Testleser, die wieder einmal flugs diesen Krimi auf Herz und Nieren geprüft haben.

Mit jedem meiner Bücher nimmt ihre Zahl zu. Beim Schreiben wird man betriebsblind. Da man sich viele Monate intensiv mit dem Stoff befasst, weiß man oft selbst nicht, ob das, was man sich ausgedacht hat, auch für Dritte noch nachvollziehbar ist.

Allen voran Sandra Lode, die mir wieder half, so manchen logischen Fehler aufzuspüren. Daneben danke ich Sabine und Frank Seidel sowie Susanne Preuss, die ebenfalls zum treuen Team meiner Testleser gehören.

Neu dabei war dieses Mal Nikolaus Meyer, selbst Buchautor und erfahrener Journalist. Daneben versorgten mich Christine und Jochen Gradolph, Eigentümer eines Bioweinguts, mit dem önologischen Hintergrundwissen.

Mein ganz besonderer Dank geht an Christoph Lode alias Daniel Wolf, der mir mit der Erfahrung eines langjährigen Bestsellerautors intensives Feedback zu meinem Manuskript gab.

Danke …

… an meinen langjährigen Freund Frank Seidel, der mit Unterstützung von Stadtführer Frank Seidel (nein, die Namensgleichheit ist kein Druckfehler) das sehr authentische Titelbild eigens für diesen Roman ablichtete.

Danke

Wie immer geht mein besonderer Dank an das Team des Gmeiner-Verlags, das mir in den letzten Jahren sehr ans Herz gewachsen ist.

Danke an Claudia Senghaas, meiner Lektorin und Programmleiterin des Gmeiner-Verlages, die sich selbst als Fan der Stadt Speyer bezeichnet. Daneben geht mein Dank an die komplette Gmeiner-Familie. Stellvertretend seien hier genannt: Armin Gmeiner, Petra Asprion, Jochen Große Entrup, Monika Heinzelmann, Eric Jensen, Laura Oberndorff, Alexander Schulz und Maike Worcewsky.

Kommissar Achill und Stadtführer Sartorius ermitteln:

1. Fall: Requiem für den Kanzler
ISBN 978-3-8392-2386-4

2. Fall: Abendmahl für einen Mörder
ISBN 978-3-8392-2560-8

3. Fall: Festbierleichen
ISBN 978-3-8392-2822-7

4. Fall: Klostertod
ISBN 978-3-8392-0148-0

Weinbar. Essbar. Wanderbar
ISBN 978-3-8392-0209-8

GMEINER SPANNUNG

WWW.GMEINER-VERLAG.DE
Wir machen's spannend